LA MUERTE DEL COMENDADOR
Libro 1
Una idea hecha realidad

colección andanzas

Obras de Haruki Murakami
en Tusquets Editores

HARUKI MURAKAMI
LA MUERTE DEL COMENDADOR
Libro 1: Una idea hecha realidad

Traducción del japonés
de Fernando Cordobés y de Yoko Ogihara

TUSQUETS
EDITORES

Obra editada en colaboración con Editorial Planeta – España

Título original: 騎士団長殺し (Kishidancho Goroshi)

© 2017, Haruki Murakami
© 2018, Traducción: Fernando Cordobés y Yoko Ogihara

© 2018, Tusquets Editores, S.A – Barcelona, España

Derechos reservados

© 2018, Editorial Planeta Mexicana, S.A. de C.V.
Bajo el sello editorial TUSQUETS M.R.
Avenida Presidente Masarik núm. 111, Piso 2
Colonia Polanco V Sección, Miguel Hidalgo
C.P. 11560, Ciudad de México
www.planetadelibros.com.mx

Diseño de la colección: Guillemot-Navares
Ilustración de portada: © David de las Heras
Fotografía del autor: © Ivan Giménez / Tusquets Editores

Primera edición impresa en España: octubre de 2018
ISBN: 978-84-9066-564-0

Primera edición impresa en México: octubre de 2018
Quinta reimpresión en México: junio de 2019
ISBN Obra completa: 978-607-07-5252-0
ISBN Volumen 1: 978-607-07-5253-7

Impreso en los talleres de Litográfica Ingramex, S.A. de C.V.
Centeno núm. 162-1, colonia Granjas Esmeralda, Ciudad de México
Impreso en México –*Printed in Mexico*

Índice

La muerte del comendador
Libro 1: Una idea hecha realidad

La muerte del comendador
Libro 1: Una idea hecha realidad

Prólogo

Hoy, al despertarme de una breve siesta, «el hombre sin rostro» estaba frente a mí. Se había sentado en una silla delante del sofá donde yo dormía y me miraba fijamente con sus ojos imaginarios en un rostro inexistente.

Era alto e iba vestido como cuando le vi la última vez: sombrero de ala ancha que ocultaba la mitad de su no-rostro y un abrigo largo, de color oscuro, a juego con el sombrero.

—He venido para que me hagas un retrato —dijo en cuanto vio que me había despertado. Hablaba en un tono de voz bajo, seco, sin entonación—. Me lo prometiste, ¿te acuerdas?

—Me acuerdo, sí, pero en aquel momento no podía hacerlo, ni siquiera tenía papel. —Mi voz también sonó seca, sin entonación. Como la suya—. Para compensarle, le di la figurita de un pingüino —añadí—, ¿se acuerda?

—Sí, aquí está.

Extendió su mano derecha para mostrármela. Era una mano grande y en ella sostenía la figurita de un pingüino de plástico, uno de esos amuletos que suelen colgarse en los teléfonos móviles. Lo dejó caer, e hizo un ruidito al tocar el cristal de la mesita de café.

—Te lo devuelvo. Tal vez lo necesites. Será tu amuleto y protegerá a las personas que son importantes para ti, pero para compensarme me gustaría que me hicieses un retrato.

No sabía qué decirle. Estaba perplejo.

—Lo dice como si fuera fácil, pero nunca he pintado el retrato de una persona sin rostro. —Tenía la garganta seca.

—He oído que eres un retratista excelente, y siempre hay una primera vez para todo.

Entonces se rio, o al menos eso me pareció. Y esa especie de risa sonaba como el viento que se oye a lo lejos desde lo más profundo de una cueva.

Se quitó el sombrero y descubrió la mitad oculta de su no-rostro. Donde debía aparecer algo no había nada, tan solo un remolino de niebla de color lechoso.

Pese a todo, me levanté para ir a buscar al estudio un lápiz de mina blanda y un cuaderno de bocetos. Regresé al sofá e intenté bosquejar su cara. No sabía por dónde empezar, ni cómo seguir luego. Allí no había más que vacío. ¿Cómo dar forma a algo inexistente? La niebla de color lechoso que envolvía el vacío cambiaba constantemente de forma.

—Deberías darte prisa —me apremió—. No puedo quedarme mucho rato.

El corazón me golpeaba en el pecho con un ruido sordo. No tenía tiempo. Debía apresurarme, pero los dedos con los que sostenía el lápiz se me habían quedado paralizados en el aire; tenía la sensación de que se me había dormido la mano desde la muñeca. Como bien decía el hombre sin rostro, había personas cercanas a mí a las que debía proteger, y yo lo único que sabía hacer era pintar. Y sin embargo era incapaz de dibujar su no-rostro. Impotente, me quedé mirando cómo se movía la niebla sin poder hacer nada.

—Lo siento, pero el tiempo se ha terminado —dijo al fin, y de donde debería haber estado su boca salió una gran vaharada blanca.

—Espere un momento. Si me da un poco de...

El hombre se puso de nuevo el sombrero y la mitad de su no-rostro volvió a quedar oculta.

—Volveré. Tal vez entonces seas capaz de pintar mi retrato. Mientras tanto, yo guardaré la figurita del pingüino.

Tras decir eso, desapareció. Se desvaneció en el aire en una fracción de segundo, como si un fuerte viento hubiera disipado la niebla. La silla se quedó vacía. El amuleto del pingüino ya no estaba allí.

Me pareció que todo aquello no había sido más que un sueño fugaz, pero sabía bien que no era así. Si en verdad era un sueño, entonces el mundo en que yo habitaba solo sería eso, un sueño.

En algún momento seré capaz de dibujar un retrato a partir de la nada, de igual manera que cierto pintor fue capaz de pintar un cuadro que tituló *La muerte del comendador*. No obstante, hasta entonces necesitaré tiempo. Debo convertir el tiempo en mi aliado.

1
Si la superficie estaba empañada

Desde el mes de mayo de aquel año hasta principios del año siguiente viví en una casa en lo alto de una montaña junto a un estrecho valle, en el que durante el verano llovía sin parar a pesar de que un poco más allá estuviera despejado. Esto se debía a que desde el mar, que se hallaba bastante próximo, soplaba una brisa del sudoeste cargada de humedad que entraba en el valle, ascendía por las laderas de las montañas y terminaba por precipitarse en forma de lluvia. La casa estaba justo en la linde de ese cambio meteorológico y a menudo se veía despejado por la parte de delante, mientras que por atrás amenazaban unos nubarrones negros. Al principio me resultaba de lo más extraño, pero me acostumbré enseguida y terminó por convertirse en algo normal.

Cuando arreciaba el viento, las nubes bajas y dispersas que había sobre las montañas flotaban como almas errantes que regresaran al presente desde tiempos remotos en busca de una memoria ya perdida. A veces caía una lluvia blanquecina como la nieve, que danzaba silenciosa a merced de las corrientes de aire. Casi siempre soplaba el viento y el calor del verano se soportaba sin necesidad de encender el aire acondicionado.

La casa, pequeña y vieja, tenía un extenso jardín. Si lo descuidaba durante un tiempo, las malas hierbas lo invadían todo y alcanzaban una altura considerable. Una familia de gatos aprovechaba entonces para instalarse allí entre las plantas, pero en cuanto aparecía el jardinero y quitaba la maleza, se esfumaban. Era una hembra de pelo rayado con tres gatitos. Tenía una mirada severa y estaba tan flaca que daba la impresión de que sobrevivir era el único esfuerzo del que era capaz.

La casa estaba construida en lo alto de la montaña, y desde la terraza orientada al sudoeste se atisbaba el mar a lo lejos entre los árboles. La porción de mar que se podía ver no era muy grande, parecía la cantidad de agua que cabría en un balde: un trozo diminuto del inmenso océano Pacífico. Un conocido que trabajaba en una agencia inmobiliaria me había dicho que el valor de las casas variaba mucho en función de si se veía el mar o no, aunque solo se tratase de una porción minúscula. A mí me resultaba indiferente. Desde aquella distancia, tan solo parecía un trozo de plomo de color apagado. No entendía el porqué de tanto afán por ver el mar. Yo prefería contemplar las montañas. Según la estación del año, y la meteorología, su aspecto variaba por completo y nunca me aburría. De hecho, me alegraban el corazón.

Por aquel entonces, mi mujer y yo habíamos suspendido temporalmente nuestra vida en común. Incluso llegamos a firmar los papeles del divorcio, pero después sucedieron muchas cosas y al final decidimos darnos otra oportunidad.

Resulta complicado entender una situación así en todos sus detalles. Y ni siquiera nosotros somos capaces de discernir las causas y las consecuencias de los hechos que vivimos, pero si tuviera que resumirlo de algún modo, diría con palabras corrientes que después de un «ahí te quedas», volvimos al punto de partida.

Entre ese antes y ese después de mi vida matrimonial viví un lapso de nueve meses, que siempre me pareció como un canal abierto en un istmo.

Nueve meses. No sabría decir si ese periodo de tiempo me resultó largo o corto. Si miro atrás, la separación me resulta infinita y, al mismo tiempo, tengo la sensación de que transcurrió en un abrir y cerrar de ojos. La impresión cambia de un día para otro. A veces, cuando se quiere dar una idea aproximada del tamaño real de determinado objeto en una fotografía, se pone al lado del objeto una cajetilla de tabaco como referencia. En mi caso, la cajetilla de tabaco que debería servir como punto de referencia en la serie de imágenes que conservo en la memoria aumenta o disminuye de tamaño en función de mi estado de ánimo. De la misma manera que dentro de mis recuerdos cambian las circunstancias y los acontecimientos sin cesar, también la vara de medir, que debería ser fija e invariable, está en constante transformación, como para llevar la contraria.

Eso no quiere decir que todo, absolutamente todo lo que ha ocurrido en mi vida, se transforme y cambie de una manera disparatada. Hasta ese momento, mi vida había transcurrido de una manera apacible, coherente, razonable. Solo durante esos nueve meses viví en un estado de confusión que no logro explicarme. Fue una época anormal, excepcional. Me sentía como un bañista que está disfrutando de un mar en calma y de pronto es arrastrado por la fuerza de un remolino.

Cuando pienso en lo ocurrido (escribo al dictado de

los recuerdos), a menudo todo se vuelve incierto; pierdo de vista la importancia real de las cosas, la perspectiva, la relación entre ellas. Y eso se debe seguramente a que al alejar un poco la mirada de lo que sucedió cambia el orden lógico. No obstante, voy a esforzarme para poder contarlo todo de una manera lógica y sistemática dentro de mis posibilidades. Tal vez resulte un esfuerzo vano, pero intentaré agarrarme a algún tipo de regla establecida por mí mismo, como el nadador agotado en mitad del mar que se sujeta a un providencial trozo de madera.

Lo primero que hice después de trasladarme a aquella casa fue comprarme un coche barato de segunda mano. El anterior lo habían desguazado de puro viejo y no me quedó más remedio que comprar otro. Para alguien que vive en una ciudad de provincias y, más aún, en un lugar apartado de las montañas, el coche resulta imprescindible para la vida diaria. Fui a un centro de vehículos de ocasión de Toyota en las afueras de la ciudad de Odawara. Tenían un Corolla ranchera que se ajustaba a mis necesidades a un precio razonable. El vendedor aseguraba que era de color azul pastel, pero a mí me recordaba a ese color pálido que tiene la piel de una persona enferma. Solo había rodado treinta y seis mil kilómetros, pero le habían aplicado un descuento considerable porque había sufrido un accidente. Lo probé y no pareció dar problemas, ni con los frenos ni con la suspensión. No tenía intención de conducir por autopista, de manera que me pareció adecuado.

El dueño de la casa se llamaba Masahiko Amada. Fuimos compañeros en la Facultad de Bellas Artes. Aunque dos años mayor que yo, era uno de los pocos amigos de verdad de aquella época con quien seguía viéndome de vez en cuando. Al terminar sus estudios, renunció a hacer carrera como pintor y empezó a trabajar como diseñador gráfico en una agencia de publicidad. Nada más enterarse de mi separación, y de que no tenía adónde ir, me propuso quedarme en la casa vacía de su padre y así hacerme cargo de ella. Su padre, Tomohiko Amada, era un famoso pintor de estilo japonés y desde siempre había tenido su estudio en las montañas a las afueras de Odawara. Se instaló allí definitivamente tras la muerte de su mujer, y vivió solo y desconectado del mundo durante diez años. No hacía mucho le habían diagnosticado demencia senil y la enfermedad avanzaba de forma implacable. Decidieron ingresarle entonces en una residencia en la altiplanicie de Izu, y por eso la casa estaba vacía.

—Es una casa solitaria en plena montaña —me explicó Masahiko—, y no puedo decir que sea un lugar cómodo, pero te garantizo que es tranquila y silenciosa. Un ambiente ideal para pintar. Nada te distraerá, desde luego.

El precio del alquiler era más bien simbólico.

—Si no la habita nadie, terminará por echarse a perder y me preocupan los ladrones o un posible incendio. Si te quedas allí, estaré mucho más tranquilo, pero ten en cuenta que quizás, en función de cómo evolucionen las cosas, dentro de un tiempo debas marcharte.

No tenía ninguna objeción. Mis pertenencias cabían en el maletero de un coche pequeño y podía mudarme al día siguiente.

Me instalé tras el largo puente festivo de principios del mes de mayo. Era una casa de estilo occidental de una sola planta, lo que se suele llamar un *cottage*, lo bastante amplia para una sola persona. Estaba en lo alto de una montaña rodeada de bosques. Ni siquiera el propio Masahiko conocía bien los límites de la propiedad. El jardín lo presidía un gran pino que extendía sus gruesas ramas por los cuatro costados. Aquí y allá había piedras decorativas, y junto a un gran *tooroo*, una de esas linternas de piedra, crecía un banano majestuoso.

Como me había advertido Masahiko, se trataba, sin duda, de un lugar tranquilo, pero visto con perspectiva, no puedo afirmar que estuviera libre de distracciones.

Durante los casi nueve meses que viví en aquel valle tras mi separación, mantuve relaciones sexuales con dos mujeres. Las dos estaban casadas. Una era mayor que yo, y la otra, menor. Las dos eran alumnas de mi clase de pintura.

Aproveché la situación para proponerles algún plan, y ellas no rechazaron mi invitación. (En condiciones normales, un tímido como yo nunca se habría atrevido a hacer algo así.) No llego a entender la razón, pero invitarlas a mi cama me resultaba sencillo y, hasta cierto punto, lógico. En cuanto al hecho de que fueran alumnas mías, no me suponía ningún conflicto. Mantener relaciones sexuales con ellas me parecía algo tan natural como preguntarle la hora a una persona por la calle.

La primera con quien mantuve relaciones era una mujer cerca de la treintena, alta, con unos ojos negros muy grandes. Tenía poco pecho y las caderas estrechas; la frente amplia, un pelo liso muy bonito y unas orejas un poco grandes en relación con el conjunto del rostro. No diría que era guapa, pero su cara resultaba peculiar, interesante, y a cualquier pintor le despertaría las ganas de dibujarla. (Yo mismo, de hecho, dibujé algún boceto suyo en alguna ocasión.) No tenía hijos. Su marido, que trabajaba como profesor de historia en un instituto privado, le pegaba. Como no podía recurrir a la violencia en el instituto, liberaba sus frustraciones con su mujer, aunque se cuidaba mucho de golpearle la cara. Cuando la desnudé por primera vez, su cuerpo estaba lleno de golpes y moratones. No le gustaba que la mirase, y cuando hacíamos el amor, la habitación tenía que estar completamente a oscuras.

Ella no mostraba interés por el sexo. A sus órganos sexuales les faltaba lubricidad y cuando la penetraba se quejaba de dolor. Por mucho tiempo que dedicase a los preliminares, por mucho gel que usásemos, el resultado dejaba mucho que desear. Se quejaba de un dolor intenso del que tardaba mucho en recuperarse. A veces, incluso gritaba.

A pesar de todo, ella quería acostarse conmigo. Como mínimo no se negaba. ¿Por qué? Tal vez buscaba el dolor, la ausencia de placer. Quizá quería castigarse de alguna manera. Las personas perseguimos todo tipo de cosas en la vida. Ella, sin embargo, solo perseguía una: intimidad.

No quería venir a mi casa ni que yo fuera a la suya. Íbamos en mi coche hasta uno de esos hoteles de citas, en una playa un poco apartada, y allí hacíamos el amor. Nos citábamos en el aparcamiento de algún restaurante, subía a mi coche, entrábamos en la habitación pasada la una del mediodía y salíamos antes de las tres. Siempre se presentaba con unas enormes gafas de sol. Daba igual si estaba nublado o llovía. Un día no se presentó en el lugar donde solíamos quedar. También dejó de asistir a mis clases, y ese fue el final de nuestra breve y desapasionada relación. Si no me equivoco, no nos acostamos en total más de cuatro o cinco veces.

La otra mujer con quien mantuve relaciones llevaba una vida familiar apacible. Al menos, daba esa impresión. No parecía sufrir estrecheces de ningún tipo, y tenía cuarenta y un años (o eso creo), es decir, cinco años más que yo. Era de estatura pequeña, tenía unas facciones perfectas y vestía con mucho estilo. Tenía el vientre perfectamente plano, gracias, según ella, a que hacía yoga cada dos días. Conducía un Mini de color rojo, un automóvil recién estrenado que resplandecía en los días soleados. Sus dos hijas estudiaban en un instituto privado en Shonan, en la costa, donde ella también había estudiado. Su marido tenía una empresa, pero nunca llegué a preguntarle de qué (lo cierto es que no sentía el menor interés por saberlo).

Desconozco la razón por la que no rechazó de entrada una proposición tan descarada como la mía. Quizás yo desprendía entonces algún tipo de magnetismo y ella no pudo resistirse, como si su alma (por decirlo de alguna manera) fuera un trozo de hierro atraído por un imán. También puede ser que no tuviera nada que ver con el magnetismo ni con el alma y que ella, simplemente, buscara un estímulo sexual fuera de casa. Y yo, por casualidad, andaba cerca.

Fuera como fuese, en aquella época yo podía ofrecerle lo que quería con naturalidad. Desde el principio, ella pareció disfrutar sinceramente de nuestra relación. En el terreno físico (aparte de eso hay poco que contar), la relación no podía ser más armoniosa. Nos entregábamos al acto de hacer el amor con toda honestidad, con una pureza que casi rozaba lo abstracto, y al darme cuenta de ello, me sorprendí mucho.

Sin embargo, en determinado momento ella debió de volver en sí. Una mañana de luz opaca de principios de invierno me llamó a casa y, como si estuviera leyendo un texto escrito que tenía delante, me dijo: «Es mejor que dejemos de vernos a partir de ahora. No tenemos futuro». O algo por el estilo.

Estaba en lo cierto. No teníamos futuro ni lazo alguno que nos uniera.

Cuando yo iba a la universidad, la mayor parte del tiempo lo dedicaba a la pintura abstracta. Digo abstracta para simplificar, pues el campo que abarca es muy amplio, y yo mismo no sabría cómo explicar todas sus formas y contenidos. En cualquier caso, se trata de pintura no figurativa, no concreta, libre, sin restricciones. Gané algún premio menor en un par de exposiciones y publicaron alguno de mis trabajos en revistas de arte. Algunos profesores y compañeros me animaban porque valoraban mucho mi trabajo. Aunque mi futuro como pintor no fuera especialmente prometedor, creo que tenía cierto talento. Sin embargo, para la pintura al óleo necesitaba, la mayoría de las veces, lienzos de tamaño muy grande y gran cantidad de pintura, y eso, lógicamente, los encarecía mucho. Y no hace falta decir que las posibilidades de que apareciera un alma caritativa dispuesta a invertir su dinero en un cuadro de grandes dimensiones de un pintor desconocido y de colgarlo en su casa eran casi nulas.

Como no podía ganarme la vida dedicándome a pintar lo que me gustaba, nada más terminar la universidad empecé a hacer retratos por encargo. Comencé a retratar, digamos, a quienes se podría considerar los «pilares de la sociedad»: empresarios, presidentes de corporaciones, miembros destacados de instituciones académicas, miembros del Parlamento y personalidades de distintas provincias (a pesar de que el grosor de esos «pilares» variaba considerablemente). Ese tipo de cuadros exigía un estilo realista, denso, sereno. Su destino era colgar en las paredes de despachos, de salas de juntas o de visita. Es decir, mi trabajo como retratista se oponía por completo a mi vocación como pintor. Y aunque añadiera que lo hacía contra mi voluntad, no podría decirse que me sintiese orgulloso artísticamente.

Los encargos me llegaban a través de una pequeña empresa del distrito de Yotsuya, en Tokio, en la que empecé a trabajar con una especie de contrato de exclusividad gracias a la recomendación de un profesor de la facultad. No pagaban un sueldo fijo, pero con varios encargos al mes ganaba lo suficiente para mantener mi vida de soltero. Vivía modestamente. Tenía alquilado un pequeño apartamento cerca de la línea de cercanías Seibu Kokubunji, a las afueras de la ciudad. Cuando podía, hacía tres comidas al día, compraba un vino barato de vez en cuando y alguna vez iba al cine con amigas. Viví de esa manera durante varios años. Cuando ganaba un poco de dinero extra, compatibilizaba mi oficio de retratista con mi vocación de pintor. Los retratos solo eran un trabajo alimenticio. No tenía intención alguna de dedicarme a ello de por vida.

Desde un punto de vista estrictamente práctico, la de retratista era una profesión sencilla. Mientras estudiaba, había trabajado por horas en una empresa de mudanzas y también en una de esas tiendas abiertas las veinticuatro horas. Comparado con eso, pintar retratos resultaba mucho más llevadero, tanto física como mentalmente. Una vez aprendidos los trucos del oficio, no tenía más que repetir el proceso. Con el tiempo, acabar un retrato no me llevaba muchas horas. Supongo que debe de parecerse a lo que hace un piloto una vez que conecta el piloto automático.

Sin embargo, cuando llevaba un año más o menos dedicándome a pintar retratos, me enteré de que mi trabajo se cotizaba mucho, cosa que no me esperaba en absoluto. Por lo visto, los clientes quedaban muy satisfechos con el resultado. De no haber sido así, lógicamente habría recibido cada vez menos encargos o incluso habría dejado de pintar retratos, pero las cosas iban bien y empezaba a tener una reputación, a ganar cada vez más dinero. El del retrato era un mundo serio y, a pesar de no ser más que un novato por entonces, recibía un encargo tras otro. Mis retribuciones también mejoraron de manera considerable. El responsable de la empresa con quien mantenía contacto estaba impresionado con mi trabajo. Muchos clientes consideraban que en mis retratos había algo especial.

Sinceramente, yo no entendía la causa de tanta admiración. Tan solo me dedicaba a despachar un trabajo detrás de otro sin poner en ello un especial entusiasmo. A decir verdad, ya no recuerdo a nadie en concreto de todos a cuantos retraté. Sin embargo, aspiraba a convertirme en un pintor de verdad, y cuando cogía los pinceles y me enfrentaba al lienzo, no podía desentenderme del todo por mucho que se tratase de un tipo de pintura que no iba conmigo. Haber actuado así habría sido lo mismo que despreciar mi talento, menospreciar una profesión que admiraba. Siempre me había cuidado mucho de no pintar nada de lo que pudiera avergonzarme, sin que eso signifique que me sintiera orgulloso de todo cuanto hacía. Quizá pueda considerarse una especie de ética profesional, aunque en realidad no me quedaba más remedio que actuar así.

A la hora de pintar retratos, siempre trabajé como quise, de principio a fin. Para empezar, nunca usé al retratado como modelo. Recibía el encargo y lo primero que hacía era mantener una entrevista personal con el cliente. Le pedía una hora de su tiempo para entablar una conversación cara a cara. Solo hablábamos. Ni siquiera llevaba un cuaderno para bosquejar. Le preguntaba muchas cosas, por ejemplo, la fecha y el lugar de nacimiento, cómo era su familia, cómo había transcurrido su infancia; preguntaba sobre el colegio, sobre su profesión, su vida familiar y, por último, cómo había alcanzado el estatus del que disfrutaba en la actualidad. Hablábamos también de su vida cotidiana, de sus aficiones. La mayor parte de la gente hablaba de buena gana de sí misma. En muchos casos, con verdadero entusiasmo (a lo mejor no había tantas personas dispuestas a escuchar sus historias). Muchas veces las entrevistas programadas de una hora se alargaban dos o tres, y, al final, les pedía cinco o seis fotos que les gustasen, fotos normales de su vida diaria. A veces, no siempre, usaba una pequeña cámara para tomar fotos yo mismo de distintos ángulos de su cara. Nada más.

Al terminar la entrevista, muchos de ellos ponían gesto de preocupación y me preguntaban:

—¿No hace falta posar?

Si iban a hacerse un retrato, asumían que no les quedaba más remedio que posar. Y se acordaban de esa escena, que habían visto tantas veces en el cine, en la que se veía al pintor (seguramente ya sin boina) concentrado delante del lienzo y con los pinceles en la mano, y al modelo posando detrás con gesto envarado y sin moverse.

—Y a usted, ¿le gustaría posar? —les preguntaba yo—. Hacer de modelo es muy duro para quien no tiene costumbre. Debe mantener una postura determinada durante mucho tiempo y al final la espalda acaba resintiéndose; pero si eso es lo que usted quiere, por mi parte no hay problema.

El noventa y nueve por ciento de los clientes preferían no hacerlo. La mayoría eran personas ocupadas o ya retiradas y, en general, preferían ahorrarse la penitencia.

—A mí me basta con conocerle en persona y hablar con usted —les decía para tranquilizarles—. Aunque pose como modelo, no va a haber ninguna diferencia en el resultado final de la obra. Y si no le satisface, empezaré de nuevo.

Dos semanas después de la entrevista, el retrato estaba terminado, si bien el secado completo de la pintura podía llevar algunos meses. Más que tener a la persona real frente a mí, lo que necesitaba eran sus recuerdos. De hecho, la presencia física del retratado podía convertirse en una molestia durante el proceso creativo. Necesitaba recordar al retratado de forma tridimensional, y entonces solo necesitaba trasladar mis recuerdos al lienzo. Poseo cierto talento para la memoria visual, que podría considerarse también como una habilidad especial, y eso ha terminado por convertirse en una herramienta eficaz como retratista.

Para mí era importante sentir cierta simpatía por los clientes, aunque fuera muy poca. Durante las entrevistas, me esforzaba en descubrir elementos que pudiesen despertar esa simpatía. Obviamente, había casos en los que no lo lograba. Se trataba de personas con las que si hubiera tenido que tratar durante toda mi vida, me hubiera echado para atrás. Pero, al final, como sólo me relacionaba con ellas durante una hora y en un sitio determinado, no me resultaba tan difícil descubrir una o dos cualidades agradables en cada cliente. Se tratase de quien se tratase, si me asomaba hasta el fondo, siempre descubría dentro de cada persona algo que brillaba con luz propia. Mi trabajo consistía en descubrirlo, y si la superficie estaba empañada (quizá la mayoría de las veces era así), la limpiaba con una tela. Y debía hacerlo de esa manera para que ese sentimiento acabara reflejado de algún modo en la obra.

Fue así, sin saber cuándo exactamente, como terminé por convertirme en un retratista. Empecé a darme a conocer en ese mundo tan limitado, tan especial. Cuando me casé, decidí poner punto final a mi contrato de exclusividad con la empresa de Yotsuya y, gracias a la mediación de una agencia especializada en el negocio de la pintura, empecé a tener ofertas para pintar retratos en unas condiciones más ventajosas. El encargado de la agencia era un hombre diez años mayor que yo, muy capaz y competente, y fue él quien me aconsejó establecerme por mi cuenta, valorar más mi trabajo. A partir de entonces, pinté muchos retratos (la mayoría de las personas pertenecían a círculos financieros y políticos, gente muy conocida de la que yo nunca había oído hablar) y empecé a tener unos buenos ingresos. Eso no significaba que me hubiera convertido de la noche a la mañana en un maestro del retrato. El mundo del retrato no tiene nada que ver con el de la pintura artística. Tampoco es como el de los fotógrafos. En muchos casos, un fotógrafo especializado en retratos termina por ganarse una reputación y se hace famoso, pero en el caso de un pintor de retratos no sucede nada parecido. Tampoco es habitual que sus obras circulen por el mundo. No aparecen en revistas especializadas de arte ni se exponen en galerías. Normalmente, se cuelgan en salas de reunión y con el tiempo terminan por acumular polvo en algún almacén. Incluso en el extraño caso de que alguien mire con atención uno de esos retratos (por puro aburrimiento quizá), no creo que llegue a interesarse nunca por el nombre del pintor.

A veces me sentía como una prostituta de lujo en el mundo de la pintura. Me servía de mi técnica y despachaba el trabajo con toda honestidad. Al hacerlo, daba satisfacción a mis clientes. Ese era mi talento. Era un profesional, pero eso no quería decir que actuase como una simple máquina. A mi manera, plasmaba mis sentimientos sobre el lienzo.

Los retratos tenían un precio elevado, pero los clientes lo aceptaban sin discutir. Eran personas a las que no les preocupaba el dinero y mi reputación corría de boca en boca, por lo que no dejaban de llegarme encargos. Tenía la agenda completa, pero dentro de mí ya no encontraba ni siquiera un ápice de motivación.

No me había convertido en retratista por decisión propia, porque yo quisiera. No soy ese tipo de persona. Tan solo me había dejado llevar por las circunstancias, y sin saber en qué momento sucedió, me di cuenta de que ya no pintaba para mí. Casarme y verme en la obligación de asumir una vida estable fue una de las razones, pero no la única. En realidad, ya antes de casarme había perdido las ganas de pintar para mí. Tal vez utilizaba la vida matrimonial como pretexto. Había alcanzado esa edad en la que ya no era joven y algo se perdía irremediablemente en mí, como si un fuego en mi pecho se extinguiera poco a poco, y me olvidara del calor que me había proporcionado.

Supongo que en algún momento tendría que haber reaccionado, haber tomado alguna medida, pero siempre lo dejaba para más adelante; y la que puso fin antes que yo fue mi mujer. Yo tenía treinta y seis años.

2
Quizá todos vayan a la luna

—Lo siento mucho, pero no me siento capaz de seguir viviendo contigo.

Mi mujer empezó a hablar en voz baja y enseguida se quedó en silencio durante un buen rato.

No me esperaba en absoluto aquellas palabras, jamás había imaginado que fuera a escuchar algo así, y, como no me vi capaz de decir nada, esperé a que continuara. Dudaba de que lo que fuera a decir seguidamente pudiera ser algo alegre, así que no me quedó más remedio que permanecer callado.

Estábamos sentados uno frente al otro en la mesa de la cocina. Era una tarde de domingo de mediados de marzo. En un mes debíamos celebrar nuestro sexto aniversario. No había dejado de caer una lluvia fría desde por la mañana. Lo primero que hice nada más escucharla fue mirar por la ventana para ver si seguía lloviendo. Era una lluvia silenciosa, tranquila. Apenas soplaba el viento, pero el frío calaba hasta los huesos, como si avisara así de que la primavera aún estaba lejos. Más allá de la cortina de agua se veía difuminada la silueta de la Torre de Tokio con su característico color naranja. En el cielo no volaba un solo pájaro. Debían de estar todos guareciéndose de la lluvia bajo los aleros de los tejados.

—¿No me preguntas por qué? —continuó.

Sacudí la cabeza. En realidad, con ese gesto no quería decir ni sí ni no. Fue una especie de acto reflejo porque, sinceramente, me quedé sin habla.

Ella llevaba un jersey fino de color morado pálido de cuello amplio. Los tirantes finos de color blanco de su camiseta destacaban sobre sus clavículas muy marcadas y parecían algún tipo de pasta poco habitual.

—Tengo una pregunta —dije al fin con una voz rígida, seca, sin esperanza, mientras miraba distraído sus tirantes.

—No sé si sabré contestarte...

—¿Es por mi culpa?

Se quedó pensativa. Al cabo de un rato inspiró con fuerza como si emergiera a la superficie después de pasar mucho tiempo bajo el agua.

—No creo que tengas la culpa directamente.

—¿Directamente?

—No, directamente, no.

Me esforzaba por calibrar el extraño tono de sus palabras, como si quisiera adivinar el peso de un huevo en la palma de la mano.

—¿Quieres decir que soy culpable de forma indirecta?

No contestó a mi pregunta.

—Hace unos días tuve un sueño —dijo—. Fue algo tan vívido que no sabía distinguir si era real o no, y al despertarme pensé, más bien me convencí, de que ya no podía seguir viviendo contigo.

—¿Y qué sueño era ese si se puede saber?

Sacudió la cabeza y continuó:

—Lo siento, pero ahora no puedo decírtelo.

—¿Es algo privado?

—Tal vez.

—¿Aparecía yo en ese sueño?

—No. A eso me refiero cuando digo que no tienes la culpa directamente.

Por si acaso, resumí lo que había dicho hasta ese momento. Sintetizar lo que decía otra persona cuando no sabía qué decir era un hábito muy arraigado en mí (algo que irritaba sobremanera a los demás, por supuesto).

—O sea, hace unos días tuviste un sueño, según tú, muy real. Al despertarte, estabas convencida de que no podías seguir viviendo conmigo, pero no puedes decirme qué ocurría en ese sueño porque se trata de algo íntimo. ¿No es así?

Asintió con la cabeza.

—Eso es.

—Pero eso no es una explicación.

Tenía las manos apoyadas en la mesa y miraba fijamente la taza de café, como si allí dentro hubiese una papeleta de la fortuna y estuviera leyendo lo que decía. Por la expresión de su cara, debía de ser algo bastante impresionante, que podía interpretarse de diferentes maneras.

Siempre les había dado mucha importancia a los sueños. A menudo cambiaba de criterio o actuaba de un modo distinto en función de lo que hubiera soñado, pero por mucho que los sueños determinasen su forma de actuar, por muy vívido que hubiera sido ese al que hacía referencia, no podía tirar por la borda seis años de matrimonio.

—El sueño solo ha sido una especie de detonante

—dijo, como si leyese mi corazón—. O sea, que es como si hubiera apretado el gatillo y gracias a eso se hubieran aclarado muchas cosas.

—Cuando se aprieta el gatillo sale una bala.

—¿A qué te refieres?

—El gatillo es una pieza esencial de un arma. No me parece conveniente que te des por satisfecha con decir que ha sido «una especie de detonante».

Me miró sin decir nada. Al parecer, no entendía mi razonamiento. Tampoco yo lo entendía en realidad.

—¿Hay otro hombre?

Asintió.

—¿Te has acostado con él?

—Sí. Lo siento de veras.

Quizá debería haber preguntado quién era y desde cuándo se veía con él, pero preferí no pensar en ello. En lugar de eso, volví a contemplar la lluvia tras la ventana. ¿Por qué no me había dado cuenta?

—Pero esa no es más que una entre otras muchas razones.

Miré a mi alrededor, me hallaba en la cocina de siempre, pero de repente se había convertido en un paisaje extraño, indiferente.

¿No era más que una entre otras muchas razones?

No sabía qué quería decir con eso exactamente. ¿Mantenía una relación sexual con otro hombre y eso solo era una más entre otras muchas razones para dejarme? ¿Y cuáles eran esas otras razones?

—Me iré en unos días. No hace falta que hagas nada. La responsabilidad de este asunto es mía y seré yo quien se marche.

—¿Has decidido ya adónde irás?

No contestó, pero daba la impresión de que así era. Tal vez abordaba el asunto solo después de haberlo preparado ya todo. Pensé en ello y me dominó una sensación de impotencia, como si hubiera dado un paso en falso en plena oscuridad. Las cosas se sucedían inexorablemente y yo no sabía en qué momento habían empezado a ocurrir.

—Empezaré con los trámites de divorcio lo antes posible y me gustaría que firmases los papeles enseguida. Siento ser tan egoísta.

Dejé de contemplar la lluvia para concentrarme en su cara. Pensé que, aunque hubiésemos pasado seis años bajo el mismo techo, apenas la conocía, como las personas que, a pesar de mirar la luna todas las noches, no saben casi nada de ella.

—Me gustaría pedirte algo —dije al fin—. Si aceptas, puedes hacer lo que quieras y firmaré los papeles del divorcio sin rechistar.

—¿De qué se trata?

—Me iré yo. Me iré hoy mismo. Me gustaría que fueses tú quien se quedase.

—¿Hoy mismo? —preguntó sorprendida.

—¿No acabas de decir que mejor cuanto antes?

—Si eso es lo que quieres... —dijo después de pensárselo un rato.

—Es lo que quiero. No tengo nada más que pedirte.

En realidad, habría hecho cualquier cosa con tal de no quedarme solo en aquel lugar lamentable, como un desecho bajo la fría lluvia del mes de marzo.

—Me llevaré el coche. No te importa, ¿verdad?

No hacía falta preguntarlo. Era un coche viejo de

cambio de marchas manual que un amigo me había vendido a un precio irrisorio antes de casarme. Tenía ya más de cien mil kilómetros; además, ella no sabía conducir.

—Vendré a por mi ropa y a por las cosas de pintar más adelante. ¿Te parece bien?

—De acuerdo, pero más adelante cuánto tiempo es.

—No lo sé.

No tenía margen para pensar en un futuro tan próximo. Sentía como si se hubiera esfumado el suelo bajo mis pies, como si a duras penas lograse mantenerme en pie.

—No creo que me quede mucho tiempo en esta casa —dijo ella vacilante.

—Quizá todos vayan a la luna.

No debió de oírme bien.

—¿Qué has dicho?

—Nada. Nada importante.

Antes de la siete de la tarde había metido en una bolsa grande de deporte las cosas imprescindibles y la había guardado en el maletero de mi Peugeot 205 rojo. Llevaba ropa de recambio, cosas de aseo, algunos libros y mi diario. También unos cuantos objetos básicos de cámping que siempre llevaba encima cuando salía de excursión, un cuaderno y unos cuantos lápices para dibujar. Aparte de eso, no se me ocurrió qué más añadir. Daba igual. Si me hacía falta algo, ya lo compraría en alguna parte. Cuando salí de la habitación cargado con la bolsa, ella aún estaba sentada a la mesa de la cocina. La taza de café tampoco se había movido del sitio.

Seguía mirando el interior de la taza con la misma expresión de antes.

—Yo también quiero pedirte un favor —dijo—. Aunque nos separemos de este modo, ¿podemos seguir siendo amigos?

No entendí bien a qué se refería. Terminé de calzarme, la miré unos instantes con la mano en el pomo de la puerta y la bolsa al hombro.

—¿Seguir siendo amigos?

—Si es posible, me gustaría verte de vez en cuando para hablar.

No lo acababa de entender. ¿Amigos? ¿Vernos de vez en cuando para hablar? ¿Y de qué íbamos a hablar? Aquello me parecía una adivinanza y yo no sabía qué quería decir en realidad. ¿Acaso no me guardaba rencor, no albergaba sentimientos negativos hacia mí?

—No sé qué decir, la verdad.

Fui incapaz de encontrar otras palabras. No habría sido capaz de hacerlo por mucho que me hubiera quedado allí de pie durante una semana entera. Abrí la puerta y salí.

No me había parado a pensar siquiera en lo que llevaba puesto. Podía haber salido con el pijama y una bata como si nada. Solo cuando paré en un área de servicio de la autopista y me vi en un espejo de cuerpo entero, me percaté de que llevaba puesto el jersey que usaba para trabajar, un plumífero de color naranja chillón, unos vaqueros, botas y un viejo gorro de lana en la cabeza. El jersey era de color verde con cuello redondo, estaba muy gastado y tenía manchas de pintura. Lo único nuevo en mi atuendo era el vaquero azul, y su intenso color llamaba la atención. Tenía un aspecto horrible, pero no llegaba al extremo de ser un bicho raro. Solo me arrepentí de haberme olvidado la bufanda. Cuando salí con el coche del aparcamiento subterráneo del edificio, aún caía la fría y silenciosa lluvia de marzo. El limpiaparabrisas del coche hacía un ruido sordo, como la tos ronca de una persona mayor.

No se me ocurría adónde ir, y estuve conduciendo durante un rato por la autopista de circunvalación de Tokio sin un destino concreto. Al final, salí en el cruce de Nishiazabu, tomé dirección Aoyama por la avenida Gaien-nishi, giré a la derecha en el cruce de Aoyama-sanchome hacia Akasaka y llegué a Yotsuya después de varios giros. Me paré en la primera gasolinera que encontré para llenar el depósito. Aproveché para pedir que revisaran el nivel de aceite, la presión de los neumáticos y el líquido limpiaparabrisas. Quería emprender un largo viaje, tal vez, incluso, llegar hasta la luna.

Pagué con la tarjeta de crédito y me marché. Era una noche de domingo lluviosa y las calles estaban vacías. Encendí la radio. Solo hablaban de temas sin interés en un tono demasiado atiplado. En el reproductor de cedés tenía el primer álbum de Sheryl Crow, pero después de tres canciones lo apagué. Cuando quise darme cuenta, estaba en la avenida Mejiro y tardé un tiempo en identificar hacia dónde me dirigía. Al fin comprendí que iba de Waseda a Nerima. No soportaba el silencio y volví a encender el reproductor de cedés. Después lo apagué de nuevo. El silencio se me hacía demasiado espeso y la música demasiado escandalosa. Ante la disyuntiva, me quedaba con el silencio. Tan solo oía el ruido ronco de la vieja goma del limpiaparabrisas deslizándose sobre el cristal y el continuo sonido de los neumáticos sobre el asfalto mojado.

Inmerso en aquel silencio, imaginé a mi mujer en los brazos de otro hombre.

«Podía haberme dado cuenta antes», pensé. ¿Por qué no me enteré? Llevábamos varios meses sin hacer el amor, y aunque yo se lo sugería de vez en cuando, ella siempre encontraba razones para rechazarme. En realidad, me dio la impresión de que desde hacía ya mucho tiempo ella no se entusiasmaba con el sexo, pero las relaciones matrimoniales a veces atraviesan etapas así, o al menos eso me parecía. Estaría cansada por el trabajo, o no se encontraría bien, me decía a mí mismo, y, sin embargo, se acostaba con otro hombre. ¿Desde cuándo? Busqué y rebusqué alguna pista, algún rastro en mi memoria. La situación se remontaba ya a cuatro o cinco meses. Eso significaba desde octubre o noviembre.

A pesar de mis esfuerzos, fui incapaz de recordar nada significativo que hubiera ocurrido en el mes de octubre o de noviembre del año pasado, pero lo cierto es que apenas recordaba lo ocurrido el día antes.

Seguí dándole vueltas a todo lo que había pasado durante el otoño sin perder de vista los semáforos, con cuidado de no acercarme demasiado a las luces traseras de los coches que tenía delante. Estaba tan concentrado en mis pensamientos que me ardía la cabeza. Cambiaba de marcha sin pensar con la mano derecha según el tráfico y con el pie izquierdo pisaba el embrague en un movimiento coordinado con el de la mano. Nunca había agradecido tanto conducir un coche con cambio de marchas manual. Así, al menos, estaba obligado a usar manos y pies y podía ocupar mis pensamientos en otra cosa al margen de los amoríos de mi mujer.

¿Qué demonios había ocurrido en octubre o noviembre?

Imaginé la escena de una tarde de otoño en la que un hombre desnudaba a mi mujer tumbada encima de una gran cama. Veía los tirantes blancos de su camiseta, pensé en sus pezones rosados bajo la suave tela. No, en realidad no quería pensar en ello, pero era incapaz de romper la cadena de la imaginación una vez que había echado a volar. Suspiré. Detuve el coche en el aparcamiento de la primera zona de descanso que encontré. Abrí la ventana, inhalé el aire húmedo del exterior y me concentré para tratar de calmar los latidos de mi corazón. Bajé del coche, caminé sin paraguas bajo la llovizna, solo con el gorro puesto, y entré en un restaurante. Me senté en un reservado al fondo de la sala.

Apenas había gente. Vino la camarera. Le pedí un café y un sándwich de jamón y queso. Mientras bebía el café, cerré los ojos para tratar de poner en orden mis sentimientos. Quería quitarme de la cabeza a mi mujer en brazos de otro hombre, pero la imagen no se me borraba tan fácilmente.

Fui al lavabo. Me lavé las manos y observé mi cara en el espejo. Los ojos parecían más pequeños de lo normal. Estaban inyectados en sangre. Parecían los ojos de un animal salvaje del bosque al que se le iba la vida poco a poco por culpa del hambre. Estaba consumido, asustado. Me sequé la cara y las manos con la toalla y entonces me miré en un espejo de cuerpo entero. La imagen que devolvía era la de un hombre extenuado de treinta y seis años vestido con un jersey miserable lleno de manchas de pintura.

«¿Adónde voy a ir ahora?», me pregunté sin dejar de mirarme. Pero más importante que eso era saber, primero, adónde había llegado. ¿Dónde estaba? Y, más importante aún, ¿quién demonios era yo?

Pensé en pintar un autorretrato. ¿Quién aparecería allí? ¿Encontraría en él al menos un rastro de cariño hacia mí mismo, algo brillante, aunque fuera algo pequeño?

Volví a la mesa sin haber llegado a ninguna conclusión. La camarera se acercó a servirme más café. Le pedí que me preparase el sándwich para llevar. No tenía hambre en ese momento, pero más tarde quizá sí.

Salí del restaurante y conduje hasta la entrada de la autopista de Kannetsu. Tenía intención de dirigirme al norte. No sabía qué encontraría allí, pero por alguna razón me pareció mejor que el sur. Quería ir a un lugar frío, limpio, pero lo más importante de todo era alejarme lo máximo posible, el sitio daba igual. En la guantera tenía cinco o seis cedés. Uno era del octeto para cuerdas de Mendelssohn interpretado por el conjunto de música de cámara I Musici. A mi mujer le gustaba pasear en coche mientras lo escuchábamos. Era una composición para un conjunto de cuerdas formado por cuatro violines, dos violas y dos violonchelos, con una bella melodía. Mendelssohn lo compuso con tan solo dieciséis años. Eso me explicó ella. Al parecer, fue un niño prodigio.

—¿Qué hacías tú con dieciséis años? —me preguntó en aquella ocasión.

Con dieciséis años estaba loco por una chica de mi clase. Era lo único que recordaba de entonces.

—¿Y salías con ella?

—Apenas hablamos. Me limitaba a mirarla de lejos. No tenía valor para decirle nada y cuando volvía a casa la pintaba. Hice varios retratos suyos.

—La afición te viene de lejos —dijo entre risas.

—Sí, siempre he hecho más o menos las mismas cosas, la verdad.

Repetí entonces esas mismas palabras en mi interior: «Sí, siempre he hecho más o menos las mismas cosas, la verdad».

Saqué el cedé de Sheryl Crow y lo cambié por *Pirámides* de Modern Jazz Quartet. Mientras escuchaba un agradable solo de blues de Milt Jackson, me dirigí al norte por la autopista. De vez en cuando me paraba a descansar en algún área de servicio y aprovechaba para ir al baño. Tomaba café solo, bien caliente, para despertarme, y estuve conduciendo prácticamente el resto de la noche. Iba por el carril lento. Solo cuando quería adelantar algún camión cambiaba al rápido. Por extraño que parezca, no tenía sueño. De hecho, lo sentía como algo tan lejano que llegué a pensar que jamás en la vida volvería a tener ganas de dormir. Antes del amanecer llegué a la costa del mar de Japón.

Salí de la autopista en la prefectura de Niigata tras dejar atrás la de Yamagata. Tomé a la derecha y continué hasta la costa norte. Entré en la prefectura de Akita y me dirigí hacia Aomori, en el extremo norte, desde donde crucé a Hokkaido. Durante todo el trayecto conduje por carreteras nacionales sin darme ningún tipo de prisa. Cuando se acercaba la noche paraba en algún hotel barato y dormía en una cama estrecha. Por fortuna, enseguida conciliaba el sueño.

El segundo día de viaje llamé por la mañana a mi agente desde la ciudad de Murakami para anunciarle que durante un tiempo no haría más retratos. Tenía algunos encargos a medio terminar, pero no me encontraba en condiciones de volver al trabajo.

—¡No puede ser! —exclamó alarmado—. He aceptado más encargos.

Su voz sonaba seria, dura. Me disculpé.

—Lo siento, no puedo hacer otra cosa. Por qué no les dice a los clientes que he sufrido un accidente de coche o algo por el estilo. Habrá más retratistas, imagino.

Mi agente se quedó un rato en silencio al otro lado del teléfono. Hasta entonces nunca me había retrasado con la entrega de los encargos. Sabía que me tomaba muy en serio mi trabajo.

—Tengo intención de alejarme de Tokio durante un tiempo y hay una buena razón para ello. Lo siento de veras, pero durante ese tiempo no trabajaré.

—¿De cuánto tiempo estamos hablando?

Fui incapaz de responder a su pregunta. Apagué el móvil, me paré en mitad de un puente y lo lancé al río por la ventanilla. Lo sentía de veras por él, pero no tenía más remedio que resignarse. Por mí podía pensar que me había ido a la luna.

En la ciudad de Akita busqué un banco, saqué dinero de un cajero y comprobé el saldo. Aún tenía una cantidad considerable y contaba además con el crédito de la tarjeta. Podía continuar durante un tiempo con mi improvisado viaje. No gastaba mucho en el día a día, solo para gasolina, comida y para dormir en algún hotel barato de carretera.

En las afueras de la ciudad de Hakodate, ya en Hokkaido, compré una tienda de campaña sencilla y un saco de dormir en un *outlet*. Era a comienzos de primavera y aún hacía frío. Compré también ropa interior de invierno. A partir de ese momento empecé a dormir en la tienda siempre que encontraba algún cámping. Quería ahorrar lo máximo posible. Aún quedaban restos de nieve, pero como había dormido hasta ese momento en habitaciones estrechas y sofocantes, el interior de la tienda me resultaba limpio, me hacía sentir libre. El suelo era la tierra firme y sobre mi cabeza estaba el cielo infinito donde resplandecían las estrellas. Aparte de eso no había nada más. Viajé sin rumbo fijo al volante de mi viejo Peugeot durante unas tres semanas por la isla de Hokkaido. Llegó el mes de abril, pero el deshielo se retrasaba ese año. A pesar del frío, el color del cielo cambió y los brotes de las plantas empezaron a abrirse. Cuando encontraba algún pequeño balneario de camino, me alojaba allí, aprovechaba para bañarme, me afeitaba, me aseaba a conciencia y comía decentemente. Sin embargo, había perdido cinco kilos desde que salí de Tokio. No leía el periódico ni veía la televisión. La radio del coche empezó a sintonizarse mal nada más llegar a Hokkaido y al poco tiempo dejó de oírse. No tenía la más mínima idea de lo que ocurría en el mundo y tampoco sentía un interés especial. En Tomakonai aproveché para lavar toda mi ropa en una lavandería. Mientras esperaba a que terminase la lavadora, fui a un barbero por allí cerca para que me arreglase la maraña de pelo y me afeitara. Fue entonces cuando vi por pri-

44

mera vez desde hacía mucho tiempo las noticias en la televisión nacional. En realidad, tenía los ojos cerrados y escuchaba la voz del presentador aunque no quisiera. De principio a fin, me pareció que hablaba de un planeta que nada tenía que ver conmigo, de hechos ficticios. Lo único que guardaba un mínimo de relación conmigo fue la noticia de la muerte de un anciano de setenta y tres años atacado por un oso mientras recogía setas en una montaña de Hokkaido. El presentador explicó que los osos acababan de despertar de su hibernación y eran muy peligrosos a causa del hambre. Yo dormía de vez en cuando en la tienda y paseaba solo por los bosques. No habría sido extraño que ese oso me hubiese atacado. Solo la casualidad quiso que fuese otro hombre y no yo. A pesar de todo, no sentí compasión por él. Tampoco pensé en el miedo y en el dolor que debió de padecer. Mis simpatías se inclinaban más bien hacia el oso, aunque no era tanto simpatía como un ánimo parecido a la conspiración.

«Me está pasando algo», pensé mientras me miraba al espejo. Lo repetí en voz baja. Era como si la cabeza no me funcionase bien. «Lo mejor es que no me acerque a nadie», me dije. Al menos durante una temporada.

A mediados de abril, cansado del frío, decidí marcharme de Hokkaido y regresé a Honshu, la isla principal. Recorrí la costa del Pacífico desde Aomori pasando por Iwate y hasta llegar a Miyagi. Cuanto más bajaba hacia el sur, más se templaba la estación del año y más asentada estaba la primavera. No dejaba de pensar en mi mujer y en esos brazos sin nombre que, tal vez, la abrazaban en esos momentos en la cama en algún lugar. No quería pensar en ello, pero no se me ocurría otra cosa en que ocupar mi mente.

Había conocido a mi mujer poco antes de cumplir los treinta. Ella era tres años menor. Trabajaba como delineante en un pequeño estudio de arquitectura en el distrito de Yotsuya y era amiga del instituto de una novia con la que salía yo por aquel entonces. Tenía el pelo largo, liso, apenas se maquillaba y su aspecto era el de una mujer tranquila (más tarde comprobaría que no era tan tranquila como aparentaba). Un día que había salido con mi novia nos la encontramos por casualidad en un restaurante y me la presentó. Me enamoré de ella al instante.

Su rostro no destacaba por nada, no llamaba especialmente la atención, pero tampoco tenía ningún defecto. Tenía las pestañas largas, la nariz fina, no era alta y llevaba el pelo hasta los hombros muy bien peinado (siempre se preocupó mucho por su pelo). En la comisura de sus carnosos labios tenía un pequeño lunar que se movía con cada gesto que hacía. Era un detalle muy sensual, pero que solo se apreciaba si uno se fijaba mucho. En conjunto, mi novia de entonces era mucho más guapa, pero ella me arrebató el corazón nada más verla, como si me hubiera fulminado un relámpago. ¿Por qué? Tardé varias semanas en descubrir la razón. Me recordaba a mi hermana pequeña. Me la recordaba mucho. No físicamente. De haber comparado dos fotografías, todo el mundo habría coincidido en que no se parecían en nada. Me recordaba a mi hermana porque, al gesticular, el movimiento y el brillo de sus ojos producían una impresión muy parecida. Me hacía sentir como si reviviera un tiempo que ya pertenecía al pasado.

Mi hermana también era tres años menor y padecía una enfermedad congénita que afectaba a las válvulas de su corazón. De niña la habían operado con éxito en varias ocasiones, pero le habían quedado secuelas. Los médicos no sabían si sería capaz de recuperarse por sí misma o terminaría por agravársele el problema. Murió cuando yo tenía quince años. Ella acababa de empezar la escuela secundaria. En su corta vida luchó sin descanso contra la enfermedad y nunca perdió la alegría ni su carácter positivo. Hasta el final, jamás se quejó ni tampoco se lamentó de su situación. De hecho, pensaba a menudo en su futuro. En sus planes nunca consideró la posibilidad de morir. Era inteligente y en el colegio siempre sacaba las mejores notas (mucho mejores que las mías), tenía una voluntad firme y cuando decidía algo no cambiaba de opinión por muchos imprevistos que surgieran. Las raras ocasiones en que nos peleábamos, no me quedaba más remedio que ceder. Al final de su vida estaba muy delgada, pero sus ojos mantenían la misma viveza, la misma intensidad y brillo.

Lo que me atrajo de mi mujer fueron, precisamente, esos ojos, algo que se entreveía en ellos. Ya en la primera ocasión en la que nuestras miradas se cruzaron, una sacudida agitó mi corazón. Eso no significaba, sin embargo, que por tenerla entre mis brazos fuera a revivir de algún modo a mi hermana fallecida. Pensar semejante cosa solo me iba a proporcionar desilusión y lo sabía. Lo que quería, más bien lo que necesitaba, era atrapar ese reflejo de sus ojos que traslucían una voluntad firme y positiva, algo parecido a una fuente viva de calor. Era algo que me resultaba familiar, algo que había perdido hacía tiempo.

De algún modo logré contactar con ella sin levantar sospechas y la invité a salir. Al principio, por supuesto, pareció muy sorprendida y dudó. Al fin y al cabo, yo era el novio de su amiga, pero no me rendí con facilidad. Solo quería hablar con ella, le dije. Nada más. Finalmente aceptó y fuimos a un restaurante tranquilo donde hablamos de muchas cosas. Al comienzo la conversación resultó un tanto rígida, pero pronto se animó. Tenía interés por conocerla y no me resultaba difícil cambiar de tema. Me enteré así de que solo mediaban tres días entre el día de su cumpleaños y el de mi hermana.

—¿Puedo hacerte un retrato? —le pedí.

—¿Ahora? ¿Aquí? —preguntó ella un tanto alarmada mirando a su alrededor.

Acabábamos de pedir el postre.

—Terminaré antes de que lo traigan.

—En ese caso...

No parecía muy convencida. Saqué un cuaderno pequeño que siempre llevaba encima y empecé a dibujarla deprisa con un lápiz 2B. Como le había dicho, terminé antes de que llegara el postre. Lo fundamental del retrato eran sus ojos, por supuesto. En realidad, solo era eso lo que quería dibujar. Tras aquellos ojos se extendía todo un mundo que sobrepasaba los límites del tiempo. Le mostré el resultado y pareció contenta.

—Parece muy... ¿vivo?

—Tú eres así.

Miró el dibujo durante un buen rato con cara de estar impresionada, como si descubriese en sí misma algo nunca visto.

—Si te gusta te lo regalo.

—¿De verdad?

—Por supuesto. Solo es un bosquejo.

—Gracias.

Después de aquel día salimos en varias ocasiones y al final nos hicimos novios. Todo transcurrió con naturalidad, pero a mi exnovia, como es lógico, le molestó mucho que su amiga le quitase el novio. Creo que tenía intención de casarse conmigo y su enfado era previsible (de todos modos, dudo que hubiera terminado casándome con ella). También mi futura mujer salía con alguien por entonces y su ruptura no fue sencilla. Al comienzo de nuestra andadura juntos nos topamos con varios obstáculos, pero, a pesar de todo, en medio año nos habíamos convertido en marido y mujer. Organizamos una pequeña fiesta para los amigos y nos mudamos a un piso en el barrio de Hiroo, en un edificio propiedad de su tío, que nos lo alquiló a un precio razonable. Organicé mi estudio en una habitación pequeña y fue allí donde empecé a tomarme en serio mi profesión de retratista. Ya no se trataba de algo ocasional. En mi nueva vida de hombre casado me hacían falta ingresos fijos y no tenía otra cosa decente a mano. Mi mujer cogía el metro a diario para ir a trabajar. De una forma natural, me hice cargo de las tareas domésticas sin que eso me provocase demasiados problemas. Nunca he tenido reparos con ese tipo de obligaciones y, además, me servía para romper un poco el ritmo y el ambiente del trabajo. En cualquier caso, ese plan me satisfacía más que la obligación de sentarme todos los días delante de una mesa en una oficina.

Los primeros años de nuestra vida en común fueron tranquilos y satisfactorios para los dos. Eso creo, al menos. Con el tiempo, se instaló un determinado ritmo en nuestra vida diaria y nos adaptamos a él con naturalidad. Los fines de semana y los días festivos yo también descansaba y aprovechábamos para ir a algún sitio. De vez en cuando veíamos una exposición, paseábamos por las afueras o deambulábamos sin rumbo fijo por el centro. Reservarnos un tiempo para la intimidad, para hablar, se convirtió en una costumbre muy importante para ambos. Hablábamos con toda honestidad de las cosas que nos sucedían. Compartíamos opiniones, puntos de vista, valoraciones. Solo hubo una cosa que nunca le dije y lo hice conscientemente: que sus ojos me recordaban a los de mi hermana muerta a los doce años; que esa era la razón fundamental por la que me había sentido atraído por ella. De no ser por eso, no creo que hubiera puesto tanto entusiasmo en cortejarla. Siempre pensé, no obstante, que era mejor no decirle nada, y nunca lo hice. Ese fue mi único secreto. No sé si ella tendría alguno, imagino que sí.

Se llamaba Yuzu, como el cítrico japonés que se usa para cocinar. Cuando estábamos en la cama, a veces bromeaba y la llamaba *sudachi,* que es un cítrico parecido al *yuzu.* Se lo susurraba al oído y ella medio reía, medio se enfadaba.

—Soy *yuzu,* no *sudachi* —decía—. Parecido pero diferente.

¿Cuándo empezaron a torcerse las cosas? No dejaba de pensar en ello mientras conducía, de aparcamiento en aparcamiento y de hotel de carretera en hotel de carretera. Sin embargo, era incapaz de determinar un momento exacto. Siempre había pensado que lo nuestro iba bien. Entre nosotros había cosas por resolver, evidentemente, y a veces discutíamos a causa de ello, como cualquier otro matrimonio. El asunto más importante que nos quedaba pendiente era decidir si tendríamos hijos o no. En cualquier caso, aún teníamos margen para discutirlo. Aparte de eso (problemas aplazables al futuro todos ellos), nuestra vida matrimonial era, en esencia, sana, y encajábamos bien tanto física como psicológicamente. Al menos eso pensé hasta el último momento.

¿Cómo pude ser tan optimista? Mejor dicho, ¿cómo pude ser tan estúpido? Tengo un defecto de nacimiento, como si hubiera un punto ciego en mí. Estoy convencido de ello. Siempre que pierdo de vista algo importante, ese algo resulta ser lo más importante.

Por las mañanas me despedía de mi mujer cuando se marchaba al trabajo y me concentraba en la pintura hasta pasado el mediodía. Después de comer salía a dar un paseo, hacía la compra y de vuelta en casa preparaba la cena. Dos o tres veces por semana iba a nadar a un club deportivo cercano. Cuando mi mujer volvía, le servía la cena y bebíamos juntos vino o cerveza. Si me avisaba de que se quedaría a trabajar hasta tarde y cenaría algo por ahí, me sentaba yo solo a la mesa y comía algo sencillo. Nuestros seis años de vida conyugal fueron una sucesión de días así. A mí, particularmente, no me producía una especial insatisfacción.

En el estudio de arquitectura tenían mucho trabajo y a menudo no le quedaba más remedio que hacer horas extras. Poco a poco empezaron a sucederse las noches en las que me veía obligado a cenar solo. A veces volvía a casa pasada la medianoche, siempre por la misma razón. Un compañero había dejado su puesto y ella se había hecho cargo de su trabajo. Sin embargo, sus jefes no se decidían a contratar a otra persona. Estaba siempre cansada. Se duchaba y se acostaba enseguida. Nuestra relación sexual se resintió mucho. De vez en cuando, incluso, le tocaba ir al trabajo los días libres para terminar con lo que tenía pendiente. Yo aceptaba sin más sus explicaciones, como no podía ser de otra manera. No tenía ninguna razón para sospechar de ella.

Pero a lo mejor no hacía todas esas horas extras que decía. Mientras yo cenaba solo en casa, tal vez ella compartía cama con su amante en algún hotel.

Mi mujer tenía un carácter sociable. Parecía tímida, pero tenía una mente rápida, sagaz y necesitaba de las relaciones sociales, algo que yo era incapaz de ofrecerle. A menudo salía a comer con sus amigas (tenía muchas amigas), y después del trabajo iba con sus compañeros a tomar algo (aguantaba el alcohol mucho más que yo). No me quejaba de que saliera sola a divertirse. Al contrario, la animaba a hacerlo.

Bien pensado, empecé a darme cuenta de que la relación con mi hermana era parecida. Ya de niño no me gustaba salir después del colegio y me encerraba en mi cuarto para leer o para pintar. Comparado con el mío, el carácter de mi hermana era mucho más sociable, activo. Nunca coincidimos en nuestros intereses, en nuestra actividad diaria y, a pesar de todo, nos entendíamos bien, nos respetábamos. Hablábamos de muchas cosas, lo cual no era frecuente entre hermanos de esa edad. En la planta de arriba de nuestra casa había un balcón y, ya fuera invierno o verano, salíamos allí para hablar sin parar, sin aburrirnos nunca. Nos gustaba especialmente hablar de cosas divertidas. Bromeábamos, nos reíamos a carcajadas.

No puede decirse que fuera lo mismo, pero tener una relación parecida con mi mujer hacía que me sintiese muy tranquilo. En nuestro matrimonio, asumía el papel de marido poco hablador, pero colaborativo. Lo daba por hecho, como si eso fuera algo de lo más natural. Pero puede que Yuzu no sintiera lo mismo. Quizás algo en su vida matrimonial no le satisfacía. Al fin y al cabo, mi mujer y mi hermana eran personas completamente distintas. Ni que decir tiene que yo tampoco era, a esas alturas, un adolescente.

Cuando llegó el mes de mayo, estaba muy cansado de conducir. Me aburría pensar una y otra vez en lo mismo con las manos todo el rato en el volante. Las preguntas eran siempre las mismas y las respuestas también: inexistentes. De pasar tanto tiempo sentado, empecé a tener lumbago. El Peugeot 205 era un coche utilitario y sus asientos no eran demasiado cómodos. Estaba claro, además, que los amortiguadores no funcionaban como antes. Notaba también un dolor constante en el fondo de los ojos de tanto mirar el reflejo de las luces en la carretera. Ya había pasado más de un mes y medio sin dejar de conducir como si algo me persiguiera. Encontré un decadente balneario de aguas termales en la cordillera entre las prefecturas de Miyagi e Iwate. Decidí descansar allí por un tiempo. Era un lugar sin nombre, perdido en lo más profundo de un valle, una especie de pensión donde los clientes se alojaban mucho tiempo como convalecientes de alguna enfermedad. Era un lugar barato y podía prepararme comidas sencillas en una cocina compartida. Me bañaba tantas veces como me apetecía, me pasaba las horas muertas en el agua caliente, dormía a placer. Me recuperé así del cansancio de tanto conducir. Leía horas y horas tumbado sobre el tatami. Cuando me aburría de la lectura, me dedicaba a pintar. Hacía tiempo que no sentía ganas de hacerlo. Al principio, elegí como motivo las flores y los árboles del jardín, y después continué con unos conejos que tenían por allí. Eran sencillos bosquejos a lápiz, pero todo el mundo alababa mi trabajo. A veces me pedían retratos y yo pintaba a los que tenía a mi alrededor, a alguien que dormitaba, a los empleados del balneario. La mayoría era gente de paso con la que no volvería a cruzarme nunca más. Por eso, si me lo pedían, les regalaba mis dibujos.

Pensé que había llegado el momento de regresar a Tokio. Así no iba a ninguna parte. Además, tenía ganas de retomar el trabajo. No tanto de volver a los retratos por encargo, ni a seguir con bosquejos más o menos sencillos, sino de retomar algo desde hacía mucho tiempo. No sabía cómo me iría, pero, de todos modos, debía intentarlo.

Decidí regresar al volante de mi viejo Peugeot cruzando la región de Tohoku, pero justo antes de la ciudad de Iwaki, en la nacional seis, el coche dijo basta. El conducto de alimentación del combustible tenía una fisura y el motor no arrancaba. Hasta ese momento, apenas había tenido una avería y no podía quejarme. Por suerte, dejó de funcionar cerca de un garaje que regentaba un hombre amable. Me explicó que era imposible encontrar una pieza tan antigua y que, en caso de pedirla a la fábrica, tardaría mucho en llegar. Aunque me decidiera a arreglarlo, me explicó, enseguida volvería a dar problemas. La correa del ventilador estaba al límite. Las pastillas de freno, igual. Los amortiguadores tampoco presentaban mucho mejor aspecto. Me aconsejó que lo dejase morir tal como estaba. Me apenaba despedirme de ese coche en el que casi había vivido en la carretera desde hacía más de un mes y medio. Tenía más de ciento veinte mil kilómetros y no me quedaba más remedio que dejarlo atrás. Pensé que el coche se había muerto en mi lugar.

Como agradecimiento por hacerme el favor de deshacerse de él, le regalé al mecánico todas mis cosas de cámping. Antes de despedirme, lo dibujé en mi cuaderno, me colgué la bolsa de deporte al hombro y tomé un tren de la línea Joban en dirección a Tokio. Llamé a Masahiko Amada desde la estación para explicarle brevemente mi situación: mi vida matrimonial se había arruinado, me había marchado de viaje una temporada y ahora regresaba a Tokio sin tener adónde ir. Le pregunté si sabía de algún sitio donde alojarme.

Tenía el lugar adecuado para mí. Era la casa en la que su padre había vivido solo durante muchos años, pero lo habían tenido que ingresar en una residencia en la altiplanicie de Izu, y la casa llevaba un tiempo vacía. Estaba amueblada, contaba con todo lo necesario y no hacía falta comprar nada. Quizás el lugar se encontraba un poco apartado y era algo incómodo, pero el teléfono aún funcionaba.

Acepté de inmediato, por supuesto. No se me ocurría una opción mejor.

Fue así como empecé una nueva vida en un lugar también nuevo.

No es más que un reflejo físico

Me instalé en la nueva casa, en plena montaña, a las afueras de la ciudad de Odawara. Unos días más tarde llamé a mi mujer. Para hablar con ella tuve que intentarlo cinco veces. Al parecer, aún regresaba tarde a casa por culpa del trabajo y tal vez se veía con alguien. En cualquier caso, ya nada de eso tenía relación conmigo.

—¿Dónde estás ahora? —me preguntó.

—En la casa del padre de Masahiko, en Odawara. —dije, y le expliqué brevemente la situación.

—Te he llamado varias veces al móvil —dijo Yuzu.

—Ya no tengo móvil. —Quizás ya había ido a parar al mar de Japón—. Me gustaría recoger mis cosas. ¿Te importa?

—Aún tienes la llave, ¿verdad?

—Sí. —Había pensado tirarla también al río, pero debía devolverla y aún la conservaba—. ¿Te importa que vaya cuando tú no estés?

—Esta también es tu casa. Por supuesto que no me importa. ¿Qué has hecho durante todo este tiempo? ¿Dónde has estado?

Le conté que había viajado por las regiones más frías de Japón hasta que el coche murió.

—Pero tú estás bien, ¿verdad?

—Estoy vivo. El que murió fue el coche.

Yuzu se quedó callada un tiempo al otro lado del teléfono. Al final dijo:

—Hace poco soñé contigo.

No le pregunté por el sueño. No quería saber nada, tampoco cómo era ese yo que aparecía en él, y ella no dijo nada más.

—Cuando termine en el piso, dejaré la llave dentro.

—Haz lo que quieras. A mí me da igual.

La dejaría en el buzón. Se hizo de nuevo el silencio y al cabo de un rato fue ella quien habló:

—¿Te acuerdas del retrato que me hiciste la primera vez que salimos?

—Sí, me acuerdo.

—De vez en cuando lo miro. Está muy bien hecho. Al observarlo, me siento como si me enfrentase a mi verdadero yo.

—¿Tu verdadero yo?

—Sí.

—Ya te ves en el espejo todos los días, ¿no?

—No es lo mismo. Ese yo del espejo no es más que un reflejo físico.

Nada más colgar fui al baño a mirarme en el espejo. Allí estaba el reflejo de mi cara. Hacía tiempo que no me miraba de frente, con calma. Para ella, esa imagen solo era un reflejo físico, pero para mí la cara que tenía ante mis ojos solo era una parte de mi ser, que en algún momento se había escindido en dos. El ser que tenía enfrente no lo había elegido yo. Ni siquiera era un reflejo físico.

Dos días más tarde me subí al Toyota Corolla y conduje hasta el apartamento de Hiroo para recoger mis efectos personales. Llegué a mediodía. Llovía sin cesar desde por la mañana temprano. Aparqué en el garaje y al salir del coche me sorprendió un olor familiar característico de los días de lluvia.

Me metí en el ascensor y nada más entrar en el apartamento, que no pisaba desde hacía casi dos meses, me sentí un intruso. Había vivido allí seis años y conocía hasta el último rincón, pero al otro lado de la puerta se abría ahora un panorama del cual yo ya no formaba parte. En el fregadero de la cocina se amontonaban los platos. Platos que solo había usado ella. En el baño había ropa tendida, su ropa, nada más. Abrí el frigorífico y dentro solo había platos precocinados. La leche y el zumo de naranja eran de marcas distintas a las que solía comprar yo. El congelador estaba repleto. Yo nunca compraba nada congelado. Obviamente, en menos de dos meses habían cambiado muchas cosas.

Me dieron ganas de ponerme a fregar la vajilla, de recoger la ropa tendida, doblarla, planchar incluso si hacía falta, ordenar la nevera. Pero no hice nada, por supuesto. Esa casa ya no me pertenecía. Era de otra persona. Yo no tenía nada que hacer allí.

De mis pertenencias, lo que más abultaba eran los utensilios para pintar. Guardé el caballete en una caja grande de cartón. También los lienzos, las pinturas y los pinceles. Encima coloqué la ropa. No soy una persona que necesite mucha ropa, y aunque lleve siempre lo mismo, no me importa. No tenía ni trajes ni corbatas. A excepción del abrigo gordo de invierno, todo lo demás cabía en una maleta grande.

Recogí unos cuantos libros aún por leer, docenas de cedés, mi taza de café preferida, un bañador, el gorro y las gafas de natación. No necesitaba nada más, y si no lo hubiera tenido, tampoco me habría supuesto un problema. En el cuarto de baño seguían mi cepillo de dientes, la maquinilla de afeitar, la loción, una crema solar y el tónico para el pelo. También había una caja de preservativos sin abrir. No quería llevarme nada de eso. Quería causarle la molestia de tener que deshacerse de ello.

Lo metí todo en el maletero del coche y subí de nuevo para prepararme un té y tomármelo tranquilamente sentado a la mesa de la cocina. Tenía todo el derecho a hacerlo, pensé. El piso estaba en silencio y se respiraba una atmósfera de cierta gravedad. Me sentía como si estuviera solo en el fondo del mar.

Me quedé allí como mínimo media hora. Durante todo ese tiempo no apareció nadie. Tampoco sonó el teléfono. Tan solo se apagó y se encendió una vez el termostato de la nevera. Agucé el oído por si detectaba presencias en el apartamento, como si arrojase una sonda al mar para medir la profundidad. Lo mirase como lo mirase, era un espacio habitado por una mujer sola. La casa de una mujer sin apenas tiempo de hacerse cargo de las tareas domésticas, obligada a posponer los quehaceres hasta el fin de semana. Comprobé que todo lo que había en la casa era suyo. No había rastro de otra persona (tampoco quedaba apenas algo de mí). Por allí no iba ningún hombre, pensé. Debían de citarse en otro lugar.

No sabría explicar por qué, pero tuve la sensación de que alguien me observaba. Me sentía vigilado como si hubiera una cámara oculta, cosa que era, obviamente, imposible. A mi mujer se le daban fatal los aparatos electrónicos. Ni siquiera era capaz de cambiar las pilas del mando a distancia del televisor. Era impensable que hubiera instalado una cámara oculta y que encima supiera manejarla. Seguramente se debía a que yo estaba muy sensible.

Sin embargo, mientras estuve allí actué como si una cámara me vigilase. No hice nada que no debiera, nada inadecuado. No curioseé en sus cajones, y eso a pesar de que sabía que en el fondo de uno de los cajones de la cómoda, donde guardaba las medias, ocultaba un diario y cartas importantes. No lo toqué. Conocía también la contraseña de su ordenador portátil (si no la había cambiado), pero ni lo miré. Todo aquello no tenía nada que ver conmigo. Me limité a fregar la taza, la sequé con un trapo y volví a colocarla en el aparador. Apagué la luz. Contemplé la lluvia a través de la ventana. A lo lejos se distinguía la silueta naranja de la Torre de Tokio. Salí de allí, eché la llave en el buzón y conduje sin parar hasta Odawara. Era un trayecto de apenas una hora y media, pero me pareció que había ido y había vuelto al extranjero en un mismo día.

Al día siguiente llamé a mi agente para decirle que había regresado de mi viaje y para excusarme porque no tenía intención de seguir con los retratos.

—¿Quiere decir que lo deja para siempre? —me preguntó preocupado.

—Quizá.

Recibió la noticia con frialdad. No protestó especialmente, y tampoco me dio nada parecido a un consejo. Me conocía bien y sabía que, una vez que decidía algo, no cambiaba de opinión.

—Si en alguna ocasión cambia de parecer —dijo al fin—, no dude en contactar con nosotros. Estaremos encantados de volver a trabajar con usted.

—Se lo agradezco —le dije.

—Quizá no debería preguntárselo, pero ¿cómo se va a ganar la vida a partir de ahora?

—Aún no lo he decidido —contesté con toda sinceridad—. Viviré solo y no me hace falta mucho dinero para mantenerme. Además, tengo algo ahorrado.

—Seguirá pintando, ¿verdad?

—Quizá. No sé qué otra cosa podría hacer.

—Le deseo mucha suerte.

—Gracias —le dije una vez más.

De pronto, me vino a la cabeza una pregunta:

—¿Hay algo que debería tener en cuenta?

—¿Algo que tener en cuenta?

—No sé cómo explicarlo, pensaba en algún tipo de consejo profesional.

Se quedó un rato pensativo.

—Me parece que usted tarda más en entender las cosas que la gente normal, pero puede que, a la larga, el tiempo se convierta en su aliado.

Sus palabras me recordaron el título de una de las viejas canciones de los Rolling Stones.

—Una cosa más —siguió—. Creo que tiene usted un talento especial para los retratos. El talento de llegar al núcleo de la persona que retrata, de extraer intuitivamente lo que hay escondido. No es algo habitual, y me parece una lástima desperdiciarlo.

—En este momento no quiero seguir con los retratos.

—Lo entiendo. De todos modos, estoy convencido de que ese talento suyo le será muy útil en algún momento. Le deseo lo mejor.

Se lo agradecí de corazón. Ojalá el tiempo se convirtiera en mi aliado.

Masahiko Amada me llevó en su Volvo a casa de su padre en las montañas de Odawara. Podía instalarme ese mismo día si lo deseaba. Por él no había problema. Dejamos la autopista que va de Odawara a Atsugi cerca de la última salida y tomamos por una especie de pista forestal que se adentraba en las montañas. A ambos lados de la carretera se veía un paisaje rural salpicado de invernaderos, y de vez en cuando había bosquecillos de ciruelos. Apenas había casas, y no topamos con un solo semáforo. A partir de cierto momento, la carretera se empinaba, empezaba a serpentear y obligaba a usar las marchas cortas. Llegamos finalmente a la entrada de la casa. Dos pilares majestuosos sin puerta ni muro a su alrededor daban paso a la propiedad. Estaban allí como suspendidos a la espera de un remate que nunca llegó. Alguien debió de pensar que no hacía ninguna falta cerrar el terreno. En uno de los pilares había una placa lustrosa con el apellido del propietario: AMADA. Parecía un anuncio. La pequeña casa que había un poco más allá era como un chalet de diseño occidental, con una chimenea de ladrillos descoloridos sobresaliendo por encima del tejado de pizarra. Tenía una sola planta y el tejado resultaba sorprendentemente alto. Al ser la casa de un pintor famoso de estilo japonés, había imaginado que me encontraría una casa tradicional japonesa. Más bien, lo daba por hecho.

Aparcamos frente a un amplio porche junto a la entrada principal y, nada más abrir la puerta, unos arrendajos negros levantaron el vuelo desde las ramas de un árbol cercano soltando unos estridentes graznidos. Me dio la impresión de que les molestábamos, como si les incomodase que entrásemos en la casa. Estaba rodeada de bosque y solo por la parte que daba al oeste se abría al valle, desde donde se tenía una amplia panorámica.

—¿Qué te parece? No hay nada, solo naturaleza. Bonito, ¿verdad? —me preguntó Masahiko.

Observé a mi alrededor sin moverme. Tenía razón, allí no había nada. Me sorprendió que alguien se hubiera hecho construir una casa en un lugar tan solitario. Debía de ser un misántropo que huía de la gente.

—¿Creciste en esta casa? —le pregunté a Masahiko.

—No. Lo cierto es que nunca he pasado mucho tiempo aquí. Solo de vez en cuando, algunos días en verano para escapar del calor. Fui al colegio en Mejiro, vivía con mi madre en la casa que teníamos allí. Cuando mi padre no trabajaba, venía a Tokio y se quedaba con nosotros, pero regresaba enseguida. Luego me independicé y mi madre murió. Hace ya diez años de aquello. Él se encerró entonces en esta casa como si fuera un ermitaño.

Entonces vino una mujer de mediana edad que vivía cerca y que se encargaba de mantener la casa cuando no había nadie, y me explicó algunas cuestiones prácticas. Por ejemplo, a usar la cocina, dónde pedir el gas, el queroseno, dónde estaban todas las cosas, cómo clasificar la basura, cuándo y dónde tirarla, etcétera.

Al parecer, el padre de Masahiko llevaba una vida sencilla y solitaria, sin muchas máquinas ni aparatos, por lo que no había muchos trucos que aprender. Una vez instalado, la mujer me dijo que la llamase si la necesitaba, aunque nunca me hizo falta.

—Me alegro de que alguien viva en esta casa —me dijo la mujer—. Se deteriora muy rápido y es fácil que entre alguien a robar. Además, cuando no hay nadie, vienen los jabalíes e incluso los monos.

Masahiko ya me había advertido de que era una zona donde abundaban los jabalíes y los monos.

—Tenga cuidado con los jabalíes —me advirtió la mujer—. En primavera vienen a comer los brotes del bambú. Las hembras con crías son las más peligrosas, porque defienden a su prole. Tenga cuidado también con las avispas. Hay casos de gente que muere a causa de las picaduras. Suelen anidar en los ciruelos.

El salón era relativamente amplio y tenía una chimenea abierta. En la parte orientada al sudoeste había una amplia terraza cubierta; y al norte, una habitación cuadrada que servía de estudio y donde había trabajado siempre el dueño de la casa. Orientada al este, había una pequeña cocina con comedor, el cuarto de baño, el dormitorio principal y otro cuarto para invitados. En ese último había un pequeño escritorio. Al dueño le gustaba leer y las estanterías del cuarto estaban repletas de libros viejos. Parecía usar ese cuarto como despacho. A pesar de ser una casa antigua, estaba limpia y parecía cómoda. Extrañamente (quizá no fuera nada extraño), en las paredes no había un solo cuadro colgado. Estaban todas desnudas.

Como ya me había advertido Masahiko, tenía todo lo necesario para entrar a vivir: muebles, electrodomésticos, vajilla y ropa de cama. Ya me había comentado que no iba a necesitar nada y no le faltaba razón. Incluso había leña para la chimenea. No tenía televisión (el padre de Masahiko la detestaba), pero en el salón había un equipo de música estupendo, con unos altavoces enormes Tannoy Autograph, y un amplificador de válvulas de vacío de la marca Marantz. Tenía una considerable colección de vinilos, y de un simple vistazo comprobé que la mayoría eran de ópera.

—No hay reproductor de cedés —me advirtió Masahiko—. Mi padre siempre ha odiado lo nuevo. Solo confía en lo antiguo. Olvídate de internet. Si te hace falta, no te va a quedar más remedio que bajar al pueblo para ir a algún café con acceso gratis.

Yo no tenía una necesidad imperiosa de usar internet.

—Si quieres enterarte de lo que pasa en el mundo, no te quedará más remedio que escuchar la radio que hay en la cocina. Estamos en plena montaña y hasta aquí no llegan bien las ondas. A duras penas se sintoniza la emisora de la radio pública de Shizuoka. Aunque me imagino que eso es mejor que nada.

—No me interesa especialmente lo que pasa en el mundo.

—Pues entonces te llevarías muy bien con mi padre.

—¿Es fan de la ópera?

—Sí. Pintaba al estilo japonés, pero siempre ha trabajado escuchando ópera. Al parecer, cuando vivía en Viena, iba mucho a la ópera. ¿A ti te gusta?

—Un poco.

—A mí no me gusta nada. Me resulta demasiado larga y aburrida. Aquí hay montañas de discos antiguos, así que escucha lo que quieras. Mi padre ya no los escuchará más y seguro que estaría muy contento de que alguien lo haga.

—¿No los escuchará más?

—La demencia que tiene no para de avanzar. Ya ni siquiera distingue entre una ópera y una sartén.

—¿Vivió en Viena? ¿Fue allí donde estudió pintura japonesa?

—No, hombre, no. No hay nadie tan raro como para irse a Viena a estudiar pintura japonesa. Al principio se dedicó a la pintura de estilo occidental, y por eso se instaló allí. Se dedicaba a la pintura figurativa al óleo, pero poco después de regresar a Japón cambió por completo de estilo y empezó con la pintura tradicional japonesa. Ese tipo de cosas ocurren a menudo. Cuando alguien sale al extranjero, se despierta en él su propia identidad.

—Y le llegó el éxito.

Masahiko se encogió de hombros.

—Desde el punto de vista del reconocimiento social quizá, pero para mí, como hijo suyo, solo era un hombre difícil con mal carácter. En su cabeza solo había espacio para la pintura. Siempre ha vivido como quería, aunque ya no queda ni rastro de todo eso.

—¿Qué edad tiene?

—Noventa y dos. De joven llevó una vida a lo grande, pero desconozco los detalles.

—Muchas gracias por todo —le dije—. Valoro mucho tu ayuda.

—Entonces, ¿te gusta la casa?

—Sí. Te agradezco de todo corazón que me dejes quedarme aquí un tiempo.

—Por supuesto. Yo solo deseo que vuelvas con Yuzu.

No dije nada. Él no estaba casado. Había oído rumores sobre una posible bisexualidad, pero no sabía hasta qué punto eran ciertos. Nos conocíamos desde hacía tiempo y nunca habíamos tocado ese tema.

—¿Vas a seguir con los retratos? —me preguntó antes de marcharse.

Le conté la conversación con mi agente.

—¿Y cómo te vas a mantener a partir de ahora?

Era la misma pregunta que me había hecho mi agente. Reduciría al mínimo mis gastos, volví a explicar, y mientras tanto tiraría de mis ahorros. Tenía intención de dedicarme a pintar lo que yo quisiera, sin ningún tipo de restricción. Quería volver a sentir algo que no sentía desde hacía tiempo.

—Me parece muy bien —dijo él—. Dedícate a lo que de verdad te gusta hacer. ¿Por qué no das clases de pintura para ganarte un dinero extra? Delante de la estación de Odawara hay una especie de centro cultural donde se imparten clases. La mayor parte son para niños, pero también hay para adultos. Al parecer, solo ofrecen clases de dibujo y acuarela, nada de óleo. El encargado es un viejo conocido de mi padre. Trabaja por gusto, no por negocio, y siempre tiene dificultades para encontrar profesores. Si vas por allí, imagino que se pondrá muy contento. No te pagará demasiado, pero algo es algo. Como mucho, te ocupará dos días a la semana, poca cosa.

—Nunca he enseñado y casi no sé nada de acuarela.

—No te preocupes —insistió—. No tienes que formar a especialistas. Se trata solo de conceptos básicos. Aprenderás la mecánica de las clases en un día. Enseñar a niños es muy estimulante. Además, si vas a vivir en esta casa tan solitaria, deberías obligarte a salir al menos un par de veces por semana si no quieres volverte loco.

No querrás acabar como el protagonista de *El resplandor*, ¿verdad?

Imitó el gesto de Jack Nicholson en la película. Siempre había tenido talento para imitar a la gente. Solté una carcajada.

—Lo intentaré, pero no sé qué tal se me dará.

—En ese caso, llamaré a la academia.

Después fuimos juntos a un concesionario de segunda mano de Toyota que había en la carretera nacional y pagué en efectivo el viejo Corolla Wagon. A partir de ese momento empezaría mi vida solitaria en aquella montaña a las afueras de Odawara. Me había pasado dos meses moviéndome de aquí para allá y, en ese instante, comencé una época sedentaria. El cambio fue radical.

A la semana de instalarme, empecé a dar clases de pintura en el centro cultural frente a la estación de Odawara los miércoles y los viernes. El director me hizo una sencilla entrevista y no dudó en contratarme. Quizá se debía a la recomendación de Masahiko. Me ofreció dos clases para adultos los miércoles, y otra los viernes para niños.

Con los niños me entendí enseguida. Era divertido verlos pintar. Como había dicho Masahiko, resultaba muy estimulante. Pronto entablé con ellos una relación de confianza. Examinaba sus trabajos, les daba algún sencillo consejo relacionado con la técnica y los elogiaba cuando hacían algo bien. Para las clases elegía un motivo y lo pintábamos varias veces. Les enseñé cómo, a pesar de usar los mismos materiales, solo con cambiar ligeramente de perspectiva las cosas podían ser muy diferentes. De igual modo que las personas tenemos muchas facetas, sucedía lo mismo con todo lo demás. Los niños lo captaron enseguida y eso despertó su interés.

Enseñar a los adultos me resultaba más difícil. A las clases venía gente mayor, jubilados y amas de casa que por fin disponían de tiempo libre porque sus hijos ya estaban crecidos. Como es lógico, ya no tenían un cerebro tan dúctil y maleable como los niños, y a veces les costaba entender las cosas. Alguno, sin embargo, demostraba cierta intuición y pintaba cosas interesantes. Les daba consejos si me lo pedían, pero en general los dejaba a su aire. Si descubría algún detalle que destacaba, lo elogiaba. Eso los estimulaba. Para mí bastaba con que fueran capaces de pintar dejándose llevar por la felicidad.

Gracias a aquellas clases, inicié una relación íntima con dos mujeres casadas. Las dos eran alumnas mías, y, de algún modo, yo las «orientaba». Por cierto, las dos pintaban bastante bien. Cualquiera, ya se tratase de un profesor circunstancial como yo, sin un título reconocido, se hubiera planteado el dilema de si lo que hice estuvo bien. En un principio, no me suponía ningún problema mantener relaciones sexuales adultas una vez obtenido el consentimiento de la otra parte, pero, a pesar de todo, no podía obviar el hecho de que era algo socialmente mal visto.

No pretendo excusarme, pero en aquel momento no me sentía con ánimo para juzgar si lo que hacía era correcto o no. Tan solo me aferraba a un tablón a la deriva y me dejaba arrastrar por la corriente. A mi al-

rededor todo estaba a oscuras, en el cielo no se atisbaba una sola estrella ni había rastro de la luna. Agarrarme a ese tablón impedía que me ahogase, pero no sabía
dónde estaba, adónde me dirigía.

Cuando *descubrí* el cuadro de Tomohiko Amada titulado *La muerte del comendador,* ya llevaba varios meses
viviendo en aquella casa. En ese momento no tenía forma de saberlo, pero el cuadro provocó un cambio radical en mi vida.

4
De lejos, la mayor parte de las cosas se ven bonitas

Una soleada mañana de finales de mayo, coloqué todo mi material de pintura en el estudio del dueño de la casa y me enfrenté al blanco impoluto de un lienzo por primera vez desde hacía mucho tiempo. No había rastro de las cosas de Tomohiko Amada. Seguramente su hijo las había guardado en alguna parte. El estudio no tendría más de cinco metros cuadrados. El suelo era de madera, desnudo, sin alfombras. Las paredes estaban pintadas de blanco. Tenía un gran ventanal orientado al norte con una sencilla cortina también blanca. Había otra ventana, más pequeña, orientada al este. Como en el resto de las paredes de la casa, no había ningún elemento decorativo colgado en ellas. En uno de los rincones de la habitación había un pequeño fregadero para lavar los pinceles. Debía de haberlo usado mucho, pues toda la superficie estaba salpicada con infinidad de colores. Junto al fregadero había una vieja estufa de queroseno, y del techo colgaba un ventilador grande. También había una mesa de trabajo y un taburete. En la estantería de la pared, Tomohiko Amada tenía un equipo de música en el que, seguramente, escuchaba ópera mientras pintaba. El viento se colaba por la ventana y traía la fresca fragancia de los árboles. Sin ninguna duda, era el espacio donde el dueño de la casa había encontrado la concentración para pintar. Disponía de todo lo necesario. No había nada superfluo.

Para mí, era una atmósfera nueva, un lugar donde se intensificaban mis ganas de ponerme a pintar de nuevo. El estímulo era tal que sentía como un dolor sordo, y, además, disponía de un tiempo casi ilimitado. No me veía obligado a pintar retratos insulsos para ganarme la vida, ni debía prepararle la cena a mi mujer antes de que volviera del trabajo (cocinar nunca me había supuesto un sacrificio, pero no por ello dejaba de ser una obligación). No solo me había librado de cocinar. Me había ganado el derecho a no hacer nada, a morir de inanición si me apetecía. Mi libertad no tenía límites. Podía hacer lo que quisiera, sin la más mínima restricción.

Sin embargo, fui incapaz de pintar nada. Me quedaba plantado frente al lienzo en blanco durante horas y horas contemplándolo y no se me ocurría ni la más mínima idea que pudiera empezar a plasmar allí. No sabía por dónde empezar, no encontraba un hilo del que tirar. Simplemente estaba allí, en aquel espacio vacío y sin decorar, como un escritor que se ha quedado sin palabras, como un músico que ha perdido su instrumento.

Nunca había experimentado esa sensación. Hasta entonces, cuando me enfrentaba al lienzo, mi espíritu se alejaba enseguida del mundo más cotidiano y siempre se me ocurría algo. A veces eran ideas útiles, con cierta sustancia. Otras, simples delirios, pero siempre me venía algo a la cabeza. Me quedaba con lo más conveniente, lo trasladaba al lienzo y me servía de la intuición para desarrollarlo. Trabajaba así, guiado por una especie de automatismo. Sin embargo, en ese momento seguía sin encontrar el punto de partida. Por muchas ganas que tuviera de pintar, por mucho que sintiera un cosquilleo en el pecho, era imprescindible algo concreto para poder comenzar.

Me despertaba temprano (normalmente antes de las seis) y lo primero que hacía era prepararme un café en la cocina. Con la taza en la mano iba al estudio y me sentaba en el taburete frente al lienzo. Me concentraba. Aguzaba el oído para escuchar las resonancias que laten en lo más profundo del corazón, y me esforzaba por descubrir allí alguna imagen. Pero al final me daba por vencido. Después de tanto esfuerzo me resignaba, me sentaba en el suelo con la espalda apoyada en la pared y escuchaba alguna ópera de Puccini (no sé por qué, pero en ese momento solo escuchaba a Puccini). Mis preferidas eran *Turandot* y *La Bohème*. Mientras tanto, contemplaba cómo las aspas del ventilador giraban pesadamente en el techo a la espera de una idea, de un tema, de lo que fuera. Pero lo cierto es que no me llegaba nada. Tan solo el sol de principios de verano moviéndose despacio en el cielo hasta alcanzar su cénit.

¿Qué demonios había hecho mal? Tal vez me encontraba en esa situación porque durante mucho tiempo solo había pintado retratos por encargo, para ganarme la vida, y quizá por ello mi intuición había terminado por debilitarse, como las olas de un mar tranquilo que apenas arrastran la arena. Fuera como fuese, la corriente había empezado a fluir en algún momento en la dirección equivocada. Pensé que debía dedicar más tiempo a reflexionar sobre ello. Ser paciente, convertir el tiempo en mi aliado. Así terminaría por nadar de nuevo en la corriente adecuada. Iba a lograrlo antes o después. Pero, si soy sincero, no las tenía todas conmigo.

Fue en ese momento cuando empecé a relacionarme con las dos mujeres casadas. De algún modo, buscaba una escapatoria a mi bloqueo emocional. Quería salir de mi estancamiento como fuera, y para lograrlo necesitaba un estímulo (el que fuera), sacudir mi espíritu. Por otra parte, empezaba a cansarme de estar siempre solo. Y hacía mucho tiempo que no estaba con una mujer.

Los días se sucedían de un modo extraño. Me he dado cuenta con el tiempo. Me despertaba temprano, iba al estudio de paredes blancas, me enfrentaba a un lienzo también blanco, y acababa sentado en el suelo mientras escuchaba a Puccini sin haber encontrado una idea. Desde el punto de vista creativo, me enfrentaba al vacío puro, a la nada. Claude Debussy escribió sobre sus dificultades al llegar a un punto muerto mientras componía una ópera: «Solo creaba la nada. Así un día detrás de otro». De igual modo, aquel verano me dediqué día tras día a la creación de la nada. Me familiarizaba con ella, si bien no llegábamos a intimar.

Dos tardes por semana, mi amante (la segunda) venía a verme al volante de su Mini rojo y no tardábamos en acostarnos. Disfrutábamos unas horas devorando nuestros cuerpos hasta que nuestros corazones quedaban satisfechos. El resultado de aquellos encuentros no era la nada. Había algo real, tangible, físico. Podía tocar con mis manos hasta el último rincón de su cuerpo, de su piel, besarla con mis labios. Pero esos encuentros me obligaban a un ir y venir entre esa nada creativa, confusa y ambigua y una existencia real, palpable. Para pasar de un estado a otro tenía que apretar una especie de interruptor en mi conciencia. Ella me contó que no hacía el amor con su marido desde hacía ya casi dos años. Era diez años mayor que ella, trabajaba mucho y volvía a casa muy tarde. Había tratado de seducirle de varias maneras sin resultado.

—No lo entiendo —le dije—. Tienes un cuerpo maravilloso.

Se encogió ligeramente de hombros.

—Llevamos más de quince años casados. Tenemos dos hijas. Supongo que he perdido frescura para él.

—Pues a mí me parece lo contrario, que has ganado frescura.

—Gracias, pero dicho así, me siento como si me estuvieras reciclando.

—¿Te refieres a que contribuyo a la regeneración de tus recursos naturales?

—Eso es.

—Reciclar es importante, y sumamente útil para la sociedad.

Ella no pudo evitar una risita tímida.

—Siempre que los separes bien y no te equivoques a la hora de tirarlos.

No tardamos mucho en ponernos a separar de nuevo todos esos envases con muchas más ganas.

La verdad es que, cuando la conocí, no me sentí atraído por ella. En ese sentido, fue distinto a lo que me había sucedido hasta entonces con las mujeres con las que había salido. No teníamos mucho en común, ni por nuestra forma de vida, ni por las experiencias que habíamos tenido. Coincidíamos en pocas cosas. Como yo nunca he sido muy hablador, era ella quien llevaba el peso de la conversación. Me contaba cosas suyas personales, y yo apenas le respondía dando mi opinión sobre algo. En cualquier caso, muchas veces no me parecía que mantuviéramos exactamente lo que se dice una conversación.

Era la primera vez que me sucedía algo así. En otros casos, primero había surgido el interés como personas, después la relación física casi como algo accesorio. Era, digamos, mi patrón de comportamiento. Sin embargo, esa vez fue distinto. Primero fue el cuerpo, y no estuvo nada mal. El tiempo que pasamos juntos disfruté plenamente y ella también. Al menos eso creo. Tuvo muchos orgasmos y yo eyaculé muchas veces dentro de ella.

Me contó que era la primera vez que se acostaba con otro hombre desde que se había casado. No creo que mintiese. También para mí era la primera vez que me acostaba con otra mujer después de casarme (no es cierto, sucedió en una sola ocasión excepcional, aunque no lo había deseado. Hablaré de ello más adelante).

—Todas mis amigas están casadas y, por lo visto, todas tienen un amante —me confesó una vez—. Siempre me lo cuentan.

—¡Reciclaje!

—Nunca pensé que acabaría haciendo lo mismo.

Miré al techo y pensé en Yuzu. ¿Estaría haciendo lo mismo que yo con otro hombre en algún lugar?

Cuando se marchaba, me quedaba solo en casa sin saber qué hacer. El colchón aún conservaba la forma de su cuerpo y yo no tenía ganas de hacer nada. Me dedicaba a matar el tiempo, a leer algún libro echado en la tumbona de la terraza. En la casa solo había libros antiguos. Era maravilloso tropezar con novelas excelentes ya descatalogadas y casi imposibles de encontrar. En su momento gozaron de mucha fama, pero con el tiempo cayeron en el olvido. Disfrutaba mucho leyendo aquellas novelas antiguas. Compartía esa peculiar forma de olvido con el dueño de la casa, un hombre mayor al que no conocía.

Al atardecer me abría una botella de vino (el único lujo que me permitía de vez en cuando, aunque nunca eran vinos caros) y escuchaba viejos discos de vinilo. Toda la colección era de música clásica, en su mayoría óperas y música de cámara. Estaban muy bien conservados, no había ninguno rayado. A mediodía solía escuchar ópera y por la noche los cuartetos para cuerda de Beethoven y Schubert.

Mantener una relación con una mujer casada mayor que yo, tener contacto físico con alguien real, creo que por fin me proporcionó cierta calma. Al menos, el tacto de su piel aplacaba el pesimismo que arrastraba. Mientras la tenía entre mis brazos, me olvidaba de las preguntas, de las dudas, de la inquietud que me carcomía. Pero en lo relativo a pintar, no se produjo cambio alguno. De vez en cuando la dibujé desnuda tendida en la cama, dibujos que se podían considerar pornográficos. Uno, por ejemplo, era de mi pene dentro de ella, y otro mientras me hacía una felación. Los contemplaba con una sonrisa, pero no podía evitar cierto rubor. Si se hubiera tratado de fotos, se habría negado a que se las hiciera, habría hecho saltar las alarmas en ella e incluso podría haber provocado que me rechazase. Pero como eran dibujos más o menos bien hechos, su reacción fue muy distinta. En ellos latía calidez, vida. No había un atisbo de la frialdad de las cámaras. Mis bosquejos íntimos no estaban mal, pero seguía sin saber qué quería pintar en realidad.

En mi época de estudiante pintaba cuadros abstractos, digámoslo así, pero ese tipo de pintura ya no me motivaba. Mi corazón estaba en otro lugar. Visto con perspectiva, aquel entusiasmo juvenil solo era la búsqueda de la forma. Por entonces yo me sentía muy atraído por la belleza de las formas, por el equilibrio. El resultado no era malo, pero mi mano nunca llegaba a alcanzar la profundidad espiritual que debía de existir más allá. Con el tiempo llegué a entenderlo. Lo único que había conseguido de joven con mis creaciones era un divertimento formal bastante superficial. No había nada conmovedor. En el mejor de los casos, solo había algo de talento e ingenio.

Tenía treinta y seis años. No andaba lejos de los cuarenta. Antes de cumplirlos, debía hacerme un nombre como pintor. Era una obsesión que me acompañaba a todas horas. Los cuarenta constituyen una auténtica línea divisoria para la mayoría de la gente. Atravesarla no deja indiferente a nadie. Aún me faltaban cuatro años, pero el tiempo pasaba volando y pintar retratos para ganarme la vida había sido, a la postre, una especie de largo rodeo. Debía hacer algo, lo que fuera, para lograr que el tiempo volviera a convertirse en mi aliado.

Mientras viví en aquella casa en medio de las montañas, me entraron ganas de conocer los detalles de la vida de su propietario, Tomohiko Amada. Nunca me había interesado la pintura japonesa, pero había oído hablar de él y se daba la circunstancia de que era el padre de un amigo mío. Como pintor, no sabía nada de nada ni de él ni de su obra. Tomohiko Amada tenía reputación en el mundo de la pintura japonesa, pero era un hombre ajeno a la fama, a la vida social. Apenas salía de su mundo y no permitía que nada entrase en él. Llevaba una vida solitaria (casi obstinadamente), tranquila, consagrada a la creación. Eso era todo cuanto sabía de él.

Sin embargo, mientras escuchaba su colección de discos, leía los libros de su biblioteca, dormía en su cama, cocinaba en su cocina y salía y entraba de su estudio, empecé a sentir curiosidad, a interesarme por él. Me llamaban la atención sus inicios artísticos en el modernismo, la época de su formación en Viena y ese cambio súbito a la pintura tradicional japonesa. No conocía los detalles, pero el sentido común me decía que un cambio tan radical no podía haber sido fácil. Como mínimo, para él debió de significar abandonar todo lo que había aprendido hasta entonces con tanto esfuerzo para volver a empezar de cero. A pesar de todo, optó por ese camino, y tras su decisión debía de existir una razón profunda.

Un día, antes de ir a dar mis clases de pintura, aproveché para pasar por la biblioteca de Odawara y buscar algún libro sobre él o sobre su obra. Había tres majestuosos volúmenes dedicados a él. Quizá los tenían porque se enorgullecían de que fuera un pintor local. Uno de ellos, catalogado como «obra de referencia», incluía sus obras de estilo occidental, que pintó entre los veinte y los treinta años. Sorprendentemente, me recordaban a mis propios inicios en la pintura abstracta. No es que fueran idénticos (en su caso era evidente la influencia cubista previa a la Gran Guerra), pero compartíamos el mismo afán en la búsqueda de la forma. Él, sin embargo, era un pintor de primera categoría y sus obras ya eran, por aquel entonces, mucho más profundas y persuasivas que las mías. Tenía una técnica asombrosa, e imagino que desde el primer momento debieron de valorarle mucho. Sin embargo, en sus cuadros faltaba algo.

Me senté a una mesa de la biblioteca y me pasé un buen rato observando aquellas obras. ¿Qué faltaba? No lograba identificarlo, pero sí era consciente de que aquellos cuadros de juventud no aportaban gran cosa. No creo que exagere si digo que eran prescindibles. De haberse perdido para siempre, nadie lo habría lamentado. Como juicio podía resultar cruel, pero era la pura verdad. Con la perspectiva de los setenta años transcurridos desde entonces me di cuenta clarísimamente.

Comparé esas primeras obras con las de su madurez, ya convertido en un maestro de la escuela tradicional japonesa. Tras unos inicios un tanto deslavazados, en los que parecía limitarse a copiar técnicas de pintores anteriores a él, se apreciaba que poco a poco, pero con paso firme, había encontrado un estilo propio en la pintura japonesa. Se veían las huellas de su evolución, de su tránsito por épocas distintas. De vez en cuando, parecían meros ejercicios de prueba, pero no cabía duda del nuevo rumbo que había tomado. Desde que optó por ese estilo, encontró algo muy peculiar y personal que solo él podía pintar, y se advertía que era consciente de ello. De manera que se encaminaba hacia la médula de ese algo con paso firme y confiado. A partir de ese momento, a sus obras ya no les faltaba nada, como sí había ocurrido con las de su época occidental. De algún modo, me atrevería a decir que más que un cambio fue una sublimación.

Al principio, Tomohiko Amada pintaba flores y paisajes, como muchos otros pintores japoneses. Poco después (es de suponer que por alguna razón de peso), se concentró en escenas antiguas de Japón. Había obras cuya temática se remontaba a los periodos Heian o Kamakura, más de mil años atrás. Su época predilecta, sin embargo, eran los comienzos del siglo VII, es decir, la época del emperador Shotoku, en el periodo Asuka. En sus lienzos reconstruía acontecimientos históricos, escenas de la vida diaria, y lo hacía con una audacia y una atención al detalle sorprendentes. Por supuesto, no tenía forma de haber visto aquello en primera persona, pero debía de tener un ojo interior con el que lo veía claramente. Nadie conocía el motivo de su devoción por el periodo Asuka en concreto, que terminaría por convertirse en un estilo propio, original. Al mismo tiempo, un dominio cada vez mayor de las técnicas de la pintura japonesa contribuyó a perfeccionar su arte.

Al observar detenidamente sus obras, me di cuenta de que a partir de cierto momento empezó a pintar con libertad, como si su pincel se hubiera puesto a bailar, a saltar sobre el lienzo, como si ejecutara una danza. Lo más maravilloso de su pintura estaba en los espacios en blanco. Resultaba paradójico, pero su brillantez se hacía patente en las partes no pintadas. Al dejar espacios vacíos resaltaba lo que quería. Tal vez fuera esa una de las características más peculiares de la pintura japonesa. Yo, al menos, nunca había visto usar ese recurso, ese atrevimiento, casi, en la pintura occidental. Empecé a entender el porqué de su giro hacia la pintura tradicional japonesa. Lo que no sabía era el momento concreto en que se produjo ese cambio.

Leí un breve resumen biográfico que aparecía al final del libro. Había nacido en Aso, en la provincia de Kumamoto, en la isla de Kyushu. Su padre era un terrateniente, un hombre poderoso. Era de familia rica y, ya desde niño, mostró talento para la pintura. Estudió en Viena desde finales de 1936 hasta 1939. Se había marchado a la capital austriaca como un prometedor talento recién graduado de la Escuela de Bellas Artes de Tokio (la que más tarde sería la Universidad de Bellas Artes de Tokio). A principios de 1939, antes del comienzo de la segunda guerra mundial, tomó un barco en el puerto alemán de Bremen para regresar a Japón. En esos tres años, Hitler había llegado al poder en Alemania. En marzo de 1938 se decretó el *Anschluss,* la anexión de Austria a Alemania. El joven Tomohiko Amada se hallaba en Viena en aquella época turbulenta. Estaba convencido de que debió de asistir en persona a acontecimientos de trascendencia histórica.

¿Qué le había sucedido en aquella ciudad?

Leí un largo ensayo crítico sobre él, que se incluía en uno de los libros, solo para confirmar que no se sabía prácticamente nada sobre su época vienesa. El texto era riguroso y detallado. Se centraba en el cambio a la pintura japonesa a su regreso a Japón, pero respecto a las circunstancias y los motivos de ese cambio, que debieron de producirse durante su estancia en Viena, apenas ofrecía una suposición sin mucho fundamento. Lo ocurrido en Viena, por qué había decidido dar un giro radical a su trayectoria, era un verdadero enigma. Tomohiko Amada regresó a Japón en febrero de 1939 y se instaló en una casa alquilada en el distrito tokiota de Sendagi. En ese momento, ya había abandonado la pintura occidental y recibía de su familia una asignación que le permitía vivir con desahogo. Su madre sentía devoción por él. Fue entonces cuando empezó a estudiar pintura japonesa por su cuenta. Intentó ser discípulo de algún maestro, pero la cosa no funcionó. La modestia y la sumisión no eran rasgos de su carácter. Mantener relaciones armoniosas con los demás tampoco era su fuerte. El aislamiento se fue convirtiendo poco a poco en el *leitmotiv* de su vida.

A finales de 1941, cuando se produjo el ataque de Pearl Harbour y Japón entró en una guerra a gran escala, Tomohiko decidió alejarse del caos de Tokio y regresar a su casa natal en Aso. Era el segundo hijo varón y no tenía que preocuparse por los asuntos familiares ni asumir las responsabilidades del primogénito. Le proporcionaron una casa pequeña con una criada, y allí llevó una vida tranquila sin apenas noticias de la guerra. Por fortuna, o por desgracia para él, tenía una malformación congénita en los pulmones y no debía preocuparse por que le llamaran a filas (tal vez solo fuera ese el pretexto oficial, y en realidad había sido su familia la que había movido los hilos para librarle del reclutamiento forzoso). Tampoco necesitaba preocuparse por la comida, como les sucedía a muchos miles de japoneses. Vivía en un lugar apartado de las montañas y era prácticamente imposible que allí cayeran las bombas de los aviones norteamericanos. Se retiró a las montañas de Aso hasta el final de la guerra en 1945. Parecía haber cortado cualquier relación con el mundo para concentrar toda su energía en aprender las técnicas de la pintura tradicional japonesa. En todo ese tiempo no sacó a la luz una sola obra.

Para Tomohiko Amada, que había destacado como un brillante pintor de estilo occidental, prometedor estudiante de arte en la ciudad de Viena, no debió de resultar fácil caer en el olvido del mundillo del arte y sumergirse en el silencio durante más de seis años. Sin embargo, nunca fue de los que se dejan vencer por el desánimo. Al término de la larga guerra, cuando todo el mundo intentaba rehacer su vida tras el desastre que había provocado la derrota, un renacido Tomohiko Amada debutó en la pintura japonesa y empezó a exhibir poco a poco las obras que había producido y guardado durante la guerra. Durante la posguerra, bajo la ocupación norteamericana, a la mayor parte de los pintores de renombre no les quedó más remedio que llevar una vida retirada, acusados de haber participado en las arengas a la guerra con sus pinturas de tintes heroicos y fuerte carga nacionalista. Las obras de Amada llamaron la atención enseguida. Eran como una ventana por donde se colaba aire fresco. En cierto sentido, el tiempo que le tocó vivir acabó convirtiéndose en su aliado. A partir de entonces, en su carrera ya no hubo mucho que destacar. Tras el éxito, la vida suele ser, en general, aburrida. Por supuesto, a algunos artistas, el éxito les conduce a una especie de esplendorosa ruina creativa, pero no fue su caso. Recibió innumerables premios (rechazó la Orden del Mérito Cultural con el argumento de que no quería desconcentrarse de su trabajo) y se había convertido en un artista de renombre. La cotización de sus obras no dejó de subir y muchas de ellas terminaron expuestas en lugares públicos. Le llegaban encargos sin cesar, y su cotización en el extranjero también era considerable. Se podía decir que todo iba viento en popa, y, a pesar de todo, apenas se dejaba ver en público. Rechazó uno tras otro los cargos, las responsabilidades e invitaciones ya fueran en Japón o fuera del país. Se concentró en su obra sin salir de su casa en las montañas de Odawara, tal como era su deseo. Es decir, la casa donde vivía yo.

Tenía noventa y dos años y estaba ingresado en una residencia en la altiplanicie de Izu sin entender ya la diferencia que había entre una ópera y una sartén.

Cerré el libro y lo devolví a la estantería.

Si hacía buen tiempo, salía a la terraza después de cenar para tomarme una copa de vino blanco en la tumbona. Mientras contemplaba las estrellas hacia el sur en lo alto del cielo, me preguntaba si la vida de Tomohiko Amada tendría algo que enseñarme. Alguna enseñanza podía obtener, de eso no me cabía duda. Por ejemplo, el coraje de no temer cambios profundos en la vida; la importancia de convertir el tiempo en aliado. También encontrar un tema, un estilo propio para la creación. Cosas nada fáciles todas ellas, por supuesto, pero si pretendía vivir del arte, no me quedaba más remedio que hacerlo, más bien lograrlo, y a ser posible antes de los cuarenta...

¿Qué experiencias tuvo en Viena? ¿Qué vieron sus ojos? ¿Por qué decidió abandonar para siempre la pintura al óleo? Imaginé la bandera con la esvástica negra ondeando al viento en la ciudad de Viena, la figura del joven Tomohiko Amada caminando por sus calles. Por alguna razón, esa escena tenía lugar en invierno. Llevaba un abrigo grueso, una bufanda al cuello, una gorra calada. No se le veía la cara. Un tranvía aparecía tras una esquina en mitad de la aguanieve que empezaba a caer. Caminaba y exhalaba un vapor blanco que parecía corporeizar el silencio al salir por la boca. La gente bebía café con ron en el interior de los confortables cafés.

Intenté contraponer el paisaje japonés del periodo Asuka, que años más tarde reflejaría en sus cuadros, con el de la ciudad vieja de Viena, pero por mucho empeño que pusiese, era incapaz de encontrar un solo punto de conexión entre ambos.

La parte de la terraza orientada al oeste daba a un valle angosto. Más allá se elevaban montañas de una altura similar a las que rodeaban la casa. En sus laderas se veían otras casas lo bastante separadas entre sí para que creciera entre ellas una frondosa vegetación. En diagonal hacia la derecha había una casa grande, de diseño moderno, que destacaba entre todas las demás. Era de hormigón pintado en blanco, con ventanas de cristales tintados de azul, una auténtica mansión que irradiaba lujo y refinamiento, propia de un famoso arquitecto, con sus tres plantas colocadas según la inclinación de la pendiente. Aquella era una zona de segundas residencias, pero esa en concreto parecía habitada todo el año. Las luces se encendían todas las noches al otro lado de las ventanas. Cabía la posibilidad de que lo hicieran de forma automática por seguridad, pero no me lo parecía, porque no seguían un patrón fijo. A veces, la casa entera se iluminaba como si fueran los escaparates de una calle comercial en pleno centro de la ciudad. Otras veces permanecía sumida en una oscuridad total, tan solo alumbrada por las tenues luces del jardín.

De vez en cuando veía a alguien en la parte de la terraza orientada hacia mi casa (me recordaba a la cubierta de un barco). Solía suceder al atardecer, pero no tenía claro si se trataba de un hombre o de una mujer. Solo alcanzaba a ver una silueta en la distancia, iluminada por la espalda. Por sus movimientos, supuse que se trataba de un hombre. Siempre estaba solo. Quizá no tenía familia.

¿Qué tipo de persona vivía en una casa así? Imaginé muchas respuestas posibles. ¿Vivía realmente solo en aquel lugar apartado y perdido en la montaña? ¿A qué se dedicaba? Debía de llevar una vida sin ataduras y sofisticada en aquella mansión de cristales azules. No me parecía posible que fuese a trabajar todos los días a la ciudad desde un lugar tan lejano. Debía de gozar de una situación privilegiada, despreocupada. Parecía disfrutar del día a día. Pero visto desde otro ángulo, quizás esa persona llevaba una vida solitaria, aunque libre de preocupaciones, eso sí. De lejos, la mayor parte de las cosas se ven bonitas.

Aquella noche apareció de nuevo la silueta de aquella persona. Al igual que yo, se sentó también en una silla en la terraza y apenas se movió. Parecía concentrado en algún pensamiento mientras contemplaba las estrellas en el firmamento. Los dos hacíamos lo mismo. Tal vez le daba vueltas a algún asunto complicado. O al menos me dio esa impresión. Podía disfrutar de una situación privilegiada, pero, al mismo tiempo, algo debía de ocupar sus pensamientos. Alcé ligeramente la copa de vino a modo de saludo secreto. Un gesto de solidaridad con aquella persona al otro lado del valle.

En ese momento no imaginé en absoluto que aquella persona acabaría entrando en mi vida y cambiándola por completo. De no haberse cruzado nuestras vidas, no me habrían sucedido las cosas que me sucedieron y mi vida podría haber caído en la oscuridad más absoluta sin que nadie tuviera noticia de ello.

Miro atrás y me doy cuenta de que la vida es un misterio insondable. Está llena de casualidades, de cambios de rumbo tan repentinos e increíbles como retorcidos e impensables; y cuando suceden, no apreciamos, sin embargo, ningún misterio en ellos. En el curso de nuestra vida diaria, solo nos parecen una sucesión de acontecimientos normales, más o menos coherentes con poco o nada de excepcional. El hecho de que no guarden una relación lógica entre ellos es algo de lo que a menudo solo nos damos cuenta con el paso del tiempo.

Lo que puedo decir en mi caso concreto es que, en general, y con lógica o sin ella, lo que realmente cobra sentido son los resultados, porque son tangibles a ojos de cualquiera y pueden tener cierta influencia. Sin embargo, no siempre es fácil determinar a partir de un resultado concreto su causa. Pedir la ayuda de alguien puede dificultar aún más las cosas. Las causas, obviamente, están en alguna parte. No hay resultados sin causa, del mismo modo que no hay tortilla si no se rompe antes un huevo. Como sucede con las fichas de dominó, una pieza (causa) hace caer a la siguiente (causa) y así a otra más (causa), hasta que la cadena nos hace perder de vista el origen y terminamos por perder el interés y dejar de preguntarnos por ello. El proceso se cierra con la aceptación sin más de que las piezas han caído una tras otra. Lo que me propongo contar a partir de ahora tal vez siga un patrón similar. De todos modos, de lo que debo hablar en este momento, es decir, lo que considero las dos primeras piezas de este dominó, son mi enigmático vecino del valle y un cuadro titulado *La muerte del comendador*. Empezaré por el cuadro.

5
Ya no respira, tiene las extremidades frías

Desde el primer día de mi nueva vida en esa casa me extrañó que no hubiera ningún cuadro. No solo no colgaba ninguno de las paredes, tampoco había cuadros guardados en el almacén o en los armarios. Y no me refiero solo a los cuadros de Tomohiko Amada, es que tampoco los había de ningún otro pintor. Las paredes estaban desnudas, limpias. Ni siquiera se veía la marca de un clavo donde podía haber colgado alguno. La mayoría de los pintores suelen tener, en mayor o menor medida, cuadros a mano. Pueden ser propios o de otros artistas, pero lo cierto es que su vida está rodeada de pintura. Sucede algo parecido a cuando alguien se desvive por quitar la nieve a su alrededor y cada vez se va acumulando más y más.

Un día llamé a Masahiko Amada por cierto asunto y aproveché para preguntárselo. ¿Por qué no había un solo cuadro en la casa? ¿Acaso se los había llevado alguien o siempre había sido así?

—A mi padre no le gustaba conservar su obra en casa —me explicó Masahiko—. En cuanto terminaba un cuadro, llamaba al marchante para que se lo llevara lo antes posible, y si el resultado no le convencía, lo quemaba en el incinerador del jardín. No te extrañe que no haya ninguno.

—¿Tampoco tenía de otros pintores?

—Cuatro o cinco a lo sumo. Algún que otro Matisse, algún Braque. Obras pequeñas que había comprado antes de la guerra en Europa. Al parecer, los consiguió a través de un conocido y, cuando los compró, no se cotizaban tanto como hoy en día. Ahora cuestan una fortuna, por supuesto, y por eso se los confié al marchante cuando lo ingresaron en la residencia. No podía dejarlos abandonados en una casa vacía. Imagino que estarán en un almacén de seguridad acondicionado para obras de arte. Por eso no hay cuadros. No apreciaba mucho a sus compañeros de profesión, la verdad, y eso era un sentimiento recíproco. Si se quiere entender de forma positiva, se puede decir que siempre ha sido un lobo solitario. De forma negativa, ha sido como una oveja descarriada.

—Estuvo en Viena de 1936 a 1939, ¿verdad?

—Sí. Cerca de dos años, creo, pero nunca he sabido por qué precisamente Viena. Sus pintores favoritos eran franceses.

—Y luego regresó a Japón, cambió de estilo radicalmente y se dedicó a la pintura tradicional japonesa... ¿A qué se debió ese cambio? ¿Ocurrió algo en Viena?

—Pues mucho me temo que eso es un misterio. Mi padre apenas ha hablado de esa etapa de su vida. Como mucho, de cosas sin importancia, y solo de vez en cuando; del zoológico, por ejemplo, de la comida, del teatro. De su vida allí, prácticamente no contaba nada y tampoco yo le he preguntado nunca. Hemos vivido la mitad de nuestra vida separados y solo nos veíamos de forma ocasional. Para mí ha sido más un tío que venía a verme de vez en cuando que un verdadero padre. Desde que entré en la escuela secundaria, se convirtió en una molestia y evité el contacto con él. Luego decidí matricularme en la Facultad de Bellas Artes y ni siquiera se lo consulté. No quiero decir que el ambiente familiar fuera complicado, pero tampoco era normal. ¿Me entiendes?

—Más o menos.

—Da igual. De todos modos, ha perdido la memoria. Ha desaparecido. Se puede decir que se ha hundido en las cenagosas profundidades de algún lugar remoto. Le preguntes lo que le preguntes, no hay respuesta. No me reconoce e imagino que ni siquiera sabe quién es. Debería haber hablado con él antes de llegar a este estado. A veces me arrepiento de no haberlo hecho, pero ya es tarde.

Masahiko se quedó en silencio como si pensara en algo.

—¿Por qué quieres saber todas esas cosas? —me preguntó al fin—. ¿Ha ocurrido algo para que te intereses tanto por él?

—No, nada especial, pero ahora vivo en esta casa y noto su presencia en todos los rincones, su sombra. He leído sobre él en algunos libros de la biblioteca.

—¿Su sombra?

—Como el rastro de una presencia, digamos.

—¿Y eso te incomoda?

Sacudí la cabeza.

—No, no tiene nada de malo, pero su presencia flota en el ambiente.

Masahiko volvió a guardar silencio.

—Mi padre ha vivido mucho tiempo en esa casa —dijo—. Ha trabajado ahí, y tal vez aún habite ahí algo suyo. Si te soy sincero, por eso nunca he querido ir yo solo.

Le escuché sin decir nada.

—Ya te lo he contado antes —continuó—, pero, para mí, Tomohiko Amada solo era un hombre difícil, un hombre que se encerraba en su estudio y se ponía a pintar con gesto serio. Apenas hablaba y nunca llegué a saber qué pensaba. Mi madre siempre decía que no le molestase. No podía correr por la casa ni hablar en voz alta. Podía ser un hombre admirado y un pintor excelente, pero para un niño de mi edad solo era un estorbo, y desde que tomé la decisión de estudiar arte, peor aún. Cada vez que decía mi nombre, todos mis compañeros me preguntaban si tenía algo que ver con Tomohiko Amada. Llegué a plantearme cambiar de nombre, pero con el tiempo he comprendido que no fue tan malo conmigo. Me quería a su manera, solo que no demostraba su cariño abiertamente. Así eran las cosas. Para él lo primero era la pintura. Lo mismo que para todos los artistas, ¿no crees?

—Puede ser.

—Yo no tengo talento de artista —admitió Masahiko con un suspiro—. Tal vez sea eso lo único que aprendí de él.

—Me contaste que, cuando era joven, tu padre hacía lo que quería, vivía a lo grande, ¿verdad?

—Sí. Cuando yo nací, ya no quedaba rastro de aquella vida, pero de joven vivió a lo grande, sí. Era alto, guapo, hijo de una familia acomodada de provincias y, encima, con mucho talento para la pintura. Lo tenía todo de su parte para atraer a las chicas. Se ve que su padre también era muy aficionado a las mujeres. Tuvo líos de faldas y su familia se vio obligada a resolverlos a golpe de dinero, pero me contaron que, a su regreso del extranjero, había cambiado por completo.

—¿Y eso?

—Cuando regresó a Japón dejó de salir, se encerró en casa para dedicarse a la pintura y renunció por completo a las relaciones sociales. En Tokio vivió mucho tiempo solo, y cuando empezó a ganarse la vida con su trabajo, decidió casarse con una pariente lejana de su tierra natal. Era como si hubiera decidido recapitular. Se casó mayor y, al cabo de un tiempo, nací yo. No sé si veía a otras mujeres, pero, en cualquier caso, no llevaba una vida tan disipada como la de antes.

—Un cambio radical.

—Sí, pero para sus padres fue un motivo de alegría y satisfacción. Los líos de faldas se acabaron de repente. Con el tiempo, pregunté a varios miembros de la familia qué había pasado en Viena, por qué había decidido dejar la pintura occidental para dedicarse a la japonesa, pero nadie supo decirme nada. Siempre guardó silencio sobre todos esos asuntos, como una ostra cerrada a cal y canto en el fondo del mar.

Y en ese momento, tantos años después, si alguien tratara de abrir la ostra, se encontraría con que está vacía. Le di las gracias y colgué el teléfono.

Descubrí el cuadro de Tomohiko Amada con el extraño título de *La muerte del comendador* de forma totalmente inesperada.

Por la noche oía a menudo ruidos en el desván. Al principio pensé que se trataba de ratones o de ardillas, pero al escuchar con atención, me di cuenta de que el ruido no tenía nada que ver con las ligeras pisadas de un roedor. Tampoco se parecía al de un reptil arrastrándose. Me recordaba, más bien, al del papel vegetal cuando alguien lo estruja con las manos. No era tan molesto como para no dejarme dormir, pero me inquietaba que hubiera un ser vivo dentro de la casa. No quería que rompiese nada.

Después de buscar por todas partes, descubrí en el techo del armario de la habitación de invitados una trampilla que daba acceso al desván. Era una trampilla cuadrada de unos ochenta centímetros. Fui a buscar una escalera y levanté la trampilla con una mano mientras sujetaba una linterna con la otra. Metí la cabeza y miré a mi alrededor. Era un espacio con poca luz, mucho más amplio de lo que imaginaba. A derecha e izquierda había dos huecos para la ventilación y por las rendijas se colaba la luz del mediodía. Iluminé todos los rincones, pero no encontré rastro de nada. De nada, al menos, que se moviera. Subí.

Olía a polvo, pero no resultaba desagradable porque la ventilación era buena y no había mucho polvo acumulado en el suelo. Había varias vigas gruesas del tejado que iban de lado a lado, pero, aparte de los sitios por donde pasaban, se podía caminar erguido. Avancé con precaución y comprobé los dos huecos de ventilación. Estaban protegidos con una tela metálica para impedir que entrasen animales, pero en el que estaba orientado al norte había un agujero. Quizá se había roto al impactar contra ella algún objeto, quizás había sido un animal. En cualquier caso, por el agujero cabía sin dificultad un animal pequeño.

Me topé entonces con la causa del ruido que oía por la noche. Estaba escondido al fondo de una de las vigas, en silencio, era un pequeño búho de color gris. Tenía los ojos cerrados y parecía dormir plácidamente. Apagué la linterna y lo observé sin hacer ruido desde un rincón apartado para no asustarlo. Era la primera vez que veía uno tan de cerca. Más que un pájaro parecía un gato con alas. Era un animal precioso.

Deduje que se refugiaba allí durante el día y salía al ocaso por el agujero del hueco de ventilación para ir a cazar a la montaña. Quizás el trajín de entrar y salir era lo que me despertaba. Aparte de la malla metálica rota, no había ningún otro daño aparente. Con su presencia, no tenía que preocuparme por que hubiera ratones y serpientes. Por mí podía vivir allí si quería. Me cayó simpático al instante. Los dos vivíamos de prestado en esa casa, por así decirlo. Compartíamos el mismo techo. Podía quedarse cuanto quisiera. Lo observé un rato y volví sobre mis pasos sin hacer ruido. Fue entonces cuando descubrí un objeto grande envuelto cerca de la trampilla.

A primera vista supuse que se trataba de un cuadro. Debía de tener un metro de alto por un metro y medio de ancho. Estaba muy bien protegido con un papel de estraza sujeto con una cuerda. Era el único objeto que había allí, nada más, solo la luz tenue colándose por las rendijas de ventilación, un búho gris encima de una viga y un cuadro apoyado contra la pared. En conjunto, aquella escena del desván resultaba muy atractiva.

Levanté el cuadro con cuidado. No pesaba. Debía de ser el lienzo desnudo o tener un marco sencillo. Sobre el papel se veía polvo. Debía de estar allí escondido, oculto, desde hacía mucho tiempo. Sujeta a la cuerda con un delgado alambre había una pequeña tarjeta donde alguien había escrito con bolígrafo azul y una bella caligrafía: *La muerte del comendador*. Supuse que era el título del cuadro.

Obviamente, no tenía forma de saber por qué estaba allí escondido. No sabía qué hacer. La lógica me decía que lo dejara allí tal cual. Era la casa de Tomohiko Amada y, sin duda, un cuadro suyo (tal vez lo había pintado él mismo). Si lo había subido al desván, debía de tener una buena razón para ello. Lo mejor que podía hacer era dejarlo allí con el búho y olvidarme del asunto. No debía entrometerme en ese asunto. Se trataba casi de una cuestión de educación.

Pero, a pesar de que lo más lógico hubiera sido eso, no podía evitar la curiosidad, un interés que brotaba en mi interior. Esas cuatro palabras, *La muerte del comendador*, que supuestamente eran el título del cuadro, me sedujeron profundamente. ¿Qué representaba?, me pregunté. ¿Por qué lo había escondido allí? ¿Por qué solo había dejado allí ese cuadro?

Lo levanté para probar si pasaba por la trampilla del desván. Por lógica, sí. Si alguien lo había metido, debía poder sacarse. La trampilla era el único acceso. De todos modos, probé. Pasaba justo en diagonal, tal como había supuesto. Me imaginé a Tomohiko Amada cuando subió allí el cuadro. Lo veía solo, con un gran secreto en su corazón. Vi la escena con toda claridad, como si de verdad hubiera estado presente. Decidí que no se enfadaría conmigo por bajarlo de allí. Su conciencia estaba sumergida en un profundo caos y, en palabras de su propio hijo, ya no distinguía una ópera de una sartén. Era casi imposible que volviese a su casa, y, si lo dejaba allí, antes o después entraría un bicho por el hueco de ventilación y empezaría a mordisquearlo. Si realmente era un cuadro suyo, aquello hubiera significado una gran pérdida para la cultura.

Lo apoyé en una de las baldas del armario, me despedí del búho encogido aún sobre su viga y salí sin hacer ruido al cerrar la trampilla.

Sin embargo, no lo abrí enseguida. Lo dejé apoyado contra la pared del estudio durante unos días. Me sentaba en el suelo y lo contemplaba sin más. No me decidía a abrirlo. Me costaba mucho dar el paso sin permiso. Era propiedad de otra persona y, por muchas razones que me diese a mí mismo, lo cierto era que no tenía ningún derecho a abrirlo sin autorización. Lo más lógico, como mínimo, hubiera sido pedir permiso al hijo del dueño, es decir, a Masahiko, pero me resistía a comunicarle su existencia, y no sabía por qué. Tenía la impresión de que se trataba de un asunto personal entre Tomohiko Amada y yo. No sabría decir de dónde o cómo había surgido esa idea tan rara, pero así era exactamente como me sentía.

Después de contemplar el cuadro (o lo que yo suponía que era un cuadro) envuelto en papel de estraza y cerrado con una cuerda, después de darle vueltas y más vueltas al asunto, me decidí finalmente a abrirlo. La curiosidad era más fuerte e implacable que los reparos, incluso más fuerte que el sentido común o la cortesía. No sabía si era curiosidad profesional o puramente personal. En cualquier caso, fui incapaz de resistirme por más tiempo al impulso de mirar. Tal vez fuera algo desagradable, pero decidí que me daba igual. Corté la cuerda con unas tijeras. Estaba muy bien atada. Después quité el envoltorio. Me tomé mi tiempo para no romper nada, por si tenía que envolverlo luego como estaba y dejarlo en su sitio.

Bajo las sucesivas capas de papel marrón apareció un cuadro enmarcado con un sencillo marco protegido por una tela blanca de algodón. Retiré la tela con cuidado, como si quitase la venda de una persona con graves quemaduras.

Bajo la tela blanca apareció, como era de esperar, un cuadro de estilo tradicional japonés. Tenía forma rectangular. Lo apoyé contra la estantería y me alejé para contemplarlo a cierta distancia.

Era la mano de Tomohiko Amada, sin duda. Se notaba su estilo, su originalidad, su técnica. Tenía unos atrevidos espacios en blanco y una composición dinámica. En la escena aparecían personajes vestidos y peinados al estilo del periodo Asuka. Me sorprendió mucho por la impresionante violencia de la escena que representaba.

Por lo que sabía, Tomohiko Amada nunca había pintado escenas violentas. No sabía de un solo cuadro que representara algo así. La mayor parte de su obra eran escenas tranquilas y apacibles que transmitían cierta atmósfera de nostalgia. A veces elegía como tema algún hecho histórico, pero siempre se notaba su estilo. Los personajes vivían en armonía dentro de los límites de comunidades cohesionadas, rodeados de una naturaleza poderosa y exuberante propia de épocas pasadas Las individualidades parecían sacrificadas al valor superior que representaba la comunidad, el destino general. Era una vida tranquila, un ciclo armonioso cerrado en sí mismo como un anillo. Ese mundo antiguo quizá formaba parte de la utopía de Tomohiko Amada. Pintó ese mundo una y otra vez desde muchas perspectivas, con miradas muy diferentes. Algunos críticos consideraron que con ese estilo trataba de reflejar su rechazo del mundo moderno, de recrear una añoranza por épocas pasadas. Hubo quienes le criticaron por ello. Lo consideraban una huida de la realidad. Desde su regreso de Viena había abandonado la pintura al óleo de inspiración modernista y se había encerrado en ese mundo sereno, sin ofrecer ninguna explicación ni justificación.

Sin embargo, *La muerte del comendador* rebosaba sangre, resultaba muy realista y había sangre por todas partes. Había dos hombres luchando armados con espadas antiguas y pesadas. Parecía un duelo. Uno de ellos era joven, el otro mayor. El joven había hundido su espada en el pecho de su contrincante. Lucía un bigote fino, negro. Vestía ropa ceñida de color verde artemisa. El hombre mayor iba vestido de blanco y tenía una abundante barba. Llevaba colgado del cuello un collar de cuentas. Había soltado su espada, pero aún no había llegado a tocar el suelo. De su pecho brotaba la sangre a borbotones. Parecía como si la espada le hubiera seccionado la aorta. La sangre teñía de rojo su ropa blanca. Su boca retorcida denotaba dolor. Tenía los ojos abiertos como platos, miraba al vacío con una expresión de lamento. Había perdido el duelo y se daba cuenta de ello, pero el verdadero dolor parecía no haber llegado todavía.

El joven, por su parte, tenía una mirada fría. Observaba a su contrincante y en sus ojos no había arrepentimiento alguno, vacilación, miedo o excitación. Tan solo parecían aguardar tranquilos y expectantes a una muerte aún por llegar, su victoria definitiva. La sangre que brotaba a borbotones daba prueba de ello. No provocaba en él ningún sentimiento visible.

A decir verdad, siempre había entendido la pintura japonesa tradicional como una forma artística empeñada en retratar un mundo estilizado, sereno. Me parecía que ni sus técnicas ni los materiales se adecuaban a la expresión de sentimientos fuertes. Era un mundo completamente ajeno a mí, pero frente a ese cuadro fui consciente de mis prejuicios. En aquella violencia en la que dos hombres se jugaban la vida, algo sacudía el corazón del espectador. Un hombre victorioso, otro derrotado. Un hombre que hundía su espada en el pecho de otro, y este otro recibía el metal en su carne. Aquel contraste llamaba la atención, era algo especial, pensé.

Además de los dos personajes principales había otros que actuaban a modo de espectadores. Entre ellos, una mujer joven. Vestía un quimono completamente blanco muy elegante, llevaba el pelo recogido y con adornos, y se tapaba la boca ligeramente abierta con la mano, como si tomara aire justo antes de soltar un grito. Tenía sus hermosos ojos muy abiertos.

Entre los espectadores había también un hombre joven. No vestía con tanta elegancia. Llevaba ropa de color oscuro, sin ningún tipo de ornamento, que seguramente le permitía moverse sin dificultad. Calzaba unas sencillas sandalias. Parecía un criado o algo por el estilo. No llevaba espada, sino una especie de daga sujeta a la cintura. Era pequeño, rechoncho y lucía una perilla rala. En la mano izquierda sujetaba algo parecido a un cuaderno, como un asalariado de hoy con su cartera. Extendía la mano derecha en el vacío tratando de agarrar algo que se le escapaba irremisiblemente. Por la forma en la que estaba pintado, no se entendía bien si era el criado del hombre mayor, del joven o de la mujer. Lo único que se deducía era que el duelo se había desarrollado con rapidez y que ni la mujer ni el criado habían imaginado el desenlace. En sus caras se leía una inequívoca expresión de sorpresa.

El único que no parecía sorprendido en absoluto era el joven asesino. Puede que nada le sorprendiera. No era un asesino nato, no se divertía matando, pero no vacilaba en hacerlo si con ello alcanzaba su objetivo. Era un joven que parecía afanarse por sus ideales (aunque resultaba imposible saber qué ideales eran esos), henchido de energía. Parecía versado en el arte de la espada. No le sorprendía tener ante sí a un hombre mayor que ya había traspasado el cénit de su vida y se disponía a morir a manos de él. Más bien parecía como si para él fuera algo natural, algo lógico.

En la escena aparecía otro personaje misterioso. Estaba en la parte inferior izquierda del lienzo, como una nota a pie de página. Asomaba la cabeza tras una trampilla cuadrada de madera que había en el suelo. Me recordaba a la trampilla del armario por donde había subido al desván. Eran muy parecidas. El misterioso personaje observaba desde allí al resto de las personas que componían la escena del cuadro.

¿Un agujero en el suelo, una trampilla, un desagüe? No podía ser. En el periodo Asuka no existían canalizaciones ni nada por el estilo. Además, el escenario donde tenía lugar el duelo era un paisaje exterior, y allí no había nada. Al fondo tan solo se veía un pino solitario de ramas bajas. ¿Por qué había entonces un agujero en el suelo oculto tras una trampilla? No tenía ninguna lógica.

También el hombre que asomaba la cabeza por allí era muy extraño. Tenía la cara larga, como una berenjena retorcida. Lucía una barba negra, el pelo largo, enredado. Parecía un vagabundo, un eremita retirado del mundo, un viejo demente. Sin embargo, su mirada era sorprendentemente aguda, perspicaz, de una perspicacia que no parecía resultado de la inteligencia, sino de la casualidad, de una especie de aberración provocada, quizá, por la demencia. No se veía su ropa, tan solo asomaba la cabeza a partir del cuello. Como los demás, observaba el duelo, pero no se le veía sorprendido por lo que allí ocurría. Parecía un espectador imparcial que asistía a algo que debía ocurrir, como si estuviera allí para levantar acta. Ni la mujer ni el criado se daban cuenta de su existencia porque estaba a sus espaldas. Solo tenían ojos para el violento duelo. Nadie miraba hacia atrás.

¿Quién era ese personaje? ¿Por qué asomaba por allí? ¿Por qué se escondía bajo la tierra de ese mundo antiguo? ¿Por qué le había pintado Tomohiko Amada en un extremo del cuadro? ¿Cuál era su intención al poner allí a un hombre tan enigmático, tan extraño, que rompía el equilibrio de la composición?

¿Por qué había titulado el cuadro *La muerte del comendador*? En la escena se asistía al asesinato de una persona de clase alta, pero el hombre mayor ataviado con esos ropajes antiguos no se correspondía de ninguna manera con la idea que uno podía hacerse de un comendador. Ese título pertenecía a la tradición medieval europea, no a la japonesa. En toda la historia de Japón nunca había existido semejante título, y, a pesar de todo, Tomohiko Amada había decidido usarlo. Alguna razón debía de tener.

Para mí, esa palabra, «comendador», tenía alguna resonancia. La había oído en alguna ocasión. Busqué el rastro de ese vago recuerdo, como si tirase de un delgado hilo. La había leído en una novela, la había escuchado en una pieza teatral muy famosa, pero dónde.

Me acordé de repente. Se trataba de *Don Giovanni*, la ópera de Mozart. Justo al comienzo había una escena que se llamaba así: «La muerte del comendador». Fui a la estantería de los discos en el salón y busqué la ópera. Leí las explicaciones del libreto y confirmé que, en efecto, el personaje que moría asesinado en la escena inicial era un comendador. No tenía nombre, tan solo se le conocía como el comendador.

Originalmente, el libreto de la ópera estaba escrito en italiano y citaban al personaje como *«Il commendatore»*. En la edición japonesa se había transcrito literalmente y así se había quedado. Por mi parte, no sabía bien qué rango o posición social ocupaba un comendador en el tiempo en que estaba ambientada la ópera. El texto no aclaraba nada al respecto y en la ópera solo era un comendador sin nombre, cuyo único papel era morir a manos de don Giovanni nada más empezar. Ya cerca del final reaparecía en forma de estatua, como un mal presagio que termina por arrastrar a don Giovanni hasta los infiernos. Al pensar en ello, me pareció que el asunto se aclaraba. El apuesto joven del cuadro era el libertino don Giovanni (el don Juan español) y el asesinado, un honorable comendador. La hermosa joven era su hija, doña Anna, y el criado, Leporello, quien servía a don Giovanni. Leporello tenía en la mano un extenso listado con los nombres anotados de las conquistas de su amo. Don Giovanni había tentado a doña Anna, y el padre de esta, el comendador, había respondido a la ofensa para terminar envuelto en un duelo en el que perdía la vida. Era una escena muy famosa. ¿Por qué no me había percatado antes?

Esa mezcla entre la trama de la ópera de Mozart y una escena ambientada en el periodo Asuka pintada al modo tradicional japonés me había despistado. En un principio, no había asociado ambas cosas, pero al hacerlo todo estaba claro. Tomohiko Amada había adaptado el mundo descrito en *Don Giovanni* al periodo Asuka. Un ejercicio audaz e interesante. Se reconocía a primera vista. Pero ¿qué necesidad tenía de hacerlo? Era un cuadro muy distinto al resto de su obra. Además, ¿por qué lo había escondido en el desván? ¿Por qué se había tomado la molestia de protegerlo tanto? ¿Qué significaba aquel personaje, de cara larga, asomando por una especie de trampilla como si saliera del interior de la tierra?

En la ópera de Mozart no había ningún personaje como ese. Si Tomohiko Amada lo había puesto allí, era porque tenía algún propósito. Además, en la ópera, doña Anna no asistía en primera persona a la muerte de su padre. Ella se marchaba a pedir ayuda a su prometido, don Ottavio, y cuando regresaban juntos lo encontraban ya muerto. En el cuadro, por el contrario, el orden de los acontecimientos, las circunstancias, cambiaban ligeramente. Quizá la intención del pintor era realzar el dramatismo, pero lo mirase como lo mirase, la cabeza que emergía de la tierra no era de ningún modo la de don Ottavio. Su fisonomía no coincidía con ningún patrón real, parecía un ser de otro mundo. De ningún modo podía ser un caballero dispuesto a ayudar a doña Anna.

¿Era acaso un demonio saliendo del infierno? ¿Estaba allí para llevarse a don Giovanni? Por mucho que me esforzase en interpretarlo así, no había nada en él que sugiriese que se trataba de un demonio. Un demonio no podía tener en los ojos un brillo tan extraño. Un demonio nunca asomaría la cabeza por una trampilla de madera en el suelo. La presencia de ese personaje parecía una especie de broma. De momento me limité a llamarle «cara larga».

Durante varias semanas no pude dejar de mirar el cuadro en silencio. Su sola presencia allí, frente a mis ojos, me impedía pintar nada. No sentía la necesidad y apenas tenía ganas de comer. Como mucho mordisqueaba algunas verduras que tenía en la nevera y las alegraba con un poco de mayonesa. Si no, tiraba de conservas. Me sentaba en el suelo del estudio y escuchaba una y otra vez *Don Giovanni*. Miraba el cuadro sin descanso y al atardecer me tomaba una copa de vino y seguía mirándolo. Era una obra perfecta, magnífica. No podía dejar de darle vueltas y, sin embargo, ni siquiera estaba catalogado en ningún libro sobre la obra de Tomohiko Amada. Su existencia, por tanto, era un secreto. De no ser así, se hubiera convertido de inmediato en una de las obras más famosas de su autor. En cualquier retrospectiva sobre su obra lo habrían utilizado como cartel para anunciarlo. Y no solo se trataba de que estuviera pintado con una técnica asombrosa, sino que la escena desprendía un magnetismo, una especie de poder fuera de lo normal. A nadie con una mínima noción de arte se le habría pasado por alto. Algo conmovía profundamente el corazón del espectador, como si fuera una sugestión, una puerta capaz de llevar la imaginación a otra parte.

No podía apartar la vista de ese «cara larga» situado en la parte inferior del lienzo. La trampilla que abría parecía incitar a seguirle a un mundo subterráneo. Pero no a cualquier persona, sino a mí en concreto. Ese mundo oculto tras la trampilla me llamaba poderosamente la atención. ¿De dónde venía cara larga? ¿Qué diablos hacía allí? ¿Iba a cerrar la trampilla en algún momento o la dejaría abierta para siempre?

Miraba el cuadro y escuchaba sin cesar *Don Giovanni*. En concreto, la tercera escena del primer acto tras la obertura. Casi me aprendí de memoria el texto, los papeles de los protagonistas:

Doña Anna: «¡Ay de mí! El asesino ha matado a mi padre. Esta sangre... Esta herida... En su rostro ya se ve el color de la muerte. Ya no respira, tiene las extremidades frías. ¡Padre! ¡Mi amado padre! Me desmayo. Me muero».

6

De momento, solo es un cliente sin rostro

Casi había terminado el verano cuando me llamó mi agente. Hacía tiempo que no sabía nada de él. A mediodía aún hacía calor, pero a la puesta de sol refrescaba. El canto de las cigarras empezó a mitigarse poco a poco, pero el resto de los insectos que poblaban el bosque parecieron unirse en un coro solemne. Muy al contrario de lo que ocurriría en la ciudad, allí la naturaleza reclamaba su espacio sin ninguna reserva.

En primer lugar, mi agente me puso al día. Aunque en realidad no había grandes novedades.

—Por cierto, ¿cómo va el trabajo? —me preguntó.

—Poco a poco —mentí.

Habían pasado casi cuatro meses desde que me había mudado, y todos los lienzos que había preparado seguían en blanco.

—Me alegra oírlo —dijo—. Me gustaría ver algo en algún momento. Tal vez pueda echar una mano.

—Se lo agradezco. Se lo enseñaré cuando esté listo.

Me habló entonces del motivo de su llamada.

—Me gustaría pedirle un favor. ¿Pintaría un último retrato?

—Ya le dije que no quería volver a retratar a nadie.

—Lo sé, lo sé. Pero en esta ocasión ofrecen una cantidad muy considerable.

—¿Muy considerable?

—Sí, algo fuera de lo normal.

—¿De cuánto estamos hablando?

Me dio una cifra. Tuve el impulso de silbar, pero me contuve.

—Hay muchos retratistas tan buenos o mejores que yo —respondí con calma.

—No tantos, no se crea. Como mucho, algún pintor al que también se le dan bien los retratos.

—Pues en ese caso, ¿por qué no llama a alguno de ellos? Con semejante cifra, cualquiera aceptaría encantado.

—El cliente quiere que sea usted. Es su única condición. No acepta a otra persona.

Agarré el teléfono con la mano izquierda y me rasqué la oreja con la derecha.

—Ha visto alguno de sus retratos y le han gustado mucho —prosiguió mi agente—. Según él, tienen una vitalidad difícil de encontrar en otros retratos.

—No lo entiendo. No sé cómo ha podido verlos. Después de todo, son encargos particulares y no los expongo.

—Desconozco los detalles. —Por el tono de su voz se notaba que estaba tan perplejo como yo—. Me limito a transmitirle lo que me ha dicho el cliente. Le advertí que usted había dejado los retratos, que se trataba de una decisión en firme y que sería casi imposible hacerle cambiar de opinión, pero no se dio por vencido. Fue entonces cuando me habló de dinero.

Valoré la propuesta. El dinero, ciertamente, debilitaba mi resistencia inicial. No podía evitar cierto orgullo al saber de la existencia de alguien que valoraba tanto mi trabajo, a pesar de que a mí me parecía que pintaba casi maquinalmente y solo por dinero. Por eso me había prometido a mí mismo no volver a aceptar nunca más encargos. La separación de mi mujer me la había tomado como el inicio de una nueva vida y no podía flaquear ahora solo por el hecho de que alguien me tentara con un montón de dinero.

—¿Y a qué se debe tanta generosidad? —pregunté.

—Vivimos una época de recesión, pero eso no significa que no haya personas a las que les sobra el dinero. Hay mucha gente que ha hecho fortuna con negocios de inversión por internet, con empresas relacionadas con tecnologías de la información. Además, los retratos se pueden contabilizar como gasto.

—¿Contabilizar como gasto?

—Los retratos no se consideran obras de arte. A efectos fiscales, de hecho, entran en la misma partida que el mobiliario.

—Qué honor —dije.

Por mucho dinero que le sobrase a alguien, por mucho que se pudiera considerar un gasto de empresa, no lograba entender por qué alguien quería decorar las paredes de su oficina con un cuadro que entraba en la misma categoría de los muebles. La mayoría de la gente que se dedicaba a ese tipo de negocios eran personas jóvenes que para ir a trabajar se ponían unos vaqueros de marca, zapatillas Nike, camisetas viejas y sudaderas de Banana Republic. Se les veía muy a gusto consigo mismos con sus cafés de Starbucks servidos en vasos de papel. Un retrato con la densidad característica de la pintura al óleo no coincidía con ese estilo de vida, pero, obviamente, en este mundo hay gente para todos los

111

gustos. Nada se puede afirmar con rotundidad. Es probable que alguien quisiera contemplar su retrato mientras se tomaba su café (de comercio justo, por supuesto) de Starbucks (o de alguna cadena por el estilo) en un vaso de papel.

—Ha puesto otra condición —me advirtió—. Quiere que le deje posar como modelo. Está dispuesto a dedicarle a usted todo el tiempo que sea necesario.

—Normalmente no trabajo así.

—Lo sé. Tiene una entrevista personal con el cliente y luego le basta con una fotografía. Se lo he explicado al cliente y le parece bien, pero en su caso pone como condición hacerlo a su manera si usted finalmente acepta.

—¿Y eso qué quiere decir? —le pregunté.

—No lo sé —admitió.

—Me parece muy extraño. ¿A qué viene tanta insistencia en posar? No tener que hacerlo es casi una bendición.

—Es extraño, no cabe duda, pero lo que quiere pagarle merece la pena.

—Se trata de una cantidad nada desdeñable, desde luego.

—La decisión está en sus manos. No le pido que venda su alma al diablo. Es usted un retratista excelente y se ha ganado una reputación.

—Habla como si yo fuera un asesino a sueldo —dije—, como si me estuviera pidiendo un último trabajito.

—Aquí no se va a derramar una sola gota de sangre. ¿Qué me dice? ¿Acepta?

«Aquí no se va a derramar una sola gota de sangre»,

repetí para mis adentros. Enseguida me vino a la cabeza la imagen de *La muerte del comendador*.

—¿Y quién es esa persona que está tan interesada en que la retrate? —le pregunté.

—Para serle sincero, no lo sé.

—¿Ni siquiera sabe si es un hombre o una mujer?

—No. Tampoco sé su edad ni su nombre. De momento, solo es un cliente sin rostro. He tratado todo el asunto por teléfono con un abogado que actúa de intermediario.

—Y es un encargo serio, ¿verdad?

—Sí, no se preocupe. No hay nada sospechoso en todo esto. El abogado trabaja en un bufete de renombre y me ha dicho que, si se decide a hacerlo, le entregará una parte sustancial en concepto de adelanto.

Suspiré sin soltar el teléfono.

—Todo esto me pilla por sorpresa. No sé qué decirle, la verdad. Me gustaría tomarme un tiempo para pensarlo.

—Por supuesto. Tómese el tiempo que quiera. El cliente no tiene prisa, no es algo urgente.

Le di las gracias por la llamada y colgué.

No sabía qué hacer. Fui al estudio, encendí la luz, me senté en el suelo y, de nuevo, contemplé el cuadro sin más. Al cabo de un rato me entró hambre. Fui a la cocina y volví al estudio con unas galletas saladas en un plato con un poco de kétchup. Me las comí sin apartar la vista del cuadro. No era precisamente un aperitivo recomendable. Más bien era horrible, pero, bueno o malo, en ese momento no tenía ninguna importancia para mí. Con tal de que me llenase el estómago me daba igual.

El cuadro ejercía una inmensa atracción en mí, me conmovía, tanto en su conjunto como los detalles. De algún modo sentía como si me presionara. Después de mirarlo varios días a cierta distancia, me acerqué para fijarme en los detalles. Lo más llamativo era la expresión de la cara de cada uno de los cinco personajes. La copié a lápiz en un cuaderno con todo el detalle del que fui capaz. La de don Giovanni, la del joven, la de doña Anna, la de Leporello y, por supuesto, la de «cara larga». Copiaba como un entregado lector que anota letra por letra las frases que más le llaman la atención de un libro.

Para mí, copiar personajes de un cuadro pintado al modo tradicional japonés suponía una experiencia nueva. Pronto me di cuenta de que era mucho más difícil de lo que había imaginado. La pintura japonesa se basa, normalmente, en un juego de líneas que suele ocupar el espacio central del cuadro. El resultado es más plano que tridimensional. Se concede más importancia a los elementos simbólicos que a los realistas. Esa concepción de la pintura hace prácticamente imposible adaptarla a un modo de expresión a la manera occidental. A pesar de todo, después de varios intentos lo logré más o menos. No puede decirse que fuera un trabajo de adaptación, pero sí una especie de traducción, cierta interpretación personal. Y, para ello, primero tuve que captar la intención que había en el cuadro original. Dicho de otra manera, debía entender el punto de vista de Tomohiko Amada como pintor, o su manera de ser como persona. Sentía la necesidad metafórica de meterme en su piel.

Cuando ya llevaba un rato practicando, pensé que no estaría mal volver a pintar un retrato después de tanto tiempo. Aún no me sentía capaz de pintar nada por mí mismo. Ni siquiera tenía organizado un horario de trabajo, no me había planteado ningún objetivo concreto. No me vendría mal volver a practicar con la mano. De seguir así, iba a llegar un momento en el que ya no sería capaz de pintar nada. Ni siquiera un simple retrato. Además, el dinero me tentaba. No podía negarlo. Llevaba una vida austera, apenas tenía gastos, pero no iba a poder mantenerme mucho más tiempo solo con lo que ganaba con las clases de pintura. Había hecho un viaje largo, me había comprado un Toyota Corolla de segunda mano. Mis ahorros menguaban, sin duda. Un ingreso así tentaba a cualquiera.

Al final llamé a mi agente para decirle que aceptaba el encargo. Era la última vez. Se alegró mucho de mi decisión.

—Si tiene que posar como modelo, tendré que ir adondequiera que esté —le dije.

—No se preocupe. Ya me advirtieron que sería el cliente quien iría a su casa de Odawara.

—¿De Odawara?

—Sí.

—¿Sabe dónde vivo?

—Parece que vive cerca de usted. Por lo visto se ha enterado de que vive usted temporalmente en casa de Tomohiko Amada.

Me quedé sin palabras durante unos segundos.

—¡Qué raro! —acerté a decir al fin—. Prácticamente nadie sabe que vivo aquí y menos aún en la casa de Tomohiko Amada.

—Yo tampoco lo sabía.

—Entonces, ¿cómo lo sabe esa persona?

—Pues no tengo ni idea. Hoy en día, uno termina enterándose de todo a través de internet. En manos de una persona hábil, los secretos dejan de existir.

—¿Por casualidad vive cerca de aquí? ¿Es esa la razón de haberme elegido a mí?

—No lo sé. No dispongo de esa información. Es mejor que se lo pregunte directamente al cliente cuando se conozcan. ¿Cuándo podría empezar?

—En cualquier momento.

—Así se lo haré saber. Le llamaré para darle más detalles.

Colgué. Salí a la terraza para recostarme en la tumbona y pensé en todo ese asunto. Cuantas más vueltas le daba, más preguntas me surgían. Por alguna razón, lo que menos me gustaba era que el cliente supiera dónde vivía. Me sentía vigilado, observado en cada uno de mis movimientos. ¿Quién y por qué podía tener tanto interés en alguien como yo? Además, toda esa historia me parecía demasiado perfecta para ser verdad. Lo de mi reputación era cierto. Confiaba en la calidad de mi trabajo, pero, al fin y al cabo, solo se trataba de retratos. Lo que hacía no podía considerarse arte en absoluto. Desde esa perspectiva, yo no dejaba de ser un pintor irrelevante. Por mucho que el cliente conociera alguno de mis retratos, por mucho que le gustasen (cosa que no estaba dispuesto a creerme al pie de la letra), ¿de verdad estaba dispuesto a pagar una cantidad de dinero tan generosa?

De pronto se me ocurrió que podría tratarse del marido de la mujer con quien mantenía una relación adúltera. No tenía ninguna razón objetiva para pensar una cosa así, pero cuantas más vueltas le daba, más posible me parecía. No se me ocurría ninguna otra cosa si tenía en cuenta que, por lo visto, era un vecino. Pero ¿por qué iba a tomarse la molestia de pagar semejante cantidad de dinero solo para que el amante de su mujer le hiciese un retrato? Carecía de toda lógica. Solo podía tener sentido si se trataba de un pervertido o algo así.

De acuerdo, pensé. Si esa era la corriente a la que me enfrentaba, me dejaría llevar por ella. Si ese cliente tenía un propósito oculto, me dejaría atrapar en su trampa. Tal vez eso fuera mucho mejor que quedarme atascado en medio de las montañas sin saber hacia dónde tirar. Además, me picaba la curiosidad. ¿Cómo era esa persona? ¿Qué pretendía de mí a cambio de pagarme un montón de dinero? Quería encontrar las respuestas a esas preguntas.

Tomar una decisión hizo que me sintiera liberado. Por la noche caí en un profundo sueño como no me ocurría desde hacía tiempo. A medianoche me pareció oír al búho en el tejado, pero tal vez solo fue en sueños.

7
Un nombre fácil de recordar, para bien y para mal

Después de cruzar algunas llamadas con mi agente, acordamos la cita con el enigmático cliente para el martes de la semana siguiente (aún seguía sin saber su nombre). Le hablé de mi intención de continuar con el proceso de siempre, es decir, dedicar el primer día a conocernos, a mantener una entrevista de alrededor de una hora y nada más.

Para pintar un retrato, ni que decir tiene, primero hay que captar los rasgos peculiares del rostro, pero con eso no basta. Si no se profundiza más, el resultado puede limitarse a una caricatura. Hace falta darle vida, descubrir la esencia de la fisonomía del retratado. En cierto sentido, el rostro se asemeja a las líneas de la mano. Más que rasgos distintivos de nacimiento, se forman poco a poco con el transcurso del tiempo y en función del ambiente externo en el que se desarrolla cada uno. Por eso no hay dos rostros iguales.

La mañana del martes ordené y limpié la casa, corté unas flores del jardín para dar un poco de color, llevé *La muerte del comendador* a la habitación de invitados y lo envolví con el papel de estraza para que nadie lo viera. No podía permitir que sucediera algo así.

Pasada la una del mediodía, un coche subió la pendiente que conducía a la casa, y se detuvo frente al porche de entrada. El runrún grave y pesado del motor resonó durante cierto tiempo. Parecía la garganta de un animal grande y satisfecho en el fondo de una cueva. Supuse que era un coche de gran cilindrada. El motor se detuvo al fin y el silencio volvió a reinar enseguida en el valle. Era un Jaguar Sport Coupé de color plateado. Los rayos del sol que asomaban entre las nubes se reflejaron en el largo y bien pulido guardabarros. Como no entiendo mucho de coches, no sabía qué modelo era, pero me imaginé que sería el más nuevo. No debía de tener muchos kilómetros (no superaría las cuatro cifras) y su precio rondaría, como mínimo, veinte veces el de mi viejo Corolla de segunda mano. Sin embargo, no me sorprendió verlo aparecer allí. Su dueño estaba dispuesto a pagar un dineral por un retrato, y aunque se hubiera presentado en un yate enorme, no me habría extrañado.

Del coche bajó un hombre de mediana edad muy bien vestido. Lucía unas gafas oscuras de color verde, una camisa blanca de manga larga de algodón (no solo era blanca, sino que resplandecía) y unos pantalones chinos caqui. Calzaba unos náuticos de color crema. Debía de superar por poco el metro setenta. Estaba moreno en su justa medida. Daba la impresión de ser una persona muy pulcra, pero lo que más me llamó la atención de él fue su abundante pelo ondulado completamente blanco. No era gris, tampoco entrecano. Era blanco puro, como la nieve recién caída.

Le observé desde detrás de las cortinas de la ventana. Bajó del coche y cerró la puerta (con un ruido distinguido propio de los coches de alta gama), pero no con llave. Se la guardó en el bolsillo del pantalón y caminó hacia la entrada. Andaba con estilo, con la espalda recta, como si usara correctamente hasta el último pliegue de sus músculos. Parecía practicar algún deporte a diario. Me alejé de la ventana, me senté en una silla del salón y esperé a que sonara el timbre. Cuando llamó, fui despacio hacia la puerta para abrirle.

Al ver que la puerta se abría, el hombre se quitó las gafas de sol, las guardó en el bolsillo de la camisa y, sin decir nada, me tendió la mano. Le devolví el saludo casi de forma automática. Sacudió mi mano con fuerza, como hacen los americanos, lo justo para no hacer daño.

—Soy Menshiki —se presentó—. Mucho gusto.

Su voz sonó clara, como la de alguien que se dispone a dar una conferencia y prueba el sonido antes de empezar.

—Encantado —le respondí—. Señor... ¿Menshiki?

—Se escribe con los ideogramas de «eximirse» y de «color».

—Señor Menshiki.

Visualicé mentalmente los ideogramas y la combinación me resultó extraña.

—Eximirse del color —dijo él—. Es un apellido poco frecuente. Aparte de mi familia, no conozco a nadie que lo lleve.

—Es fácil de recordar.

—Eso es. Un nombre fácil de recordar, para bien y para mal.

Sonrió. Desde las mejillas hasta el mentón lucía una barba incipiente de aspecto descuidado que no atribuí, precisamente, al descuido. Si la llevaba así, era a propósito. Al menos eso deduje, porque no parecía ni más ni menos larga de lo deseado. A diferencia del pelo, la barba aún no era cana y el contraste me extrañaba. Me preguntaba la razón de que tuviera el pelo tan blanco.

—Pase, por favor —le invité.

Inclinó ligeramente la cabeza y se descalzó antes de entrar en la casa. Tenía un porte elegante, pero parecía un poco nervioso. Como un gato en un lugar desconocido, cada uno de sus movimientos era lento y cauteloso, mientras su mirada se posaba veloz aquí y allá.

—Parece una casa confortable —dijo nada más sentarse en el sofá—. Tranquila y silenciosa.

—Tranquila, sin ninguna duda. Lo peor es lo incómodo que resulta ir a la compra.

—Pero para alguien con un trabajo como el suyo, un ambiente así seguramente resulta ideal.

Me senté en un sillón frente a él.

—Me han dicho que vive usted cerca.

—Eso es. Andando se tardaría un rato, pero en línea recta en realidad estoy muy cerca.

—En línea recta —repetí extrañado sus palabras—. Y en línea recta, ¿de qué distancia hablamos?

—Si nos saludamos con la mano nos vemos sin problemas.

—¿Quiere decir que su casa se ve desde aquí?

—Sí.

Me quedé callado sin saber qué decir. Fue él quien rompió el silencio.

—¿Quiere verla?

—Si es posible...

—¿Podemos salir a la terraza?

—Por supuesto.

Se levantó y salimos a la terraza que conectaba con el salón. Asomó la mitad del cuerpo por encima de la barandilla.

—¿Ve esa casa de hormigón pintada de blanco? Allí, en lo alto de la montaña, donde el sol se refleja en las ventanas.

Me quedé sin palabras. Era, ni más ni menos, aquella enorme casa que contemplaba a menudo al atardecer desde la tumbona mientras me tomaba una copa de vino. Una casa tan elegante como llamativa.

—Lo ve —dijo—, quizá no esté tan cerca, pero si nos saludamos, seguro que nos vemos.

—¿Cómo supo que vivía aquí? —le pregunté con las manos aún apoyadas en la barandilla.

Por su gesto, pareció un poco turbado. No porque lo estuviera realmente, sino porque fingía estarlo, aunque no sobreactuaba. Más bien parecía tomarse un tiempo entre pregunta y respuesta.

—La información es una parte importante de mi trabajo —dijo al fin—. A eso me dedico.

—¿Tiene relación con internet?

—Exactamente. Para ser más preciso, diré que todo lo que está relacionado con internet es también una parte sustancial de mi trabajo.

—Casi nadie sabe que vivo aquí.

Menshiki sonrió.

—Eso quiere decir, paradójicamente, que sí hay algunas personas que lo saben.

Volví a contemplar la casa de hormigón pintada de blanco y de líneas elegantes al otro lado del valle. Después observé a ese hombre llamado Menshiki. Debía de ser él quien aparecía todas las noches en la terraza de aquella casa. Tanto por su cuerpo como por su porte, coincidía con la silueta que yo veía. No era capaz de ponerle edad, pero por su níveo pelo diría que estaba al final de los cincuenta o principios de los sesenta. Sin embargo, su piel lucía lustrosa y sin una sola arruga. Sus ojos tenían aún ese brillo intenso de los hombres jóvenes que no han superado los cuarenta. Reunir todos esos elementos y acertar una edad no parecía tarea fácil. Si me hubieran dicho que estaba entre los cuarenta y cinco y los sesenta, me lo habría creído a pies juntillas.

Volvimos al salón y nos sentamos igual que antes. En esa ocasión, fui yo quien tomó la palabra.

—Me gustaría hacerle una pregunta.

—Por supuesto, pregunte lo que quiera —dijo él sonriente.

—El hecho de vivir cerca, ¿tiene relación con que me encargue el retrato?

En su gesto leí cierta confusión, y en la comisura de sus ojos se le marcaron unas pequeñas arrugas que, sin duda, aumentaban su atractivo. Observados uno por uno, todos los detalles de su fisonomía desprendían atractivo. Tenía los ojos rasgados, ligeramente hundidos, la frente despejada y proporcionada con el resto de la cara, las cejas pobladas, bien delineadas y una nariz fina y moderadamente grande. Todo ello en perfecto equilibrio en su cara pequeña, aunque tal vez algo ancha. Desde un punto de vista estético, ahí sí existía quizás un ligero desequilibrio. Su plano vertical y horizontal no armonizaban del todo, sin llegar a ser un defecto. Pero en conjunto su rostro transmitía encanto, y ese ligero desequilibrio, curiosamente, tranquilidad. De haber estado todo bien proporcionado, tal vez esas mismas facciones habrían suscitado cierta antipatía, cautela, pero sucedía lo contrario, como si dijera: «Tranquilo, no soy una mala persona ni tengo intenciones ocultas».

De entre su pelo blanco y bien cortado sobresalían unas orejas puntiagudas que me recordaron algo fresco y lleno de vida, como las setas del bosque irguiendo sus sombreros entre las hojas caídas una mañana de otoño después de la lluvia. Tenía la boca grande, los labios finos y cerrados en línea recta, dispuestos siempre a la sonrisa.

Era un hombre apuesto, sin duda, pero había algo en su fisonomía que desaconsejaba ese tipo de calificativo convencional y lo invalidaba sin contemplaciones. La expresión de su cara resultaba demasiado viva, sus gestos eran demasiado precisos como para decir que era apuesto, aunque no parecían calculados. Eran naturales, espontáneos, y en el caso de haber alguna intención oculta, eso significaba que era un buen actor, aunque no me dio esa impresión.

Cuando observo la cara de una persona por primera vez, intuyo muchas cosas. Es algo que ha acabado por convertirse en un hábito. La mayoría de las veces no puedo explicar por qué siento tal o cual cosa. Solo se trata de intuiciones, pero como retratista me resultan de gran ayuda.

—La respuesta es sí —dijo Menshiki al cabo de un rato—, pero no del todo.

Estiró las manos apoyadas sobre las rodillas y mostró las palmas. Esperé en silencio.

—Siento curiosidad por las personas que viven cerca de mí —continuó—. Más que curiosidad, diría que se trata de verdadero interés. En especial, por quien vive al otro lado del valle, ya que a menudo nos vemos las caras.

Decir que nos veíamos las caras me pareció exagerado, teniendo en cuenta la distancia que nos separaba, pero no dije nada. Quizá tenía un catalejo o algo así y me observaba con él. Tampoco dije nada sobre eso, por supuesto. ¿Por qué iba a querer observarme?

—Cuando supe que vivía usted aquí —continuó—, sentí curiosidad. Me enteré de que era retratista profesional y vi alguna de sus obras. Busqué en internet, pero no me bastó y pedí permiso para ver en persona tres retratos en concreto.

Me esforcé para que no se me notara la extrañeza.

—¿Qué quiere decir con que los ha visto en persona?

—Pedí permiso a los dueños de los retratos. Fueron muy amables y no me pusieron ninguna pega. Al parecer, si uno muestra interés por el retrato de alguien, eso alimenta su orgullo. Al verlos de cerca y comparar con el retratado, perdí de vista la realidad. No sé cómo explicarlo, en sus retratos hay algo que conmueve. A primera vista pueden parecer retratos al uso, pero luego, si te fijas bien, te das cuenta de que ocultan algo.

—¿Que ocultan algo?

—Sí, no sé cómo expresarlo bien con palabras. Diría que la personalidad resulta más real, más auténtica.

—Personalidad... —repetí—. ¿Se refiere a la mía o a la de la persona retratada?

—A ambas, me parece. En el retrato, tengo la impresión de que se mezclan y se entrecruzan hasta un punto en que ya no es posible distinguir la una de la otra. No se puede pasar de largo por delante de uno de sus cuadros. Si uno los mira y pasa de largo, siente que se le ha escapado algo y vuelve a mirar. Ese algo misterioso fue lo que me atrajo.

Me quedé en silencio.

—Fue entonces cuando pensé que me gustaría tener un retrato pintado por usted y enseguida contacté con su agente.

—Contactó con él a través de un intermediario.

—Sí. Tengo por costumbre hacer muchas cosas a través de intermediarios. Mi abogado se hizo cargo. Lo hago así porque prefiero mantener el anonimato.

—Porque su nombre es fácil de recordar.

—Eso es.

Mi comentario le hizo gracia. Abrió mucho la boca, como si esbozara una amplia sonrisa, y las puntas de sus orejas se movieron ligeramente.

—Hay casos en los que prefiero que no se sepa mi nombre.

—No obstante, me parece que ofrece demasiado dinero —le dije con toda honestidad.

—Como usted bien sabrá, el precio de las cosas es siempre una cuestión relativa. Se determina en función de la oferta y la demanda. Es uno de los principios básicos de la economía. Si yo le quiero comprar algo a usted y usted, por su parte, no quiere venderlo, el precio sube. En el caso contrario, el precio bajará, como es lógico.

—Ya sé cómo funciona el mercado, pero ¿tanta falta le hace un retrato como para pagar ese precio? Tal vez no debería decirlo yo, pero un retrato no es algo imprescindible en la vida, ¿no le parece?

—Tiene usted razón. Si no lo tengo, no me va a suponer ningún problema, pero no puedo evitar la curiosidad de ver el resultado si es usted quien me retrata. En otras palabras, yo mismo he puesto un precio a mi curiosidad.

—Su curiosidad tiene un precio bien alto.

Se rio, divertido.

—Cuanto más pura es la curiosidad, mayor fuerza tiene. Además, es necesaria.

—¿Quiere un café? —le pregunté.

—Sí, gracias.

—No está recién hecho, pero es de hace poco, ¿le importa?

—En absoluto. Sin leche y sin azúcar, por favor.

Fui a la cocina, serví dos tazas y regresé al salón.

—Hay muchos discos de ópera —dijo mientras tomaba el café—. ¿Le gusta la ópera?

—Ninguno de estos discos es mío. Son del dueño de la casa, pero desde que estoy aquí escucho mucha ópera, sí.

—El dueño de la casa es Tomohiko Amada, ¿verdad?

—Sí.

—¿Tiene alguna preferencia?

Pensé en ello antes de contestar.

—Últimamente he escuchado mucho *Don Giovanni* por una razón concreta.

—¿Y qué razón es esa, si me permite la pregunta?

—Es algo personal que no viene a cuento.

—A mí también me gusta esa ópera. La escucho a menudo. Asistí a una representación hace tiempo en un pequeño teatro de Praga. Creo recordar que fue poco después de la caída del régimen comunista. Praga es la ciudad donde se representó por primera vez *Don Giovanni*. Imagino que ya lo sabrá. El teatro era muy pequeño; la orquesta, reducida, y no había cantantes famosos, pero la representación fue magnífica. Los cantantes no tenían que forzar la voz como en un gran teatro, y quizá por eso se creó un ambiente íntimo en el que se palpaban los sentimientos. De haber sido el Metropolitan de Nueva York o La Scala de Milán, habrían sido cantantes famosos con voces muy poderosas y las arias terminarían por convertirse en ejercicios de acrobacia. Sin embargo, las óperas de Mozart exigen esa intimidad característica de la música de cámara. ¿No le parece? En ese sentido, aquella representación fue magnífica.

Dio un sorbo al café. Me limitaba a observar sus movimientos sin decir nada.

—He tenido ocasión de asistir a la representación de esa ópera en muchos lugares del mundo. La he visto en Viena, en Roma, Milán, Londres, París, Nueva York, y también en Tokio. La he visto dirigida por Claudio Abbado, por James Levine, Seiji Ozawa, Lorin Maazel, y quién más... Creo que George Prêtre. Pero, por extraño que parezca, la de Praga fue la que se me quedó grabada en el corazón, y eso que ni los cantantes ni el director eran conocidos. Recuerdo que al salir a la calle cuando terminó, había una densa niebla que cubría la ciudad. Por aquel entonces, las calles aún no estaban demasiado iluminadas y de noche todo era penumbra. Caminaba sin rumbo por una calle desierta de adoquines y casi choqué con una vieja estatua de bronce. No sé de quién se trataba, pero tenía todo el aspecto de ser un caballero medieval. Casi me dieron ganas de invitarle a cenar.

Se rio de su ocurrencia.

—¿Viaja usted a menudo al extranjero? —le pregunté.

—De vez en cuando, por trabajo.

De pronto se quedó callado como si pensara en algo. Supuse que prefería no dar detalles de su trabajo.

—Entonces... —dijo al fin mirándome a los ojos—, ¿he pasado la prueba? ¿Pintará usted mi retrato?

—No se trata de un examen. Tan solo es una conversación cara a cara.

—Pero antes de empezar, lo primero que hace es conocer a su cliente. Tengo entendido que no acepta el encargo si no congenia con él.

Miré hacia la terraza. En la barandilla había un cuervo posado que alzó el vuelo de inmediato con sus alas brillantes, como si hubiera notado mi mirada.

—Puede ser, pero por fortuna nunca me ha sucedido.

—Pues espero no ser el primero —dijo con una sonrisa y con mirada seria.

—No se preocupe. Acepto su encargo con mucho gusto.

—Me deja usted más tranquilo —dijo tomándose un tiempo antes de continuar—. Tal vez pueda parecer egocéntrico si le digo que yo también tengo un deseo.

Le miré a los ojos.

—¿Cuál es ese deseo?

—A ser posible, me gustaría que se tomase toda la libertad que quiera para pintar el retrato. No hace falta que se ciña a los cánones habituales. Si prefiere hacerlo, no hay problema, por supuesto. Puede llevar a cabo su trabajo como ha hecho hasta ahora, pero, si prefiere innovar, aceptaré encantado.

—¿Innovar?

—Lo que sea. Lo que mejor le parezca.

—¿No le importa si le pongo los ojos en los extremos de la cara como si fuera un cuadro de la época cubista de Picasso?

—Si a usted le parece bien hacerlo así, no tengo objeción. Lo dejo en sus manos.

—¿Y lo colgará en su oficina?

—De momento, no dispongo de ningún lugar que pueda llamar oficina. Tal vez lo cuelgue en el despacho de mi casa, si a usted no le parece mal, claro.

Obviamente, no me parecía mal. Lo podía colgar donde quisiera. A mí me daba igual.

—Señor Menshiki —le dije después de pensar un rato—, le agradezco sus palabras, pero esa libertad creativa no me sugiere de momento ninguna idea concreta. No soy más que un simple retratista. Digamos que, con el tiempo, he creado un estilo propio, y aunque me ofrezca usted eliminar las restricciones, hay un punto en el que las restricciones se convierten en técnica. De entrada, creo que pintaré el retrato como he hecho hasta ahora. ¿Le importa?

Menshiki extendió las manos con un gesto muy significativo.

—Por supuesto que no. Me parece bien. Haga lo que a usted le parezca oportuno. Solo le pido que se sienta libre.

—Si le utilizo de modelo, tendrá que venir a este estudio a menudo y permanecer sentado en una silla durante mucho tiempo. Imagino que estará usted ocupado. ¿Será posible tal cosa?

—He arreglado mis asuntos para disponer de tiempo

cuando a usted le haga falta. De hecho, me gustaría posar. Vendré a su casa y me quedaré sentado en la silla todo el tiempo que haga falta. Mientras tanto, tendremos la oportunidad de charlar. No le importa hablar mientras trabaja, ¿verdad?

—Por supuesto que no. Será un placer. Para mí usted sigue siendo todo un enigma, y para retratarle necesitaré saber más cosas de su persona.

Menshiki sonrió y sacudió la cabeza ligeramente. Al hacerlo, su inmaculado pelo blanco se meció como la hierba de un prado cuando sopla el viento en invierno.

—Me sobrestima usted. No hay ningún enigma. Si no hablo mucho de mí mismo, es porque no quiero aburrir a los demás.

Al sonreír, las arrugas de la comisura de sus ojos se hicieron más profundas. Era una sonrisa limpia, sin dobleces, pero había algo más, o al menos eso me pareció. Ese hombre llamado Menshiki ocultaba algo, tenía algo escondido. Un secreto guardado en una pequeña caja cerrada con llave y enterrada muy profundamente en la tierra desde hacía mucho tiempo. Tanto. que la hierba había crecido encima, y ahora la única persona que conocía el lugar donde estaba era el propio Menshiki. No pude dejar de notar en el fondo de su sonrisa la profunda soledad que comportaba ese secreto.

Aún conversamos durante otros veinte minutos. Concretamos algunos detalles, como los días que vendría, el tiempo del que disponía, etcétera. Antes de marcharse, me ofreció de nuevo su mano con naturalidad y yo le devolví el gesto con la misma naturalidad. Estrechar la mano para saludar y para despedirse parecía un hábito arraigado en él. Desde la ventana observé cómo se ponía las gafas de sol, sacaba las llaves del coche de su bolsillo, se subía a su Jaguar plateado (parecía un poderoso ser vivo, suave y domesticado a la vez) y desaparecía elegantemente cuesta abajo. Salí a la terraza y contemplé la casa blanca encima de la montaña a la que, quizá, volvería enseguida.

Era un personaje extraño, pensé. Simpático, no especialmente callado, pero que en realidad apenas me había contado nada de sí mismo. La única certeza que tenía era que vivía en esa casa elegante al otro lado del valle, trabajaba en algo relacionado con la información y viajaba a menudo al extranjero. También que era un entusiasta de la ópera. Aparte de eso, no sabía casi nada de él. No sabía si tenía familia, su edad, dónde había nacido, desde cuándo vivía allí. Pensándolo bien, me di cuenta de que ni siquiera sabía su nombre de pila.

¿Por qué tanto interés en que le hiciese un retrato? Me hubiera gustado atribuirlo a mi talento, a mi reputación, pero estaba claro que no eran los únicos motivos del encargo. Ciertamente, debían de haberle llamado la atención mis retratos. No parecía mentir al respecto, pero yo no era tan inocente como para creerlo sin más.

¿Qué quería de mí ese hombre llamado Menshiki? ¿Cuál era su verdadero propósito? ¿Acaso tramaba algo?

A pesar de habernos conocido en persona, de haber hablado cara a cara, me sentía incapaz de encontrar respuesta a mis preguntas. Al contrario, el enigma se hizo aún más profundo. ¿Por qué tenía el pelo completamente blanco? Aquello no era normal. Tal vez se debía a que había experimentado un profundo miedo, como ese pescador del relato de Edgar Allan Poe al que se le pone el pelo blanco una noche al enfrentarse a un remolino terrorífico.

Cuando el sol se ocultó en el horizonte, se encendieron las luces de la casa blanca de hormigón al otro lado del valle. Eran unas luces intensas y la casa, en su conjunto, parecía diseñada por un arquitecto muy seguro de sí mismo que no había reparado en el elevado consumo eléctrico. O quizás era cosa del propietario, con un miedo cerval a la oscuridad. Tal vez había sido él quien le dijo al arquitecto que iluminase hasta el último rincón. Fuera como fuese, de lejos la casa parecía un lujoso crucero navegando tranquilamente por un mar a oscuras.

Me eché en la tumbona, sumido en la oscuridad de la terraza, y contemplé las luces mientras me terminaba mi copa de vino blanco. Esperaba que Menshiki saliera a la terraza, pero no lo hizo. ¿Y si lo hubiera hecho? ¿Qué habría pasado? ¿Me habría saludado con la mano?

No tardaría mucho en descubrir, de forma natural, muchas cosas. De momento no podía esperar mucho más.

8
Una bendición disfrazada

El miércoles por la tarde, después de acabar mi clase de pintura para adultos, entré en un café con acceso gratuito a internet cerca de la estación de Odawara, y busqué en Google el nombre Menshiki. No apareció una sola persona con ese apellido, tan solo un listado de artículos que incluían los términos «carnet de conducir» y «discromatopsia». Nada sobre él, como si el mundo no supiera nada de su existencia. Para él, según me había dicho, el anonimato era importante, y daba la impresión de ser cierto. Podía ocurrir, también, que su verdadero apellido no fuera Menshiki, pero no me parecía que mintiera hasta ese extremo. No era lógico que me dijera dónde vivía pero no su verdadero nombre. Además, si quería inventarse uno imaginario, podía haber elegido uno más corriente y no precisamente ese.

En cuanto llegué a casa, llamé a Masahiko Amada. Conversamos un rato sobre cosas generales y después le pregunté si sabía algo sobre un hombre llamado Menshiki que vivía al otro lado del valle. Le di algunos detalles sobre la casa de hormigón pintada de blanco en lo alto de la montaña. Tenía una vaga imagen de ella.

—¿Menshiki? —preguntó Masahiko—. ¿Qué clase de apellido es ese?

—Se escribe con los ideogramas de «eximirse» y de «color».

—Parece como si me estuvieras hablando de una de esas pinturas antiguas hechas con tinta negra.

—Bueno, el blanco y el negro también se pueden considerar colores —le dije.

—Desde un punto de vista lógico, puede que tengas razón, pero Menshiki... Nunca he oído semejante apellido. Da igual. No conozco a nadie que viva en esa parte de la montaña. Ni siquiera conozco a los que viven más cerca. ¿Y qué tiene que ver contigo esa persona?

—Nos hemos conocido en circunstancias singulares. Me preguntaba si sabías algo de él.

—¿Has buscado en internet?

—En Google, pero no aparece nada.

—¿Y en Facebook o en otras redes sociales?

—No. No acabo de entender cómo funcionan esas cosas.

—Mientras tú estabas en la inopia, el mundo ha avanzado mucho, pero no importa. Buscaré yo. En cuanto descubra algo te llamaré.

—Te lo agradezco.

Masahiko se quedó en silencio de repente al otro lado del teléfono, como si pensara en algo.

—Espera un momento, ¿dices que se llama Menshiki?

—Eso es, Menshiki.

—Menshiki... Me parece haber escuchado ese apellido en alguna ocasión, aunque tal vez solo sean imaginaciones mías.

—Es muy poco frecuente y, por tanto, fácil de recordar.

—Quizá por eso lo tengo guardado en algún rincón de la memoria, aunque en este momento no recuerdo cuándo lo he oído, o en qué circunstancias. Es como si tuviera una espina clavada en la garganta.

Le pedí que me avisara en cuanto se acordase y él me prometió que lo haría.

Colgué el teléfono y fui a la cocina a comer algo ligero. Volvió a sonar el teléfono y, en esa ocasión, era mi amante para preguntarme si podía venir al día siguiente por la tarde. Le dije que sí.

—Por cierto —aproveché para preguntarle—, ¿sabes algo de un tal Menshiki? Vive cerca de aquí.

—¿Menshiki? ¿Es el apellido?

Le expliqué cómo se escribía.

—No lo he oído en mi vida.

—¿Recuerdas la casa de hormigón blanco al otro lado del valle? Vive ahí.

—Ah, sí. Esa casa tan llamativa que se ve desde la terraza, ¿verdad?

—Eso es.

—¿Vive ahí?

—Sí.

—¿Y qué pasa con él?

—Nada. Solo quería saber si le conocías.

Su voz se apagó por unos instantes.

—¿Y qué tiene que ver conmigo?

—Nada, nada.

Suspiró aparentemente aliviada.

—Bueno, iré a tu casa mañana por la tarde. Sobre la una y media.

Le dije que la esperaba a esa hora, colgué el teléfono y terminé de comer.

Al cabo de un rato volvió a sonar el teléfono. Era Masahiko de nuevo.

—Parece que todas las personas que se apellidan Menshiki viven en la prefectura de Kagawa. Tal vez ese que dices tenga algún pariente por allí, pero no he encontrado nada en concreto sobre él. ¿Cuál es su nombre de pila?

—Aún no me lo ha dicho. Ni siquiera sé a qué se dedica. Solo sé que su trabajo está relacionado con el manejo de información, y que al parecer el negocio marcha bien. No sé nada más. Ni siquiera su edad.

—En ese caso... La información es un bien muy preciado, y si uno sabe mover bien el dinero, también sabe borrar sus huellas. Dices que trabaja con información, o sea, que le debe de resultar fácil hacerlo.

—¿Quieres decir que borra sus huellas a propósito?

—Sí, es muy posible. He consultado infinidad de páginas y no he encontrado nada de nada. Es un apellido peculiar, llamativo y, a pesar de todo, no aparece nada. Es muy raro, la verdad. Tú prefieres vivir al margen del mundo actual y no lo sabes, pero para cualquiera que se dedique a una actividad pública, sea la que sea, resulta casi imposible no aparecer en alguna parte. Tú y yo, por ejemplo. En mi caso concreto, de hecho, hay cosas que ni siquiera yo mismo sabía, y eso que somos seres insignificantes, pero, ya ves, a pesar de todo ahí estamos. Resulta casi imposible esconderse del todo, y menos a gente de cierta relevancia. Así es el mundo en el que vivimos, te guste o no. ¿Has buscado alguna vez información sobre ti mismo?

—No, nunca.

—En ese caso, es mejor que no lo hagas.

Le aseguré que no tenía ninguna intención de hacerlo.

Menshiki me había dicho que obtener información de una manera eficaz era una parte sustancial de su trabajo. Era el negocio al que se dedicaba. Si era posible acceder a cualquier tipo de información, tal vez también era posible eliminarla.

—Por cierto, me dijo que había visto alguno de mis retratos en internet —le dije a Masahiko.

—¿Y?

—Por eso se decidió a encargarme uno. Le gustaron mucho.

—Pero has decidido dejar los retratos, ¿verdad? ¿Lo has rechazado?

No dije nada.

—¿Has aceptado? —preguntó sorprendido.

—No lo he rechazado.

—¿Y eso por qué? ¿No habías tomado una decisión firme?

—Paga muy bien y me pareció que podía hacer uno más.

—¿Por dinero?

—Es una razón poderosa, sin duda. Desde hace tiempo, mis ingresos son casi nulos y quizá ya sea hora de pensar en mantenerme. No tengo muchos gastos, pero el dinero se evapora entre unas cosas y otras.

—Mmm... ¿Y de cuánto dinero estamos hablando?

Le dije la cantidad y al otro lado del teléfono se oyó un silbido.

—Es impresionante —admitió sorprendido—. Quizá valga la pena aceptar el encargo. ¿A ti también te sorprendió cuando te dijo la cantidad?

—Por supuesto.

—Igual no debería decirlo, pero a lo mejor no hay nadie más en este mundo tan caprichoso como para estar dispuesto a pagar semejante cantidad por uno de tus retratos.

—Lo sé.

—No me malinterpretes, por favor. No pongo en duda tu talento como pintor. Eres un excelente retratista y gozas de una buena reputación. De entre los compañeros de universidad, eres el único que se gana la vida con ello. No sé exactamente qué quiere decir eso, pero, en cualquier caso, es digno de admiración. De todos modos, resulta evidente que no eres Rembrandt ni Delacroix ni Andy Warhol.

—Lo sé, no hace falta que me lo recuerdes.

—Entonces, entenderás que ese dinero es algo fuera de lo normal. Es de sentido común.

—Por supuesto que lo entiendo.

—Y por casualidad, ese hombre vive cerca.

—Eso es.

—Hablar de casualidad quizá sea demasiado.

Me quedé callado.

—Me parece que hay algo más al margen de la casualidad, ¿no crees?

—Ya lo he pensado, pero qué.

—No lo sé. De todos modos, has aceptado, ¿verdad?

—Sí. Empiezo pasado mañana.

—¿Lo haces solo porque paga bien?

—El dinero es una razón muy poderosa, pero no

se trata solo de eso. Tengo otras. Curiosidad por ver cómo evoluciona todo esto, por ejemplo. Esta también es una razón importante. Tengo interés por descubrir por qué está dispuesto a pagar ese montón de dinero. Me gustaría llegar al fondo de este asunto, sea lo que sea.

—Entiendo. —Masahiko se quedó en silencio—. Avísame si hay alguna novedad —dijo al fin—. A mí también me pica ahora la curiosidad. Es una historia muy peculiar.

De pronto me acordé del búho.

—Casi me olvido de decírtelo: en el desván de esta casa vive un búho. Es un animal pequeño de color gris y duerme durante el día en una viga del tejado. Sale de caza por la noche por un hueco que hay en la rejilla de ventilación. No sé cuánto tiempo lleva ahí, pero desde luego vive en la casa.

—¿En el desván?

—Oía ruidos por la noche, y un día decidí subir a ver de qué se trataba.

—Ni siquiera sabía que se podía subir al desván.

—Hay una trampilla de acceso muy estrecha en el armario de la habitación de invitados. Es un desván pequeño. El espacio justo para que viva un búho.

—Eso está bien —dijo Masahiko—. Si hay un búho, quiere decir que no entrarán ni ratones ni serpientes. Además, he oído que cuando un búho vive en una casa es un buen augurio.

—A lo mejor le debo a él que me hayan encargado un retrato tan bien pagado.

—A lo mejor —dijo Masahiko divertido—. ¿Conoces la expresión inglesa *blessing in disguise?*

—Se me dan mal los idiomas.

—Literalmente se podría traducir como «bendición disfrazada», aunque sería más exacto decir «no hay mal que por bien no venga». Una forma distinta de felicitarse. Es una expresión que se utiliza cuando algo malo termina por convertirse en todo lo contrario. *Blessing in disguise*. «En teoría», también puede darse todo lo contrario.

En teoría, me repetí a mí mismo.

—Ten cuidado —me advirtió Masahiko.

Le dije que no se preocupase.

A la una y media de la tarde del día siguiente, mi amante vino puntual, como de costumbre, y enseguida nos acostamos. Apenas hablamos. Al cabo de un rato empezó a llover. Fue un chaparrón intenso más propio del verano que del otoño. Grandes gotas arrastradas por el viento golpeaban la ventana del dormitorio. Se oyeron incluso algunos truenos. Cuando las nubes grises y compactas se alejaron del valle, escampó y los colores en la montaña se volvieron aún más intensos. Los pájaros que se habían puesto a resguardo reaparecieron y comenzaron a cantar alborotados todos al mismo tiempo. Se afanaban buscando gusanos y todo tipo de bichos. La lluvia brindaba para ellos una de las mejores oportunidades para alimentarse. El sol apareció entre las nubes e iluminó las gotas en las hojas de los árboles. Durante el chaparrón estuvimos entusiasmados con el sexo y no prestamos mucha atención. Terminamos casi en el mismo momento en que dejó de llover, como si estuviéramos sincronizados.

Nos quedamos en la cama tumbados completamente desnudos, cubiertos con un fino edredón. La conversación giró en torno a las notas de sus hijas. La mayor estudiaba mucho y le iba bien. Era una niña tranquila sin grandes problemas, pero a la pequeña no le gustaba estudiar y buscaba cualquier excusa para levantarse de la mesa. La parte positiva es que tenía un carácter alegre y era muy guapa. No era nada tímida, todo el mundo la quería y se le daban muy bien los deportes. Su madre no sabía si era mejor dejar de insistir en los estudios e intentar ofrecerle otras alternativas. Incluso se planteó matricularla en una escuela de arte dramático.

De pronto me di cuenta de que había algo extraño en aquella situación. Estaba tumbado junto a una mujer a la que conocía desde hacía tres meses apenas, me hablaba de sus hijas, a las que ni siquiera conocía, e incluso pedía mi opinión respecto a lo que debían estudiar. Por si fuera poco, estábamos desnudos. Sin embargo, no me importaba saber cosas íntimas de la vida de alguien a quien apenas conocía; entrar parcialmente en contacto con personas con las que no tendría contacto alguno en el futuro. Todo ese paisaje humano lo tenía ante mis ojos y, al mismo tiempo, se hallaba muy lejos de mí. Me hablaba de esas cosas sin dejar de tocarme el pene flácido, que no tardó mucho en recuperar la erección.

—¿Pintas algo últimamente? —me preguntó.

—No, nada especial —admití sin ambages.

—¿No te ves con ánimo para la creación?

Le di una respuesta ambigua.

—De todos modos, mañana empiezo con un encargo.

—¿Tienes un encargo?

—Sí. Necesito ganar dinero de vez en cuando.

—¿Y de qué se trata?

—De un retrato.

—¿Un retrato? ¿De ese Menshiki del que me hablaste ayer?

—Sí.

Era una mujer a la que no se le escapaba una, y nunca dejaba de sorprenderme.

—Por eso querías saber cosas de él, ¿verdad?

—Por el momento me resulta un personaje de lo más enigmático. Solo hemos hablado una vez, pero aún no sabría decir de qué tipo de persona se trata. Tengo un interés profesional por saber cómo es la persona a la que voy a retratar.

—¿Y por qué no se lo preguntas a él directamente?

—Aunque lo haga, lo más probable es que no sea sincero conmigo y solo me diga lo que le conviene.

—Si quieres puedo investigar un poco —se ofreció.

—¿Tienes forma de hacerlo?

—Se me ocurren algunas cosas.

—He buscado en internet y no he encontrado nada.

—Eso no funciona en la selva. La selva tiene su propia red de comunicación. Golpear los tambores, por ejemplo, o atar mensajes al cuello de los monos.

—Yo no sé nada de la selva.

—Cuando las máquinas de la civilización no funcionan bien, quizás ha llegado el momento de recurrir al tambor y a los monos.

Bajo los suaves movimientos de sus dedos, mi pene había recuperado la dureza. No tardó en usar sus labios y la lengua, y un profundo silencio cargado de sentido nos envolvió. Los pájaros seguían empeñados en sus quehaceres y nosotros pasamos al segundo acto de los nuestros.

Tras un largo intercambio con apenas una pausa, nos levantamos de la cama, recogimos pesadamente nuestra ropa y nos vestimos. Salimos a la terraza, y mientras tomábamos una infusión caliente, contemplamos la casa grande de hormigón blanco al otro lado del valle. Nos sentamos juntos en la tumbona de madera descolorida y disfrutamos del aire húmedo y fresco de la montaña. Entre los bosques hacia el sudoeste se vislumbraba el destello del mar, un pedazo del inmenso Pacífico. La epidermis de las montañas se había teñido ya con los colores del otoño: una gradación sutil de rojos con vetas de amarillo, salpicada aquí y allá de masas de árboles de hoja perenne. Entre esa mezcla de colores intensos, la blancura de la casa de Menshiki se realzaba aún más. Era un blanco casi inmaculado, que parecía mirarlo todo con desdén, aparentemente inmune a una simple mota de polvo, a una gota de lluvia, a las marcas del viento o al paso del tiempo. «El blanco también es un color», pensé de repente. No es que fuera la ausencia de color, era un color. Nos quedamos allí sentados mucho tiempo sin decir nada. El silencio existía en ese lugar como un elemento más de la naturaleza.

—El señor Menshiki, que vive en una gran casa blanca —dijo ella al cabo de un rato—. Parece el principio de un cuento de hadas.

Obviamente, yo no tenía ante mí un divertido cuento de hadas, tampoco una bendición disfrazada. Cuando todo empezó a aclararse, ya no estaba a tiempo de dar marcha atrás.

9

Intercambiar una parte de nosotros

Menshiki se presentó a la una y media de la tarde del viernes con el mismo Jaguar de la ocasión anterior. El ronroneo del motor al subir la cuesta aumentó de intensidad poco a poco hasta que se detuvo frente a la casa. Salió del coche y cerró la puerta con el mismo golpe sordo del día anterior. Se quitó las gafas de sol y las guardó en la chaqueta. Sus movimientos eran una repetición de los de la otra vez, pero en esta ocasión vestía un polo blanco, un *blazer* de color azul, pantalones chinos de color crema y zapatos de cuero marrones. Iba tan bien vestido que habría podido posar en cualquier revista de moda, pero no iba impecable. Simplemente era natural, limpio. Su abundante pelo era tan blanco e inmaculado como las paredes de su casa. Una vez más, le observé desde detrás de las cortinas.

Sonó el timbre. Abrí la puerta y le invité a pasar. En esta ocasión no me tendió la mano. Sonrió cuando nuestras miradas se cruzaron y se limitó a inclinar ligeramente la cabeza. Me tranquilicé. Me incomodaba un poco la idea de que fuera a darme la mano cada vez que nos veíamos. Le invité a pasar al salón y le indiqué que se sentara en el sofá. Fui a la cocina a por dos tazas de café recién hecho.

—No sabía qué ropa ponerme —dijo como si se excusara—. ¿Voy bien así?

—De momento, no importa lo que lleve. Al final podremos elegir el tipo de ropa que más le guste para el retrato. Puede ser un traje o un pantalón corto con chanclas. La ropa se puede arreglar sin ningún problema al final.

Incluso podría sujetar en la mano un vaso de papel de Starbucks, pensé para mis adentros.

—Posar como modelo para mi propio retrato me pone un poco nervioso. Sé que no hace falta quitarse la ropa, pero siento como si me desnudara.

—En cierto sentido, puede que tenga razón. Posar como modelo es como desnudarse. La mayor parte de las veces es literal, y otras, solo metafórico. Los pintores nos esforzamos por penetrar en la esencia del modelo que tenemos frente a nosotros. Quiero decir que hay que atravesar la epidermis, y, para lograrlo, hay que ser perspicaz, tener una buena intuición.

Menshiki apoyó las manos sobre las rodillas, las extendió y se las contempló durante un rato. Después levantó la cabeza.

—He oído que prefiere pintar sin el modelo delante.

—Sí, habitualmente sí. En condiciones normales, nos encontramos una sola vez para hablar y para conocernos. No les pido que hagan de modelo.

—¿Por alguna razón en concreto?

—No. Ninguna en especial. Por mi experiencia, me resulta más fácil avanzar así. Procuro concentrarme lo máximo posible en los detalles durante ese primer encuentro, en la fisonomía de la persona que voy a retra-

146

tar, en su aspecto general, sus movimientos, sus gestos, algunos rasgos peculiares, tendencias. Más tarde puedo reproducir esos detalles, la impresión general que me ha causado, la atmósfera que rodea al personaje.

—Es muy interesante. Dicho de otro modo, es como si reordenase y clasificase esas impresiones en su memoria para volcarlas después en la obra, ¿no es así? Si tiene el talento para hacer eso, quiere decir que posee una extraordinaria memoria visual.

—No creo que se trate de talento. Más bien de capacidad, de técnica.

—Lo que sea... —insistió Menshiki—. Después de ver alguno de sus retratos, siempre he pensado que había algo distinto en ellos. Me refiero a si los comparamos con esos retratos comerciales. No sé cómo explicarlo, pero en los suyos hay una frescura producto de su forma de pintar... —Dio un sorbo a su taza de café, sacó del bolsillo de su chaqueta un pañuelo de lino de color crema y se limpió la boca—. Pero en esta ocasión —continuó— debe usar al modelo. Voy a estar delante todo el tiempo.

—Usted lo ha querido así.

—Tengo curiosidad por saber cómo me siento mientras alguien me pinta poco a poco. Quiero experimentar esa sensación. Pero no se trata solo de una nueva experiencia, sino de una especie de intercambio.

—¿Intercambio?

—Un intercambio entre usted y yo.

Me quedé en silencio. No entendía bien a qué se refería con lo del intercambio.

—Me explico: es como intercambiar una parte de nosotros. Yo le ofrezco algo mío y usted me ofrece algo suyo. No tiene por qué ser algo trascendental, por supuesto. Basta con algo sencillo, una especie de símbolo.

—¿Como cuando los niños intercambian conchas y cosas así?

—Sí, algo así.

Pensé en todo aquello.

—Es interesante lo que dice, pero quizás yo no tengo nada que ofrecerle.

—¿Le incomoda lo que le he dicho? Quizá prefiere trabajar sin el modelo delante para evitar precisamente ese intercambio En ese caso, yo...

—No, no. En absoluto. Si no pinto con modelos reales es porque no siento la necesidad, pero eso no quiere decir que evite los intercambios. He estudiado Bellas Artes y tengo experiencia en pintar con modelos. Si a usted no le importa la incomodidad de tener que sentarse en una silla dura y permanecer ahí quieto durante una o dos horas, por mi parte no tengo objeción alguna.

—Está bien. —Menshiki mostró las palmas de sus manos, las levantó un poco y dijo—: En ese caso, empecemos cuanto antes con este duro trabajo.

Llevé una silla del comedor al estudio y le pedí que se pusiera cómodo. Yo me senté frente a él en una vieja banqueta de madera (la banqueta que quizás había usado durante años Tomohiko Amada), elegí un lápiz de mina blanda y empecé a bosquejar. Necesitaba encontrar una base sobre la que crear su rostro en el lienzo.

—Imagino que se aburre de estar ahí sentado sin poder moverse. ¿Le gustaría escuchar algo de música?

—Si no es molestia.

—Elija lo que más le apetezca. Los discos están en la estantería del salón.

Se levantó y dedicó alrededor de cinco minutos a buscar. Después volvió con *El caballero de la rosa,* de Richard Strauss, dirigido por Georg Solti. Era un estuche de cuatro vinilos. La orquesta era la filarmónica de Viena, y los papeles principales los interpretaban Régine Crespin e Yvonne Minton.

—¿Le gusta *El caballero de la rosa?* —me preguntó.

—No lo he oído todavía.

—Es una ópera extraña. Como en todas las óperas, la trama es importante, pero, aunque no la entiendas, basta con dejarse llevar por la música, dejarse envolver por la atmósfera del mundo que describe. Strauss elevó un mundo de beatitud a su máxima expresión. En un principio, recibió muchas críticas por su aparente apego a costumbres del pasado o por un supuesto conservadurismo, pero en realidad se trata de una música muy libre e innovadora. Se nota la influencia de Wagner, pero a la vez desarrolla un universo muy particular. Le aseguro que si le llega a gustar, se convertirá en una especie de vicio. A mí siempre me han gustado especialmente las interpretaciones de Karajan y de Erich Kleiber. Esta de Solti no la conocía. Si no le importa, me gustaría aprovechar la ocasión y escucharla.

—Por supuesto que no. La escucharé encantado con usted.

Colocó el disco en el plato y bajó la aguja. Ajustó con cuidado los niveles del ecualizador y volvió a sentarse en la silla para concentrarse en la música. Hice varios bosquejos rápidos de su cara desde distintos ángulos. Tenía unos rasgos nobles, proporcionados y muy peculiares. A pesar de todo, no me costó captar los detalles. En media hora había terminado con los apuntes, pero cuando los contemplé, me dominó un inesperado sentimiento de impotencia. Había captado bien los rasgos de su cara, pero solo se trataba de eso, de esbozos correctamente ejecutados. Resultaban superficiales, carecían de profundidad, de vida. Podían ser retratos cualesquiera pintados por uno de esos artistas callejeros. Probé con algunos bosquejos más, y el resultado fue prácticamente el mismo.

No era algo que me ocurriese a menudo. Tenía experiencia a la hora de plasmar el rostro de la gente sobre un lienzo y confiaba en mí mismo. Con el lápiz en la mano frente a otra persona, las imágenes surgían con naturalidad. Casi nunca había sufrido al decidir la composición de un cuadro, pero en esa ocasión, frente a aquel hombre llamado Menshiki, no era capaz de enfocar bien las imágenes.

Tal vez estaba pasando por alto algo importante. No se me ocurría otra explicación. Quizá Menshiki tenía la habilidad de esconder ese algo ante mis ojos, o tal vez sencillamente no existía.

Cuando la aguja del tocadiscos llegó al final de la cara B, me resigné, cerré el cuaderno y dejé el lápiz sobre la mesa. Levanté la aguja, quité el disco y lo devolví a su estuche. Miré la hora y suspiré.

—Es difícil pintarle a usted —admití con toda sinceridad.

Menshiki me miró sorprendido.

—¿Difícil? —preguntó extrañado—. ¿Se refiere a mi cara? ¿Le plantea algún problema?

—No, no se trata de eso —dije negando con la cabeza.

—¿Entonces?

—No lo sé. Solo constato que es difícil. Quizá falte entre nosotros ese intercambio del que me hablaba. Quiero decir, a lo mejor no hemos intercambiado suficientes conchas.

Menshiki sonrió con expresión de no entender.

—¿Hay algo que pueda hacer?

Me levanté y me acerqué a la ventana. Observé los pájaros que volaban por encima de los árboles.

—Si no le importa —le dije—, ¿podría contarme algo más sobre sí mismo? Bien mirado, apenas sé nada sobre usted.

—Por supuesto. No tengo nada que esconder, secretos o cosas por el estilo. Puedo hablarle casi de cualquier cosa. ¿Qué le gustaría saber?

—Todavía no me ha dicho su nombre de pila, por ejemplo.

—Tiene razón —admitió sorprendido—. Se me había olvidado por completo.

Sacó un tarjetero negro de cuero de uno de los bolsillos de su pantalón y me dio una tarjeta de visita. Era una tarjeta ligeramente gruesa, de un blanco impoluto. Su nombre estaba escrito en caracteres y también en alfabeto: Wataru Menshiki. En la parte de atrás aparecía su dirección, el número de teléfono y una dirección de correo electrónico. Nada más. No figuraba ningún nombre de empresa ni cargo alguno.

—Mi nombre de pila es Wataru. Escrito en ideogramas se lee «atravesar el río». No sé por qué me pusieron ese nombre, pues hasta hoy mi vida apenas ha tenido que ver con el agua.

—Su apellido tampoco es muy frecuente.

—Al parecer, proviene de la isla de Shikoku, pero yo no tengo nada que ver con ese lugar. Nací, crecí y estudié en Tokio. Me gusta más el *soba*, como a todos los tokiotas, que el *udon*, preferido por los de Shikoku.

Se rio.

—¿Puedo preguntarle su edad?

—Por supuesto. El mes pasado cumplí cincuenta y cuatro años. ¿Cuántos me echaba?

—Si le digo la verdad, no tenía ni idea. Por eso se lo pregunto.

—Quizá sea por mi pelo —dijo con una sonrisa—. Me lo dicen a menudo. Por culpa del pelo resulta imposible calcular mi edad. Dicen que se puede poner blanco en una sola noche si se pasa mucho miedo o por alguna experiencia dramática. Siempre me preguntan si es mi caso, pero lo cierto es que no. Ya de joven tenía muchas canas, y a mitad de los cuarenta lo tenía casi blanco del todo. Es extraño, porque mi abuelo, mi padre y mis dos hermanos mayores están todos calvos. Soy el único de la familia que lo conserva, y encima blanco.

—Si no tiene inconveniente, me gustaría saber a qué se dedica.

—No tengo ningún inconveniente, pero es que no sabía cómo decírselo.

—Quizá prefiere no decir nada...

—No se trata de eso. Simplemente me da un poco de vergüenza —confesó—. A decir verdad, en este momento no tengo trabajo. No cobro ninguna prestación, aunque oficialmente estoy en el paro. Dedico unas horas al día a mover acciones y letras de cambio por internet desde mi despacho, pero no se trata de grandes cantidades. Se puede decir que es un mero pasatiempo, una forma de mantenerme ocupado. Me esfuerzo por ejercitar la mente, como un pianista practicando escalas a diario. —Suspiró ligeramente y cruzó las piernas al revés de como las tenía—. Fundé una empresa de informática y durante varios años trabajé en ella. Sin embargo, hace poco se me ocurrió algo, vendí el negocio y me retiré. Lo compró una gran empresa de telecomunicaciones. Gracias a eso dispongo de fondos suficientes para mantenerme durante un tiempo sin hacer nada. También vendí una casa que tenía en Tokio y me mudé aquí. Digamos que decidí retirarme. Tengo mis ahorros en bancos de diversos países, y cuando los muevo de acá para allá en función del tipo de cambio, gano algo.

—Entiendo. ¿Y su familia?

—No tengo familia. Nunca me he casado.

—¿Vive usted solo en esa casa inmensa?

Asintió con la cabeza.

—Vivo solo. De momento, ni siquiera tengo servicio. Como he vivido siempre solo, estoy acostumbrado a las tareas domésticas y no me molestan especialmente, pero es una casa muy grande y no llego a todo. Una vez por semana viene una empresa de limpieza, pero por lo general me ocupo yo. ¿Y usted?

Sacudí la cabeza.

—Todavía no ha pasado un año desde que vivo solo. Digamos que soy una especie de *amateur*.

Menshiki inclinó la cabeza. No me preguntó nada al respecto ni hizo comentario alguno.

—Por cierto, ¿conoce usted bien a Tomohiko Amada? —me preguntó.

—No. Ni siquiera le conozco personalmente. Estudié en la Facultad de Bellas Artes con su hijo. Él fue quien me propuso quedarme aquí y cuidar de la casa vacía. En un momento determinado me encontré con que no tenía adónde ir, y por eso estoy aquí provisionalmente.

—Es un lugar incómodo para una persona con un trabajo normal, pero imagino que para usted resulta de lo más conveniente.

Sonreí con amargura.

—Aunque compartimos profesión, no me puedo comparar con el señor Amada —admití—. Hablamos de niveles distintos.

Menshiki levantó la vista y me miró con una expresión seria.

—Eso aún no se sabe. Quizás en el futuro se convierta usted también en un pintor de renombre.

No sabía qué decir y me limité a guardar silencio.

—De vez en cuando, las personas sufren una gran transformación —continuó—. Hay gente que decide romper de golpe con algo y eso genera una especie de fuerza que nace de los escombros de lo que deja atrás. Es lo que le pasó a Tomohiko Amada. De joven pintaba al estilo occidental. Lo sabe, ¿verdad?

—Sí. Antes de la guerra era un joven pintor de talento que pintaba al estilo occidental, pero a su regreso de Viena, no se sabe por qué, cambió por completo de estilo y se dedicó a la pintura japonesa tradicional, y después de la guerra tuvo un éxito enorme.

—Me parece que en la vida de todos hay un momento en el que se necesita un cambio radical. Llegado ese momento, hay que agarrarse a él sin dudarlo, como si fuera la cola de un animal. Agarrarla fuerte, no soltarse nunca. Pero en este mundo hay personas capaces de hacerlo y otras que no. Tomohiko Amada sí fue capaz de hacerlo.

«Un cambio radical.» Al escuchar sus palabras me vino a la mente la escena de *La muerte del comendador:* Un hombre joven que apuñala al comendador.

—Por cierto, ¿entiende usted de pintura tradicional japonesa? —me preguntó.

Negué con la cabeza.

—Prácticamente nada. Estudié algo en la universidad, pero mis conocimientos se limitan a eso.

—Quizá sea una pregunta demasiado elemental, pero ¿cómo se podría definir la pintura tradicional japonesa?

—No es una pregunta tan fácil de responder, no crea. En general se considera una pintura en la que se usan básicamente pigmentos, pan de oro, cola y otros materiales. No se usan los mismos pinceles que en la pintura occidental, sino pinceles de escritura o pinceles hake. Me refiero a que es una pintura que se define por los materiales que utiliza, y otra de sus características es el uso de técnicas tradicionales muy antiguas, aunque también es cierto que, en muchas ocasiones, se usan algunas técnicas casi vanguardistas, con materiales y colores nuevos. Dar una definición exacta no es sencillo. En el caso concreto de Tomohiko Amada, se puede decir que es pintura japonesa clásica, casi un arquetipo, con un estilo propio y una técnica original.

—En ese caso, si no basta con definirla por sus materiales y sus técnicas, ¿se puede decir que trata de algo espiritual?

—Podría ser. Pero si existe una espiritualidad en la pintura japonesa, no creo que nadie pueda definirla con exactitud, porque ha tenido una evolución ecléctica.

—¿Qué quiere decir con evolución ecléctica?

Rebusqué en los recovecos de mi memoria para encontrar algún resto de los contenidos de las clases de historia del arte.

—En la segunda mitad del siglo XIX se produjo en Japón la Restauración Meiji. El país se abrió al exterior y se inundó de influencias occidentales. La pintura también, por supuesto. Hasta entonces no se puede decir que hubiera un género pictórico japonés propiamente dicho. Ni siquiera se hablaba de ello, como tampoco se usaba el nombre de «Japón» para referirse al país en su conjunto. Con la pintura occidental apareció el concepto de «pintura japonesa», que sirvió para oponerse a ella, para distinguirse. Los diversos estilos y escuelas que convivían hasta entonces se unificaron en uno solo por conveniencia y con una clara intención. Algunos de ellos quedaron excluidos y terminaron por perderse. Por ejemplo, la pintura con tinta china. El Gobierno Meiji se esforzó por dotar a esa nueva pintura japonesa de un carácter de arte nacional, como si fuera una parte consustancial a la identidad cultural japonesa y usarla así como contrapeso a la potente cultura occidental. Esa voluntad se llamó entonces *wakon yosai,* es decir, estudiar la cultura occidental sin perder el espíritu japonés. La pintura japonesa formaba parte de ese espíritu. Desde antiguo se solía pintar siempre en biombos o en los *fusuma,* en los paneles móviles que sirven para separar las habitaciones. También en platos y otros objetos de la vida cotidiana. Sin embargo, a partir de la era Meiji se empezó a pintar en lienzos montados en marcos que terminarían expuestos en museos o en salas de arte. En otras palabras, la pintura japonesa de siempre fue algo natural en la vida cotidiana, y en determinado momento subió de categoría y empezó a considerarse un arte equivalente al occidental. —Hice una pausa en mi explicación para observar la cara de Menshiki. Parecía interesado—. En aquella época —continué—, Kakuzo Okakura y Ernest Fenollosa, un estudioso del arte japonés, se convirtieron en los pilares de ese movimiento, que se considera uno de los casos conocidos más exitosos y brillantes de transformación cultural. En otros terrenos como la música, la literatura y la filosofía se llevó a cabo un esfuerzo similar. Supongo que todo eso debió de dar mucho trabajo a los japoneses de entonces, porque el empeño era titánico y debían llevarlo a buen término en un periodo muy breve de tiempo. Desde nuestra perspectiva actual, demostraron una gran habilidad y destreza. Supieron separar primero lo occidental de lo no occidental y fusionarlo después. Puede que a los japoneses se nos den bien ese tipo de empeños. En resumen, existe una definición de la pintura japonesa y al mismo tiempo no existe. Se puede decir que es un concepto establecido sobre la base de una vaga conformidad. En un principio no existía una línea definitoria bien trazada. Había presiones internas y presiones externas, y entre ambas nació y se desarrolló el concepto de pintura japonesa.

Menshiki se tomó su tiempo para pensar en lo que acababa de explicarle.

—En ese caso —dijo al cabo de un rato—, a pesar de la ambigüedad del concepto, se puede decir que se llegó a una especie de acuerdo.

—Eso es. Un acuerdo nacido de la necesidad.

—No tener un marco original fijo fue una ventaja y una debilidad al mismo tiempo. ¿Se puede interpretar así?

—Creo que sí.

—Sin embargo, si vemos determinados cuadros, podemos reconocer a simple vista cuándo se trata de pintura japonesa, ¿verdad?

—Cierto. Se aprecia una manera de hacer específica, un oficio original y claro. También una tendencia, cierto tono y, por último, un reconocimiento tácito de que se trata de pintura japonesa. Sin embargo, definirla con palabras sigue siendo complicado.

Menshiki volvió a quedarse callado.

—Si juzgamos que un cuadro no es de estilo occidental —dijo al fin—, ¿quiere decir eso que se trata de pintura japonesa?

—No en todos los casos. Hay obras de pintores occidentales que no responden estrictamente a lo que conocemos como estilo occidental.

—Entiendo —dijo al tiempo que inclinaba ligeramente la cabeza—. Sin embargo, en el caso de la pintura japonesa, ¿se puede decir que, en mayor o menor medida, se corresponde con patrones no occidentales?

Antes de responder, reflexioné sobre su pregunta.

—Visto de ese modo, puede que tenga razón, pero nunca me lo había planteado así.

—A mí me parece evidente. Lo que pasa es que poner palabras a las evidencias no siempre resulta fácil.

Estaba de acuerdo. Asentí.

—Bien pensado —dije—, sucede algo muy parecido si uno mismo debe definirse en relación con otra persona. Es evidente, pero poner palabras a las evidencias no siempre resulta fácil. Ya lo ha dicho usted, quizás es una cosa que solo se puede interpretar como que nació y se desarrolló debido a las presiones externas y a las presiones internas.

Menshiki esbozó una sonrisa.

—Qué interesante —dijo en voz baja como si hablara para sí mismo.

De pronto, me pregunté de qué diablos estábamos hablando. Era una conversación interesante, pero qué sentido tenía hablar de eso. ¿Era solo curiosidad intelectual o acaso sondeaba mi inteligencia? Si lo que quería era probarme, por qué lo hacía.

—A propósito —dijo de repente como si acabara de recordar algo—, soy zurdo. No sé si esa información le será útil o no, pero es una característica mía. Si me ofrece la posibilidad de ir a la derecha o a la izquierda, elijo la izquierda. Es una costumbre que tengo.

Cerca de las tres de la tarde acordamos un día para un próximo encuentro y fijamos la cita para tres días más tarde, o sea, el lunes siguiente, a la una del mediodía. Trabajaría otras dos horas y continuaría con los bocetos.

—No tenga prisa —me dijo—. Repito, tómese todo el tiempo que quiera. Por mi parte no hay problema.

Miré desde la ventana cómo se alejaba al volante de

su Jaguar. Volví al estudio, examiné los bocetos, sacudí la cabeza y los tiré.

En la casa reinaba un profundo silencio, que, al quedarme solo, pareció volverse más pesado. Salí a la terraza. El viento estaba en calma. El aire era frío, denso, como gelatina. Se presentía la lluvia.

Me senté en el sofá del salón. Me esforcé por repasar paso a paso nuestra conversación: posar para un retrato, *El caballero de la rosa* de Strauss, su trabajo, la venta de su empresa y su retiro cuando aún era joven. Vivía solo en una casa grande, su nombre de pila era Wataru, que significaba «cruzar el río»; nunca se había casado, tenía el pelo blanco desde joven, era zurdo y tenía cincuenta y cuatro años. Pensé también en lo que me había dicho sobre Tomohiko Amada, sobre su cambio radical de vida, sobre la importancia de no dejar escapar nunca una oportunidad, nuestras opiniones sobre la pintura japonesa y, por último, sobre la relación entre los demás y uno mismo.

¿Qué demonios quería de mí? ¿Por qué ni siquiera podía bosquejar nada decente?

Por una sencilla razón. *Aún no había captado su esencia.*

Tras nuestra conversación, me sentía extrañamente agitado y mi curiosidad por él no dejaba de aumentar.

Media hora más tarde empezaron a caer grandes gotas de lluvia. Los pájaros ya se habían resguardado.

10

Abriéndonos paso entre la verde hierba,
alta y frondosa

Cuando yo tenía quince años, mi hermana murió. Fue algo repentino. Ella tenía doce y cursaba primero de secundaria. Padecía una dolencia congénita de corazón, pero desde finales de primaria no mostraba síntomas, y todos en la familia nos habíamos tranquilizado y abrigábamos la esperanza de que la vida continuara así, sin sobresaltos. Pero desde el mes de mayo de aquel año empezó a sufrir palpitaciones cada vez más intensas e irregulares. Casi siempre le ocurría cuando estaba en la cama y, a causa de ello, dormía mal. La ingresaron en un hospital universitario, le hicieron unos reconocimientos exhaustivos, pero no encontraron nada. Los médicos sacudían la cabeza, repetían una y otra vez que el problema fundamental ya lo habían solucionado con una operación anterior.

—Tienen que evitar por todos los medios que haga esfuerzo físico —dijo el médico—, procuren que lleve una vida lo más regular posible. Es probable que así se recupere poco a poco.

Supongo que no podía decir otra cosa. Le extendió una receta con distintos medicamentos, pero su arritmia no cesó. Cuando la tenía sentada a la mesa frente a mí, miraba su pecho y no podía dejar de pensar en ese corazón enfermo que latía en su interior. Iba ganando peso. Tenía graves problemas coronarios, pero su cuerpo caminaba hacia la madurez. Me sentía muy raro al comprobar cómo día tras día despuntaba el pecho de mi hermana. Hasta hacía poco, solo era una niña, y un buen día le bajó la regla y su pecho empezó a crecer. Sin embargo, tras sus incipientes pechos su corazón seguía teniendo un defecto que ni siquiera los especialistas eran capaces de determinar. Solo pensarlo, mi corazón también latía de una forma extraña. Mi niñez transcurrió con la eterna pesadumbre de no saber cuándo moriría mi hermana.

Mis padres me repetían sin cesar que debía cuidar de ella, protegerla. Mientras estuvimos juntos en la escuela primaria, nunca dejé de vigilarla, siempre alerta al momento en que pudiera pasarle algo a su pequeño corazón. Pero nunca ocurrió nada.

Mi hermana perdió el conocimiento mientras subía las escaleras de una estación de tren de la línea Seibu-Shinjuku de vuelta del colegio. Una ambulancia la llevó de urgencias a un hospital cercano. Cuando salí del instituto y llegué al hospital, su corazón ya había dejado de latir. Todo sucedió en un abrir y cerrar de ojos. Aquella misma mañana habíamos desayunado juntos, nos habíamos despedido en la entrada de casa y cada uno había tomado su camino. La siguiente vez que nos vimos, ella ya había dejado de respirar. Sus grandes ojos estaban cerrados para siempre y tenía la boca ligeramente abierta, como si aún quisiera decir algo. Su pecho, que empezaba a despuntar, había dejado de hacerlo.

La siguiente vez que la vi estaba metida en un ataúd. Le habían puesto un vestido de terciopelo de color negro, su preferido. La habían maquillado ligeramente y la habían peinado, llevaba unos zapatos de charol también negros y estaba tumbada boca arriba en aquel ataúd más pequeño de lo normal. El vestido tenía el cuello redondo rematado con un encaje tan blanco que me resultaba extraño.

Parecía dormir plácidamente, como si fuera a despertarse en cuanto la sacudiera un poco. Pero sabía que solo era una ilusión. Por mucho que la llamara, por mucho que la sacudiera, nunca más se despertaría.

Yo no quería que su frágil y delicado cuerpo estuviera metido en aquella caja estrecha. Tendrían que haberla puesto en un lugar más amplio, no sé, en mitad de una pradera verde, por ejemplo. Deberíamos haber ido a verla en silencio, abriéndonos paso entre la verde hierba, alta y frondosa. El viento mecería la hierba y los pájaros e insectos cantarían con sus voces claras. Las flores salvajes inundarían la atmósfera con sus aromas y con el polen fresco. Al anochecer, infinidad de estrellas plateadas salpicarían el cielo y, al amanecer, un sol renacido haría brillar el rocío de la mañana como piedras preciosas. Pero la realidad era que estaba metida en un absurdo ataúd. A su alrededor solo había unas flores siniestras, cortadas con tijera y metidas en un jarrón. La habitación estaba iluminada con un terrible fluorescente de luz blanca. A través de unos altavoces escondidos en algún rincón en el techo sonaba un armonio con un sonido artificial.

No pude ver cómo la incineraban. Cuando cerraron el ataúd con llave para incinerar su cuerpo, ya no aguanté más, me levanté y salí de la sala del crematorio. Tampoco asistí a la ceremonia de recuperar los restos de sus huesos. Salí al patio del crematorio y lloré en silencio.

163

Sentí una inmensa tristeza en lo más profundo de mi corazón por haber sido incapaz de ayudarla una sola vez en su corta vida.

Tras su muerte, mi familia cambió por completo. Mi padre, callado por naturaleza, se encerró en un mutismo casi absoluto, y mi madre acabó con los nervios destrozados. Yo seguí con mi vida más o menos como antes. El club excursionista al que me había apuntado ocupaba mi tiempo, y en mis ratos libres aprendía a pintar al óleo. El profesor de arte de secundaria me había recomendado que estudiase con un profesor particular. Fue entonces cuando empezó a despertarse en mí poco a poco el interés por el arte. Intentaba por todos los medios estar lo más ocupado posible.

No sabría decir cuánto tiempo pasó, pero, durante muchos años, mis padres conservaron la habitación de mi hermana tal como la había dejado ella: los libros del colegio amontonados en la mesa, los lapiceros, la goma de borrar, los clips, la sábana extendida sobre la cama, la almohada, el pijama lavado y doblado, y el uniforme en el armario. En el calendario colgado en la pared había anotado con su pequeña y bonita letra las cosas que tenía por hacer. Era el mes en el que había muerto. El tiempo parecía haberse detenido. Daba la impresión de que la puerta se iba a abrir en cualquier momento y que ella entraría en la habitación. Cuando no había nadie en casa, me metía allí de vez en cuando, me sentaba en silencio en la cama y miraba a mi alrededor. Nunca toqué nada. No quería alterar ni una sola de las huellas que mi hermana había dejado allí en vida y que se conservaban en medio de aquel silencio.

A menudo me preguntaba qué tipo de vida habría llevado de no haber muerto a los doce años. Todo eran hipótesis, por supuesto, nada más. ¿Cómo iba a saberlo si ni siquiera sabía qué sería de la mía? El futuro era un enigma insondable. De no haber padecido una malformación congénita en las válvulas de su corazón, estoy convencido de que se habría convertido en una mujer atractiva y muy capaz. Habría tenido infinidad de pretendientes, la habrían amado con ternura. Y, sin embargo, era incapaz de imaginarme todas aquellas escenas. Para mí no dejaba de ser mi hermana pequeña, mi hermana tres años menor que necesitaba de mi protección en todo momento.

Después de su muerte, la pinté en algunas ocasiones. Reconstruía sobre el papel distintos ángulos de su cara, rasgos que tenía grabados en la memoria. No quería olvidarla, aunque sabía que eso no iba a suceder. Jamás la olvidaría, hasta el mismo día de mi muerte. Sin embargo, lo que pretendía era no olvidar su cara *como la recordaba en aquel momento,* y para lograrlo debía dibujar todos los detalles, darles una forma concreta. Tenía quince años y no sabía gran cosa de la memoria, de la pintura ni del flujo del tiempo. Sin embargo, sí sabía que debía hacer algo si quería retener los recuerdos *de aquel momento.* De no haberlo hecho, habrían desaparecido antes. Un recuerdo puede ser muy poderoso, pero el tiempo es implacable. Me lo decía el instinto.

Entraba en su cuarto, me sentaba en la cama y dibujaba una y otra vez su cara en un cuaderno. Intentaba reconstruir sobre el papel en blanco la imagen de mi hermana que tenía guardada en mi corazón. No contaba ni con la experiencia ni con la técnica suficientes para semejante empeño, y me resultaba muy difícil. Repetía sin parar el mismo proceso: dibujaba algo, lo rompía y vuelta a empezar. Cuando observo ahora los dibujos que conservo de entonces, veo en ellos una tristeza auténtica. Pueden resultar técnicamente inmaduros, pero se aprecia un esfuerzo sincero, un intento de convocarla espiritualmente. Miro los dibujos y noto de pronto que se me escapan las lágrimas. He pintado mucho desde entonces, pero nunca nada que me conmueva.

La muerte de mi hermana tuvo otra consecuencia para mí: a partir de entonces padecí una claustrofobia extrema. Desde el momento en que la vi metida en aquel angosto ataúd, y fui testigo de cómo colocaban la tapa encima y echaban la llave para meterlo en el crematorio, he sido incapaz de entrar en lugares estrechos y cerrados. Durante mucho tiempo ni siquiera he podido subir a un ascensor. Solo con estar delante de uno, me imaginaba que me quedaba encerrado allí dentro por culpa de un terremoto o algo por el estilo, que era incapaz de salir. Sentía pánico, no podía respirar con normalidad.

La claustrofobia no apareció nada más morir mi hermana. Tardó casi tres años en manifestarse. La primera vez fue poco después de matricularme en Bellas Artes. Trabajaba por horas para una empresa de mudanzas. Ayudaba a los conductores de los camiones con las maniobras, y después subía y bajaba cosas. Un día, alguien se despistó y me quedé encerrado dentro de la caja del camión. Habíamos terminado y estaba comprobando que nadie hubiera olvidado nada. El conductor no se dio cuenta y cerró con llave.

Permanecí allí dentro unas dos horas y media. Era un lugar oscuro, asfixiante, cerrado casi a cal y canto, aunque, al menos, el aire encontraba huecos por donde colarse. Trataba de calmarme y era consciente de que no había ninguna posibilidad de morir asfixiado, pero, a pesar de todo, me dominó el pánico. La respiración se me aceleró, abría mucho la boca para inhalar grandes bocanadas de aire, como si no me llegase a los pulmones, y, de tanto hiperventilar, acabé mareado y aterrorizado. «Calma», me repetía a mí mismo, «tranquilo. Vas a salir de aquí. Es imposible asfixiarse en este lugar.» Me esforzaba por tranquilizarme sin ningún resultado. Veía la imagen de mi hermana pequeña encerrada en el ataúd a punto de ser introducida en el horno crematorio. El miedo me dominaba. Golpeaba las paredes del camión con todas mis fuerzas, pero estaba en el aparcamiento de la empresa y, una vez finalizado el trabajo del día, todo el mundo se había marchado a casa. Nadie había notado mi ausencia, y por muchos golpes que diese, no servía de nada. En el peor de los casos me quedaría allí hasta la mañana siguiente, y, solo de pensarlo, sentía como si todos los músculos del cuerpo se me aflojaran.

Fue el vigilante nocturno quien abrió la puerta al oír los golpes. Al encontrarme en ese estado de perturbación, casi consumido, dejó que me tumbase un rato en la cama donde descansaba entre ronda y ronda. Me ofreció té caliente. No sé cuánto tiempo estuve allí tumbado. Al final, mi respiración se fue calmando y empezó a amanecer. Le agradecí la ayuda al vigilante y me marché para tomar el primer tren de regreso a casa. Nada más llegar me metí en la cama y temblé entre las sábanas durante horas.

A partir de aquel día ya no pude entrar en un ascensor. Un miedo latente en algún lugar de mi ser se despertó. No tenía la más mínima duda de que su origen era el recuerdo de mi hermana muerta. No solo se trataba de los ascensores. Ya no podía entrar en ningún espacio estrecho y cerrado. Tampoco podía ver películas en las que aparecían submarinos o tanques, por ejemplo. *Solo imaginar* la posibilidad de estar metido en un lugar así me costaba respirar. Tenía que salir del cine a mitad de la película si había una escena en la que alguien se quedaba encerrado. Por eso casi nunca iba al cine.

En una ocasión, mientras viajaba por Hokkaido, no me quedó más remedio que pasar una noche en uno de esos hoteles cápsula. Fue entrar allí y empezar a respirar con dificultad. No podía conciliar el sueño. Al final, no tuve otra que salir y pasar la noche en el coche en el aparcamiento. Fue a principios de primavera en la ciudad de Sapporo, es decir, que pasé un frío de espanto y una noche de pesadilla.

Mi mujer se burlaba a menudo de mis ataques de pánico. Si teníamos que subir a un edificio alto, ella tomaba el ascensor y esperaba divertida en la planta dieciséis, por ejemplo, mientras yo llegaba jadeante y muerto de cansancio. Nunca le expliqué el origen de mi miedo, tan solo que era algo de nacimiento.

—Es un miedo de lo más saludable —decía ella con sorna.

Empezó a sucederme algo parecido con las mujeres que tenían el pecho más grande de lo normal. No sé si guardaba relación con el incipiente pecho que vi crecer en mi hermana justo antes de morir, o con otra cosa, pero solo me atraían las mujeres de pechos pequeños, y cuando los veía o los tocaba, pensaba irremediablemente en ella. Pero no quiero que se me malinterprete. No es que albergara ningún tipo de interés sexual por mi hermana pequeña. Mi deseo era (y es), creo, una determinada imagen, algo que, una vez perdido, nunca más regresa.

Una tarde de sábado, tenía la mano sobre el pecho de mi amante. No era ni grande ni pequeño. Cabía justo en la palma de mi mano. Aún notaba la dureza de su pezón.

Casi nunca venía los sábados, pues solía pasar el fin de semana en familia. Aquel fin de semana, sin embargo, su marido estaba en Bombay de viaje de trabajo y sus hijas en casa de sus primas en Nasu. Gracias a eso, pudimos disfrutar de todo el tiempo que quisimos para hacer el amor como hacíamos algunas tardes entre semana. Al terminar, nos sumergimos en un lánguido silencio como nos sucedía siempre.

—¿Quieres oír lo que se cuenta en la selva? —me preguntó ella.

—¿Lo que se cuenta en la selva?

No sabía de qué me hablaba.

—¿Ya te has olvidado? Me refiero a ese hombre enigmático que vive en la casa grande al otro lado del valle. Menshiki. Hace poco me dijiste que te gustaría saber algo más sobre él.

—Es verdad, ahora me acuerdo.

—He descubierto algo, poca cosa en realidad. Una amiga mía vive cerca y me ha dado cierta información. ¿Te interesa?

—Por supuesto.

—Al parecer, compró la casa hace tres años. Antes vivía ahí otra familia. Fueron ellos quienes la construyeron, aunque solo vivieron ahí dos años. Una soleada mañana se marcharon de repente y, al cabo de poco tiempo, apareció Menshiki. La compró a precio de casa nueva. Nadie sabe en realidad cómo sucedió.

—¿Quieres decir que no fue él quien construyó la casa?

—Eso es. Se metió en un recipiente que ya existía, como un cangrejo ermitaño.

La noticia me sorprendió mucho. Siempre había dado por hecho que había sido él quien la mandó construir. Aquella casa blanca en lo alto de la montaña pegaba perfectamente con su personalidad, o tal vez con su deslumbrante pelo blanco.

—Nadie sabe a qué se dedica exactamente. Lo único que está claro es que no va a trabajar a ninguna parte. Se pasa casi todo el día metido en casa, y todo el mundo da por hecho que trabaja con ordenadores. Por lo visto, tiene un despacho repleto de ordenadores. Con un poco de habilidad, uno se las puede arreglar desde casa con un ordenador. Un conocido mío que es cirujano también trabaja desde casa. Es un surfero entregado a la causa que no quiere vivir lejos del mar.

—¿Y se puede operar sin salir de casa?

—Le envían primero el historial clínico del paciente, lo estudia, diseña el protocolo de la operación y lo envía de nuevo al hospital. Supervisa la operación a través de una pantalla y da indicaciones cuando es necesario. Según tengo entendido, también puede operar con una cosa que llaman «mano mágica», que se maneja a distancia.

—¡Qué avances! No sé si me gustaría que me operase una mano mágica.

—Seguro que ese Menshiki se dedica a algo por el estilo. Sea lo que sea, gana suficiente dinero para vivir con holgura. Vive solo en una casa grande y de vez en cuando se permite un viaje largo, supongo que al extranjero. Tiene un cuarto con máquinas de musculación, una especie de gimnasio, y así se mantiene en forma. No le sobra un gramo de grasa. También sé que es muy aficionado a la música clásica y tiene una sala de música. Una vida muy cómoda, ¿no crees?

—¿Y cómo es que sabes todas estas cosas?

Se rio.

—Subestimas la capacidad de las mujeres a la hora de recopilar información.

—Es posible —admití.

—Tiene cuatro coches. Dos Jaguar, un Range Rover y un Mini Cooper. Le entusiasman los coches ingleses.

—El Mini actual lo fabrica BMW, y creo recordar que el Jaguar lo compró una empresa india. No son lo que se dice coches puramente ingleses.

—El Mini es antiguo, y el Jaguar, sea de quien sea ahora la empresa, no deja de ser un icono inglés.

—¿Alguna cosa más?

—Apenas entra o sale nadie de su casa. Aprecia mucho su soledad, escuchar música clásica y leer. Está soltero, tiene mucho dinero, pero no lleva mujeres a su casa. Lleva una vida sencilla y pulcra. Quizás es *gay*, aunque hay razones de peso para pensar que no es así.

—Desde luego, tu fuente de información es una auténtica mina.

—Ahora ya no, pero hasta hace poco trabajaba allí una mujer que se hacía cargo de algunas tareas domésticas. Cuando tiraba la basura o hacía la compra en el supermercado, charlaba con otras mujeres.

—Entiendo. Así es como funciona la red de comunicación de la selva.

—Eso es. Según esa mujer, en la casa hay una habitación que no se abre nunca. Menshiki le advirtió muy seriamente que no entrase allí bajo ningún concepto.

—Como el castillo de Barbazul.

—Eso es. Como se suele decir, todos tenemos un cadáver en el armario.

Al oír aquello, recordé el cuadro escondido en el desván. Tal vez, *La muerte del comendador* era una especie de cadáver en el armario.

—Nunca llegó a saber qué había en aquella misteriosa habitación —continuó—. Siempre estaba cerrada con llave. En cualquier caso, ya no trabaja allí. Imagino que la despidió porque tenía la lengua muy larga. Ahora es él quien se hace cargo de las tareas domésticas.

—Eso me ha dicho. Se encarga de casi todo y, una vez por semana, va una empresa de limpieza profesional.

—Le da mucha importancia a su privacidad, ¿verdad?

—Al margen de Menshiki, ¿no crees que al final se correrá la voz de que tú y yo nos vemos? Ya sabes, la comunicación de la selva.

—No creo —afirmó en un tono de voz sereno—. En primer lugar, ya me ocupo yo de que eso no ocurra. En segundo lugar, tú no eres Menshiki.

—O sea... —dije esforzándome por traducirlo a un lenguaje fácil de entender—, hay elementos en su vida que suscitan más interés que la mía.

—Deberíamos estar agradecidos por ello —dijo ella divertida.

Tras la muerte de mi hermana, las cosas empezaron a ir de mal en peor. La empresa que dirigía mi padre, una pequeña metalúrgica, entró en una situación crónica de pérdidas, y debido a sus esfuerzos por sacarla a flote empezó a pasar muy poco tiempo en casa. Eso generó un ambiente muy áspero en la familia. El silencio se instaló entre nosotros, cobró verdadero protagonismo, y también se hizo crónico. Nunca había sucedido en vida de mi hermana. Yo quería alejarme de ese ambiente y me sumergí aún más en la pintura. Poco después me planteé estudiar Bellas Artes. Mi padre se opuso. Según él, era imposible ganarse la vida como pintor, y ellos no tenían margen para permitirse el lujo de mantener a un artista. Discutíamos a menudo. Solo gracias a la intercesión de mi madre pude ir finalmente a la universidad, pero la relación con mi padre no mejoró.

«De no haber muerto mi hermana...», me decía a mí mismo de vez en cuando. De no haber muerto, mi familia habría sido mucho más feliz. Su desaparición repentina rompió el equilibrio entre nosotros, y llegó un momento en el que solo nos hacíamos daño mutuamente. Era consciente de ello y sentía una impotencia terrible por ser incapaz de llenar el vacío dejado tras su muerte.

En un momento determinado dejé de dibujarla. En la universidad, cuando me sentaba frente a un lienzo, me apetecía pintar cosas y objetos sin ningún sentido concreto. En otras palabras, me dediqué a la pintura abstracta. Allí, el sentido de las cosas se transformaba en signos. Unos se enredaban con otros y daban luz a otros nuevos. Me sumergí por voluntad propia en un mundo que solo aspiraba a eso, y, gracias a ello, por primera vez respiré con naturalidad, con libertad.

No obstante, por mucho entusiasmo que pusiera a la hora de pintar, no iba a ganarme la vida con los cuadros. Me gradué, pero si me limitaba a la pintura abstracta, jamás tendría la esperanza de ganar un céntimo. Mi padre tenía razón. Para mantenerme (ya me había independizado y necesitaba ganar dinero para pagar el alquiler y comer), no me quedó más remedio que aceptar trabajos como retratista. Pintar retratos siguiendo patrones determinados era, al fin y al cabo, una forma de subsistir como pintor.

Y por eso, precisamente, me empeñaba en ese momento en el retrato de Wataru Menshiki, un hombre que vivía en una mansión pintada de blanco al otro lado del valle. Un hombre enigmático de pelo blanco, objeto de los rumores de los vecinos. Un tipo interesante, si se puede decir así. Él me había elegido y estaba dispuesto a pagar una considerable suma de dinero por su retrato. Y, sin embargo, justo entonces descubrí que *había perdido la capacidad incluso de pintar retratos.* Ya no podía pintar siquiera cuadros alimenticios. Era como si me hubiera quedado vacío del todo.

«Deberíamos haber ido a verla en silencio, abriéndonos paso entre la verde hierba, alta y frondosa», pensé de repente sin venir a cuento. Habría sido estupendo poder hacerlo.

11
La luna iluminaba bellamente todo cuanto había allí

Me desperté por culpa del silencio. Me ocurría de vez en cuando. En ocasiones, nos despertamos cuando un ruido inesperado rompe el silencio. Por el contrario, hay veces en que es un silencio repentino el que nos despierta cuando cesa el ruido existente hasta entonces.

Era medianoche y eché un vistazo al reloj digital junto a la almohada. Marcaba las dos menos cuarto de la madrugada. Me acordé de que era la noche del sábado, o, lo que es lo mismo, la madrugada del domingo. Hacía tan solo unas horas, ese mismo día, había estado por la tarde en esa misma cama con mi amante. Ella se había marchado antes de que se pusiera el sol. Cené algo ligero, leí un rato y me quedé dormido pasadas las diez. Tengo un sueño profundo y no suelo despertarme hasta las primeras luces del día siguiente. No era habitual despertarme así en plena noche.

Tumbado en la oscuridad, me preguntaba por qué me había despertado a esas horas. Era una noche cualquiera. La luna casi llena flotaba en el cielo como un enorme espejo redondo. Bajo su luz, el paisaje lucía blanquecino, como si lo hubieran encalado. Aparte de eso, no había nada más de particular. Me incorporé para aguzar el oído. No tardé en percatarme de que ocurría algo fuera de lo normal: demasiado silencio. Un silencio profundo. Era una noche de otoño y no se oía el canto de un solo insecto. Estaba en una casa en mitad de las montañas donde, al ponerse el sol, el chirrido ensordecedor de los bichos lo inundaba todo. Era un coro que no callaba ni por un instante, como mínimo hasta la medianoche (antes de vivir en medio de la naturaleza pensaba que los bichos solo cantaban a primera hora de la noche, y cuando descubrí que no era así, me sorprendió mucho). De hecho, eran tan escandalosos que parecían dominar el mundo, y sin embargo, esa noche no se oía nada. Era muy extraño.

No me podía dormir, así que me levanté. Me puse un jersey fino encima del pijama, fui a la cocina, me serví un whisky escocés con hielo y me lo bebí de un trago. Después salí a la terraza y contemplé las luces de las casas entre las ramas de los árboles. Todo el mundo parecía estar durmiendo. Solo permanecían encendidos los farolillos junto a las puertas de entrada. Al otro lado del valle, donde se hallaba la casa de Menshiki, también estaba todo a oscuras. Y seguía sin oír el canto de los insectos, ni siquiera en la terraza. ¿Qué les había pasado?

Entonces oí un ruido desconocido, o al menos eso me pareció. Apenas era perceptible. Si el coro de insectos hubiera seguido cantando como tenían por costumbre, a buen seguro no lo habría distinguido. Si lo oía a duras penas, se debía a que reinaba un silencio total. Contuve la respiración y agucé el oído. No, no se trataba de otro bicho más. No era un sonido de la naturaleza. Aquello lo producía algún instrumento, algún objeto. Parecía una campanilla.

Sonaba a intervalos. Después de un silencio sonaba de nuevo, y otra vez silencio. Parecía una secuencia, como si alguien enviase una señal. No tenía una cadencia regular. Los silencios a veces se alargaban y otras veces se acortaban. De igual modo, la frecuencia de sonido de la campanilla (o de lo que fuera) variaba. Era imposible determinar si seguía un patrón intencionado o sonaba por puro capricho. En cualquier caso, era un sonido tan apagado que si uno no aguzaba el oído podría pasársele por alto. Pero, después de oírlo, ya no pude quitármelo de la cabeza en el profundo silencio de aquella noche, iluminada por una luna anormalmente clara. Me estaba destrozando los nervios.

No sabía qué hacer y al final me decidí a salir. Quería descubrir de dónde venía el ruido. Alguien hacía sonar un instrumento en algún lugar, estaba seguro. Nunca me había tenido por una persona valiente, pero en aquella ocasión no me dio ningún miedo aventurarme en la oscuridad de la noche. La curiosidad vencía al miedo. Quizá porque la luna tenía una extraña luminosidad.

Cogí una linterna, giré la llave de la puerta y salí. El farolillo de la entrada proyectaba un halo de luz amarilla a su alrededor en la que revoloteaba una nube de insectos. Presté atención para tratar de descubrir de dónde venía el ruido. Parecía una campanilla, sin duda, pero sonaba un poco distinto a como lo haría una normal. Resultaba, cómo decirlo, más pesado, con una resonancia sorda, irregular. Quizá me equivocaba y era un instrumento de percusión. Fuera lo que fuera, ¿quién lo hacía sonar en plena noche? ¿Para qué? La única casa por allí era la mía. Si alguien hacía ese ruido, significaba que había entrado en la propiedad sin permiso.

Miré a mi alrededor para ver si encontraba algo que me sirviera como arma para defenderme. Nada. Solo disponía de una linterna larga con forma de cilindro. Eso y nada era lo mismo. La agarré bien con la mano derecha y empecé a caminar en dirección al ruido. Nada más salir de la casa había una pequeña escalera de piedra a la izquierda con siete u ocho escalones y después comenzaba el bosque. Tras avanzar unos pasos por una ligera pendiente, se abría un claro donde había un pequeño templo sintoísta. Según Masahiko Amada, llevaba allí toda la vida. No conocía su origen, solo que cuando su padre compró la casa a través de un conocido a mediados de los años cincuenta, ya estaba allí. Se levantaba sobre una piedra plana y estaba rematado con un sencillo tejado triangular. En realidad parecía una simple caja de madera reconvertida en templete. No tendría más de sesenta centímetros de altura y cuarenta de ancho. En algún momento debía de haber estado pintado, pero apenas quedaban rastros del color, y ahora solo era un vago recuerdo. Tenía dos puertecillas cerradas y no sabía qué podría haber en su interior. Nunca llegué a abrirlas, aunque imagino que, en realidad, no había nada. Justo delante de la puerta había un cuenco de cerámica blanca vacío, con unas líneas concéntricas de suciedad, dibujadas por el agua de las sucesivas lluvias que después se había evaporado. Tomohiko Amada no había tocado el templete. No juntaba sus manos para rezar cuando pasaba por delante y tampoco lo cuidaba. Simplemente lo había dejado a merced de los elementos. Para él no significaba nada, tan solo era una caja de madera. Masahiko me comentó en una ocasión que su padre jamás había mostrado el más mínimo interés por la religión, por la fe o por el rezo. Los supuestos castigos divinos, sus malvados designios, le traían sin cuidado. Menospreciaba todo eso. Lo consideraba pura superstición. No es que fuera irrespetuoso o insolente, pero siempre había tenido un pensamiento extremadamente materialista.

Fue Masahiko quien me llevó hasta el templete el día que fui a ver la casa.

—Apenas quedan casas con cosas como esta —me dijo entre risas—. De niño me inquietaba mucho tener aquí cerca algo que nadie sabía qué era. Cuando venía a pasar unos días, intentaba no acercarme, y, si te digo la verdad, sigue sin hacerme ninguna gracia.

Yo no soy una persona con un pensamiento especialmente materialista, pero, como le sucedía a Tomohiko Amada, no había prestado demasiada atención a la existencia del templete. Antaño, la gente acostumbraba a levantar ese tipo de templos por todas partes. Sucede lo mismo con esas figuritas votivas que suelen estar al borde de los caminos o en pleno campo para que cuiden de los viajeros. Aquel templete estaba integrado en el paisaje del bosque, y, cuando paseaba, solía pasar por allí sin preocuparme por su presencia. No me detenía para juntar las manos y rezar. Tampoco llevaba ofrendas. No le veía un significado especial al hecho de que existiera una cosa así en el terreno de la casa donde vivía. Para mí, solo era un elemento más del paisaje, pero aquel ruido como de campanilla parecía venir de allí cerca.

Nada más adentrarme en el bosque, la luna se ocultó tras las frondosas ramas de los árboles, y, de pronto, todo se oscureció. Avancé con cuidado iluminando el suelo para ver dónde pisaba. El viento soplaba de vez en cuando y levantaba las hojas caídas con un ligero ruido. El aspecto del bosque por la noche era completamente distinto al que tenía a plena luz del día, todo parecía regirse por las leyes de la noche. En cualquier caso, no tenía miedo. La curiosidad era más poderosa y me empujaba a seguir avanzando. Ocurriese lo que ocurriese, quería descubrir el origen de aquel extraño ruido. Llevaba la linterna fuertemente agarrada en la mano derecha y, por alguna razón, solo notar su peso me tranquilizaba.

Quizás el búho que vivía en el tejado rondaba por allí, pensé. Quizás acechaba a su presa oculto tras las ramas, protegido por el manto de la oscuridad. «Espero que esté cerca», me dije a mí mismo. En cierto sentido, éramos conocidos. Sin embargo, no oí nada que me recordase a su canto. Parecía como si hasta las aves nocturnas se hubieran quedado calladas.

Me fui acercando paso a paso, y cada vez me llegaba más nítidamente el sonido. Lo oía y después dejaba de oírlo. Parecía venir de la parte de atrás del templete. Lo notaba mucho más cerca y, a pesar de todo, seguía siendo un ruido apagado, como si llegase desde lo más profundo de una cueva angosta. Los intervalos de silencio parecieron alargarse, cada vez se oía menos. Tal vez, quien hacía sonar la campanilla empezaba a cansarse.

En el claro donde se levantaba el templete, la luna iluminaba bellamente todo cuanto había allí. Procuré no hacer ruido y me acerqué a la parte de atrás, donde había una densa y alta mata de hierba Eulalia. Al apartarla, descubrí una especie de pequeño túmulo de piedras cuadradas apiladas sin orden. Quizás era demasiado bajo para considerarlo un túmulo propiamente dicho, pero, en cualquier caso, no me había dado cuenta hasta entonces de su existencia. Era la primera vez que me acercaba hasta allí, y, aunque hubiera ido antes, estaba tan oculto entre las hierbas que si uno no tenía una razón concreta para entrar allí, era imposible verlo.

Dirigí la linterna hacia las piedras. Parecían llevar allí mucho tiempo, pero sus formas cuadradas indicaban, sin lugar a dudas, que la mano de alguien las había trabajado. No eran piedras naturales. Alguien se había tomado la molestia de llevarlas allí y apilarlas en un montón. Casi todas estaban cubiertas de musgo. De un simple vistazo vi que no había ninguna inscripción ni dibujo tallados en ellas. Serían unas doce o trece en total. Puede que tiempo atrás hubieran estado apiladas en orden y, a causa de un terremoto, o quién sabe qué, hubieran terminado así. El sonido de la campanilla parecía brotar de los huecos entre unas piedras y otras.

Me subí a ellas con cuidado y traté de averiguar el origen del sonido. Por muy intensa que fuera la luz de la luna, resultaba casi imposible ver nada en la oscuridad de la noche, y aun en el caso de haber sido capaz de determinar el lugar preciso de dónde venía, qué podía haber hecho. Yo solo no podía levantar esas piedras tan grandes.

En cualquier caso, alguien parecía agitar una especie de campanilla allí debajo. No tenía ninguna duda al respecto. Pero ¿quién demonios lo hacía? En ese momento empecé a notar un extraño miedo dentro de mí. Mi instinto me decía que tal vez fuera mejor no seguir adelante.

Me alejé de allí y deshice el camino entre los árboles con paso precipitado, sin dejar de oír la campanilla a mis espaldas. La luz de la luna atravesaba las ramas y proyectaba sombras y dibujos que parecían tener un sentido oculto. Salí del bosque, bajé los escalones de piedra, llegué hasta la puerta de la casa y cerré con llave después de entrar. Fui a la cocina, me serví un whisky sin hielo ni agua y me lo bebí de un trago. Recuperé el aliento y salí a la terraza con otro whisky en la mano.

El ruido apenas llegaba hasta allí. Era inaudible si uno no aguzaba mucho el oído. Seguía sonando. Los intervalos de silencio eran cada vez más largos, no cabía duda. Estuve atento un buen rato a aquel sonido irregular.

¿Qué había debajo de aquel montón de piedras? ¿Un hueco, un espacio donde había alguien encerrado que hacía sonar ese pequeño instrumento? Tal vez fuera una llamada de auxilio. Le daba vueltas y más vueltas y no se me ocurría una explicación verosímil.

Ignoro si dediqué mucho tiempo o no a pensar en ello. Solo sé que, debido a aquel extraño fenómeno, perdí la noción del tiempo por completo. Me dejé caer en la tumbona con el vaso en la mano, yendo y viniendo a través del laberinto de la conciencia. Cuando quise darme cuenta, el sonido había desaparecido. A mi alrededor solo había silencio.

Me levanté y fui al dormitorio a mirar la hora. Las dos y treinta y un minutos de la madrugada. No sabía exactamente cuándo había empezado a oírlo, pero sí que me había despertado a las dos menos cuarto, por tanto, no menos de cuarenta y cinco minutos. Poco después de apagarse aquel misterioso sonido, los insectos retomaron despacio sus cánticos, como si sondeasen cautelosos un nuevo tipo de silencio, como si todos los seres vivos de la montaña hubieran esperado pacientemente a que enmudeciera la campanilla. Tal vez habían contenido el aliento todo ese tiempo.

Fui a la cocina, lavé el vaso y me metí en la cama. Para entonces, los insectos ya entonaban su solemne coro otoñal como de costumbre. Quizás el whisky me había relajado, pero lo cierto es que nada más tumbarme me quedé dormido de inmediato, y dormí profundamente muchas horas sin soñar con nada. Cuando me desperté, el sol entraba a raudales por la ventana del dormitorio.

Esa misma mañana, antes de las diez, me acerqué de nuevo hasta el templete del bosque. No se oía nada. El ruido misterioso había desaparecido por completo, pero quería ver aquel lugar a la luz del día. Llevaba conmigo un bastón de madera de roble que había encontrado en el paragüero y que debió de pertenecer a Tomohiko Amada. Era una mañana fresca, soleada, inundada de una luz clara otoñal que proyectaba en el suelo las sombras de las hojas. Pájaros de picos afilados se afanaban de rama en rama con sus trinos buscando alimento. Unos cuervos negro azabache volaban de camino a algún lugar. A la luz del día, el templete parecía mucho más antiguo y en ruinas que de noche. Bajo la luz blanca de la luna casi llena tenía un aspecto siniestro, como si lo rodease un halo de misterio, pero en ese momento tan solo parecía una miserable caja de madera descolorida.

Caminé hasta la parte de atrás. Me abrí paso entre la mata de hierba Eulalia y llegué delante del montículo de piedras. Al igual que el templete, ofrecía una impresión muy distinta con la luz diurna. Delante de mis ojos solo tenía un montón de piedras talladas cubiertas de musgo, abandonadas allí desde hacía mucho tiempo. Bajo la luz de la luna parecían formar un túmulo, parte de algún tipo de construcción antigua. Me subí a ellas y escuché atento. No se oía nada. Aparte de los insectos y del piar de los pájaros, a mi alrededor solo había silencio.

Oí un ruido seco a lo lejos, como el disparo de una escopeta. Un cazador, quizás, o uno de esos mecanismos automáticos instalados en algunos campos de cultivo para ahuyentar los jabalíes, los monos y los gorriones. Fuera lo que fuera, era un ruido muy del otoño. El cielo estaba despejado, el aire venía cargado de una humedad moderada y se oían nítidamente sonidos a lo lejos. Me senté encima del montón de piedras y pensé en ese hueco que quizás había allí debajo. ¿Había alguien allí encerrado pidiendo socorro con una campanilla? ¿Hacía como yo en aquella ocasión en que me quedé encerrado en la caja de un camión de mudanzas y aporreaba las paredes con todas mis fuerzas? Pensar que hubiera alguien encerrado en un estrecho y oscuro agujero me angustiaba mucho.

Después de comer algo ligero me puse la ropa de trabajo (una ropa que podía ensuciar), entré en el estudio y me concentré en el retrato de Wataru Menshiki. Quería concentrarme en el trabajo con independencia del cuadro que fuera. Alejar de mi mente lo máximo posible aquella imagen de alguien pidiendo ayuda desde un lugar angosto. Quería cerrar el paso a la angustia crónica que esa imagen me provocaba. El único recurso que tenía para lograrlo era pintar. Decidí no usar ni el lápiz ni el cuaderno de bocetos. No me servían para esa ocasión. Preparé los colores y los pinceles y me enfrenté directamente al lienzo. Mientras observaba el lienzo en blanco, me esforcé por concentrarme en el personaje de Wataru Menshiki. Me erguí, me concentré aún más y traté de alejar de mí todo pensamiento inútil. Un hombre con el pelo blanco de mirada vivaz que vivía en una mansión blanca en lo alto de una montaña. La mayor parte de su tiempo lo pasaba encerrado en casa. Tenía una habitación secreta (o algo parecido) y cuatro coches ingleses en el garaje. Rebusqué entre los detalles que recordaba de ese hombre: sus movimientos, sus gestos, las cosas de las que me había hablado, el tono de su voz, su forma de mirar, de mover las manos. Tardé un tiempo, pero poco a poco empecé a juntar todos esos pequeños fragmentos dispersos. De ese modo, me dio la impresión de reconstruir el personaje de una manera completa, tridimensional.

Trasladé esa imagen al lienzo con la ayuda de un pequeño pincel. No hice ningún boceto. En el cuadro, su cara estaba orientada hacia la izquierda, pero me miraba un poco de reojo. No sabía por qué, pero era el único ángulo de su cara que se me ocurría. Así es como lo veía. Tenía que estar con la cabeza un poco girada hacia la izquierda y con la mirada levemente dirigida hacia donde yo me encontraba. Con los ojos fijos en mí. Aparte de esa postura, no se me ocurría ninguna otra que le retratase con exactitud.

Observé durante un rato el rostro que había dibujado casi sin levantar el pincel del lienzo. Me alejé un poco para tener perspectiva sobre el resultado. De momento no era más que un esbozo, pero sus contornos dejaban entrever cierto brote de vida. Quizás era el origen de algo que terminaría por emerger con naturalidad. Sentía como si una mano (me pregunto qué sería en realidad) se alargase para encender un interruptor dentro de mí. Tuve la impresión de que un animal dormido en lo más profundo de mi ser había despertado en el momento preciso y se disponía a salir de su letargo.

Me lavé las manos y limpié el pincel con disolvente y jabón. «No hay prisa», me dije, «por hoy es suficiente. Es mejor parar. Cuando venga la próxima vez, iremos añadiendo sustancia a los contornos con la ayuda del personaje real.»

Presentía que ese cuadro podía ser muy diferente a todo lo que había hecho hasta entonces, y para lograrlo lo necesitaba a él en carne y hueso.

«Qué extraño», pensé.

¿Cómo podía saberlo Wataru Menshiki?

La madrugada del día siguiente volví a despertarme como la noche anterior. El reloj junto a la almohada marcaba la una y cuarenta y seis. Casi la misma hora. Me incorporé en la cama y agucé el oído en la oscuridad. No se oía el canto de los insectos. A mi alrededor todo era silencio, como si estuviera sumergido en lo más profundo del océano. Una repetición exacta de lo sucedido la noche anterior. La única diferencia era que al otro lado de la ventana la oscuridad era total. Nubes espesas ocultaban el cielo y escondían tras de sí a la luna casi llena.

Pero no. En realidad, el silencio no era total. Contuve la respiración, agucé el oído y empecé a oír el ruido de la campanilla. Se abría paso hasta mí a través del espeso silencio. Alguien volvía a hacerla sonar en la oscuridad de la noche a intervalos irregulares. Sabía de dónde procedía el sonido. Venía de debajo del montón de piedras en el bosque. No necesitaba salir para confirmarlo. Lo que seguía sin entender era *quién y para qué hacía ese ruido*. Me levanté de la cama y salí a la terraza.

No soplaba el viento. Había comenzado a caer una lluvia fina que empapaba la tierra casi sin hacer ruido. Las luces de la casa de Menshiki estaban encendidas. No veía el interior, pero debía de estar despierto. No era habitual que estuvieran encendidas a esas horas. Miraba las luces de su casa mientras me mojaba y aguzaba el oído para captar el sonido casi imperceptible de la campanilla.

Poco después, la lluvia arreció. Volví adentro y me senté en el sofá del salón para leer un libro que había empezado recientemente. No era una lectura complicada, pero por mucho que me esforzase no lograba concentrarme. Tan solo seguía los ideogramas de línea en línea. En cualquier caso, era mejor que escuchar la campanilla sin hacer nada. Podía haber puesto música, pero no me apetecía. Tenía que oír el tintineo. *Porque sonaba para mí*. Lo sabía. Si no hacía algo por remediarlo, quizá no pararía nunca. De seguir así, la angustia habría terminado por dominarme y por provocarme insomnio.

Debía hacer algo. Tomar una decisión, adoptar alguna medida para detener el tintineo. Pero primero debía comprender su significado, para qué sonaba. Es decir, descifrar la señal que me enviaba. ¿Quién y para qué me enviaba una señal todas las noches desde un lugar imposible? Estaba demasiado confundido y angustiado para pensar con claridad. No podía hacerme cargo de ese asunto yo solo. Debía consultarlo con alguien y solo se me ocurría una persona.

Salí de nuevo a la terraza y eché un vistazo a la casa de Menshiki. Las luces estaban apagadas. Tan solo se veían las del jardín. El sonido de la campanilla se detuvo a las dos y veintinueve de la madrugada, casi a la misma hora que la noche anterior.

De igual manera, poco después se oyó de nuevo el canto de los insectos. Aquella noche de otoño volvió a llenarse con el coro de siempre, con el mismo alboroto como si nada hubiera ocurrido. Todo sucedía en el mismo orden.

Me metí en la cama y me dormí arrullado por el canto de los insectos. Mi corazón seguía alterado, pero, una vez más, el sueño me venció. Un profundo sueño sin sueños.

12
Como aquel cartero anónimo

Llovía desde por la mañana temprano y no paró hasta las diez. El cielo empezó a despejarse entonces poco a poco. El viento marino cargado de humedad empujó las nubes hacia el norte. A la una en punto del mediodía, Menshiki se presentó. Las señales horarias de la radio y el timbre de la puerta sonaron al mismo tiempo como si estuvieran sincronizados. Conocía a muchas personas puntuales, pero a pocas tanto como él. No se trataba de que hubiera esperado delante de la puerta el momento justo de tocar el timbre. Su coche apareció por la cuesta, aparcó en el mismo lugar de la ocasión anterior, caminó con la misma cadencia hasta la entrada y, en ese preciso instante, la radio dio la una. Fue algo sorprendente.

Le invité a pasar al estudio y le pedí que se sentara en la misma silla. Puse *El caballero de la rosa* en el tocadiscos y coloqué la aguja. Quería retomarlo donde lo habíamos dejado. Todos nuestros gestos se repetían en el mismo orden, con la única diferencia de que en esa ocasión no le ofrecí nada para beber y le pedí que posara de determinada manera: sentado y mirando de soslayo, con la cara en diagonal hacia la izquierda.

Atendió mis indicaciones de buena gana, pero tardó un buen rato en acertar con la postura. No encontrábamos el ángulo preciso, esa mirada suya peculiar que pretendía captar, y la luz tampoco era la adecuada. Normalmente no usaba modelos, pero si lo hacía, les pedía muchas cosas. Menshiki respondió con paciencia a todas mis peticiones. No hubo en él un solo gesto de desagrado, una sola queja. Aguantaba bien las inconveniencias, como si estuviera acostumbrado a sufrir alguna penitencia.

Cuando al fin encontramos la postura, le dije:

—Eso es. Exacto. Procure moverse lo menos posible.

No dijo nada. Tan solo asintió con un ligero gesto de los ojos.

—Trataré de acabar lo más rápido posible. Sé que es duro estar así, pero aguante un poco, por favor.

Repitió el mismo gesto con los ojos. A partir de ese momento, ni siquiera volvió a moverlos. De hecho, no movió un solo músculo de su cuerpo. Literalmente. Parpadeaba de vez en cuando, como es natural, pero no notaba que respirase. Parecía de piedra, como una escultura. Me admiró esa capacidad suya. Incluso a un modelo profesional le hubiera resultado difícil permanecer así de quieto.

Mientras posaba allí sentado, haciendo un alarde de paciencia, procuré avanzar rápido sobre el lienzo y emplearme a fondo Me concentraba para medir bien sus proporciones, movía el pincel guiado por la intuición que su imagen suscitaba en mí. Fui añadiendo volumen al croquis de la cara que había perfilado con una simple línea negra. Ni siquiera me daba tiempo de cambiar de pincel. Debía plasmar cuanto antes los rasgos más significativos de su rostro y, en determinado momento, empecé a trabajar como si tuviera puesto el piloto automático. Era crucial dejar de lado la conciencia, y coordinar el movimiento de la mano con el de los ojos. Apenas tenía tiempo para procesar conscientemente todo lo que captaba mi vista.

Era un esfuerzo que demandaba de mí algo distinto con respecto al resto de los retratos que había pintado hasta entonces (me refiero a los retratos puramente alimenticios ejecutados a mi ritmo basándome en una foto y en la memoria). En apenas quince minutos completé su esbozo del pecho a la cabeza. No dejaba de ser un tosco bosquejo a medio acabar, pero al menos se notaba ya un pálpito de vida, como si hubiera logrado captar un movimiento interior que dotaba de sentido a la existencia de Wataru Menshiki. Si hablase en términos del cuerpo humano, diría que me encontraba en la fase del esqueleto y de los músculos. Había descubierto algo en su interior y ahora tocaba darle una forma concreta, cubrirlo de piel y de carne.

—Gracias —dije—. Buen trabajo. Por hoy hemos terminado. Ya puede ponerse cómodo.

Menshiki sonrió y se relajó. Estiró los brazos hacia el techo, respiró profundamente. Para desentumecer la tensión de los músculos de su cara, se masajeó las mejillas con los dedos. Yo también inspiré y espiré mientras subía y bajaba los hombros. Tardé en recuperar el ritmo normal de la respiración. Estaba agotado, como si acabase de correr una carrera de velocidad, con la máxima rapidez y concentración. No me había visto obligado a semejante esfuerzo desde hacía mucho tiempo. Debía despertar ciertos músculos adormecidos, ponerlos a trabajar a pleno rendimiento. Estaba agotado, sí, pero era un cansancio agradable.

—Tenía razón —dijo Menshiki—. Posar es mucho más duro de lo que imaginaba. Cuando piensas que te están dibujando, tienes la sensación de que te están vaciando por dentro poco a poco.

—En el mundo del arte no se suele decir que se está vaciando nada, sino que se está trasladando a otro lugar.

—¿Quiere decir a un lugar más permanente?

—Sí, pero solo en el caso de las obras de arte que se ganan el derecho de ser consideradas como tales.

—¿Como, por ejemplo, el cartero anónimo que aún habita en el cuadro de Van Gogh?

—Exactamente.

—Imagino que jamás se le ocurrió que ciento diez o ciento veinte años después de ser retratado, gente de todo el mundo contemplaría el cuadro en los libros de arte con gesto serio, o que incluso se tomaría la molestia de viajar hasta el museo donde se expone para verlo en persona.

—No, desde luego, no creo que se le pasara por la cabeza.

—En principio solo fue un cuadro original, distinto, obra de la mano de un hombre al que nadie juzgaba normal, y que lo había pintado en un rincón de la cocina de una casa en algún lugar perdido y miserable.

Asentí.

—Es extraño —continuó Menshiki—. Alguien que por sí mismo no optaría a la perpetuidad se gana, gracias a un encuentro casual, semejante derecho.

—Es algo que ocurre pocas veces.

Me acordé de *La muerte del comendador*. El hombre que moría asesinado en la escena del cuadro ¿alcanzaría también una suerte de vida eterna gracias a la mano de Tomohiko Amada? ¿Quién era ese hombre?

A Menshiki le ofrecí entonces un café, y aceptó de buen grado. Fui a la cocina a prepararlo. Él se quedó sentado en la silla del estudio escuchando la ópera, y cuando la cara B estaba a punto de terminar, el café ya estaba listo. Nos trasladamos al salón para tomárnoslo.

—¿Qué tal ha ido? —me preguntó mientras sorbía de su taza con gesto elegante—. ¿Cree que podrá terminarlo sin problemas?

—Aún no lo sé —admití con toda honestidad—. No puedo asegurarle nada por el momento. Ni siquiera tengo una idea clara de si me irá bien o mal, porque se trata de algo muy diferente a todo lo que he hecho hasta ahora.

—¿Diferente por pintar con el modelo real?

—Tal vez, pero no se trata solo de eso. Por alguna razón, ya no puedo seguir pintando retratos como he hecho hasta ahora. No puedo continuar trabajando de esa forma tan convencional. Necesito encontrar una nueva técnica, un nuevo orden que me permita cambiar de estilo, pero aún no lo he descubierto, sigo buscando. En este momento me siento como si avanzase a tientas en la oscuridad.

—O sea, que está en plena transformación —comentó, tomándose un tiempo antes de continuar—: Como ya le dije, por mi parte puede tomarse toda la libertad que quiera. A mí, personalmente, me gustan los cambios. No espero de usted un retrato al uso. No me importa el estilo, el concepto. Solo deseo que plasme usted tal cual lo que su mirada capta en mí. La técnica, el orden o la disposición están en sus manos. Yo no pretendo pasar a la historia del arte como aquel cartero anónimo de Arlés. Mis pretensiones no llegan a tanto. Se trata más bien de una curiosidad sana. La curiosidad de saber qué tipo de obra nacerá de su mano.

—Me alegra oír eso —le dije—, pero hay una cosa que me gustaría pedirle. Una sola. Si no quedo verdaderamente convencido con el resultado, sintiéndolo mucho me gustaría anular mi compromiso con usted.

—¿Quiere decir que no me entregaría el cuadro?

Asentí.

—En ese caso —continué—, le devolvería íntegro el adelanto.

—De acuerdo. Dejo la decisión en sus manos. Yo, por mi parte, estoy convencido de que eso no va a ocurrir.

—Ese es también mi deseo —le dije mirándole directamente a los ojos.

—Pero supongamos que no termina el retrato. Si al menos le he servido de ayuda en su evolución artística, para mí será un motivo de alegría. Se lo digo de todo corazón.

—Por cierto —me atreví a decirle—, hay una cosa que me gustaría comentarle. Se trata de una cuestión personal sin relación con el retrato.

—Le escucho. Si puedo ayudarle, lo haré encantado.

—Es una historia extraña. —Suspiré—. Tal vez no sea capaz de explicárselo bien, con cierto orden, de una manera clara.

—Tómese su tiempo y cuéntemelo como le parezca oportuno. Después podemos reflexionar juntos sobre ello. Quizá se nos ocurra algo.

Empecé desde el principio. Le conté que me había despertado sobre las dos de la madrugada por culpa de un extraño ruido en medio de la oscuridad de la noche. Era un ruido lejano, le dije, apenas audible, pero que se oía porque los insectos se habían callado. Un ruido como si alguien hiciera sonar una campanilla. Le conté que me había levantado de la cama para ir a ver de dónde venía, y que descubrí que salía de entre los huecos de unas piedras que formaban un túmulo en un claro del bosque detrás de la casa; que aquel enigmático ruido se había prolongado durante unos cuarenta y cinco minutos a intervalos irregulares y que después había cesado de repente. Había ocurrido dos noches seguidas. Le dije que tal vez alguien estaba haciendo sonar una campanilla debajo de aquellas piedras. Tal vez enviaba una señal de auxilio. Pero ¿era posible? No sabía qué pensar, no tenía claro si estaba cuerdo o no. ¿Padecía acaso una especie de alucinación auditiva?

Menshiki me escuchó en silencio sin decir una sola palabra, y, cuando terminé de hablar, continuó callado. Por su gesto comprendí que se tomaba muy en serio lo que le había contado, y que le estaba dando vueltas.

—Es una historia interesante —comentó al fin—. Como usted bien dice, no es algo corriente. Me gustaría ir a echar un vistazo, si no le importa. ¿Puedo venir esta noche?

Su reacción me pilló por sorpresa.

—¿Va a tomarse la molestia de venir hasta aquí a media noche?

—Sí. Si yo también lo oigo, eso demostrará que no es una alucinación suya. Creo que es el primer paso que deberíamos dar. Si de verdad existe ese sonido, podríamos ir al bosque para ver de dónde sale. Después ya pensaremos qué hacer.

—Tiene razón, pero...

—Si no tiene inconveniente, vendré a las doce y media. ¿Le parece bien?

—Por supuesto, pero no pretendía causarle tantas molestias...

Menshiki sonrió con un gesto simpático.

—No se preocupe, será un placer ayudarle. Además, soy muy curioso y, ahora que me lo ha contado, me gustaría saber qué es ese sonido, quién lo produce. ¿Quedamos así, entonces?

—De acuerdo.

—En ese caso, volveré esta noche. Todo este asunto me recuerda a algo.

—¿Le recuerda a algo?

—Ya le hablaré de ello en otra ocasión. Primero debo asegurarme por si acaso.

Menshiki se levantó del sofá, estiró la espalda y me tendió la mano derecha. Como era costumbre en él, me apretó con firmeza. Se le notaba más feliz de lo habitual.

Después de que se marchara, me pasé toda la tarde cocinando. Tenía por costumbre dedicar un día a preparar la comida para el resto de la semana. Después lo guardaba todo en la nevera y lo consumía a medida que lo necesitaba. Era el día que me tocaba hacerlo. Para cenar esa noche preparé macarrones con salchichas y col hervida. También una ensalada de tomate, aguacate y cebolla. Cuando anocheció, me tumbé en el sofá, como de costumbre, y leí un rato mientras escuchaba música. Al cabo de un rato dejé el libro y pensé en Menshiki.

¿Por qué se había entusiasmado tanto? *¿Realmente se alegraba de poder ayudarme?* ¿Por qué? No lo entendía. Yo no era más que un pintor pobre sin nombre. Mi mujer me había abandonado después de seis años de vida en común. No tenía buena relación con mis padres, no tenía casa propia, tampoco nada que pudiera considerar bienes materiales, y en aquel momento vivía de forma provisional en la casa del padre de un amigo. Comparado con eso (aunque fuera innecesario hacerlo), Menshiki era un hombre que había triunfado de joven en los negocios y había ganado suficiente dinero para permitirse una vida sin estrecheces. Al menos eso es lo que me había contado. Tenía unas facciones equilibradas, cuatro coches ingleses en el garaje y, sin trabajar en nada concreto, se pasaba los días en su elegante casa en lo alto de las montañas. ¿Por qué iba a interesarse en mí una persona como él? ¿Por qué se tomaba la molestia de dedicarme su tiempo a aquellas horas de la noche?

Sacudí la cabeza y volví a la lectura. Pensar no servía de nada. Por muchas vueltas que le diera, no llegaba a ninguna conclusión. Era como pretender terminar un puzle sin todas las piezas, y, sin embargo, no podía evitarlo. Suspiré. Dejé otra vez el libro sobre la mesa, cerré los ojos y me concentré en la música. Sonaba el *Cuarteto de cuerda número 15* de Schubert grabado en el Wiener Konzerthaus.

Desde que vivía en aquella casa escuchaba música clásica casi todos los días. Al pensar en ello, caí en la cuenta de que casi toda era música alemana y austriaca. La mayor parte de la colección de discos de Tomohiko Amada era de música germana. También tenía grabaciones de Chaikovski, Rajmáninov, Sibelius, Vivaldi, Debussy o Ravel, casi como por obligación; y dado que era aficionado a la ópera, también tenía alguna cosa de Puccini y de Verdi, aunque comparado con el catálogo de óperas alemanas, no era nada del otro mundo. Se notaba cierta falta de entusiasmo.

Quizá los recuerdos que tenía Tomohiko Amada de su época de estudiante en Viena eran demasiado intensos. Tal vez era esa la razón de su afición por la música germana. O tal vez sucedía lo contrario. Quizá siempre le había gustado esa música y, precisamente por eso, había elegido Viena para estudiar en lugar de Francia, por ejemplo. Sin embargo, no tenía forma de saberlo.

De todos modos, no podía quejarme por que en aquella casa se le diera un trato preferente a la música clásica alemana. Yo solo vivía allí de forma temporal, y eso me daba la oportunidad de escuchar su colección de discos. Disfruté mucho con la música de Bach, de Schubert, de Brahms, de Schumann y de Beethoven. Por supuesto, no podía faltar Mozart. Era una música preciosa, profunda y elegante. Hasta aquel momento, nunca había tenido oportunidad de escucharla con la debida calma, pues siempre me había sentido presionado por el trabajo diario, por las cuestiones económicas. Después de instalarme en aquella casa, decidí escucharla toda sistemáticamente. En ese momento sí se daban las circunstancias adecuadas para hacerlo.

Pasadas las once me quedé dormido en el sofá con la música puesta. Debí de dormir unos veinte minutos, y, al despertar, el disco había terminado, la aguja había regresado a su sitio y el plato se había parado. En el salón había dos tocadiscos, uno automático y otro manual. Por seguridad, o sea, para poder dormirme cuando quisiera, normalmente usaba el automático. Guardé el disco en su funda y lo coloqué de nuevo en la estantería. Por la ventana abierta se colaba el coro de insectos. Si cantaban, significaba que la campanilla no sonaba.

Calenté un poco de café y comí unas galletas. Presté atención al alboroto de los insectos nocturnos que inundaba las montañas. Poco antes de las doce y media oí el rugido del Jaguar subiendo despacio la cuesta. Al tomar una curva, las luces del coche atravesaron los cristales de las ventanas. Poco después, el motor se detuvo y oí el ruido característico de la puerta al cerrarse. Respiré profundamente. Tomé un sorbo de café sin levantarme del sofá y esperé a que sonase el timbre de la puerta.

13
De momento, solo es una suposición

Nos sentamos en el salón y tomamos un café. Hablamos de cualquier cosa mientras esperábamos a que llegase la hora. Al principio tocamos algunos temas generales, pero, al cabo de un rato, Menshiki me preguntó con una mezcla de reserva y decisión:

—¿Tiene usted hijos?

La pregunta me sorprendió. No me había parecido la típica persona interesada por ese tipo de cuestiones, sobre todo teniendo en cuenta que apenas nos conocíamos. Más bien era del tipo «yo no me meto en tu vida, tampoco te metas tú en la mía». Al menos eso me había parecido. Al levantar la mirada y encontrarme con su expresión seria, comprendí que no era una cuestión caprichosa surgida sin más. Tuve la impresión de que quería preguntármelo desde hacía tiempo.

—He estado casado cerca de seis años —le contesté—, pero no, no tengo hijos.

—¿No quería tenerlos?

—A mí no me hubiera importado. Era mi mujer quien no quería.

No entré en detalles sobre la razón concreta de su negativa. En ese momento, ya no tenía claro si había sido honesta al decírmelo.

Menshiki vaciló un poco.

—Quizá preguntar este tipo de cosas sea de mala educación —dijo al fin—, pero ¿ha pensado en la posibilidad de que otra mujer distinta a su esposa haya tenido un hijo suyo sin que usted lo sepa?

Volví a mirarlo directamente a la cara, era una pregunta extraña. Por si acaso, rebusqué en los vericuetos de mi memoria, pero no se me ocurrió ninguna posibilidad de que aquello pudiera haber ocurrido. Además, no había tenido tantas relaciones íntimas con mujeres, de manera que, de haber sucedido algo así, me habría enterado de un modo u otro.

—Ocurrir podría haber ocurrido, pero estoy convencido de que es prácticamente imposible.

—Entiendo —dijo Menshiki.

Sorbió su café en silencio mientras meditaba algo.

—¿Por qué me lo pregunta? —me atreví a decirle.

Se quedó un rato en silencio sin dejar de mirar por la ventana. En el cielo brillaba la luna, pero sin la claridad casi sobrenatural de las otras noches. Nubes dispersas avanzaban lentamente desde el mar a la montaña.

—Como ya le conté en otra ocasión —dijo al fin—, nunca me he casado. Siempre he estado soltero. En parte, porque durante mucho tiempo el trabajo me absorbió por completo, pero, más importante que eso, porque vivir con alguien no va ni con mi carácter, ni con mi forma de vida. Puede que, al decirlo así, dé la impresión de que me enorgullezco de ello, pero, para bien o para mal, soy un hombre que únicamente puede vivir solo. No me interesa dejar descendencia. Nunca he querido tener hijos. Es por razones personales, y la mayor parte de ellas se debe al ambiente familiar de cuando era pequeño. —Dejó de hablar un momento para recuperar el aliento—. Sin embargo —continuó—, desde hace algunos años me ha dado por pensar que quizá tenga hijos. Más bien, las circunstancias han hecho que piense en ello.

Me quedé callado a la espera de lo que fuera a decir a continuación.

—Me siento raro hablando de esto con alguien a quien apenas conozco —dijo con una ligera sonrisa dibujada en los labios.

—A mí no me importa que lo haga. Depende de usted.

Entonces caí en la cuenta de que personas con las que no tenía ninguna relación especial solían hacerme confesiones de carácter íntimo. Me sucedía desde niño, y nunca había llegado a entender bien por qué. Tal vez tenía el don de sacar a la superficie los secretos de los demás. Puede que pareciera que sabía escuchar. En cualquier caso, no recordaba que me hubiera aportado nunca beneficio alguno. Después de sincerarse, todo el mundo se arrepentía enseguida de haberlo hecho.

—Es la primera vez que le hablo a alguien de esto —confesó Menshiki.

Asentí en silencio. Normalmente, todos decían lo mismo.

—Sucedió hace unos quince años. Mantenía una relación íntima con una mujer. Por entonces tendría unos cuarenta años y ella alrededor de treinta. Era una mujer muy guapa, muy atractiva. También era inteligente. Siempre me tomé muy en serio nuestra relación, pero desde el primer momento le advertí que no me casaría con ella. Le dejé claro que no tenía intención de hacerlo con nadie. No quería que abrigase vanas esperanzas, y por ese motivo le ofrecí retirarme sin rechistar en el caso de que encontrase a alguien mejor que yo dispuesto a casarse con ella. Al principio me comprendió. Durante todo el tiempo que duró nuestra relación (unos dos años y medio) nos fue muy bien. No discutimos ni una sola vez. Viajamos juntos a muchos sitios y a menudo se quedaba a dormir en mi casa, donde siempre tenía algo de ropa. —Me pareció que pensaba en algo, y guardó silencio durante unos minutos antes de continuar—. Si yo fuera una persona normal, o, mejor dicho, si estuviera más cerca de la normalidad, me habría casado con ella sin pensármelo dos veces. Ya entonces me lo planteaba a menudo, y sin embargo... —Se tomó un tiempo y suspiró—. Al final me decidí por una vida tranquila y solitaria, y ella por una mucho más sana de la que le ofrecía yo. Es decir, *terminó casándose con un hombre normal.*

Hasta el último momento, ella no le dijo que iba a casarse. La última vez que se vieron, fue una semana después de que ella cumpliese veintinueve años. Un día después de su cumpleaños habían cenado juntos en un restaurante de Ginza y él se había percatado de que estaba más callada de lo normal, algo bastante raro en ella. A los pocos días, ella le llamó para decirle que quería ir a verle a su oficina de Akasaka. Le preguntó si podía, y él no puso ninguna objeción. Nunca había estado allí, pero, en ese instante, a él no le extrañó. Era una oficina pequeña donde solo trabajaba él con una secretaria, una mujer de mediana edad, así que no molestaría. Se trataba de una empresa grande, y había épocas en que tenía muchos empleados, pero justo en ese momento estaba empezando un proyecto nuevo y prefería trabajar solo, y cuando llegase el momento de desarrollarlo, emplearía a muchas personas para que lo ejecutaran. Era su forma de actuar.

Su novia llegó un poco antes de las cinco de la tarde. Se sentaron en el sofá de la oficina y hablaron. En cuanto dieron las cinco, le dijo a la secretaria que estaba en la habitación contigua que se marchara a casa. Él solía quedarse trabajando en la oficina. A menudo se enfrascaba tanto en lo que tenía entre manos que no se movía de allí hasta el día siguiente. Había pensado invitarla a cenar en algún restaurante cercano, pero ella rechazó la invitación. No tenía tiempo, se excusó. Se había citado con alguien en Ginza.

—Me dijiste por teléfono que querías hablarme de algo —le dijo él.

—No, nada especial —repuso ella con una sonrisa—. Solo quería verte un rato. Me alegro de haber venido.

Le extrañó que fuese tan franca. Ella prefería aproximarse a las cosas de una manera indirecta. Sin embargo, él no llegó a entender a qué se debía ese cambio de actitud.

Sin decir nada, poco después se sentó en las rodillas de Menshiki. Se abrazó a él y le dio un profundo beso enredando su lengua con la de él. Alargó la mano para aflojar su cinturón y buscar su pene. Ya estaba duro cuando lo sacó. Lo tuvo un buen rato agarrado con la mano y después se agachó para metérselo en la boca. Lo chupó despacio con su lengua larga, suave y caliente.

Todo lo que hacía le dejaba perplejo. En el sexo, ella siempre se había mostrado más bien pasiva. En especial en lo relacionado con el sexo oral. Tanto para practicarlo como para que se lo hicieran. Siempre parecía cautelosa. Ese día, sin embargo, y sin saber por qué, se entregó por completo por voluntad propia. Él no podía dejar de preguntarse qué estaba pasando.

Ella se levantó de repente, se quitó sus elegantes zapatos negros de tacón, los tiró de cualquier manera, se metió las manos debajo del vestido para quitarse las medias y la ropa interior y volvió a sentarse encima de Menshiki usando su mano para ayudarse a introducir el pene de él en su vagina. Estaba muy lubricada, de manera que se movía solo, como si tuviera vida propia. Todo sucedía con una rapidez sorprendente (algo infrecuente en ella, que solía moverse despacio). Cuando quiso darse cuenta, estaba dentro de ella, atrapado entre unas cálidas paredes que le apretaban con firmeza.

Aquel sexo era algo completamente distinto del que habían disfrutado hasta entonces. Contenía a la vez calidez y frialdad, dureza y ternura, aceptación y rechazo. Menshiki experimentó esa extraña mezcla de contrarios, pero fue incapaz de entender el profundo significado de aquello. Ella agitaba su cuerpo encima del suyo, como un bote mecido por olas inmensas en mitad del mar. Perdió el control, y sus gemidos no tardaron en convertirse en gritos. De pronto, él dudó si había cerrado la oficina con llave. Por momentos pensaba que sí y por momentos que no, pero no podía ir a comprobarlo.

—¿No quieres que me ponga un preservativo? —preguntó precavido.

Ella siempre se había cuidado mucho de no tener un descuido y quedarse embarazada.

—Hoy no hace falta —le susurró al oído—. No te preocupes por nada.

Se comportaba de forma totalmente diferente a la habitual, como si hubiera despertado en ella otra mujer dormida hasta entonces, como si se hubiera apoderado de su cuerpo, de su espíritu. Tal vez era un día especial para ella, pensó. Los hombres son incapaces de comprender muchas cosas relacionadas con las mujeres, con sus cuerpos.

El ritmo de sus movimientos se aceleraba poco a poco. Cada vez se mostraba más atrevida. A él no le quedaba otra opción que dejarla hacer. La última fase no tardó en llegar. No pudo controlarse más y eyaculó justo en el momento en que ella lanzó un grito como de pájaro exótico. Como si lo hubiera estado esperando, su útero absorbió todo su semen con codicia, se podría decir. Le vino a la mente la turbia imagen de un extraño animal devorándole en plena oscuridad.

Poco después, ella se levantó, casi como si le expulsara de su interior. Se arregló el vestido sin decir una palabra, guardó sus medias y su ropa interior en el bolso y se encerró en el baño. Se quedó allí un buen rato, tanto que él empezó a inquietarse con la idea de que quizá le había ocurrido algo. Al fin salió. Al aparecer ante él, ya no tenía una sola prenda de su ropa ni un solo pelo fuera de su sitio. Se había retocado el maquillaje. En sus labios lucía la sonrisa sutil y tranquila de siempre.

Lo besó en la boca y le dijo que debía darse prisa. Llegaba tarde. Sin más, salió de la oficina, y ni siquiera se dio media vuelta. Menshiki me explicó que aún oía el sonido de sus tacones alejándose como si fuera ayer.

Fue la última vez que la vio. A partir de aquel día se cortó toda comunicación entre ellos. Nunca contestó a sus llamadas ni a sus cartas. Dos meses más tarde, ella se casó. Se enteró a través de un conocido a quien le extrañó mucho que no le hubiera invitado a su boda, que ni siquiera le hubiera dicho que iba a casarse. Pensaba que Menshiki y ella eran buenos amigos (siempre se cuidaron mucho de que nadie supiera que se trataba de algo más que amistad). Menshiki no conocía al hombre con quien se casó. Jamás había oído su nombre. Ella nunca le había dicho que tuviera intención de casarse, ni siquiera lo había insinuado. Se limitó a desaparecer. Sin más.

Menshiki asumió que aquel violento encuentro sexual en el sofá de su oficina había sido una despedida en toda regla. Muchas veces se acordaba de ese día. A pesar del tiempo transcurrido, aún guardaba un recuerdo sorprendentemente vivo de aquello. Oía los chirridos del sofá, veía cómo se movía su pelo, notaba su cálido aliento junto al oído.

¿Se arrepentía de haberla perdido? Por supuesto que no. Era de ese tipo de personas que nunca se arrepienten. Sabía bien que la vida familiar no era lo suyo. Aunque quisiera a una persona, no podía convivir con ella. Necesitaba sumergirse a diario en la soledad, no toleraba la existencia de alguien que le hiciese perder la concentración. Para él, vivir con alguien equivalía a acabar odiando a esa persona, ya fueran sus padres, su mujer o sus hijos, y eso era lo que temía por encima de cualquier otra cosa. No se trataba de miedo a amar a alguien, sino más bien de miedo a llegar a odiar.

Todo ello no significaba, sin embargo, que no la amase profundamente. De hecho, nunca había amado a otra mujer como la había amado a ella, y era muy probable que no le volviese a suceder. «Aún guardo dentro de mí un lugar especial para ella», me dijo. «Un lugar muy concreto, algo parecido a un santuario.»

¿Un santuario? La elección de esa palabra concreta me extrañó, aunque quizá fuera para él la más apropiada.

Menshiki terminó de contarme su historia. Me había hablado con todo lujo de detalles de un episodio íntimo de su vida personal, pero yo no acababa de encontrar la dimensión sexual. Es decir, tenía la impresión de que alguien me había leído un informe médico. Quizá para él fue algo así.

—Siete meses después de la boda —continuó con el siguiente episodio—, dio a luz a una niña en una clínica de Tokio. Ya hace trece años de aquello. A decir verdad, me enteré mucho tiempo después a través de una tercera persona. —Menshiki clavó la vista durante un rato en el fondo de la taza de café vacía, como si añorase el líquido caliente que había tenido antes—. Esa niña quizás es hija mía.

Lo dijo como si tuviera que estrujarse a sí mismo para sacar de dentro las palabras.

Me miró. Tuve la impresión de que esperaba de mí una opinión, un comentario, pero tardé un rato en descifrar el sentido de su mirada.

—¿Quiere decir que las fechas coinciden? —le pregunté al fin.

—Sí. Las fechas coinciden exactamente. La niña nació nueves meses después de nuestro último encuentro en la oficina. Había venido a verme justo antes de casarse y el día más propicio para quedarse embarazada. No sé cómo explicarlo, pero siento como si me hubiera querido robar el esperma intencionadamente. Esa es mi hipótesis. No esperaba casarse conmigo, pero sí tener un hijo mío. Creo que fue eso.

—¿Y tiene alguna prueba?

—Obviamente no. De momento, solo es una suposición, pero albergo algo parecido a un fundamento.

—¿Y no era demasiado arriesgado para ella? ¿Y si los grupos sanguíneos no coincidían? ¿Y si el presunto padre se da cuenta finalmente? ¿Le parece probable que quisiera asumir semejante riesgo?

—Mi grupo sanguíneo es A, como el de la mayor parte de los japoneses. Creo recordar que el de ella también lo era. Si no se analiza correctamente el ADN, la posibilidad de que se descubra semejante secreto es muy baja. Sí, la imagino perfectamente capaz de calcular ese tipo de riesgos.

—En ese caso, si no es mediante un análisis del ADN, nunca podrá saber si es el padre biológico de esa niña. ¿No es así? Otra posibilidad es preguntárselo directamente a la madre.

Menshiki sacudió la cabeza.

—Eso es imposible. Murió hace siete años.

—¡Vaya! Lo siento de veras. Aún debía de ser muy joven.

—Murió por culpa de la picadura de varias avispas gigantes asiáticas mientras paseaba por la montaña. Era alérgica y no soportó el veneno inoculado por las avispas. Cuando ingresó en el hospital, ya no respiraba. Nadie sabía que tuviera alergia, probablemente ni ella mis-

210

ma. Dejó solos a su marido y a su hija. La niña tiene ahora trece años.

Casi la misma edad de mi hermana cuando murió, pensé.

—Acaba de decirme que tiene razones de peso para pensar que es hija suya, ¿verdad?

—Poco después de morir recibí una carta suya —dijo en un tono de voz sosegado.

Un buen día recibió en su oficina un sobre grande certificado, remitido por un despacho de abogados del que nunca había oído hablar. Contenía otros dos sobres más pequeños mecanografiados. Uno, con el membrete del despacho de abogados, y otro era de color rosa pálido. La carta de los abogados estaba firmada por uno de ellos y rezaba: «Adjunta le remitimos una carta que nos confió en vida la señora (seguido del nombre de su exnovia), quien nos indicó que en caso de fallecimiento se la enviásemos enseguida. De igual modo, nos advirtió que nunca la leyese nadie que no fuera usted».

La carta del abogado continuaba con una descripción objetiva de las circunstancias de la muerte. Menshiki se quedó sin palabras, sin saber cómo reaccionar durante un buen rato. Finalmente, alcanzó unas tijeras y abrió el sobre de color rosa. La carta estaba escrita a mano con tinta azul. Tenía una extensión de cuatro cuartillas y una letra muy hermosa.

Querido Wataru:

Desconozco la fecha exacta en la que esta carta llegará a tus manos, pero cuando eso suceda, yo ya no estaré en este mundo. No sé por qué, pero desde hace mucho tiempo he intuido que moriría joven. Precisamente por eso dispongo con antelación las cosas para después de mi muerte. Si no sirven de nada, mejor para todos, pero si estás leyendo esta carta, eso significará que estoy muerta. Lo pienso y me entristezco profundamente.

En primer lugar me gustaría pedirte disculpas (tal vez no haga falta) porque mi vida no ha tenido nada de extraordinario. Lo sé mejor que nadie. Por eso, marcharme de este mundo tranquilamente, evitando las exageraciones y sin decir nada que no sea imprescindible, es quizá la manera más adecuada de marcharse para una mujer como yo. No obstante, querido Wataru, creo que debería decirte una sola cosa, y que solo debería decírtela a ti. De otro modo, creo que perdería para siempre la oportunidad de ser justa contigo. Por eso he decidido pedir a un abogado conocido mío que te haga llegar esta carta.

Lamento en lo más profundo de mi corazón haber desaparecido tan repentinamente de tu vida para convertirme, como bien sabes, en la mujer de otro hombre, y no haberte dicho una sola palabra al respecto. Supongo que te sorprendería mucho, que te desagradaría. O quizás una persona como tú, que siempre mantiene la serenidad, no se haya extrañado tanto ni sufrido especialmente. De todos modos, en aquel momento no me quedaba otra opción. Espero que me comprendas. Apenas tenía margen para elegir.

Pero, a pesar de todo, sí tuve una opción y eso se resume en un solo hecho, en un solo acto. ¿Recuerdas la última vez que nos vimos? Fue una tarde de principios de otoño en la que me presenté de improviso en tu oficina. Tal vez no lo pareciera, pero en aquel momento estaba muy apurada, me sentía arrinconada, como si hubiera dejado de ser yo misma; y sin embargo, y a pesar de toda mi confusión, hice lo que hice con una clara intención. Nunca me he arrepentido de aquello. Fue algo que tuvo una importancia enorme para mi vida, incluso mucha más que mi propia existencia.

Espero que, después de todo, me comprendas y me perdones. De igual manera, deseo que no te molestes por ello. Te conozco bien y sé que detestas este tipo de cosas.

Querido Wataru, te deseo una vida larga y feliz. Y también deseo que una existencia maravillosa como la tuya se prolongue de algún modo de una forma duradera y fecunda.

Menshiki leyó la carta hasta aprendérsela de memoria (de hecho, me la recitó de principio a fin sin vacilar en ningún momento). A través de aquellas líneas, los sentimientos e insinuaciones terminaron por convertirse en luces y sombras, en el *yin* y en el *yang*. Estaba redactada a la manera de las imágenes dobles, y él, como si fuera un lingüista especializado en una lengua muerta, investigó a lo largo de varios años las distintas posibilidades que parecía sugerir. Extrajo cada una de sus palabras, aisló las frases, las combinó, las entremezcló y las reordenó de múltiples formas, para llegar finalmente a la conclusión de que la niña que dio a luz siete meses después de casarse era, sin duda, el fruto de aquel día en el sofá de cuero de su oficina.

—Encargué a un despacho de abogados con el que tenía buena relación —siguió explicándome— que investigaran sobre la niña. El marido de mi exnovia era quince años mayor que ella y tiene un negocio inmobiliario. Es hijo de un terrateniente y se dedica a administrar sus tierras y sus edificios. También se ocupa de algunas propiedades que no son suyas, pero digamos que no les dedicaba tanta atención. Tiene dinero suficiente para permitirse vivir sin trabajar. La niña se llama Marie. Tras la muerte de su mujer, no ha vuelto a casarse. Tiene una hermana pequeña soltera que vive con ellos para ayudarles. Marie cursa primero de secundaria en un colegio cerca de su casa.

—¿Ha llegado a verla alguna vez?

Se quedó callado un rato como si eligiese con sumo cuidado las palabras que iba a decir.

—Varias veces. De lejos. Nunca he hablado con ella.

—¿Y cómo es?

—¿Quiere decir si se parece a mí? No sabría decirle. No soy capaz de sacar una conclusión. A veces pienso que sí e incluso me da la impresión de que somos como dos gotas de agua. Pero otras veces pienso que no y me doy cuenta de que somos completamente distintos.

—¿Tiene una foto de ella?

Sacudió la cabeza en silencio y dijo:

—No. No porque sea difícil conseguirla, pero no quiero tenerla. ¿De qué serviría llevar una foto suya en mi cartera? Lo que quiero es...

En ese momento se quedó callado. Al dejar de hablar, el alboroto de los insectos llenó el silencio entre nosotros.

214

—Hace poco me dijo que no tenía ningún interés en dejar descendencia.

—Cierto. Nunca me ha interesado. Más bien, he tratado de vivir lo más alejado posible de lo que significa todo eso, y en ese sentido no ha cambiado nada. Sin embargo, lo cierto es que *no soy capaz de apartar los ojos de esa niña.* No puedo dejar de pensar en ella, así de sencillo. Sin ninguna razón en concreto...

No encontraba las palabras adecuadas para responderle.

—Es la primera vez que me pasa algo así —continuó—. Siempre había podido controlarme y me enorgullecía de ello, pero ahora muchas veces soy consciente de lo duro que es estar solo.

—Solo es una intuición —me atreví a decir—, pero tengo la impresión de que me reserva un papel en relación con esa niña. ¿No es así?

Tras una pausa, Menshiki asintió con la cabeza.

—No sé cómo decírselo...

En ese mismo instante caí en la cuenta de que el coro de insectos se había callado. Miré el reloj de pared. Marcaba las dos menos veinte pasadas de la madrugada. Me llevé el dedo índice a los labios y Menshiki se calló. Y aguzamos el oído en ese silencio nocturno repentino.

14
Pero es la primera vez que me encuentro con algo tan extraño

Menshiki y yo dejamos de hablar y nos quedamos quietos para prestar toda la atención a ese silencio repentino. El canto de los insectos paró como había sucedido los dos días anteriores. Una vez más, oí el tintineo casi inaudible de la campanilla abrirse paso en el silencio espeso. Sonó varias veces y, tras una pausa, volvió a hacerlo. Miré a Menshiki sentado frente a mí. Por su gesto, comprendí que también él lo había oído. En su ceño se marcaba una profunda arruga. Movía ligeramente uno de los dedos de su mano apoyada en la rodilla al compás del sonido. Obviamente, no era una ilusión auditiva mía.

Después de prestar atención durante dos o tres minutos, Menshiki se levantó despacio del sofá.

—Vayamos a ver de dónde sale —dijo con voz seca.

Fui a buscar la linterna. Él salió de la casa para ir a por otra que tenía en el coche. Subimos los siete peldaños de la escalera y nos adentramos en el bosque. No había tanta claridad como la primera noche, pero el reflejo de la luna otoñal aún alcanzaba para ver por dónde pisábamos. Dejamos el templete atrás y nos abrimos paso entre las hierbas para llegar hasta el túmulo de piedras. No había ninguna duda. El enigmático sonido salía de entre los huecos de la piedra.

Menshiki caminó despacio alrededor del montículo. Observó atentamente los huecos bajo la luz de la linterna. No se veía nada especial, tan solo piedras cubiertas de musgo y amontonadas en desorden. Miré su cara. Bajo la luz de la luna, parecía una máscara antigua. Me pregunté si él también me veía del mismo modo.

—¿Los otros días también salía de aquí? —me preguntó en un susurro.

—Sí, exactamente en este lugar.

—Es como si alguien lo hiciera sonar debajo de las piedras.

Asentí. Me tranquilizaba comprobar que no estaba loco. Lo que hasta ese momento podían ser solo imaginaciones mías se transformó gracias a las palabras de Menshiki en algo real, concreto. Por tanto, no me quedaba más remedio que admitir que en las costuras de la realidad debía de haberse producido un ligero desgarro.

—¿Qué hacemos? —pregunté.

Menshiki aún iluminaba con la linterna los huecos por donde salía el tintineo y parecía darle vueltas al asunto. Tenía los labios apretados. En el silencio de la noche, me pareció oír el sonido de sus pensamientos.

—Quizás es alguien que pide ayuda —dijo al fin como si hablase consigo mismo.

—¿Y quién demonios puede estar debajo de unas piedras tan pesadas?

Sacudió la cabeza. Había cosas que él tampoco era capaz de entender.

—De momento, volvamos a la casa —dijo agarrándome suavemente del hombro—. Al menos tenemos claro de dónde viene el sonido. Hablemos con calma sobre qué vamos a hacer a partir de ahora.

De la espesura del bosque salimos al claro que se abría frente a la casa. Menshiki abrió la puerta del coche, dejó la linterna y sacó una pequeña bolsa de papel que había en el asiento. Entramos en casa.

—¿Tiene whisky? Me gustaría tomarme uno —me pidió Menshiki.

—¿Le vale un escocés normal?

—Por supuesto. Solo, por favor, y, si no es mucho pedir, también un vaso de agua sin hielo.

Fui a la cocina donde guardaba una botella de White Label. Serví dos copas, llené un vaso de agua mineral y volví al salón. Nos sentamos uno frente al otro sin decir nada y nos bebimos el whisky. Me levanté para ir a buscar la botella y volví a llenar su vaso. Lo sostuvo en la mano, pero no bebió. En medio del silencio de la madrugada, aún se oía la campanilla. A pesar de ser un sonido apenas audible, no cabía duda de que sonaba con cierta insistencia.

—He visto y he oído muchas cosas hasta ahora —dijo Menshiki—, pero nunca algo tan extraño. Reconozco que la primera vez que me lo contó no le creí. No imaginaba que ese tipo de cosas sucediesen en la realidad.

Me llamó la atención su forma de expresarlo.

—¿A qué se refiere exactamente?

Levantó los ojos y me miró un buen rato sin decir nada.

—Hace tiempo leí sobre algo parecido en un libro.

—¿También se oía un tintineo a medianoche?

—Para ser exactos, el libro hablaba del sonido de un gong, no de una campana. Uno de esos gongs antiguos usados en los rituales budistas que se golpean como con un pequeño martillo de madera mientras se recitan oraciones. Según el libro, el tañido se oía también en plena noche.

—¿Era una historia de fantasmas?

—Quizá sea más preciso decir que se acercaba al género de misterio. ¿Ha leído un libro de Akinari Ueda titulado *Cuentos de lluvia de primavera?*

Negué con la cabeza y dije:

—Hace tiempo leí de ese autor los *Cuentos de lluvia y de luna,* pero ese libro no.

—Es una antología de los cuentos escritos en los últimos años de su vida, casi cuarenta años después de los *Cuentos de lluvia y de luna.* En el primero tiene más importancia la estructura de la historia; en el último, sus ideas, sus pensamientos como el hombre de letras que era. Hay un cuento muy extraño titulado «El lazo de las dos vidas». El protagonista vive una situación parecida a la suya. Es el hijo de una familia rica de campesinos, un estudioso al que le gusta leer a medianoche y que en ocasiones oye el sonido de un gong que llega de debajo de unas piedras en el jardín. Extrañado, un día encarga a alguien que excave allí y, al levantar una gran losa, descubren algo parecido a un ataúd. En el interior encuentran a una persona delgada como un pescado seco, sin carne apenas. El pelo le llega hasta la rodilla y tan solo mueve una mano, con la que golpea el gong con un trozo de madera. Al parecer, se trataba de un monje que se hizo sepultar en vida para alcanzar la iluminación eterna a través de la meditación. A través de lo que se conocía como «concentración meditativa». Una vez que el cuerpo se había momificado, se desenterraba y se depositaba en un templo. El hombre del cuento debió de ser un monje de renombre, y con toda probabilidad su alma alcanzó el nirvana, tal como quería, y su cuerpo sin alma debió de continuar viviendo. La familia del protagonista vivía en ese lugar desde hacía diez generaciones, y aquello había sucedido mucho antes, cientos de años atrás. —Menshiki se quedó callado después de contarme aquello.

—¿Quiere decir que aquí cerca ocurre algo parecido? —pregunté.

Negó con la cabeza y contestó:

—Bien pensado, es imposible. El cuento solo relata una historia de misterio sucedida en el periodo Edo. Akinari tuvo conocimiento de ella porque era muy popular en su tiempo. La reorganizó a su manera y después escribió su propia historia. Lo curioso, sin embargo, es que lo que cuenta allí coincide con lo que sucede aquí.

Agitó ligeramente el vaso de whisky. El líquido de color ámbar se movió al compás de los movimientos de su mano.

—¿Y después de desenterrarlo qué ocurría?

—Algo muy extraño —continuó con cierta vacilación—. Algo que refleja muy bien la cosmovisión del propio Akinari Ueda en los últimos años de su vida. Una percepción del mundo muy cínica, me atrevería a decir. Tuvo una juventud difícil y le tocó sufrir, pero prefiero no contarle más. Es mejor que lo lea usted mismo. —Menshiki sacó un libro viejo de la bolsa de papel que había cogido del coche y me lo dio. Era una antología de textos clásicos japoneses. Estaban los *Cuentos de lluvia de primavera* al completo y también los *Cuentos de lluvia y de luna*—. Cuando me habló de este asunto, me acordé enseguida del cuento. Lo tenía entre mis libros y volví a leerlo. Se lo regalo. Léalo si quiere. Es un cuento breve, no le llevará mucho tiempo.

—Todo esto es muy extraño, ¿no le parece? —dije tras darle las gracias por el regalo—. No tiene ningún sentido, pero leeré el libro, por supuesto. Sin embargo, aparte de eso, ¿qué puedo hacer? No me veo capaz de dejar las cosas como están y quedarme de brazos cruzados. Si de verdad hay alguien ahí debajo enviando mensajes de socorro todas las noches, me da igual si es con una campanilla o con un gong, no tengo más opción que sacarle. ¿No le parece?

—No podemos levantar todas esas piedras con nuestras propias manos —contestó Menshiki con gesto serio.

—¿Debería llamar a la policía?

—La policía no servirá para nada —dijo sacudiendo la cabeza enérgicamente—. Estoy seguro. Si va usted con el cuento de que oye una campanilla a medianoche debajo de un montón de piedras en pleno bosque, no le harán ningún caso. Como mucho, pensarán que está loco de atar, y eso empeorará las cosas. Es mejor dejarlo tal cual.

—Pero si va a continuar así todas las noches, mis nervios no lo resistirán. No voy a poder dormir, y al final no me quedará más remedio que marcharme de aquí. No tengo la menor duda de que ese ruido nos avisa de algo.

Menshiki se quedó pensativo un buen rato y luego dijo:

—Para retirar todas esas piedras necesitaremos la ayuda de un profesional. Un conocido mío es paisajista. Nos llevamos bien y en su empresa están acostumbrados a mover grandes piedras. Quizá podrían traer una excavadora pequeña y retirar todas esas piedras, para después poder excavar fácilmente.

—Tiene usted razón, pero para hacer eso veo dos problemas —señalé—. En primer lugar, debo pedir permiso al hijo de Tomohiko Amada, que es el propietario de la tierra. No puedo hacer algo así sin consultárselo. En segundo lugar, no tengo suficiente dinero para pagar todo eso.

—No se preocupe por el dinero —dijo Menshiki, y sonrió—. Yo me hago cargo. Ese conocido mío me debe algún favor y creo que lo hará por un módico precio. No sufra por eso. ¿Se encarga usted, entonces, de llamar al hijo de Amada? Si le explica la situación, dudo que le ponga algún problema. Si hay alguien ahí encerrado y le dejamos morir, tal vez le acusen a él como propietario.

—Pero no me atrevo a pedirle a usted tanto. Al fin y al cabo, este asunto ni le va ni le viene.

—Se lo comenté hace tiempo —dijo en un tono de voz tranquilo, levantando las manos que tenía apoyadas en las rodillas y abriéndolas como si quisiera atrapar gotas de lluvia—. Soy una persona muy curiosa. Me gustaría saber cómo evoluciona a partir de ahora esta historia tan extraña. No es algo que suceda todos los días. De momento, no se preocupe por el dinero. Entiendo sus argumentos, pero le pido que se olvide de eso y me permita hacerme cargo.

Le miré a los ojos. Había en ellos una luz intensa que no había visto nunca. Parecían querer decir que, ocurriese lo que ocurriese, no estaba dispuesto a perderse el desenlace de todo aquello, y que si no entendía algo, insistiría hasta lograrlo. Quizás era ese, precisamente, el fundamento de su vida.

—De acuerdo —accedí—. Mañana mismo llamaré a Masahiko.

—Yo también llamaré al paisajista. Por cierto, me gustaría preguntarle algo.

—Dígame.

—No sé cómo planteárselo, pero ¿le ocurren a menudo este tipo de cosas, me refiero a este tipo de asuntos casi paranormales?

—No. Es la primera vez. Solo soy un tipo corriente con una vida corriente. Todo esto me tiene muy confundido. ¿Y a usted?

En su rostro se dibujó una sonrisa ambigua.

—He vivido episodios extraños. También he visto y oído cosas imposibles de aceptar por el sentido común, pero es la primera vez que me encuentro con algo tan extraño.

Nos quedamos en silencio, oyendo el tintineo de la campanilla en el silencio de la noche. Pasadas las dos y media se detuvo de repente, como había sucedido los otros días.

—Ha llegado el momento de irme —dijo Menshiki—. Gracias por el whisky. Le llamaré pronto.

Subió a su resplandeciente Jaguar plateado y se marchó bajo la luz de la luna. Sacó la mano por la ventanilla y la sacudió ligeramente. Le devolví el saludo. Cuando el ruido del motor se desvaneció, caí en la cuenta de que solo se había tomado un vaso de whisky, el segundo lo había dejado intacto, y de que el alcohol no había producido ningún cambio aparente en él, ni físico, ni en su forma de comportarse, como si hubiera estado bebiendo agua. Supuse que resistía bien el alcohol. Además, no debía conducir una distancia larga. La calle por la que circulaba era de uso casi exclusivo de los vecinos, y a esas horas de la madrugada no se encontraría con nadie.

Entré en la casa, llevé los vasos al fregadero y me metí en la cama. Pensé en toda esa gente que vendría en breve con sus máquinas para levantar las piedras y excavar un agujero. Todo aquello me parecía irreal. Antes de que sucediera, debía leer la historia de Akinari Ueda, pero lo haría al día siguiente. A la luz del día, todo parecería distinto. Apagué la lámpara de la mesilla de noche y me dormí arrullado por el canto de los insectos.

A las diez de la mañana llamé a Masahiko Amada a su trabajo para explicarle la situación. No le hablé de la historia de Akinari Ueda, pero sí le dije que había pedido a un conocido que viniera a medianoche para confirmar que se oía una campanilla, y asegurarme así de que no sufría alucinaciones.

—Es muy extraño —dijo Masahiko—. ¿De verdad crees que hay alguien haciendo sonar una campanilla debajo de esas piedras?

—No lo sé, pero no puedo quedarme así sin hacer nada. Lo oigo todas las noches.

—Si excavas y aparece algo extraño, ¿qué harás?

—¿Algo extraño como qué?

—Ni idea. A veces es mejor dejar los misterios tal y como están.

—Ven una noche y escúchalo tú mismo. Entenderás que no podemos quedarnos de brazos cruzados.

Masahiko suspiró al otro lado del teléfono.

—No, gracias —dijo—. Siempre he sido un miedoso y nunca me han gustado las historias de fantasmas. Prefiero no saber nada de eso. Lo dejo en tus manos. A nadie le importará que levantes unas cuantas piedras amontonadas en el bosque y que excaves un agujero. Haz lo que quieras, pero solo te pido que no desentierres cosas raras.

—No sé qué encontraremos, pero te llamaré en cuanto sepa algo.

—Yo que tú, me pondría tapones en los oídos y me olvidaría del asunto.

Después de colgar, me senté en el salón para leer la historia de Akinari Ueda. Leí primero el texto original y después su adaptación al japonés moderno. En la versión actualizada había algunos detalles distintos, pero, como me había dicho Menshiki, lo que contaba se parecía mucho a lo que estaba viviendo yo. En el relato, el sonido del gong empezaba a oírse sobre las dos de la madrugada. La misma hora. Sin embargo, yo no oía un gong sino una campanilla. En el cuento, los insectos no enmudecían. El protagonista oía el gong entremezclado con sus chirridos. Aparte de esas pequeñas variaciones, se trataba de un caso muy parecido al mío. Tanto, de hecho, que me quedé atónito.

Aunque estaba disecada, la momia desenterrada del monje movía las manos obstinadamente haciendo sonar el gong. Las movía con una vitalidad espantosa, casi como un autómata. Al descubrirlo, todo el mundo pensó que le habían enterrado mientras recitaba una oración y sacudía el gong. El protagonista de la historia vistió a la momia, le dio agua. Al poco tiempo empezó a alimentarse de arroz hervido y a engordar gradualmente hasta recuperar un aspecto no muy distinto al de cualquier persona normal. Sin embargo, en la persona renacida no se apreciaba un solo indicio de que hubiera alcanzado el nirvana. No era especialmente inteligente, sabio o íntegro. Había perdido la memoria por completo. No recordaba el tiempo que había estado allí enterrado ni el motivo. Empezó a comer carne y se despertó en él el apetito sexual. Acabó casándose y ganándose la vida haciendo tareas miserables como sirviente. Y la gente comenzó a llamarle Josuke «el del Nirvana». Al comprobar el lamentable estado en el que emergió de las profundidades de la tierra, la gente del pueblo perdió todo el respeto por los preceptos budistas. Para ellos, solo era alguien que había pagado con su vida la entrega a esos preceptos. Empezaron a despreciarlos y, poco a poco, se fueron alejando del templo.

Esa era la historia del cuento. Como había dicho Menshiki, reflejaba claramente la cínica visión que tenía del mundo su autor una vez alcanzada la vejez. No se trataba de una simple historia de misterio o de fantasmas:

Las enseñanzas del budismo son insustanciales. Aquel hombre había pasado más de cien años enterrado bajo tierra sin dejar de hacer sonar el gong, para acabar convertido en un simple saco de huesos sin haber conseguido ninguna virtud milagrosa.

Tras releer el cuento un par de veces, empecé a dudar respecto a qué debía hacer. Si retirábamos las piedras y descubríamos un agujero donde yacía una momia abyecta en un estado terrible, ¿qué debía hacer con ella? ¿Cómo había que tratarla? ¿Iba a ser yo el responsable de su resurrección? ¿No sería mucho mejor dejar las cosas como estaban, ponerme tapones en los oídos por la noche y olvidarme del asunto como sugería Masahiko Amada?

Aunque me hubiera decidido por esa última opción, no bastaría con utilizar tapones para los oídos. Estaba convencido de que no podría escapar del ruido hiciera lo que hiciese. Incluso me dio por pensar que, aunque me mudase a otro sitio, la campanilla me perseguiría. Por otra parte, sentía una enorme curiosidad, como le sucedía a Menshiki. Quería descubrir qué había debajo de aquellas piedras.

Menshiki llamó después del mediodía.

—¿Tiene la autorización del señor Amada? —me preguntó.

Le hablé de mi llamada a Masahiko y de su respuesta. Por él podíamos hacer lo que quisiéramos.

—Estupendo —dijo Menshiki—. Ya lo he arreglado todo con el paisajista. No le he dicho nada sobre la campanilla. Tan solo le he pedido que nos ayude a levantar unas cuantas piedras para cavar un agujero. Quizá sea un poco precipitado, pero resulta que esta tarde tiene tiempo, y quería ir a echar un vistazo para empezar mañana mismo por la mañana temprano. ¿Le parece bien?

Por mi parte no había problema.

—En cuanto vea de qué se trata, llevará la maquinaria necesaria y el trabajo estará listo en unas horas. Yo también iré para ver cómo va todo.

—Y yo. Avíseme cuando vayan a venir, por favor.

—Antes de colgar, me acordé de algo—. Por cierto, quería hablarle de aquello sobre lo que estuvimos conversando antes de que la campanilla nos interrumpiese...

Menshiki no pareció entender a qué me refería.

—En este momento no caigo.

—De esa niña de trece años, Marie, su supuesta hija biológica. Me estaba diciendo algo que dejamos a medias.

—Ah, sí. Es cierto —dijo él—. Lo había olvidado por completo. En algún momento le hablaré de ello, no se preocupe. No hay prisa. Cuando solucionemos este asunto que tenemos ahora entre manos se lo contaré.

Después de hablar con él, ya no fui capaz de concentrarme en nada. No dejaba de preguntarme qué habría bajo aquellas piedras. Ya podía ponerme a leer, a escuchar música o a preparar la comida, el caso es que era incapaz de quitarme de la cabeza la imagen de una momia disecada como si fuera un pescado seco.

15
Esto no es más que el comienzo

Menshiki volvió a llamarme por la noche para decirme que el trabajo empezaría al día siguiente, miércoles, a las diez.

Amaneció lluvioso. Era una lluvia fina e intermitente, pero que no interrumpía el trabajo. De hecho, ni siquiera hacía falta paraguas. Un gorro o un chubasquero bastaban para protegerse. Menshiki llevaba un gorro impermeable de color verde oliva, como los que usan los ingleses cuando van a cazar patos. Las hojas de los árboles, que ya habían empezado a cambiar de color, tenían un tono más intenso debido a la lluvia.

Los trabajadores llegaron en un camión cargado con una excavadora pequeña. De hecho, era tan pequeña que parecía de juguete, pero obviamente estaba pensada para moverse en lugares estrechos. En total eran cuatro hombres. Uno manejaba la máquina, otro supervisaba el trabajo y los dos últimos eran ayudantes. Todos vestían chubasqueros de color azul y pantalones impermeables. Calzaban botas de trabajo con gruesas suelas llenas de barro. Se protegían la cabeza con cascos. Menshiki y el supervisor parecían conocerse bien. Charlaban animadamente de algo junto al templete, pero por muy íntimos que parecieran, el supervisor le trataba con respeto y distancia.

Si era capaz de movilizar a un equipo de trabajo como ese en un abrir y cerrar de ojos, eso quería decir que Menshiki sabía mover los hilos. Yo observaba toda aquella actividad entre admirado y desconcertado. Me resignaba a que se me fuera de las manos, como cuando de niño jugaba con mis amigos y de pronto aparecían los mayores y nos quitaban de en medio. Aquella situación me recordaba un poco a lo que experimentaba entonces.

Allanaron el terreno con palas, piedras y tablones, para asegurar el lugar donde iba a trabajar la máquina. Poco después, la excavadora empezó a levantar las piedras. Las hierbas altas que ocultaban el túmulo desaparecieron enseguida bajo las orugas de la excavadora. Observábamos desde la distancia cómo levantaba las piedras una a una y las colocaba en otro lugar. El trabajo en sí mismo no tenía nada de especial. Era algo rutinario, repetido a diario. Los hombres trabajaban con calma, en orden, como harían en cualquier otra parte. De vez en cuando, el hombre de la excavadora se detenía para decirle algo al supervisor. Nada especial. Tan solo intercambiaban unas palabras sin necesidad de parar la máquina.

Sin embargo, yo no era capaz de contemplar todo aquello con calma. Cada vez que levantaban una piedra me inquietaba más. Sentía como si aquella máquina fuera desvelando en mí un oscuro secreto que llevaba escondido mucho tiempo. El problema era que ni yo mismo conocía el contenido de aquel oscuro secreto, y varias veces quise que parasen. Desvelarlo con una máquina tan poderosa no me parecía la forma de abordar el asunto. Masahiko había dicho que algo tan extraño debía permanecer enterrado, tal como estaba. Me dieron ganas de agarrar a Menshiki por el brazo, de ponerme a gritar que parasen, que volviesen a colocar las piedras en su sitio.

Ya era tarde, obviamente. Habíamos tomado una decisión y el trabajo estaba en marcha. Había mucha gente implicada, había dinero de por medio (no sabía cuánto, pues Menshiki se hacía cargo), y ya no podía detenerlo. Las cosas avanzaban independientemente de mi voluntad.

Como si adivinase mis sentimientos, Menshiki se me acercó y me dio un golpecito en el hombro.

—No hay nada de que preocuparse —dijo con calma—. Va todo bien. No tardaremos en despejar muchas incógnitas.

Asentí en silencio.

Antes del mediodía habían retirado la mayor parte de las piedras. Estas, que habían estado amontonadas sin orden ni concierto formando un túmulo, yacían ahora ordenadas en una pequeña pirámide a unos pocos metros de distancia de su emplazamiento original. Daba la impresión de que estaban allí por alguna razón concreta. Sobre ellas caía una lluvia fina y silenciosa. Sin embargo, no acababa de aparecer la tierra. Bajo las piedras solo había piedras y más piedras. Eran unas losas más o menos planas y regulares, que estaban colocadas formando una plataforma de dos metros por dos de lado.

—¿Qué debe de ser esto? —le preguntó el supervisor a Menshiki—. Hay más de las que parecía, y da la impresión de que hay un hueco debajo. Voy a meter una vara metálica por una de las aberturas para calcular la profundidad.

Menshiki y yo nos subimos con cautela a una de las losas. Estaba ennegrecida, húmeda y resbaladiza. La habían tallado a mano, aunque el paso del tiempo había terminado por redondear las aristas, por abrir rendijas entre ellas. Tal vez brotaba de allí el sonido de la campanilla. Me agaché para mirar adentro. Estaba completamente a oscuras. No se veía nada.

—Quizás usaron estas losas para tapar un antiguo pozo —dijo el supervisor—, aunque me parecen demasiado grandes para algo así.

—¿Y pueden levantarlas? —le preguntó Menshiki.

El supervisor se encogió de hombros.

—No estaba previsto y complica un poco las cosas, pero supongo que sí. Con una grúa resultaría más fácil, pero no se puede subir hasta aquí arriba. Si nos la ingeniamos, imagino que bastará con la excavadora. Las losas no parece que pesen mucho y entre una y otra hay huecos. Ahora nos vamos a tomar el descanso del mediodía y aprovecharemos para pensar algo. Volveremos al trabajo más tarde.

Menshiki y yo entramos en casa para comer algo ligero. Preparé unos sándwiches de jamón, lechuga y pepinillo y salimos a la terraza para comer mientras contemplábamos la lluvia.

—Todo esto nos va a retrasar con el retrato, que es más importante —le dije.

Menshiki sacudió la cabeza.

—No hay prisa. Primero debemos solucionar este extraño asunto. Después retomaremos el trabajo.

No pude evitar preguntarme si de verdad quería Menshiki que le pintase un retrato, no era algo que se me hubiera ocurrido en ese momento. Desde el principio había albergado esa sospecha. ¿De verdad lo quería? ¿No pretendía acaso acercarse a mí por otra razón y por eso me había encargado el retrato? ¿Y cuál podía ser su verdadero objetivo? Por muchas vueltas que le diese, no se me ocurría nada. Tal vez solo quería descubrir qué había debajo de aquellas piedras. No. Eso no podía ser. Aquello había comenzado después de que él me encargara el retrato, de manera repentina. Lo que ocurría es que no dejaba de sorprenderme su entusiasmo, el hecho de que se gastase tanto dinero sin tener nada que ver con el asunto.

Mientras pensaba en todo aquello, me preguntó:

—¿Ha leído ya «El lazo de las dos vidas»?

Le dije que sí.

—¿Qué le ha parecido? Una historia extraña, ¿verdad?

—Sin duda.

Menshiki me observó durante un rato antes de volver a hablar.

—Esa historia siempre me ha fascinado —dijo—. En parte es por eso por lo que quiero saber de dónde viene el ruido de la campanilla.

Di un sorbo al café y me limpié con una servilleta. Dos grandes cuervos volaron por encima de la valla sin dejar de graznar. La lluvia no parecía molestarles en absoluto. El único efecto que tenía sobre ellos era que el negro azabache de sus alas se veía aún más intenso.

—Yo no sé mucho sobre budismo y desconozco los detalles —le dije—, pero los monjes que decidían practicar la «concentración meditativa», se metían en un ataúd y decidían morir por voluntad propia, ¿no es eso?

—Exacto. Originariamente, el término «concentración meditativa» se refiere a alcanzar el nirvana, a descubrir la verdad absoluta. Pero para distinguir una cosa de otra, también existe la «concentración meditativa en vida», en estos casos se acondicionaba una especie de cámara bajo tierra, se colocaba una caña de bambú a modo de respiradero y, antes de enterrarse allí, los monjes se sometían a una dieta ascética durante una temporada para preparar el cuerpo con el fin de que no se descompusiera después de morir y se pudiera momificar.

—¿Una dieta ascética?

—Quiere decir subsistir a base de hierbas y frutos de los árboles. No comían nada cocinado y tampoco ningún tipo de cereal, con el objetivo de eliminar toda la grasa y el agua de su cuerpo. Transformaban su organismo para que el proceso de momificación se desarrollara sin problemas, y entonces se metían bajo tierra. Sepultados en la oscuridad, sin comida ni bebida, los monjes recitaban sutras sin parar mientras golpeaban un gong o hacían sonar una campanilla. El ruido se oía a través del bambú, y cuando se interrumpía, era la señal inequívoca de que el monje había muerto. Con el paso del tiempo, su cuerpo se iba momificando. Al parecer, debía desenterrarse después de tres años y tres meses.

—¿Y para qué hacían eso?

—Para convertirse en budas. Para alcanzar el nirvana sin sacrificar el cuerpo. De ese modo creían llegar a un estado en el que superaban el ciclo de la vida y de la muerte, y al hacerlo contribuían a la salvación de otros seres vivos, les facilitaban el camino al nirvana. Las momias desenterradas se instalaban en los templos, la gente les rezaba y así creían salvarse.

—En realidad parece una especie de suicidio.

—Precisamente por eso —asintió Menshiki—, durante el periodo Meiji se prohibió esa práctica, y a quienes ayudaban a los monjes en el proceso se les empezó a considerar cómplices de homicidio. En realidad, no se dejó de practicar, pero a partir de entonces se hizo a escondidas. Quizá por eso hubo muchos enterramientos en vida sin que nadie llegase nunca a tener conocimiento de ello.

—¿Y cree usted que ese montón de piedras oculta a uno de esos monjes?

—No lo sé. Hasta que no las retiremos todas no podremos saberlo, pero hay muchas posibilidades de que así sea. No hemos encontrado ninguna caña de bambú como tubo de ventilación, pero el aire entra por las aberturas entre las piedras, y puede que el sonido salga por ahí.

—¿Y de verdad cree usted que hay alguien vivo ahí abajo que se dedica a hacer sonar una campanilla?

—Esa posibilidad va contra el sentido común —dijo tras negar con la cabeza.

—Alcanzar el nirvana es algo muy distinto al simple hecho de morir, ¿verdad?

—Muy distinto. Tampoco yo soy experto en las doctrinas budistas, pero a mi entender el nirvana es un estadio que se sitúa más allá del ciclo de la vida y de la muerte. Se cree que cuando el cuerpo muere, el espíritu alcanza un lugar más allá de este mundo. Al fin y al cabo, el cuerpo solo es un refugio temporal del alma.

—Y si los monjes alcanzaban el nirvana, ¿podían regresar después a su cuerpo?

Me miró sin decir nada. Comió un poco de su sándwich y dio un sorbo al café.

—¿Qué quiere decir exactamente? —me preguntó después.

—Hace cuatro o cinco días no se oía la campanilla. —Traté de explicarme—. De eso estoy seguro. De haber sido así, me habría dado cuenta enseguida. No es algo que a uno se le pase por alto. Es decir, que si hay alguien ahí debajo, no hace mucho que toca la campanilla.

Menshiki dejó la taza de café en el plato y contempló pesaroso el conjunto mientras pensaba en algo.

—¿Ha visto alguna vez a un buda momificado de verdad? —preguntó.

Negué con la cabeza.

—Yo sí. He visto varios. De joven viajé por la prefectura de Yamagata y vi algunas momias conservadas en templos. No se sabe la razón, pero hay muchas en la región de Tohoku, al norte del país, en especial en la prefectura de Yamagata. No es una visión agradable, la verdad. Quizá se deba a que no creo en nada, pero al verlas con mis propios ojos, no sentí ni agradecimiento, ni reverencia, ni nada por el estilo. Eran unas simples figuras pequeñas, marrones, resecas. Quizá no suene respetuoso, pero tanto por su color como por su textura, me recordaban a esa carne seca de ternera que venden en los supermercados. En realidad, el cuerpo solo es una morada temporal, y antes o después se vacía. Al menos, esa es la lección que nos enseñan los budas momificados. Por muchos esfuerzos que hagamos, lo único que logramos es convertirnos al final en un trozo de carne seca. —Alcanzó el sándwich a medio terminar y lo miró como si tuviera algo precioso entre las manos, como si fuera la primera vez que veía uno—. De todos modos, esperemos a que terminen de trabajar. Así saldremos de dudas de una vez por todas.

Pasada la una y cuarto regresamos al bosque. Los trabajadores ya estaban manos a la obra. Dos de ellos introducían una cuña de metal entre las piedras y la excavadora las levantaba después atadas a un cable de acero. Repitieron la misma operación una y otra vez. Les llevó cierto tiempo, pero poco a poco las levantaron todas y las colocaron a un lado.

Menshiki fue a hablar con el supervisor y enseguida volvió a mi lado.

—Las piedras no son demasiado gruesas y podrán retirarlas sin demasiados problemas —me explicó—. Al parecer, debajo hay una especie de reja. Aún no saben de qué material está hecha, pero es lo que sostiene las piedras. Cuando terminen con ellas la quitarán. No saben si les costará mucho o no. Tampoco pueden ver lo que hay debajo y en qué estado se encuentra. El supervisor me ha dicho que les llevará un rato, que podemos esperar en casa. Nos avisará cuando esté listo. Dejémosles trabajar a su ritmo, si le parece bien. Aquí no podemos hacer nada.

Regresamos a la casa. Podíamos aprovechar el tiempo para avanzar con el retrato, pero en ese momento me sentía incapaz de concentrarme. Estaba nervioso con todo lo que ocurría. Me inquietaba el hecho de que hubieran aparecido las losas formando esa especie de plataforma de dos metros de lado, y la reja bajo las losas. Y no solo eso, se suponía que debajo de la reja había un espacio hueco. Era incapaz de quitármelo de la cabeza. Menshiki tenía razón. Si no despachábamos ese asunto lo antes posible, no íbamos a ser capaces de seguir adelante con nada que tuviéramos entre manos. Menshiki sugirió escuchar un poco de música mientras esperábamos. Me pareció buena idea. Dejé que eligiera él. Mientras tanto, yo prepararía algo para cenar.

Eligió una sonata para piano y violín de Mozart. Los altavoces de la marca Tannoy Autograph no tenían nada de extraordinario. Ofrecían un sonido estable, profundo, muy adecuado para la música clásica, especialmente para la de cámara. Eran antiguos y eso significaba que funcionaban bien acoplados al amplificador y al tubo de vacío. Al piano estaba George Szell y al violín, Rafael Druian. Menshiki se sentó en el sofá y se entregó a la música con los ojos cerrados. Yo escuchaba desde un lugar un poco apartado mientras preparaba una salsa de tomate. Había comprado muchos tomates y quería aprovecharlos antes de que se estropearan.

Herví agua en una olla grande y los escaldé para quitarles la piel. Quité las semillas, los trituré y los cociné a fuego lento en una sartén de hierro con aceite de oliva y ajo. De vez en cuando retiraba la espuma. Durante mi vida de casado solía preparar esa salsa. Requería tiempo y esfuerzo, pero en realidad no era difícil. Me gustaba cocinar con música mientras esperaba a que mi mujer volviera del trabajo. Solía elegir jazz antiguo. A menudo Thelonious Monk. De todos sus discos, uno de mis preferidos era *Monk's Music*. Tocaban con él Coleman Hawkins y John Coltrane. Hacían unos solos maravillosos, aunque debo reconocer que cocinar una salsa escuchando a Mozart tampoco estaba nada mal.

No hacía tanto, en realidad, de aquella costumbre mía de cocinar con la música de Monk (solo habían transcurrido seis meses desde mi separación), pero me daba la impresión de que hacía una eternidad, como si fuera un episodio histórico sin importancia, ocurrido no se sabía cuándo, y del que ya solo se acordaba un puñado de gente. ¿Qué estaría haciendo ella en ese momento?, me pregunté de repente. ¿Viviría con otro hombre? ¿Seguiría sola en el apartamento de Hiroo? En cualquier caso, a esas horas estaría trabajando en el estudio de arquitectura. ¿Qué diferencia habría para ella entre la vida que habíamos compartido y la que no? ¿Qué sentiría al respecto? Pensaba en ello, pero no quería profundizar mucho. ¿Le parecería a ella también que el tiempo que pasamos juntos pertenecía a un pasado remoto?

El disco terminó y la aguja empezó a producir un sonido monótono. Fui al salón y me encontré a Menshiki dormido en el sofá con los brazos cruzados sobre el pecho. Coloqué la aguja en su sitio y apagué el tocadiscos. No se despertó. Parecía fatigado. Se oía su respiración. Dejé que descansara. Volví a la cocina, apagué el fuego y bebí un vaso grande de agua fría. Aún tenía un poco de tiempo y decidí saltear cebolla.

Cuando sonó el teléfono, Menshiki ya estaba despierto. Había ido al baño para lavarse la cara y le oía hacer gárgaras. Era el encargado de la obra. Se lo pasé a Menshiki. Hablaron de algo, y Menshiki le dijo que iría enseguida.

—Casi han terminado —anunció.

Había dejado de llover. El cielo seguía cubierto de nubes, pero había más claridad. Parecía que iba a despejarse. Subimos las escaleras a grandes zancadas y nos adentramos en el bosque. Detrás del templete, los cuatro trabajadores miraban dentro del agujero. La excavadora ya había parado. Apenas se oía ruido. En el bosque reinaba tal silencio que provocaba una sensación extraña.

No quedaba una sola piedra en su sitio. La boca del agujero estaba completamente al descubierto. Habían retirado la reja y lo habían dejado todo a un lado. Era una gruesa reja de madera con aspecto de pesar mucho. A pesar de lo vieja que parecía, no estaba podrida. Debajo se veía algo semejante a una cámara de piedra de forma cilíndrica. El diámetro no superaría los dos metros y se hallaba a no más de dos y medio de profundidad. Las paredes estaban forradas de piedra y en el suelo solo parecía haber tierra. Era un espacio vacío. No había nadie pidiendo ayuda. Tampoco una momia reseca. Solo se veía una especie de campanilla. Más que una campanilla, parecía un objeto antiguo hecho con una serie de címbalos sujetos a un mango de madera grabado, de unos quince centímetros. El supervisor iluminó desde arriba con un pequeño foco.

—¿No había nada más? —preguntó Menshiki.

—Nada más. No hemos tocado nada.

—¡Qué extraño! —exclamó Menshiki como si hablase para sí mismo—. ¿De verdad no había nada más?

—Les he llamado en cuanto hemos retirado la reja. Ni siquiera hemos bajado. Está todo tal como lo hemos encontrado —insistió el supervisor.

—Por supuesto —dijo Menshiki en un tono de voz un tanto seco.

—Quizás era un pozo. Debió de secarse y decidieron clausurarlo, pero la boca es demasiado grande y las paredes están demasiado bien rematadas. Algo así debió de costar mucho trabajo. Supongo que se hizo para algo más importante.

—¿Puedo bajar? —preguntó Menshiki.

El supervisor pareció dudar.

—Está bien —dijo con gesto serio—, pero bajaré yo primero. Quiero comprobar que no es peligroso. Si todo va bien, puede bajar usted después. ¿Le parece bien?

—Por supuesto. Como usted diga.

Uno de los hombres acercó una escalera metálica plegable y la extendió hasta alcanzar el fondo del agujero. El supervisor se puso el casco y bajó. Una vez en el suelo, miró bien a su alrededor. Primero miró hacia arriba y luego confirmó con la linterna el estado de las paredes. Después se fijó en la especie de campanilla que había en el suelo, pero no la tocó. Se limitó a mirarla. Removió un poco el suelo con sus botas de trabajo. Golpeó un par de veces con el talón, inspiró con fuerza varias veces y olfateó. Estuvo allí dentro cinco o seis minutos. Después salió.

—No parece que haya ningún peligro. El aire está limpio y tampoco se ven bichos extraños. El suelo es firme. Puede bajar si quiere.

Menshiki se quitó el chubasquero para moverse

con más soltura. Llevaba una camisa de franela y unos pantalones tipo chinos. Se colgó la linterna del cuello y bajó por la escalera. Nosotros le miramos en silencio desde arriba. El capataz iluminó el suelo con un foco. Una vez abajo, Menshiki se quedó de pie en el centro y observó a su alrededor. Primero tocó las paredes y después el suelo. Levantó la campanilla del suelo y la observó a la luz de la linterna. La sacudió ligeramente y, al hacerlo, el sonido que emitió fue, sin lugar a dudas, el mismo que habíamos oído por la noche. No había equivocación posible. Alguien hacía sonar aquel instrumento en plena noche, pero fuera quien fuera ya no se encontraba allí. Tan solo estaba la campanilla. Sin dejar de mirarla movió la cabeza varias veces con un gesto de extrañeza. De nuevo volvió a comprobar las paredes buscando una entrada oculta. No encontró nada. Miró hacia arriba. Parecía perplejo.

Subió unos cuantos peldaños de la escalera y me alcanzó el instrumento. Me agaché para cogerlo. El mango de madera estaba húmedo, frío. Lo sacudí y emitió un sonido vivo. No sabía de qué clase de metal estaba hecho, pero se veía intacto; sucio, sí, pero no oxidado. ¿Cómo podía no estar oxidado después de tanto tiempo?

—¿Qué demonios es eso? —preguntó el supervisor.

Era un hombre de escasa estatura, pero de complexión robusta, que debía de rondar los cuarenta años. Estaba moreno y llevaba una barba rala y descuidada.

—No lo sé. Parece un instrumento antiguo, como sacado de otra época.

—¿Es eso lo que estaban buscando?

—Esperábamos encontrar otra cosa —admití tras sacudir la cabeza.

—Todo esto es muy extraño. No sé cómo decirlo, pero aquí hay algo misterioso. Me pregunto quién y para qué habrá construido esto. Parece muy antiguo, y acarrear hasta aquí todas estas piedras debió de suponer un esfuerzo enorme.

No dije nada. Menshiki salió del agujero poco después. Llamó al supervisor y estuvieron hablando durante un rato. Mientras tanto, me quedé allí sin moverme, con esa especie de campanilla en la mano. Pensé en bajar, pero al final no lo hice, y no por hacer caso a Masahiko Amada, aunque quizá tenía razón al decir que era mejor dejar las cosas como estaban. Tal vez fuera lo más sensato. Dejé el instrumento en el templete y me limpié las manos en el pantalón.

Menshiki se acercó.

—Les he pedido que miren bien ahí abajo. A primera vista solo parece un agujero, pero, por si acaso, comprobaremos bien todos los rincones. Quizá descubramos algo, quién sabe.

Menshiki miró la campanilla que había dejado en el templete.

—Es extraño que solo hayamos encontrado esta cosa ahí abajo. Alguien debía de tocarla en mitad de la noche.

—Tal vez sonaba por sí sola.

—Una hipótesis interesante —dijo Menshiki sonriendo—, pero permítame que lo dude. Alguien ha estado enviando mensajes desde ahí abajo, ya fueran dirigidos a usted, a nosotros dos o a cualquier otra persona. En todo caso, se ha esfumado, o quizá haya escapado.

—¿Escapado?

—Sí, como si quisiera ocultarse.

No entendía qué quería decir.

—Las almas no se pueden ver —se explicó.

—¿Cree en esas cosas?

—¿Y usted?

Fui incapaz de responder a su pregunta.

—No creo que sea necesario creer en las almas —dijo—, pero, visto de otro modo, eso mismo puede significar que tampoco hay que negarse a creer en ellas. Quizá sea una forma retorcida de explicarlo, pero ¿entiende a lo que me refiero?

—Vagamente.

Alcanzó la campanilla y la sacudió un par de veces.

—Imagino que aquí murió un monje mientras tocaba esto al tiempo que recitaba sus oraciones. Una muerte solitaria en un lugar completamente a oscuras, sellado con una tapa muy pesada, encerrado en la profundidad de un pozo; y todo eso, quizá, sin que nadie lo supiera. No imagino qué clase de monje podía ser. No sé si era un monje importante o un simple fanático. Fuera como fuese, alguien colocó cuidadosamente todas esas piedras encima, y lo que pasó después es un misterio. A lo mejor se olvidaron de él. A lo mejor hubo un terremoto y las piedras acabaron así. En los alrededores de Odawara, varios lugares resultaron muy dañados por el gran terremoto de Kanto en 1923. Quizá después de aquello, todo esto cayó en el olvido.

—Entonces, ¿dónde está el buda momificado?

Menshiki negó con la cabeza y contestó:

—No lo sé. Tal vez alguien lo sacó.

—Para hacerlo, tendrían que haber quitado todas estas piedras y luego volver a colocarlas como estaban. Y, en ese caso, ¿quién diablos hacía sonar la campanilla ayer mismo en plena noche?

—¡Uf! —Menshiki repitió el mismo gesto con la cabeza y sonrió ligeramente—. Hemos hecho venir a esta gente con sus máquinas, han levantado todas estas piedras y la única conclusión a la que llegamos es que no entendemos nada de nada. Tan solo hemos encontrado esto.

Por más que miraron y remiraron, los trabajadores no encontraron nada, ni un mecanismo oculto entre las paredes de piedra ni nada parecido. Era un simple agujero de forma cilíndrica, con un diámetro de un metro ochenta y una profundidad de dos metros ochenta, rematado por paredes forradas de piedra. Tomaron todas las medidas del agujero, subieron la excavadora al camión y se marcharon de allí con todas sus herramientas. Allí solo quedó un agujero abierto en el suelo y una escalera metálica. El supervisor tuvo la amabilidad de dejarla allí para que bajásemos si queríamos. También colocaron unos cuantos tablones en la boca del agujero para que no se cayera nadie dentro por accidente, y los aseguraron con unas cuantas piedras. La reja que lo cubría originalmente pesaba demasiado y la dejaron en el suelo cubierta con un hule de plástico.

Menshiki le pidió al supervisor que no hablase con nadie de aquello. Dijo que se trataba de un hallazgo arqueológico al que no quería dar publicidad antes de presentarlo oficialmente. El hombre estuvo de acuerdo.

El asunto quedaría entre ellos y así se lo haría saber a los demás.

Cuando se marcharon, el silencio reinó de nuevo en la montaña, y el pozo adquirió el aspecto de una dolorosa herida tras una complicada operación. Las frondosas hierbas estaban pisoteadas, echadas a perder, y en el suelo húmedo de tierra oscura se veían las marcas de las orugas de la excavadora. Había escampado, pero el cielo seguía cubierto con una monótona capa gris sin fisuras.

Mientras contemplaba las piedras amontonadas un poco más allá, sentí que no debería haber hecho aquello. Tendríamos que haberlo dejado tal cual. Pero, por otro lado, era evidente que no me quedaba alternativa. No podía seguir oyendo noche tras noche ese ruido sin hacer nada. Sin embargo, de no haber conocido a Menshiki nunca habría descubierto aquel lugar. Se dio la circunstancia de que conocía a alguien y de que él asumía el coste, que, por cierto, no tenía ni idea de cuál iba a ser.

¿De verdad era todo producto de la casualidad? Conocer a Menshiki primero, descubrir ese lugar después, ¿se trataba solo de coincidencias? ¿Acaso no encajaba todo demasiado bien? ¿No había tras ello algo parecido a una trama? Regresé a casa con Menshiki sin dejar de hacerme todas esas preguntas para las que no tenía respuesta. Él llevaba en la mano la campanilla. No la soltaba, como si quisiera desvelar algún mensaje cifrado. Nada más entrar en la casa me preguntó:

—¿Dónde la dejamos?

No tenía ni idea. No se me había ocurrido pensarlo. De momento, me pareció bien guardarla en el estudio.

No tenía ganas de estar bajo el mismo techo que aquel objeto misterioso, pero, al mismo tiempo, no me parecía bien dejarla fuera. Puede que fuera un objeto budista importante, que tuviera alma. No podía tratarla de cualquier manera, y la opción del estudio, una especie de zona intermedia, me pareció la mejor. Al fin y al cabo, esa habitación tenía un aire solitario como el de la celda de un monje. Hice un hueco en la estantería donde guardaba los materiales para pintar y la coloqué junto a una taza donde tenía un montón de lápices. Parecía un instrumento de pintura más.

—Ha sido un día extraño —dijo Menshiki.

—Le he hecho perder el tiempo, lo siento —me excusé.

—No se preocupe. Ha sido muy interesante y, además, no creo que hayamos acabado con esto. —En su rostro se dibujó una expresión extraña, como si mirase muy lejos.

—¿Qué quiere decir? ¿Acaso va a suceder algo más?

—No sé cómo explicarlo —Menshiki parecía elegir las palabras con sumo cuidado—, pero me da la impresión de que esto no es más que el comienzo.

—¿El comienzo?

—No tengo ninguna certeza —dijo Menshiki mostrando las palmas de sus manos abiertas—, por supuesto. Tal vez todo acabe aquí y no ocurra nada más. Quizá recordemos más adelante que solo fue un día extraño, y ya está. Sería lo mejor, pero, si lo piensa bien, ¿qué hemos solucionado en realidad? Nada. Aún hay muchas dudas por resolver, *dudas importantes*. Por eso tengo el presentimiento de que va a ocurrir algo.

—¿Se refiere a algo relacionado con ese lugar?

Menshiki miró por la ventana un rato.

—No lo sé —dijo—. Al fin y al cabo, solo se trata de un presentimiento.

Pero el presentimiento de Menshiki acabó haciéndose realidad, por supuesto. Como bien había dicho, aquel día no fue nada más que el comienzo.

16
Un día relativamente bueno

Aquella noche, me costó mucho conciliar el sueño. Me inquietaba la posibilidad de que, pasada la medianoche, empezase a sonar la campanilla en el estudio. ¿Qué podría hacer en ese caso? ¿Fingir que no oía nada? ¿Meterme debajo del edredón y quedarme ahí hasta que se hiciera de día? ¿Ir al estudio con una linterna en la mano? Y, en ese caso, ¿con qué me encontraría?

Sin saber qué hacer, me quedé leyendo en la cama, y cuando el reloj marcó las dos de la madrugada, la campanilla no sonó. Hasta mis oídos solo llegaba el coro habitual de insectos. Leía y cada cinco minutos miraba el despertador en la mesilla. Cuando dieron las dos y media, sentí un gran alivio. Supuse que ya no iba a sonar. Cerré el libro, apagué la luz y me quedé dormido.

Me desperté antes de la siete de la mañana y lo primero que hice fue ir a ver la campanilla al estudio. Seguía tal cual encima de la estantería. Habían salido los primeros rayos de sol y los cuervos ya empezaban a alborotar como de costumbre. A la luz del día no parecía nada siniestro. Era un simple objeto budista, una reminiscencia del pasado.

Fui a la cocina para prepararme un café. Desayuné un dulce medio reseco que tenía por allí olvidado. Salí a la terraza, inspiré el aire de la mañana y contemplé la casa de Menshiki. Los cristales resplandecían con las primeras luces. La empresa de limpieza que tenía contratada debía de encargarse también de limpiar las ventanas. Siempre estaban impolutas. Permanecí allí un rato, pero Menshiki no apareció. Todavía no habíamos llegado a saludarnos con la mano de terraza a terraza.

A las diez y media me monté en el coche para ir a hacer la compra en el supermercado. Volví a casa, guardé lo que había comprado y me preparé algo sencillo para comer: ensalada de tofu y tomate, acompañada de un poco de arroz. Nada más terminar, me preparé un té verde muy intenso. Me tumbé en el sofá y escuché un cuarteto de Schubert. Era una pieza muy hermosa. Leí el texto explicativo que acompañaba al disco. Según decía, en su estreno provocó el rechazo general del público, que la consideraba demasiado innovadora para su tiempo. No entendía exactamente a qué se referían con demasiado innovadora. ¿Algo que disgustaba al público más retrógrado, quizás?

Cuando terminó la cara A del disco, me entró sueño y me quedé dormido tapado con una manta. Fue una cabezada breve, pero intensa. No debieron de pasar más de veinte minutos. Tuve varios sueños encadenados, pero al despertar se me habían olvidado por completo. Sucede a veces, uno sueña fragmentos inconexos que se mezclan entre sí. Quizá cada uno de esos fragmentos tiene una entidad propia, pero al mezclarse la pierden.

Fui a la cocina y bebí directamente de la botella de agua que tenía guardada en la nevera, para expulsar los restos de sueño que aún merodeaban en mi cuerpo como nubes a la deriva. Después confirmé de nuevo que estaba solo, que aún me encontraba en una casa perdida en las montañas. El destino me había llevado a ese lugar. Me acordé de la campanilla. ¿Quién la hacía sonar en ese lugar inquietante escondido en mitad del bosque? ¿Dónde estaba ese alguien en ese momento?

Cuando me puse la ropa de trabajo y entré en el estudio para trabajar en el retrato de Menshiki, ya eran más de las dos de la tarde. Normalmente intentaba trabajar por la mañana. De ocho a doce era cuando más me concentraba. Mientras estuve casado, me quedaba solo en casa durante esas horas, después de despedir a mi mujer cuando se marchaba al trabajo. Me gustaba el silencio que reinaba en la casa. Desde que me mudé a las montañas había empezado a apreciar también el aire puro, la luz límpida de las mañanas, fruto de una naturaleza generosa que no escatimaba nada. Hacía tiempo que para mí era importante trabajar a la misma hora, en el mismo lugar. La repetición produce un ritmo, pero aquella mañana, por el contrario, no hice gran cosa, en parte por no haber dormido bien la noche anterior. Por eso fui al estudio por la tarde.

Me senté en la banqueta a unos dos metros de distancia del retrato a medio terminar y lo observé con los brazos cruzados. Primero había trazado el contorno de Menshiki con un pincel fino. Después, con él como modelo, le había dado cuerpo también con pintura negra. De momento, aquello no era más que un tosco boceto, un esqueleto, pero ya se veía una especie de corriente, una corriente, digamos, que generaba el propio Wataru Menshiki. Incidir en eso era, precisamente, lo que más falta me hacía.

Mientras observaba el esqueleto del retrato en blanco y negro, se me ocurrió qué color podía añadir. Fue algo repentino, natural. Debía ser un color como el de las hojas de los árboles mojadas por la lluvia. Mezclé varios colores en la paleta hasta obtener el tono de verde que buscaba y, tras probar varios, cuando logré que coincidiera con el que tenía en mente, lo utilicé sin tener demasiado en cuenta las líneas ya trazadas. No tenía ni idea de cómo funcionaría en conjunto, pero sabía que ese verde iba a convertirse en una de las claves de la obra. Poco a poco se alejaba cada vez más de los retratos convencionales, pero me daba igual. Y si de aquello finalmente no resultaba ningún retrato, no había nada que hacer. Si encontraba una corriente, solo podía dejarme llevar por ella. De momento, pintaría con toda la libertad creativa que pudiera (y Menshiki estaba de acuerdo). Ya pensaría más adelante en los detalles.

No tenía un plan concreto, un objetivo. Seguí adelante sin más pauta que plasmar con naturalidad todo cuanto se me ocurriera, como un niño que echa a correr por el campo tras una extraña mariposa sin preocuparse por dónde pisa. Cuando terminé de añadir el color a casi toda la superficie del lienzo, dejé la paleta y volví a sentarme en la banqueta a cierta distancia para contemplarlo. Era el color adecuado, pensé, el verde que tenían las hojas del bosque mojadas por la lluvia. Asentí satisfecho. Hacía mucho tiempo que no estaba tan convencido de algo (si se puede decir así) cuando pintaba. Ahora, por el contrario, lo había logrado. Era el color que quería, al menos el que exigía esa fase del retrato. Sobre esa base preparé otros tonos, que utilicé con moderación para darle más cuerpo al conjunto.

Nada más acabar, supe enseguida cuál sería el siguiente color. Naranja. Pero no un naranja cualquiera, sino ese tono que adquieren las cosas al arder. Una metáfora de una vida intensa y, al mismo tiempo, la sugestión de una decadencia, como la de una fruta en el lento proceso de madurar y morir. Lograr ese matiz era más difícil incluso que el del verde. No se trataba de un color sin más. Debía estar íntimamente relacionado con un sentimiento, un sentimiento ligado al destino, pero inmutable a la vez, y lograrlo, como es obvio, no resultaba sencillo. Pero lo hice. Escogí un pincel nuevo y lo apliqué al lienzo. Para determinadas partes me serví también de la espátula. Me parecía que, en ese momento, lo más importante era *no pensar*. Hice un esfuerzo para interrumpir el flujo de los pensamientos y me atreví a añadir un nuevo color al conjunto del cuadro. Mientras pintaba, la realidad desapareció casi por completo de mi mente. En ningún momento pensé en el sonido de la campanilla, en aquella cámara subterránea expuesta ahora al aire libre. Tampoco en mi exmujer, ni en el hecho de que se acostaba con otro hombre. No pensé en mi amante, no pensé en las clases de pintura, ni en nada relacionado con el futuro. Ni siquiera en Menshiki. Entre manos tenía su retrato, pero ya ni siquiera veía su cara. Él era tan solo un punto de partida. En ese momento pintaba para mí mismo. Nada más.

No sé cuánto tiempo pasó. Cuando quise darme cuenta, ya había oscurecido. El sol otoñal había desaparecido por el oeste tras las montañas, pero yo había seguido pintando tan concentrado en el trabajo que ni siquiera se me había ocurrido encender la luz. Cuando me detuve para ver el resultado, comprobé sorprendido que había incorporado cinco colores distintos superpuestos entre sí. En determinadas zonas se mezclaban sutilmente. En otras, unos eclipsaban a los demás.

Encendí la luz, me senté de nuevo en la banqueta y volví a observar el cuadro a cierta distancia. Sin duda, aún no estaba terminado. Pero había algo que brotaba con fuerza, y esa especie de violencia me estimulaba. Era una impetuosidad que había perdido hacía tiempo, pero no bastaba con eso. Necesitaba un elemento central que la aplacase, que le diera una orientación, que la gobernase. Algo como una idea capaz de integrar los pensamientos, pero para encontrarla necesitaba dejar pasar un tiempo. De momento debía permitir que esa explosión de color reposase. La tarea que tenía por delante era, como mínimo, para el día siguiente bajo una luz nueva. A su debido tiempo, pensé, entendería qué era aquello. Ahora debía ser paciente y esperar, como si alguien tuviera que llamarme por teléfono. Confiar en el tiempo, en que este se convirtiera en mi aliado.

Sentado en la banqueta, cerré los ojos y llené los pulmones de aire. Tenía claros indicios de que aquella tarde de otoño algo estaba cambiando en mi interior. Sentía como si mi cuerpo se desmoronase para volver a recomponerse de nuevo. ¿Por qué me ocurría aquello *en ese sitio y en ese preciso momento?* ¿Era el hecho de haber conocido a alguien tan misterioso como Menshiki, y de que me hubiera encargado un retrato, lo que originaba ese cambio en mí? ¿Era acaso porque había movido un montón de piedras de aquel extraño túmulo y lo había dejado al descubierto? ¿Era por culpa del tintineo de la campanilla a media noche? ¿Era algo espiritual o no tenía nada que ver con todo eso y simplemente se trataba de que estaba inmerso en un proceso de transformación personal? Ninguna de las opciones que se me ocurrían parecía tener suficiente peso por sí misma.

Menshiki lo había dicho antes de despedirse: «Me da la impresión de que esto no es más que el comienzo». ¿Significaba eso que acababa de traspasar el umbral del comienzo de algo? Sin duda, hacía mucho tiempo que no sentía tanta emoción por el simple hecho de pintar, por abstraerme en el proceso de un cuadro, ajeno por completo al paso del tiempo. Mientras recogía los pinceles sentí algo parecido a un agradable calor en la piel, y, de pronto, me llamó la atención la campanilla en la estantería. La sacudí dos o tres veces. Su sonido llenó el estudio. Era el mismo sonido que me había inquietado por la noche. No sabía por qué, pero en ese momento no me asustaba. Tan solo me sorprendía que un objeto tan antiguo produjese aún un sonido tan vivo. Volví a dejarlo en su sitio, apagué la luz y cerré la puerta del estudio. Fui a la cocina, me serví un vino blanco y empecé a preparar la cena.

Menshiki llamó un poco antes de las nueve.

—¿Qué tal anoche? —me preguntó—. ¿Oyó la campanilla?

Le expliqué que había estado despierto hasta las dos y media de la mañana y no había oído nada. Había pasado una noche muy tranquila.

—Me alegra saberlo. En ese caso, no ha ocurrido nada extraño desde ayer, ¿verdad?

—No, nada especial.

—Eso está bien. Espero que siga así. Por cierto, ¿podría ir a verle mañana por la mañana? A ser posible, me gustaría examinar de nuevo el agujero tranquilamente. Es un sitio muy interesante.

No me importaba. No tenía nada previsto para la mañana siguiente.

—En ese caso, iré sobre las once.

—Le espero a esa hora.

—Por cierto, ¿ha sido un buen día para usted? —me preguntó.

¿Ha sido un buen día para usted? Sus palabras sonaban como cuando un programa de un ordenador traduce directamente de otro idioma.

—Sí, creo que ha sido un día relativamente bueno —contesté un poco perplejo—. Al menos no ha sucedido nada malo. El tiempo ha sido agradable. ¿Cómo le ha ido a usted? ¿Ha sido también un buen día?

—Hoy me ha ocurrido algo bueno y algo no tan bueno. De momento, sigo en ese estado en el que la balanza aún no se ha decantado hacia un lado o hacia otro.

No supe qué decir y me quedé callado.

—Lamentablemente —continuó—, yo no soy un artista como usted. Pertenezco al mundo de los negocios, más concretamente, al mundo de la información, y normalmente la única información con la que vale la pena negociar es la que puede transformarse en un valor numérico. Por eso tengo la costumbre de dar un valor numérico a las cosas buenas y a las malas. Si el de las buenas es superior, por poco que sea, compensa a las malas. En ese caso puedo decir que ha sido un buen día. Al menos desde el punto de vista de los números.

No llegaba a entender qué quería decir, de manera que continué callado.

—Respecto a lo de ayer —prosiguió—, después de abrir esa cámara subterránea, es probable que hayamos perdido y que hayamos ganado algo a la vez, y me pregunto qué será. Me gustaría descubrirlo. —Guardó silencio como si esperase que le respondiese.

—En mi opinión no hemos ganado nada que podamos convertir en un valor numérico —dije después de reflexionar—. Al menos de momento, quiero decir. Solo hemos encontrado un viejo instrumento musical, pero no creo que tenga valor alguno. No es una antigüedad y tampoco tiene un valor histórico. Sin embargo, sí hemos perdido algo a lo que se le puede dar un valor numérico. Antes o después, la empresa que ha venido a retirar las piedras le enviará la factura.

—No es para tanto. —Menshiki se rio—. No se preocupe por eso. Lo que me inquieta es no haber obtenido todavía *lo que tendríamos que haber obtenido*.

—¿Lo que tendríamos que haber obtenido? ¿A qué se refiere?

Menshiki carraspeó.

—Como ya le he dicho, no soy un artista. Pero sí poseo algo parecido a la intuición, aunque, por desgracia, no sé cómo concretarla. Por muy clara que sea, soy incapaz de darle una forma artística. No tengo esa capacidad.

Esperé en silencio a lo que fuera a decir a continuación.

—Por eso, al no poder traducirla en una forma artística, me he esforzado por convertir las cosas en valores numéricos. Todos necesitamos en la vida un eje central donde apoyarnos, da igual de lo que se trate. ¿No le parece? En mi caso, creo que he tenido más o menos éxito material con ese sistema de transformar mi intuición en valores numéricos. Y según mi intuición... —Se quedó callado durante un rato, y el silencio se podía palpar—. Según mi intuición —continuó al fin—, creo que deberíamos obtener algo de la cámara de piedra que hemos descubierto.

—¿Qué, por ejemplo?

—Todavía no lo sé —dijo negando con la cabeza, o al menos eso me pareció notar al otro lado de la línea telefónica—, pero, en mi opinión, deberíamos intentar descubrir de qué se trata sumando nuestras intuiciones, nuestras distintas formas de hacer las cosas. Yo podría transformarlo en un valor numérico y usted darle una forma artística concreta.

Seguía sin entender adónde quería llegar. ¿De qué me estaba hablando en realidad?

—Entonces, nos vemos mañana a las once —dijo antes de colgar.

Poco después volvió a sonar el teléfono. Era la mujer con quien mantenía una relación. Me sorprendió mucho. No era habitual que llamase a esas horas de la noche.

—¿Podemos vernos mañana a mediodía? —me preguntó.

—Lo siento, pero ya tengo una cita. Acabo de quedar hace un momento.

—No será otra mujer, ¿verdad?

—No. Se trata de Menshiki, le estoy haciendo un retrato.

—¿Un retrato? —preguntó sorprendida—. En ese caso, ¿pasado mañana?

—Pasado mañana estoy completamente libre.

—Estupendo. ¿Te parece bien a primera hora de la tarde?

—Por supuesto, pero ten en cuenta que es sábado.

—Me las arreglaré.

—¿Ocurre algo?

—¿Por qué me lo preguntas?

—Me extraña que llames a estas horas.

Su voz sonaba baja, casi como un susurro, y, desde el fondo de su garganta, se oyó un ruidito como si se esforzase por controlar la respiración.

—Estoy sola en el coche. Te llamo desde el móvil.

—¿Y qué haces en el coche a estas horas?

—Quería estar sola un rato. Las amas de casa a veces necesitamos momentos así. ¿Te parece mal?

—En absoluto.

Suspiró de tal manera que parecían varios suspiros a la vez.

—Me gustaría que estuvieses aquí en este momento y que me follases por detrás. No me hacen falta preliminares. Ya estoy lo bastante excitada. Me gustaría que me lo hicieses con todas tus fuerzas.

—Me encantaría, pero tu Mini parece un poco estrecho para follarte con todas mis fuerzas.

—No seas tan exigente.

—Me las arreglaré, no te preocupes.

—Quiero que me toques las tetas con la mano izquierda y con la derecha el clítoris.

—¿Y qué hago con el pie derecho? Me alcanza para subir el volumen de la radio del coche. ¿Te parece bien un poco de Tony Bennett?

—No estoy de broma. Hablo muy en serio.

—De acuerdo, perdóname. Lo haremos en serio. Por cierto, ¿qué llevas puesto?

—¿Quieres saber cómo voy vestida? —me preguntó en un tono seductor.

—Sí. Depende de lo que lleves puesto, cambia el orden.

Me describió hasta el último detalle. Nunca dejará de sorprenderme el enorme repertorio en el vestuario de las mujeres maduras. Me contó cómo se desnudaba prenda por prenda.

—¿Qué tal? ¿Ya la tienes lo bastante dura?

—Como un martillo.

—¿Puedes clavar clavos?

—Por supuesto.

¿Quién dijo que en este mundo hay martillos que deben clavar clavos y clavos que deben ser clavados con un martillo? ¿Nietzsche? ¿Schopenhauer? O puede que nadie.

Entrelazamos nuestros cuerpos a través de la línea telefónica. Nunca lo había hecho con nadie, pero se expresaba de un modo muy preciso, usaba palabras muy provocadoras, y así acabó convirtiendo un acto sexual imaginario en algo mucho más excitante que el acto físico real. Unas veces, sus palabras eran muy directas, otras, muy sugerentes. Me bastó con escucharla para acabar eyaculando de repente, y ella pareció alcanzar también el orgasmo.

Durante un rato nos quedamos en silencio para recuperar el aliento.

—Entonces, nos vemos el sábado por la tarde —dijo ella cuando se recuperó—. Me gustaría contarte algo sobre el señor Menshiki.

—¿Tienes alguna novedad?

—Sí, gracias a los rumores de la selva. Te lo contaré en persona. Tal vez mientras hacemos cosas obscenas.

—¿Te vas a casa?

—Sí. Es hora de volver.

—Ten cuidado con el coche.

—Lo tendré. Aún tiemblo de excitación.

Me metí en la ducha y me lavé a conciencia. Me puse el pijama y una chaqueta encima, me serví un vaso de vino blanco barato, salí a la terraza y miré hacia la casa de Menshiki. Las luces aún estaban encendidas. Parecía que dentro de la casa estuviera todo iluminado, pero era imposible saber qué hacía allí solo (en el caso de que estuviera solo). Quizá se afanaba por dar un valor numérico a su intuición frente a la pantalla del ordenador.

—Ha sido un día relativamente bueno —dije en voz alta.

Un día relativamente bueno y extraño al mismo tiempo. No tenía ni idea de cómo iba a ser el día siguiente. De repente, me acordé del búho en el desván. ¿Habría tenido él también un buen día? Bueno, en realidad para él el día empezaba justo en ese momento. El día era para dormir en un lugar oscuro, y la noche para salir al bosque a cazar. A un búho era mejor preguntarle por la mañana temprano si ha tenido un buen día.

Me acosté, leí un rato y a las diez y media apagué la luz. No me desperté ni una sola vez antes de las seis del día siguiente. Supuse que la campanilla no había sonado ni una sola vez en toda la noche.

17
¿Cómo se me podía haber pasado por alto algo tan importante?

No podía olvidar las últimas palabras de mi mujer cuando me fui de casa: «Aunque nos separemos de este modo, ¿podemos seguir siendo amigos?». En aquel preciso instante (y aun bastante después) fui incapaz de entender qué quería decir, qué pretendía en realidad. Sus palabras me dejaron atónito. Me sentí como si hubiera comido algo totalmente insípido, y quizá por eso solo pude contestar que no lo sabía. Fue lo último que le dije. Como despedida, sin duda, resultó lamentable.

A pesar de habernos separado, yo sentía como si, en cierto modo, aún siguiéramos conectados por un tubo a través de cual, aunque no se viera, aún bombeaba algo de sangre caliente entre nuestros corazones. Al menos eso era lo que yo sentía, aunque daba por hecho que el tubo no tardaría en romperse. Por tanto, como esa delgada cuerda de salvamento que aún existía entre nosotros se iba a cortar, más valía quitarle la vida cuanto antes, porque, de esa manera, si el tubo se secaba antes como un cuerpo al momificarse, el dolor que le produciría la hoja afilada del cuchillo al cortarlo sería más soportable. Así que debía olvidarme de ella cuanto antes, y por eso intentaba no mantener ningún contacto real. Solo sucedió en una ocasión después de mi viaje, cuando quise pasar a recoger mis cosas. Fue la única conversación que mantuvimos después de separarnos. Algo muy breve.

No me cabía en la cabeza la idea de mantener una relación de amistad una vez roto nuestro matrimonio. Durante los seis años que había durado, habíamos compartido muchas cosas: nuestro tiempo, nuestros sentimientos, palabras, silencios, dudas y decisiones, compromisos y resignación, momentos de placer y de aburrimiento. Ambos teníamos nuestros propios secretos, sin duda, pero incluso eso, la sensación de ocultarnos algo, lo compartimos de algún modo. Habíamos encontrado el «peso de la rutina» que solo puede surgir con el tiempo. Gracias a esa especie de fuerza de la gravedad nuestros cuerpos se habían adaptado el uno al otro y habíamos vivido en equilibrio. Habíamos creado nuestras propias reglas, y anularlas de repente, eliminarlo todo, romper el equilibrio, solo para convertirnos en simples buenos amigos, me parecía sencillamente imposible.

Era muy consciente de ello. Mejor dicho, había llegado a esa conclusión después de pensarlo una y otra vez durante mi largo viaje por el norte de Japón. Le había dado muchas vueltas, y la conclusión era siempre la misma. Era mejor mantener la distancia, cortar todo contacto. Me parecía la forma más adecuada y razonable de enfrentarme a ello, y actué en consecuencia.

Yuzu, por su parte, no se puso en contacto conmigo. No me llamó ni una sola vez, no me envió ninguna carta, y eso a pesar de que había sido ella la que propuso seguir siendo amigos. Por extraño que pueda parecer, su actitud me dolía más de lo que me esperaba. No. A decir verdad, yo mismo me hacía daño. Mis sentimientos no dejaban de oscilar como un péndulo cortante que, de un extremo al otro, dibujaba un gran arco sumido en el silencio. Ese vaivén de mis sentimientos dejó muchas heridas en mi piel, y para ahuyentar el dolor solo tenía un recurso: pintar.

La luz del sol entraba por la ventana del estudio. Una suave brisa agitaba de vez en cuando las cortinas blancas, y en la habitación olía como las mañanas de otoño. Desde que vivía en aquella casa me había hecho muy sensible a los cambios de aroma de las estaciones. En la ciudad, ni siquiera era consciente de que existieran.

Estaba sentado en la banqueta y miraba fijamente el retrato de Menshiki en el caballete. Era mi forma de abordar el trabajo. Recapitular por la mañana con una mirada fresca el resultado del trabajo del día anterior. No tenía prisa por preparar los pinceles.

«No está mal», pensé al cabo de un rato. No estaba nada mal. El día anterior había rodeado el esqueleto de Menshiki con los diferentes colores que había creado. El esqueleto, esbozado en negro, había quedado escondido debajo de los colores, pero se veía claramente que estaba oculto al fondo de todo. Debía traerlo de vuelta a la superficie, transformar una sugerencia en toda una declaración.

No me había comprometido a terminar el retrato. De momento, la idea de acabarlo no era más que una posibilidad. Todavía faltaba algo. Faltaba algo que tenía que existir que reclamaba la legitimidad de su ausencia. Las cosas que no existían golpeaban por dentro el vidrio que separaba la existencia de la no existencia, y a mí me llegaba aquel grito sin palabras.

De pronto tuve sed. Quizás a causa de haberme concentrado tanto. Fui a la cocina y me bebí un vaso grande de zumo de naranja. Relajé los hombros, estiré los brazos e inspiré y espiré profundamente varias veces. Volví al estudio y me senté de nuevo en la banqueta para contemplar el cuadro. Me concentré en el retrato colocado en el caballete. Enseguida me di cuenta de que había cambiado algo. Lo veía desde otro ángulo.

Me levanté de la banqueta para comprobar que se hallaba en el mismo sitio. Se había movido ligeramente. Sí, era evidente que se había movido. ¿Cómo era posible? Yo no había sido, de eso estaba seguro. Volví a comprobarlo. Podía recordar ese tipo de detalles porque soy muy maniático en lo concerniente al ángulo y a la posición exacta desde la que contemplar un cuadro. Son puntos fijos, como les sucede a los bateadores de béisbol, que siempre ocupan una misma posición en la zona de bateo, y, si se mueven, por poco que sea, se desconcentran y se ponen nerviosos.

La banqueta se hallaba a unos cincuenta centímetros de donde solía estar y por eso el ángulo desde el que veía el cuadro era distinto. Alguien la había movido mientras me tomaba el zumo de naranja en la cocina. ¿Qué otra cosa cabía pensar? Alguien había entrado a hurtadillas en mi ausencia, se había sentado en la banqueta para contemplar el cuadro y, antes de que yo regresara, se había levantado y había salido de allí sin hacer ruido. Y en ese momento, no sé si a propósito o por la precipitación de la huida, había movido la banqueta. Sin embargo, no me había ausentado del estudio más de cinco o seis minutos. ¿Quién y para qué se había tomado tantas molestias? ¿Acaso se había movido la banqueta sola por voluntad propia?

También era posible que confundiera mis recuerdos. Quizá la había movido yo y lo había olvidado. No se me ocurrían más opciones. A lo mejor pasaba demasiado tiempo solo y eso provocaba cierto desorden en mis recuerdos.

Dejé la banqueta donde se encontraba, es decir, a unos cincuenta centímetros de su posición original y en un ángulo ligeramente distinto, y me senté para contemplar el retrato de Menshiki desde allí. Fue entonces cuando descubrí algo distinto a lo que había visto hasta ese momento. Era el mismo retrato, por supuesto, pero notaba una sutil diferencia. La luz incidía de otra manera y también la textura parecía otra. Había algo vivo en él y, al mismo tiempo, le faltaba algo. Sin embargo, me pareció que aquello que faltaba era distinto a lo que había notado que faltaba hasta hacía poco.

¿Cuál era la diferencia? Me concentré para tratar de descubrirla, pues, de algún modo, tenía la impresión de que quería transmitirme algo. Debía descubrir el significado que estaba latente en aquella diferencia. El cambio de sitio seguro que significaba algo. Alcancé una tiza blanca para marcar la posición de las tres patas de la banqueta en el suelo (posición A). Luego coloqué la banqueta en su posición original (a unos cincuenta centímetros de la otra) y la marqué también con la tiza (posición B). Contemplé el cuadro desde esos dos ángulos alternativamente.

Menshiki estaba allí, sin duda. No obstante, me di cuenta de que se veía distinto en función del ángulo. Era como si coexistiesen en el mismo plano dos personajes distintos y ambos carecieran de algo en común, un elemento que, paradójicamente, unía al Menshiki A y al Menshiki B a pesar de su ausencia. Debía descubrir entre las posiciones A, B y la mía propia qué era eso que los unía y que a su vez les faltaba a los dos. ¿Tendría una forma definida o no? Y en caso de no tenerla, ¿cómo podía plasmarla en el cuadro?

Mira que no es fácil, me pareció que decía alguien. *¿No te parece?*

Lo oí claramente. No hablaba en voz alta, pero sí era una voz muy nítida. Nada vaga, y no sonaba ni grave ni aguda. Me daba la impresión de que me había hablado muy cerca del oído.

Se me cortó la respiración y, sin levantarme de la banqueta, miré a mi alrededor. No había nadie, por supuesto. La luz viva de la mañana se reflejaba en el suelo como si fuera un charco. La ventana estaba abierta y a lo lejos se oía apenas la musiquita que anunciaba la llegada del camión de la basura: *Annie Laurie* (no entendía por qué los camiones de basura de la ciudad de Odawara llevaban para anunciarse una canción de la música popular escocesa). Aparte de eso, no se oía nada.

Pensé que eran imaginaciones mías. Tal vez había oído mi propia voz, o tal vez había hablado mi subconsciente. Sin embargo, aquella frase sonaba muy extraña. Yo nunca hablaría de esa manera, por mucho que fuese mi inconsciente. *Mira que no es fácil. ¿No te parece?*

Respiré hondo, volví a contemplar el cuadro sin levantarme de la banqueta. Estaba convencido de que había sido una especie de alucinación auditiva.

Pero si es evidente, volvió a decir alguien muy cerca de mi oído.

¿Evidente?, me pregunté a mí mismo. ¿A qué se refería?

Debes encontrar algo que tiene Menshiki y que no está aquí. Era la misma voz nítida de antes. No reverberaba en absoluto, como si la hubieran grabado en una cámara anecoica. Se apreciaban con claridad cada uno de sus tonos. Y, como si fuera la representación de una idea, le faltaba naturalidad en la entonación.

Volví a mirar a mi alrededor. Me levanté y fui hasta el salón para echar un vistazo. Por si acaso, miré en todas las habitaciones, pero no había nadie por ninguna parte. Aparte de mí, allí solo estaba el búho, y, evidentemente, los búhos no hablan. La puerta de la casa estaba cerrada con llave.

Después de que la banqueta se moviera aparentemente sola, ahora oía una voz que no sabía de dónde venía. No sabía si provenía de las alturas, de mí mismo o de una tercera persona desconocida. A lo mejor me estaba volviendo loco, pensé. No había otra alternativa. Desde que empecé a oír la campanilla en mitad de la noche, ya no podía confiar en mis sentidos. Sin embargo, en cuanto a ese sonido, Menshiki también lo había oído con toda claridad. Al menos así había podido constatar de manera objetiva que no se trataba de imaginaciones mías. Mi oído funcionaba bien. En ese caso, ¿qué diablos era esa voz extraña?

Me senté en la banqueta y contemplé de nuevo el cuadro.

Debes encontrar algo que tiene Menshiki y que no está aquí. Parecía una adivinanza, como si un pájaro espabilado

269

intentase enseñarle el camino a un niño perdido en el bosque. ¿Qué sería eso que tenía Menshiki que no había logrado plasmar en el retrato?

Transcurrió mucho tiempo. El reloj marcaba el paso de las horas en silencio y con regularidad. La luz que se colaba por la pequeña ventana orientada al este se desplazaba poco a poco sin hacer ruido. Unos pájaros de vivos colores se posaron en las ramas de un sauce, se afanaron en buscar algo y levantaron el vuelo piando al cabo de un rato. Varias nubes blancas con forma de platillo flotaban en el cielo. Un avión plateado se dirigía hacia el mar resplandeciente. Era un avión de cuatro hélices de las Fuerzas de Autodefensa de la patrulla antisubmarina, con la misión diaria de escuchar con atención y aguzar la vista, y hacer emerger aquello que solo estaba latente. Oí cómo se acercaba y cómo se alejaba el ruido de sus motores.

Y entonces caí en algo. Era una cosa literalmente *clara*. No me explicaba cómo podía habérseme olvidado. Un elemento característico de Menshiki, algo evidente, y que, sin embargo, no había plasmado en el retrato: *su pelo blanco*. Un pelo hermoso, como nieve virginal recién caída del cielo. Sin ese elemento no había forma de terminar su retrato. ¿Cómo podía habérseme pasado por alto algo tan importante?

Me levanté de nuevo. Cogí a toda prisa la pintura blanca y un pincel apropiado y empecé a aplicarla sobre el lienzo con energía, a trazos gruesos, audaces y libres. Usé incluso la espátula y los dedos, y, al cabo de quince minutos, me separé del lienzo y me senté de nuevo en la banqueta para ver el resultado.

Allí estaba Menshiki retratado, sin duda. Su personalidad, fuera como fuese, había acabado materializándose en el cuadro, emergía de él. Aún no había tenido la oportunidad de conocerle a fondo. De hecho, en cierto sentido, apenas le conocía de nada, pero, como retratista, sí era capaz de reconstruirlo sobre un lienzo. Era como si respirase dentro del cuadro, e incluso se apreciaba ese misterio que escondía en su interior.

No obstante, lo mirase como lo mirase, no era, por así decirlo, un retrato al uso. Había conseguido que emergiera la personalidad de Wataru Menshiki (al menos eso creía yo), pero mi objetivo no era, en absoluto, reflejar su apariencia tal cual. En eso había una gran diferencia con los retratos convencionales. En el fondo, había pintado el cuadro *para mí*.

No tenía forma de saber si Menshiki, en cuanto que cliente, aceptaría aquel cuadro como retrato suyo. Tal vez estaba a años luz de lo que esperaba en un primer momento. Me había dado libertad total, me dijo que no iba a inmiscuirse en cosas como el estilo; pero quizás había plasmado por pura casualidad algún elemento negativo del que prefería no conocer su existencia. En cualquier caso, le gustase o no, no podía hacer nada. Era algo que escapaba a mi voluntad.

Observé el retrato desde la banqueta al menos media hora más. Lo había pintado yo, pero superaba los límites de mi lógica, de mi comprensión. No entendía cómo había sido capaz de pintarlo. Lo observaba y lo sentía a un tiempo cerca y lejos de mí, pero no tenía ninguna duda de que, en cuanto a forma y color, era lo correcto.

Tal vez estuviera a punto de encontrar una salida, pensé. Quizás estaba empezando a atravesar, al fin, una gruesa pared que se había alzado delante de mí. En cualquier caso, las cosas no habían hecho más que empezar, acababa de encontrar algo parecido a una pista. Debía ser muy cauto. Mientras me decía todas esas cosas, aproveché para limpiar los pinceles y la espátula y después me lavé las manos con disolvente y jabón. Fui a la cocina a beber agua. Tenía mucha sed.

¿Quién demonios había movido la banqueta del estudio? (Pues se había movido, sin ningún género de duda.) ¿Quién me había susurrado al oído con aquella extraña voz? (La había oído claramente.) ¿Quién me había insinuado lo que le faltaba al cuadro? (Una insinuación certera.)

Tal vez yo mismo. Quizás había movido la banqueta inconscientemente. Quizá mi propia voz me había dado la pista. Tal vez se habían juntado de una forma extraña e indirecta mi conciencia superficial con mi conciencia profunda... No se me ocurría ninguna explicación mejor, aunque, evidentemente, no había ocurrido así.

A las once de la mañana estaba sentado en una silla del comedor sin pensar en nada en concreto y tomando un té rojo cuando llegó el Jaguar plateado de Menshiki. Se me había olvidado por completo que el día anterior habíamos quedado. Había estado absorto mirando el retrato y me sentía confuso por culpa de aquella voz que me había hablado.

¿Menshiki? ¿Por qué venía a esas horas?

«A ser posible, me gustaría examinar de nuevo el agujero tranquilamente», me había dicho por teléfono. Mientras escuchaba el rugido familiar del motor V8 que aparcaba frente a la casa, recordé su llamada.

18
La curiosidad no solo mata a los gatos

Salí a recibirle. Era la primera vez que lo hacía, aunque no había ninguna razón para ello. Quería estirar un poco las piernas, respirar aire fresco.

En el cielo aún flotaban nubes con forma de platillo. Se formaban en alta mar y el viento del sudoeste las arrastraba poco a poco hasta las montañas. Cómo podían tener aquellas formas tan perfectas y bellas, sin que hubiese una intención concreta, era algo que me resultaba un verdadero enigma. Quizá para un meteorólogo no hubiera nada de misterioso en ellas, pero para mí sí. Desde que vivía solo en aquel lugar, me sentía cada vez más atraído y había crecido mi sensibilidad por las maravillas de la naturaleza.

Menshiki llevaba un jersey de cuello vuelto de color granate oscuro. Era elegante, ligero y conjuntaba bien con los pantalones que llevaba, unos vaqueros azul claro tan pálido que casi parecía desvaído, de corte recto y tela suave. A mis ojos (quizás era demasiado suspicaz), siempre se vestía de forma que destacase su pelo blanco. El color granate, obviamente, combinaba a la perfección con su pelo, que, como de costumbre, llevaba cortado a la medida justa. No sabía cómo lo lograba, pero nunca se veía un centímetro más largo o más corto.

—Me gustaría ir directamente a ese lugar y bajar, si no le importa —me dijo—. Quisiera comprobar que no ha cambiado nada.

Le dije que no me importaba en absoluto. Yo tampoco había vuelto a acercarme a aquel lugar y tenía ganas de verlo.

—Siento las molestias, pero ¿le importaría traer la campanilla? —me pidió.

Entré en casa y volví a salir con ella en la mano.

Menshiki sacó una linterna grande del maletero del coche y se la colgó al cuello. Empezó a caminar hacia el bosque y yo le seguí. El bosque parecía haber adquirido un color más intenso desde la última vez que nos adentramos en él. En aquella estación del año, la montaña cambiaba de color a diario. Algunos árboles se teñían de un rojo intenso, otros, de amarillo, y otros conservaban su verde perenne. Era una combinación muy hermosa, pero Menshiki no le prestaba la más mínima atención.

—He investigado un poco sobre este lugar —dijo mientras caminaba—. O sea, quién era el propietario, qué uso le daba. Ese tipo de cosas.

—¿Y ha averiguado algo?

—No, casi nada. —Negó con la cabeza—. Pensé que tal vez antiguamente hubo aquí algo relacionado con la religión, pero no he encontrado ninguna evidencia. Nadie sabe la razón de la existencia del templete y del túmulo de piedra. Al parecer, siempre ha sido una montaña virgen. Nadie la había explotado hasta que despejaron la zona para construir la casa. En 1955, Tomohiko Amada compró este terreno con la casa ya construida. Había sido la casa de veraneo de no sé qué político.

Quizá no le diga nada el nombre, pero antes de la guerra llegó a ser primer ministro. Durante la posguerra vivió aquí prácticamente retirado. No he sido capaz de descubrir a quién perteneció este lugar antes de él.

—Me extraña que un político tuviese una casa en un lugar tan apartado.

—Por lo visto, antes había bastantes políticos que tenían una segunda residencia por esta zona. Creo recordar que un poco más allá estaba la casa de Fumimaro Konoe. Estamos a mitad de camino entre Hakone y Atami, e imagino que, en aquella época, resultaba un sitio ideal para mantener encuentros y conversaciones discretas. Si las personas importantes se hubiesen reunido en el centro de Tokio, todo el mundo se habría enterado.

Nada más llegar, quitamos los tablones que tapaban el agujero.

—Voy a bajar —dijo Menshiki—. ¿Me espera aquí arriba?

Le dije que sí. Menshiki bajó por la escalera metálica que habían dejado los trabajadores. Cada vez que pisaba un peldaño se oía un ligero chirrido. Yo lo miraba desde arriba. Cuando llegó al fondo, se quitó la linterna del cuello y se tomó su tiempo para estudiar en detalle lo que tenía alrededor. Tocaba las piedras de las paredes o las golpeaba con el puño en determinados puntos.

—Está muy bien construido —comentó mirando hacia arriba—. Se nota que trabajaron con esmero, pero no da la impresión de que fuera un pozo. En ese caso, no se habrían tomado tantas molestias en colocar las piedras como están.

—¿Quiere decir que se construyó con otro objetivo?

Menshiki movió la cabeza de un lado a otro y no dijo nada. No lo sabía.

—Sea como fuere —dedujo luego—, está construido de forma que no se pueda trepar por las paredes. No hay ni una simple ranura donde apoyar el pie. No llegará a los tres metros de profundidad, pero resulta imposible salir de él.

—¿Quiere decir que está hecho así a propósito?

Menshiki repitió el mismo gesto con la cabeza. Parecía entender cada vez menos.

—Tengo que pedirle un favor —dijo.

—¿De qué se trata?

—Siento las molestias, pero ¿podría subir la escalera y cerrar el hueco con los tablones para que entre la menor cantidad de luz posible?

Me quedé sin palabras durante unos instantes.

—No se preocupe —repuso él—. Solo quiero experimentar en mi propia piel qué se siente aquí encerrado completamente a oscuras. No tengo intención de convertirme en una momia.

—¿Y cuánto tiempo piensa permanecer ahí dentro?

—Cuando quiera salir, tocaré la campanilla. En cuanto la oiga, puede retirar los tablones y volver a colocar la escalera. Si no oye nada al cabo de una hora, abra sin más. No quiero estar aquí tanto tiempo. ¡Pero no se olvide de mí! En ese caso, sí que me convertiré en una momia.

—Un cazador de momias convertido en una.

—Eso es exactamente lo que pasaría —dijo Menshiki, y se rio.

—No me olvidaré, tranquilo. Pero ¿de verdad quiere hacerlo?

—Solo es curiosidad. Quiero sentarme un rato en el fondo del agujero completamente a oscuras. Le paso la linterna. Y usted deme la campanilla.

Subió hasta la mitad de la escalera y me dio la linterna. Yo le entregué la campanilla. Al tenerla en sus manos, la sacudió ligeramente y pude oír su sonido claro.

—Supongamos que, de regreso a casa, me pica una de esas avispas venenosas —le dije—, pierdo la conciencia y me muero, entonces usted no podría salir de aquí nunca más. En este mundo no hay forma de prever lo que puede ocurrir.

—La curiosidad siempre entraña un riesgo. No se puede satisfacer sin asumir ninguno. La curiosidad no solo mata a los gatos.

—Volveré en una hora —le dije.

—Tenga mucho cuidado con los avispones.

—Usted también con la oscuridad.

En vez de contestar se limitó a mirarme, como si quisiera leer algo oculto en mi rostro. Sin embargo, su mirada tenía algo impreciso, parecía querer centrarse en mi cara y no lograrlo. Era una mirada ambigua, que no parecía la suya. Bajó hasta el fondo, se sentó en el suelo y apoyó la espalda contra la pared cóncava. Enseguida levantó la mano hacia mí para indicarme que estaba listo. Subí la escalera, coloqué los tablones lo más pegados los unos a los otros que pude y después puse unas piedras encima. La luz aún debía de colarse por alguna rendija, pero allí abajo debía de estar muy oscuro a pesar de todo. Quise decirle algo antes de marcharme, pero no lo hice. Lo que buscaba allí era soledad y silencio.

Volví a casa, calenté agua para prepararme un té y me senté en el sofá a leer. Estaba muy atento, pendiente del sonido de la campanilla. Era incapaz de concentrarme en la lectura. Cada cinco minutos miraba el reloj. Me imaginaba a Menshiki allí solo, sentado en el fondo del agujero, completamente a oscuras. «Qué personaje más extraño», pensé. Se había tomado la molestia de llamar a una empresa para que retirasen todas las piedras y abriesen el agujero, se había hecho cargo del coste, y ahora se encontraba allí dentro. O, mejor dicho, había querido *que yo lo encerrase*.

«En fin, cada uno a lo suyo», pensé. Aunque no sabía qué necesidad tenía o cuál era su propósito (en el caso de que los tuviera), todo aquello era cosa suya y más valía que lo dejase en sus manos. Yo simplemente tenía que moverme sin pensar por el dibujo que había pintado otra persona. Renuncié a la lectura. Me tumbé en el sofá y cerré los ojos. No me dormí, por supuesto. Era incapaz de hacerlo en semejante situación.

Pasó una hora sin que sonase la campanilla. Tal vez no la había oído. En cualquier caso, era el momento de volver. Me levanté del sofá, me calcé los zapatos en la entrada y me dirigí al bosque. La posibilidad de que me atacase un avispón o un jabalí me inquietaba, pero no ocurrió.

Tan solo se me cruzó en el camino un pequeño pájaro a toda velocidad. Me pareció un mejiro. Me interné en el bosque y llegué a la parte de atrás del templete. Quité las piedras y retiré uno de los tablones.

—¡Señor Menshiki! —le llamé a través de la abertura.

No hubo respuesta. Lo que alcanzaba a ver a través de la abertura estaba completamente a oscuras y ni siquiera distinguía su silueta.

—¡Señor Menshiki! —volví a llamarle.

Tampoco hubo respuesta. Empecé a preocuparme. Quizás había desaparecido, como había desaparecido la momia que un día debió de estar allí. Era algo imposible para el sentido común, pero, por un instante, llegué a creerlo.

Retiré rápidamente otro tablón y luego uno más. La luz alcanzó por fin el fondo del agujero, y allí estaba Menshiki, sentado en el suelo.

—¿Se encuentra usted bien? —le pregunté aliviado.

Levantó la cara al fin, como si recuperase la conciencia en ese momento, y movió ligeramente la cabeza. Se tapó los ojos con las manos para que no le cegase la luz.

—Estoy bien —dijo en voz baja—, pero necesito un poco de tiempo hasta que mis ojos se acostumbren a la luz.

—Ha pasado una hora. Si quiere quedarse más tiempo, vuelvo a cerrar.

—No, no hace falta. Ya he tenido suficiente y quiero salir. Estar más tiempo me parece incluso peligroso.

—¿Peligroso?

—Luego se lo explico —dijo mientras se frotaba la cara con las manos como si se quitara algo que tuviese adherido a la piel.

Pasados cinco minutos, se puso en pie despacio y subió por la escalera metálica que yo había vuelto a colocar. Al salir se estiró, se sacudió el polvo del pantalón y miró al cielo entornando los ojos. Entre las ramas de los árboles se entreveía el cielo azul de otoño. Se quedó mirándolo durante un rato embelesado. Volvimos a colocar los tablones en su sitio y lo aseguramos todo con las piedras para que nadie se cayera dentro por accidente. Memoricé la forma exacta en la que las colocábamos para saber si alguien las movía. La escalera la dejamos dentro.

—No he oído la campanilla —dije mientras regresábamos.

—No la he tocado.

No dio más explicaciones, y yo tampoco quise preguntarle.

Dejamos atrás el bosque. Menshiki caminaba delante y yo le seguía. Cuando llegamos a la casa, guardó la linterna en el maletero del coche sin decir nada. Entramos y nos sentamos en el salón para tomar un café caliente. En todo ese tiempo no abrió la boca. Parecía absorto en sus pensamientos. La expresión de su cara no era seria, pero estaba claro que su mente se hallaba muy lejos de allí, en algún lugar en el que, quizá, solo podía entrar él. Intenté no molestarle. Le dejé a solas con sus pensamientos, como habría hecho el doctor Watson con Sherlock Holmes.

Mientras tanto, aproveché para pensar en mis cosas. Esa misma tarde tenía que ir a mis clases de pintura cerca de la estación de Odawara. Debía examinar los cuadros de mis alumnos mientras caminaba por el aula y ofrecerles algún consejo como profesor. Daba dos clases seguidas; primero la de los niños y después la de los adultos. Aquella era casi la única oportunidad que tenía de cruzarme con gente en mi día a día, de conversar con los demás. Si no impartiese esas clases, llevaría la vida de un ermitaño retirado del mundo en las montañas, y de continuar así durante mucho tiempo, como me había advertido Masahiko, tal vez terminase por perder el equilibrio mental (cosa que quizá ya me había ocurrido).

Por lo tanto, debía estar agradecido porque se me brindaba la oportunidad de mantener el contacto con el mundo, pero en realidad me costaba verlo como algo positivo. Mis alumnos, más que personas de carne y hueso, me parecían sombras intrascendentes que desfilaban por delante de mis ojos. Correspondía a sus sonrisas, les llamaba por su nombre y señalaba ciertos aspectos de sus trabajos. En realidad, no eran críticas. Alababa sus virtudes, y, en el caso de que no las encontrase, me las inventaba. Quizá por eso tenía fama de buen profesor. Según el director, muchos de mis alumnos le habían manifestado su simpatía por mí, algo que nunca me habría esperado, pues jamás había pensado que se me diese bien enseñar. Sin embargo, incluso eso me daba igual. No me importaba si la gente me apreciaba o no. Me bastaba con hacer mi trabajo y no tener que enfrentarme a grandes dificultades. De ese modo, cumplía con mi obligación para con Masahiko Amada.

No. Obviamente, no todos mis alumnos eran sombras. De entre todos ellos había escogido a dos mujeres con las que mantenía una relación personal, y desde que empezó la relación sexual entre nosotros, las dos habían dejado de acudir a clase. Tal vez se sentían incómodas. Por ello, pesaba sobre mí cierta responsabilidad.

La segunda de ellas (la mujer que era algo mayor que yo) iba a venir a mi casa al día siguiente por la tarde, y durante unas horas nos abrazaríamos desnudos en la cama. Ella no era una sombra intrascendente que pasaba por delante de mis ojos. Era una existencia real con un cuerpo perfectamente tridimensional. O tal vez era una sombra intrascendente con un cuerpo, eso sí, tridimensional. No sabía con cuál de las dos opciones quedarme.

Menshiki me llamó por mi nombre. Volví en mí. También yo me había quedado absorto en mis pensamientos.

—Estaba pensando en el retrato —dijo.

Le miré a la cara. Volvía a tener la misma expresión de frescura de siempre, con sus atractivos rasgos, su aire sereno y atento que tranquilizaba a quien tenía delante.

—Si le hace falta que vuelva a posar como modelo, puedo hacerlo ahora mismo. Si quiere continuar, estoy dispuesto.

Le miré un rato. ¿Posar? Claro, hablaba del retrato. Di un sorbo al café, que se había quedado frío, y, después de ordenar mis pensamientos, dejé la taza en el plato. Se oyó un golpecito seco. Levanté la cara.

—Lo siento —me disculpé—, pero hoy tengo que ir a mis clases de pintura.

—Es verdad —reconoció él mientras miraba qué hora era—. Se me habían olvidado por completo sus clases. ¿Tiene que marcharse ya?

—Aún tengo algo de tiempo. Hay una cosa de la que me gustaría hablarle —le dije.

—¿De qué se trata?

—A decir verdad, el retrato ya está terminado. Al menos en cierto sentido.

Menshiki frunció el ceño y me miró directamente a los ojos, como si quisiera descubrir algo en lo más profundo de ellos.

—¿Se refiere a mi retrato?

—Sí.

—Eso es estupendo —dijo él con una ligera sonrisa en la cara—. De verdad, es maravilloso, pero ¿a qué se refiere exactamente cuando dice «en cierto sentido»?

—No es fácil de explicar. No se me da bien explicar las cosas con palabras.

—Pues tómese su tiempo y diga lo que le parezca bien. Le escucho.

Entrelacé las manos sobre las rodillas mientras me esforzaba por elegir las palabras adecuadas.

Mientras tanto, se hizo el silencio a nuestro alrededor. Era un silencio tan profundo, que casi se oía cómo pasaba el tiempo. En aquellas montañas el tiempo transcurría muy despacio.

—Acepté su encargo —dije al fin—, y he pintado su retrato utilizándole de modelo, pero lo cierto es que no me ha salido algo que pueda considerarse un retrato al uso. Como mucho podría decir que es una obra en la que le he utilizado a usted de modelo. No sé qué valor puede tener. No sé si se puede considerar una obra de arte o un simple artículo comercial. Solo sé que *es el cuadro que debía pintar*. Aparte de eso, no sé nada más. Si le soy sincero, estoy perplejo. Hasta que tenga las cosas más claras, quizá debería quedarse en mi poder. Así lo siento, y por eso estoy dispuesto a devolverle íntegro el adelanto que me dio. Lamento de todo corazón haberle hecho perder el tiempo.

—Dice que no ha pintado un retrato, pero ¿en qué sentido no lo es?

Menshiki elegía muy bien sus palabras.

—Hasta ahora me he ganado la vida como retratista profesional. Un retrato consiste, fundamentalmente, en plasmar la imagen que otra persona tiene de sí misma. Si al cliente no le satisface el resultado, está en su derecho a decir que no quiere pagar por ello. Por eso siempre intento prescindir de ciertos detalles negativos. Enfatizo las partes positivas para que el resultado sea lo más vistoso posible. En ese sentido, es difícil considerar los retratos obras de arte, aunque hay excepciones notables como Rembrandt. En este caso, sin embargo, no he dejado de pensar en mí mismo en ningún momento y no he pensado en usted. En otras palabras, se puede decir que es un trabajo en el que predomina mi ego de autor sobre su ego como modelo.

—Para mí, todo eso no es ningún problema —dijo Menshiki con una sonrisa—. Más bien me alegra. Creo recordar que le dije desde el primer momento que pintase lo que quisiera. No le pedí nada en concreto.

—Es cierto. Lo recuerdo. Lo que me preocupa no es la obra en sí, *sino lo que he pintado en ella*. He dado prioridad a mis propios impulsos y quizás he terminado por pintar algo que no debía. Eso es lo que me preocupa.

Menshiki me observó un rato antes de volver a hablar.

—O sea, que teme haber pintado algo que tengo dentro y que no debería haber pintado. ¿Se refiere a eso?

—Sí. Al pensar solo en mí, tal vez he dejado al descubierto algo que no debería...

Y a lo mejor he sacado a la luz algo que usted no hubiera deseado, pero preferí guardármelo para mí.

Menshiki pensó un buen rato en lo que acababa de decirle.

—Interesante —comentó al fin con aire divertido—. Un punto de vista muy interesante.

Guardé silencio.

—Le voy a decir algo que tal vez le suene pretencioso. Soy una persona fuerte —continuó—. En otras palabras, se puede decir que tengo un gran autocontrol.

—Lo sé.

Menshiki se apretó ligeramente las sienes con las puntas de los dedos.

—Dice que ya ha terminado el cuadro, ¿verdad? Mi retrato.

—Eso creo. —Asentí.

—Estupendo. ¿Y por qué no me lo enseña? Después, si le parece bien, podemos pensar juntos qué hacemos.

—Por supuesto.

Lo llevé hasta el estudio. Se quedó de pie frente al caballete a unos dos metros de distancia y contempló el cuadro detenidamente con los brazos cruzados. Delante tenía un retrato para el que lo había utilizado a él de modelo. Más que un retrato, en realidad, solo era una imagen surgida de una amalgama de pintura sobre el lienzo. Su abundante pelo blanco se había convertido en un violento chorro de nieve agitada por el viento.

A primera vista no se distinguía su cara. Donde debía haber un rostro había color, pero en el fondo, sin duda, en algún lugar, había una persona llamada Menshiki. Al menos eso me parecía a mí.

Mantuvo la misma postura durante mucho tiempo y contempló el cuadro sin moverse. Literalmente, no movió ni un solo músculo de su cuerpo. Ni siquiera estaba seguro de si respiraba o no. Le observaba un poco apartado, de pie junto a la ventana. No sé cuánto tiempo pasó, pero se me hizo eterno. Su rostro se mostraba inexpresivo, y sus ojos daban la impresión de haberse enturbiado, de haber perdido profundidad, como un charco que refleja el cielo nublado. Aquellos ojos rechazaban claramente el contacto con cualquier otra persona. No podía ni imaginarme qué estaría pensando en el fondo de su corazón.

De pronto se estremeció y estiró la espalda como si despertara de una hipnosis tras escuchar la palmada de su hipnotizador. Enseguida recuperó la expresión de su rostro y el brillo de sus ojos. Se me acercó despacio, alargó el brazo derecho y apoyó la mano en mi hombro.

—¡Maravilloso! —dijo—. Un trabajo admirable. No sé cómo decirlo, pero es justo el cuadro que esperaba.

Al mirarle a los ojos comprendí que era sincero. Estaba admirado y el retrato le había conmovido profundamente.

—Este retrato me muestra tal como soy —dijo—. Es un retrato en el sentido más auténtico de la palabra. No se ha equivocado usted en absoluto. Ha hecho lo que debía.

Su mano seguía encima de mi hombro. Tan solo la tenía allí apoyada, pero sentía como si a través de ella me transmitiera algún tipo de energía.

—¿Cómo ha sido capaz de descubrir este cuadro? —me preguntó.

—¿De descubrirlo?

—Me refiero a que lo ha pintado usted, por supuesto. Es su creación, pero, al mismo tiempo, es como si hubiera descubierto algo, como si hubiera sacado a la superficie una imagen enterrada dentro de mí. Como si la hubiera exhumado. ¿No le parece?

Quizá tenía razón, pensé. Lo había pintado dejando que las manos se movieran atendiendo al impulso de mi voluntad. Yo había elegido los colores, los había plasmado sobre el lienzo con los pinceles, con la espátula y con los dedos. Sin embargo, visto de otro modo, tal vez lo único que había hecho era utilizar a Menshiki como catalizador para encontrar algo en mi interior y lograr desenterrarlo. De la misma manera que, después de quitar con una excavadora las piedras detrás del templete en el bosque, y de retirar la reja que la cubría, había quedado al descubierto aquella cámara de piedra. Al ver que esos dos hechos sucedían de manera simultánea, era imposible no pensar que fuera algo del destino. Pensé que todo aquello había comenzado a raíz de la aparición de Menshiki y del tintineo de la campanilla a media noche.

—Digamos —continuó Menshiki— que sucede algo parecido a esos terremotos con el epicentro en las profundidades del océano. Se produce un enorme cambio en un mundo invisible, en un lugar adonde no llega la luz del sol, es decir, en el terreno de la inconsciencia.

Sin embargo, todo ello termina por transmitirse a la superficie de la tierra y produce una reacción en cadena cuyo resultado sí tiene una forma visible. No soy artista, pero puedo entender más o menos el origen de esos procesos porque, en el caso de los negocios, las buenas ideas nacen de un modo parecido. La mayor parte de las veces se trata de ideas que brotan sin más de la oscuridad.

Menshiki volvió a ponerse delante del cuadro y se acercó para inspeccionarlo en detalle, como si examinase un mapa. Después se alejó unos tres metros y entornó los ojos para tener una visión de conjunto. En su cara había un gesto parecido al éxtasis que me recordó al de una rapaz a punto de dar caza a su presa. ¿Cuál sería su presa? No tenía forma de saber si era el retrato que había pintado, si era yo mismo u otra cosa. Sin embargo, ese extraño gesto parecido al éxtasis fue desvaneciéndose como la bruma sobre la superficie del agua de un río al amanecer. Después, regresó a su rostro el gesto reflexivo y simpático de siempre.

—En general —dijo—, intento no vanagloriarme, pero al comprobar que no me he equivocado al elegirle a usted, me siento muy orgulloso. Se lo digo con toda honestidad. No tengo talento artístico ni relación alguna con el trabajo creativo, pero sí tengo buen ojo para reconocer cuándo algo es de calidad. Al menos siempre lo he pensado.

A pesar de sus palabras, no podía alegrarme por lo que decía, no acababa de aceptarlo sin más. Quizá porque todavía tenía presente sus ojos de depredador al observar el cuadro.

—Entonces, le gusta el cuadro, ¿verdad? —dije para confirmarlo de nuevo.

—No hace falta que se lo repita. Es una obra magnífica. Para mí supone una alegría inesperada que haya pintado un retrato tan potente y fuera de lo común tomándome a mí como modelo o como motivo. Ni que decir tiene que lo acepto encantado. ¿Está de acuerdo?

—Sí, pero yo...

Menshiki levantó enseguida la mano para interrumpirme.

—Si no le importa, me gustaría invitarle a mi casa a celebrar el trabajo tan estupendo que ha hecho. ¿Le parece bien?

—Me parece bien, por supuesto, pero no es necesario que se tome tantas molestias. Ya ha hecho bastante para...

—No, no. Quiero hacerlo. Es algo casi personal. Me gustaría celebrar la existencia de este cuadro y quisiera que lo hiciéramos usted y yo. ¿Por qué no viene a cenar a mi casa? No le prometo gran cosa. Será una celebración sencilla entre nosotros dos. No habrá nadie más aparte del cocinero y del camarero.

—¿Cocinero y camarero?

—Cerca del puerto de Hayakawa hay un restaurante francés al que voy a menudo. Tengo buena relación con el dueño desde hace tiempo. Los días que cierra, a veces le pido al cocinero y a uno de sus camareros que vengan a mi casa. Es un chef estupendo. Prepara una comida deliciosa a base de pescado fresco. A decir verdad, pensaba invitarle y ya había empezado a prepararlo todo al margen del cuadro, pero al final ha coincidido una cosa con la otra.

Tuve que esforzarme para que no se me notara la sorpresa en la cara. No tenía ni idea de cuánto podía costar organizar una velada semejante, pero tal vez para él era algo dentro de lo normal. Al menos, no era nada excepcional.

—¿Qué le parece dentro de cuatro días? La noche del martes. Si no le va mal, lo prepararé todo para entonces.

—No tengo ningún plan para la noche del martes.

—En ese caso, quedamos para el martes. ¿Puedo llevarme el cuadro ahora? A ser posible, me gustaría enmarcarlo y colgarlo.

—¿De verdad se reconoce en ese cuadro? —le pregunté.

—Por supuesto —dijo él mirándome con extrañeza—. Por supuesto que me reconozco. Veo mi cara con toda claridad. ¿Qué otra cosa podría haber aquí dibujada?

—Está bien. Usted me encargó que lo pintara y puede hacer con el cuadro lo que quiera, pero tenga en cuenta que la pintura aún no está seca y debe andar con mucho cuidado. Es mejor que espere un poco antes de enmarcarlo. Le recomiendo que deje pasar al menos dos semanas.

—De acuerdo. Así lo haré.

Antes de marcharse me tendió la mano y nos la estrechamos como no hacíamos desde hacía tiempo. En su cara había una sonrisa de satisfacción.

—Nos vemos el martes entonces. Mandaré un coche a buscarle sobre las seis de la tarde.

—Por cierto, ¿no va a invitar usted a la momia?

En realidad, no sabía por qué hacía semejante pregunta, pero de repente me vino a la mente la imagen de la momia y no pude evitarlo. Menshiki me miró como si me sondease.

—¿Momia? No sé de qué me habla.

—La momia que deberíamos haber encontrado en el agujero del bosque, la que hacía sonar la campanilla todas las noches y desapareció dejándola allí. Quizá habría que invitarla a ella también. Como sucede con la estatua del comendador en *Don Giovanni*.

Menshiki esbozó una sonrisa alegre, como si al fin entendiera.

—Comprendo. Me sugiere que invite a cenar a la momia igual que hizo don Giovanni cuando invitó a la estatua del comendador, ¿no es así?

—Eso es. Puede que también haya allí una relación.

—De acuerdo. No hay ningún problema. Es una celebración, y si la momia quiere venir a cenar, la invitaré con mucho gusto. Será una velada interesante. ¿Qué podría ofrecerles de postre? —preguntó entre risas—. El problema es que no la veo por ninguna parte y, en ese caso, no puedo transmitirle la invitación personalmente.

—Claro, pero la realidad no se limita a las cosas que se pueden ver, ¿no le parece?

Menshiki levantó el lienzo con las dos manos con mucho cuidado y lo llevó hasta el coche. Sacó una manta vieja que llevaba en el maletero del coche y la colocó sobre el asiento del copiloto, después puso el cuadro encima con cuidado para no manchar nada, y lo aseguró con una cuerda fina y dos cartones. Actuaba de un modo muy eficiente. Daba la impresión de que llevaba todo tipo de cosas útiles en el maletero.

—Es cierto —murmuró justo antes de marcharse—. Puede que tenga razón en lo que dice.

Agarraba el volante de cuero con las dos manos y me miraba directamente a los ojos.

—¿Que tengo razón en qué?

—Me refiero a que muchas veces perdemos la noción de dónde está el límite entre la realidad y la irrealidad. Es como si ese límite no parara de moverse, como una frontera que se desplaza según le parece. Hay que andarse con mucho cuidado con ese movimiento. Si no, uno deja de saber dónde se encuentra. Hace un rato le he dicho que era peligroso permanecer más tiempo en aquel agujero. Hablaba en ese sentido.

Fui incapaz de encontrar las palabras adecuadas para responderle, y tampoco Menshiki añadió nada más. Sacó la mano por la ventanilla, se despidió y desapareció de mi vista junto al retrato con la pintura aún fresca, envuelto en el agradable rugido del motor V8.

19
¿Ves algo detrás de mí?

A la una de la tarde del sábado vino mi amante en su Mini rojo. Salí a recibirla. Llevaba unas gafas de sol de color verde y, encima de su sencillo vestido beige, una chaqueta gris.

—¿Prefieres en el coche o en la cama? —le pregunté.

—¡Tonto! —dijo ella con una sonrisa.

—En el coche no estuvo nada mal. Me gustó tener que apañármelas en un lugar estrecho.

—Lo haremos otro día.

Nos sentamos en el salón y tomamos un té. Le conté que había terminado el retrato (o lo que parecía un retrato) que había empezado hacía poco. Le hablé también de que era muy distinto a todo lo que había hecho hasta entonces. Al escucharme, sintió curiosidad.

—¿Puedo verlo?

—Llegas un día tarde —dije tras negar con la cabeza—. Me habría gustado conocer tu opinión, pero Menshiki se lo ha llevado. La pintura no se había secado del todo, pero estaba impaciente por tenerlo. Parecía preocuparle la posibilidad de que alguien pudiera llevárselo.

—Eso quiere decir que le ha gustado, ¿no?

—Eso me ha dicho, y yo no veo razón alguna para dudar de sus palabras.

—Has acabado el trabajo y el cliente está satisfecho. Por lo tanto, todo ha salido bien.

—Eso creo. Tengo la impresión de que he hecho un buen trabajo. Nunca había pintado un retrato así y me parece que he encontrado nuevas posibilidades.

—¿Te refieres a un nuevo estilo?

—No lo sé. En esta ocasión lo he logrado teniendo a Menshiki como modelo. Quiero decir que, tal vez, a partir de un hecho formal como es pintar un retrato he llegado a esto casi *por casualidad.* No sé si sería capaz de repetir este método. Puede que haya sido algo especial, fruto de una especie de poder o de magnetismo que me haya transmitido Menshiki. Ahora lo más importante es que vuelvo a tener ganas de pintar.

—Bueno, en cualquier caso, enhorabuena.

—Gracias. Al menos eso significa que voy a cobrar mucho dinero.

—¡Qué hombre tan generoso!

—Me ha invitado a cenar a su casa el martes. Vamos a celebrar que hemos terminado.

Le conté algunos detalles de la cena, los dos solos atendidos por un cocinero y un camarero. No le dije, obviamente, que habíamos invitado también a la momia.

—Por fin vas a tener la oportunidad de entrar en esa mansión blanca —dijo ella—, en esa casa misteriosa donde vive una persona misteriosa. ¡Qué suerte! Fíjate bien en todo, ¿de acuerdo?

—Lo haré.

—Y no te olvides de tomar nota de lo que te sirvan para comer.

—Lo intentaré, no te preocupes. Por cierto, ¿no dijiste que te habías enterado de algo nuevo sobre él?

—Sí, ya sabes, los rumores de la selva.

—¿Y de qué se trata?

Ella hizo un gesto como si dudase. Alcanzó la taza y dio un sorbo a su té.

—¿Por qué no hablamos de eso más tarde? Me gustaría hacer algo antes.

—¿Qué quieres hacer?

—Cosas que a una mujer le da reparo decir en voz alta.

Fue así como cambiamos del escenario del salón al de la cama, como teníamos por costumbre.

Durante los seis primeros años de mi matrimonio con Yuzu (el primer periodo de nuestra vida matrimonial, podría decirse) nunca tuve relaciones sexuales con otra mujer que no fuera ella. Eso no significa que me faltaran las oportunidades, pero, en esa época, a mí *me interesaba más* una vida tranquila a su lado que aventuras inciertas. Mi apetito sexual estaba satisfecho con mi mujer.

Sin embargo, en determinado momento ella se confesó sin previo aviso (o eso me pareció al menos): «Lo siento mucho, pero no me siento capaz de seguir viviendo contigo». Sus palabras denotaban una decisión firme y no dejaban margen alguno a la negociación o a la transacción. Estaba muy confundido y no supe cómo reaccionar. No encontraba las palabras, pero entendí que no podía quedarme allí ni un minuto más.

Recogí las cosas imprescindibles, las metí en mi viejo Peugeot 205 y me marché a vagabundear por la región de Tohoku y por Hokkaido, donde aún hacía frío a pesar de ser principios de primavera, hasta que el coche dijo basta. Mientras viajaba, me acordaba todas las noches del cuerpo de Yuzu, de todos y cada uno de los pliegues y rincones de su piel. Recordaba sus reacciones cuando la tocaba en determinados lugares, de los distintos tonos de su voz. No quería acordarme, pero no podía evitarlo. De vez en cuando, llegué incluso a eyacular estimulado solo por el recuerdo, a pesar de que tampoco quería hacerlo. Durante todo el viaje, solo tuve un encuentro sexual con una mujer. Pasé una noche con una desconocida debido a una extraña e incomprensible circunstancia. No lo busqué.

Sucedió en una pequeña ciudad costera de la prefectura de Miyagi. Creo recordar que estaba muy cerca del límite con la prefectura de Iwate, pero no estoy seguro, porque entonces me movía mucho y pasaba por ciudades más o menos parecidas de las que no retenía el nombre. Había un puerto grande, eso sí, aunque en casi todas ellas había uno. Y también olía a pescado y a diésel por todas partes.

Vi que en la carretera nacional había, a las afueras de la ciudad, un restaurante abierto las veinticuatro horas y entré a cenar. Debían de ser las ocho de la tarde. Pedí curry de langostinos y la ensalada de la casa. No había muchos clientes. Estaba cenando sentado a una mesa junto a la ventana y leyendo un libro de bolsillo, cuando de pronto se sentó a mi mesa una joven. Ocupó la silla de plástico sin titubear y sin pedirme permiso, como si fuera lo más natural del mundo.

La miré sorprendido. No la conocía de nada. Era la primera vez en mi vida que la veía, y todo sucedió tan de repente que no llegué a entender la situación. A nuestro alrededor había muchas mesas vacías y no tenía ninguna necesidad de compartir una. ¿Era algo normal en aquella ciudad? Dejé el tenedor en la mesa, me limpié con la servilleta de papel y la observé distraído.

—Haz como si me conocieras —dijo ella escuetamente—, como si hubiéramos quedado aquí.

Tenía la voz ronca, puede que fuera su voz natural, o puede que fuera consecuencia de los nervios. Hablaba con un ligero acento de Tohoku.

Coloqué el punto de lectura entre las páginas y cerré el libro. Debía de rondar los veintitantos años. Llevaba una blusa blanca de cuello redondo y una chaqueta de punto azul marino. Ninguna de las dos prendas parecía de buena calidad, y tampoco es que estuvieran de moda. Era una ropa normal y corriente, como para ir a comprar al supermercado. Llevaba el pelo corto con flequillo y poco maquillaje. Sobre el regazo tenía un bolso negro de tela.

Su cara no tenía ningún rasgo peculiar. En general, no estaba mal, pero la impresión que daba era un tanto anodina, el tipo de cara en la que uno no se fija si se cruza con ella por la calle, una cara que se olvida enseguida. Tenía los labios finos y delgados, la boca grande. Respiraba por la nariz un tanto agitada. Sus orificios nasales se dilataban y contraían. Tenía la nariz pequeña, y al compararla con la boca, el equilibrio se rompía, como si un escultor se hubiera quedado de repente sin arcilla y hubiese decidido arreglárselas con una nariz más pequeña de lo previsto.

—¿Has entendido? —insistió—. Actúa como si me conocieras. No pongas esa cara de sorpresa.

—De acuerdo —dije sin entender qué ocurría.

—Sigue comiendo como si nada. Finge que somos íntimos.

—¿Y de qué hablamos?

—¿Eres de Tokio?

Asentí. Cogí el tenedor y me llevé a la boca un tomate cherry. Después di un sorbo de agua.

—Lo sé por tu forma de hablar —dijo ella—. ¿Qué haces en un lugar como este?

—He entrado por casualidad.

Una camarera con uniforme de color jengibre se acercó con la carta del menú. Tenía el pecho tan sorprendentemente grande que parecía que los botones del uniforme fueran a estallar en cualquier momento. La chica rechazó la carta. Ni siquiera miró a la camarera. Se limitó a pedir un café y tarta de queso sin quitarme los ojos de encima, como si me lo pidiese a mí en realidad. La camarera asintió sin decir nada y se marchó con la carta.

—¿Estás metida en algún asunto turbio? —le pregunté.

No contestó. Se limitó a mirarme como si examinase mi cara.

—¿Ves algo detrás de mí? —me preguntó después—. ¿Hay alguien?

Eché un vistazo detrás de ella. Tan solo había gente normal que estaba cenando y no había llegado ningún cliente nuevo.

—No —dije—. No hay nadie.

—Sigue observando y dime si pasa algo. Mientras tanto, habla conmigo.

Desde la mesa donde estábamos sentados se veía el aparcamiento. Veía mi viejo y pequeño Peugeot cubierto de polvo. Además del mío, había dos coches más aparcados: uno pequeño y plateado y un monovolumen negro que parecía nuevo. Llevaban un buen rato allí. No había ningún otro vehículo. Supuse que ella había llegado andando o que alguien la había acompañado en coche.

—¿Estás aquí por casualidad? —me preguntó.

—Sí.

—¿De viaje?

—Algo así.

—¿Qué libro estabas leyendo?

Se lo enseñé. Era *La familia Abe*, de Mori Ogai.

—*La familia Abe* —dijo y me lo devolvió—. ¿Por qué lees una cosa tan antigua?

—Estaba en la recepción de un hostal de Aomori donde me alojé hace poco. Lo hojeé, me pareció interesante y lo cogí. A cambio, dejé unos cuantos libros que ya me había leído.

—No lo he leído. ¿Es interesante?

Me lo había acabado ya y lo estaba releyendo; en parte, porque la historia era interesante, pero también porque no llegaba a entender para qué y desde qué punto de vista había escrito Mori Ogai aquella novela. Sin embargo, no me veía con ánimo de explicarle todos esos detalles. No estábamos en un club de lectura. Además, ella solo parecía interesada en conversar para fingir naturalidad (como mínimo, para que la gente de alrededor lo interpretase así).

—Creo que merece la pena leerlo —dije.

—¿A qué se dedica?

—¿Quién? ¿Mori Ogai?

—No —frunció el ceño—, me da igual Mori Ogai. Me refiero a ti. ¿A qué te dedicas?

—De repente me has hablado de usted y me he confundido. Pinto cuadros.

—Pintor.

—Algo así.

—¿Qué tipo de cuadros pintas?

—Retratos.

—¿Te refieres a esos cuadros que hay siempre colgados en las paredes de los despachos de los directores de empresa? ¿Esos cuadros de gente importante que pone siempre cara de importancia?

—Eso es.

—¿Te dedicas solo a eso?

Asentí.

Ya no volvió a tocar el tema de la pintura. Quizá ya había perdido el interés, y no me extrañó nada. A la mayoría de la gente no les interesan los retratos aparte del protagonista.

En ese momento se abrió la puerta automática del restaurante y entró un hombre alto de mediana edad. Llevaba una chaqueta de cuero negro, una gorra también negra con el logotipo de una marca de golf. Miró a su alrededor y eligió una mesa que se hallaba dos mesas más allá de donde estábamos sentados nosotros. Se sentó de cara a mí. Se quitó la gorra, se pasó la mano un par de veces por el pelo y miró atentamente el menú que le había dado la camarera del pecho grande. Tenía el pelo entrecano, corto. Era delgado y moreno, y en su frente se veían unas profundas arrugas onduladas.

—Ha entrado un hombre —le dije.

—¿Cómo es?

Le expliqué a grandes rasgos su aspecto.

—¿Puedes dibujarlo?

—¿Quieres decir un retrato?

—Sí. Eres pintor, ¿no?

Saqué un pequeño cuaderno de mi bolsillo y esbocé la cara del hombre con un portaminas. Incluso le añadí algunas sombras. Mientras dibujaba, ni siquiera me hizo falta mirarle. Soy capaz de entender y memorizar los rasgos de una persona de un solo vistazo. Le entregué el dibujo a la chica. Lo cogió, entornó los ojos y lo observó un rato, como un empleado de banca examinando en detalle una firma sospechosa en un cheque. Después lo dejó encima de la mesa.

—Dibujas muy bien —dijo aparentemente impresionada.

—Es mi trabajo. ¿Conoces a ese hombre?

No dijo nada. Se limitó a mover la cabeza de un lado a otro. Siguió con los labios apretados sin cambiar de expresión. Dobló el dibujo en cuatro y se lo guardó en el bolso. No entendía por qué lo hacía. Hubiera bastado con arrugar el papel y tirarlo por ahí.

—No le conozco —dijo.

—Pero ¿te sigue o algo así?

No contestó.

La camarera trajo el café y la tarta de queso. La chica no dijo nada hasta que se marchó. Separó un trozo de la tarta moviendo el tenedor a derecha e izquierda varias veces encima del plato, como un jugador de hockey sobre hielo calentando antes de empezar un partido. Luego se metió el trozo en la boca y masticó sin gesticular, echó un poco de leche en la taza y dio un sorbo al café. Apartó el plato con la tarta como si ya no quisiera más.

En el aparcamiento había un coche nuevo, un todoterreno de color blanco. Era un coche alto y robusto, con unas buenas ruedas. Debía de ser del hombre que acababa de entrar. Estaba aparcado de frente. La rueda de repuesto colgada del maletero llevaba una funda con el logo del modelo: SUBARU FORESTER. Terminé de comerme el curry con langostinos. La camarera se acercó a retirar el plato y pedí un café.

—¿Viajas desde hace mucho?

—Sí, hace tiempo.

—¿Es interesante viajar?

No viajaba porque fuera interesante. Esa era la respuesta adecuada, pero si le decía eso, tendría que enredarme en una explicación larga y complicada.

—Más o menos —dije.

—Hablas poco. —Me miraba como si tuviese delante un animal extraño.

Dependía de con quién hablase. Esa era, de nuevo, la respuesta correcta. Y una vez más, decírselo tal cual me habría exigido extenderme en explicaciones.

La camarera me sirvió el café y me lo tomé. Sabía a café, pero no estaba bueno. Para consolarme, me dije que era café y que estaba caliente. No entró ningún cliente más. El hombre de pelo entrecano con la chaqueta de cuero pidió una hamburguesa con arroz. Tenía una voz penetrante.

Por los altavoces sonaba *Fool on the Hill* interpretada por una orquesta de cuerda. No recordaba si la canción la había compuesto John Lennon o Paul McCartney. Supuse que había sido John Lennon. Me dedicaba a pensar en cosas irrelevantes. No sabía qué hacer.

—¿Has venido en coche? —me preguntó ella.

—Sí.

—¿Cuál es?

—El Peugeot rojo.

—¿De dónde es la matrícula?

—De Shinagawa.

Al oírlo, frunció el ceño como si tuviera recuerdos desagradables asociados a un Peugeot rojo con matrícula de Shinagawa. Estiró las mangas de su chaqueta de punto y comprobó que los botones de la camisa estaban cerrados. Después se limpió los labios con la servilleta de papel.

—¡Vámonos! —dijo de repente.

Bebió medio vaso de agua y se levantó de la mesa. Dejó el café y la tarta a medias, como si hubiera ocurrido algo grave antes de terminárselos.

No sabía adónde iba, pero me levanté tras ella. Cogí la cuenta que estaba encima de la mesa y pagué en la caja. Me hice cargo de su consumición sin que me diera las gracias. Tampoco hizo gesto de ir a pagar.

Cuando nos íbamos del restaurante, el hombre de mediana edad con pelo entrecano comía su hamburguesa sin mostrar especial interés por ella o por mí. Levantó la cabeza y nos miró, pero nada más. Enseguida volvió a concentrarse en su plato y siguió comiendo con cara inexpresiva. La chica no le miró en ningún momento.

Cuando pasaba por delante del Subaru Forester blanco, me llamó la atención una pegatina con el dibujo de un pez en el parachoques trasero. Supuse que era un pez espada. No me podía imaginar la razón de poner una pegatina de un pez espada en el coche. Quizás era un pescador o un aficionado a la pesca.

No dijo adónde quería ir. Tan solo se sentó a mi lado y se limitó a darme sencillas indicaciones. Parecía conocer bien el lugar, como si fuese su ciudad natal o viviese allí desde hacía mucho tiempo. Seguí sus indicaciones. Después de circular por la carretera nacional durante un rato llegamos a un hotel de citas anunciado con llamativas luces de neón. Aparqué y apagué el motor.

—Esta noche voy a dormir aquí —dijo ella como si hiciese una declaración—. No puedo volver a casa. Ven conmigo.

—Ya tengo una habitación reservada. Me he registrado y he dejado mis cosas allí.

—¿Dónde?

Le di el nombre de un pequeño hotel de negocios cerca de la estación de tren.

—Este está mucho mejor. Seguro que es una habitación anodina y pequeña como un armario. —Tenía razón. Era una habitación sin gracia solo un poco más grande que un armario—. Además, no puedo entrar aquí sola porque me tomarán por una puta. Ven conmigo.

«Como mínimo no es una prostituta», pensé.

Pagué una noche en la recepción (cosa que tampoco mereció ni un gesto de agradecimiento por su parte) y me entregaron la llave. Nada más entrar, llenó la bañera de agua caliente, encendió el televisor y reguló la luz. El baño era amplio y, sin duda, la habitación resultaba mucho más cómoda que la de una de esos hoteles de negocios. Parecía que había estado allí en otras ocasiones, o al menos en lugares parecidos. Se sentó en la cama y se quitó la chaqueta de punto. Después, la camisa blanca, la falda cruzada e incluso las medias. Llevaba ropa interior blanca y sencilla. No se veía especialmente nueva ni para una ocasión especial. Se desabrochó el sujetador con un gesto ágil, lo dobló y lo dejó cerca de la almohada. No tenía el pecho ni grande ni pequeño.

—Acércate —dijo—. Ya que hemos venido a este lugar, aprovechémoslo.

Aquella fue mi única experiencia sexual durante mi largo viaje (o, más bien, mientras deambulaba de aquí para allá). Fue un sexo mucho más intenso de lo que había esperado. Ella tuvo cuatro orgasmos, y, por increíble que pueda parecer, todos eran de verdad. Yo eyaculé dos veces, aunque, por alguna razón, no sentí mucho placer. Mientras hacía el amor con ella, mi cabeza parecía estar en otra parte.

—Llevabas tiempo sin acostarte con nadie, ¿verdad? —me preguntó.

—Varios meses —confesé con toda honestidad.

—Se nota. ¿Y a qué se debe? Estoy segura de que tienes éxito con las mujeres.

—Tengo mis razones.

—Pobre —dijo mientras me acariciaba el cuello—. Pobrecito.

«*Pobrecito*», repetí para mis adentros. Al decírmelo de ese modo, realmente tuve la impresión de ser un pobrecito. Estaba en una ciudad desconocida, en un lugar incomprensible, y me había acostado con una mujer joven de la que ni siquiera sabía el nombre y no tenía ni idea de por qué lo hacía.

Entre coito y coito, nos bebimos unas cuantas cervezas del minibar. Debimos de quedarnos dormidos a eso de la una de la madrugada. Al día siguiente, nada más despertarme, vi que la mujer se había ido. No había dejado ninguna nota ni nada parecido. Me hallaba solo en una cama demasiado grande para mí. El reloj marcaba las siete y media y al otro lado de la ventana ya había amanecido. Abrí las cortinas y vi la carretera nacional que discurría paralela a la costa. Grandes camiones frigoríficos cargados de pescado iban y venían ruidosamente. En el mundo hay muchas cosas vacuas, pero no creo que ninguna lo sea tanto como despertarse solo por la mañana en la habitación de un hotel de citas.

De pronto, se me ocurrió mirar los bolsillos de mis pantalones. Todo estaba en su sitio: el dinero en efectivo, las tarjetas de crédito, la libreta del banco y el carnet de conducir. Sentí un profundo alivio. De haberme robado la cartera, no habría sabido qué hacer. Podía haber sucedido perfectamente. Debería haber tenido más cuidado.

Debió de marcharse mientras yo dormía a pierna suelta. ¿Cómo había vuelto a la ciudad (o adondequiera que viviese)? ¿Había regresado a pie o había tomado un taxi? En realidad me daba igual. No servía de nada darle vueltas a eso.

Devolví la llave en la recepción, pagué las cervezas y conduje en dirección a la ciudad. Tenía que recoger mis cosas del hotel cerca de la estación y pagar la cuenta. Pasé por delante del mismo restaurante donde había cenado la noche anterior. Decidí pararme a desayunar. Tenía mucha hambre y me moría por un café solo muy caliente. Cuando iba a aparcar, vi un poco más adelante un Subaru Forester blanco. Estaba aparcado de cara al local, y tenía una pegatina de un pez espada en el parachoques trasero. Sin duda, era el mismo coche de la noche anterior aparcado en otro sitio. Lógico. Nadie pasaría una noche entera en semejante lugar.

Entré en el restaurante, volvía a estar vacío. Como había imaginado, el hombre de la noche anterior desayunaba sentado a una mesa. Quizás había elegido la misma. Llevaba la chaqueta de cuero. Encima de la mesa estaba la gorra de golf negra con el logo de Yonex. La única diferencia respecto a la noche anterior era que había un periódico doblado. El hombre tenía delante un plato con una tostada y unos huevos revueltos. Debían de habérselo servido hacía poco, porque la taza de café aún humeaba. Cuando pasé por su lado, levantó la cabeza y me miró. Sus ojos me parecieron mucho más fríos y penetrantes que la noche anterior. Incluso noté cierto reproche en ellos. O al menos eso fue lo que sentí.

«Sé perfectamente dónde estabas y lo que estabas haciendo», parecía decirme.

Esa fue mi experiencia en una pequeña ciudad costera de la prefectura de Miyagi. Sigo sin entender qué quería de mí aquella mujer joven de nariz pequeña y dentadura perfecta. Tampoco sabía si el hombre de mediana edad del Subaru Forester blanco la seguía y si ella intentaba huir de él. Fuera como fuese, yo estaba allí por casualidad, había entrado en aquel pomposo hotel de citas con una desconocida por un giro inesperado de los acontecimientos, y había mantenido relaciones sexuales con ella solo durante aquella noche. Quizás ese sexo había sido el más intenso que había tenido en toda mi vida y, a pesar de todo, no recordaba el nombre de la ciudad.

—¿Podrías traerme un vaso de agua? —me pidió mi amante.

Acababa de despertarse de un breve sueño después de hacer el amor.

Era media tarde y estábamos en la cama. Mientras ella dormía, yo me había acordado, mientras miraba al techo, de las cosas extrañas que me habían ocurrido en aquella ciudad. Solo habían pasado seis meses, pero me daba la impresión de que habían ocurrido hacía mucho tiempo.

Fui a la cocina. Serví agua en un vaso grande y volví a la cama. Se bebió más de la mitad de un solo trago.

—Si te parece, ahora podemos hablar de Menshiki —dijo mientras dejaba el vaso en la mesilla.

—¿De Menshiki?

—Las novedades que tengo sobre él. Te lo dije antes.

—¡Ah, sí! Los rumores de la selva.

—Eso es. —Dio otro trago de agua y continuó—: Al parecer, tu amigo Menshiki pasó una buena temporada en una cárcel de Tokio.

Me incorporé y la miré a los ojos.

—¿En una cárcel de Tokio?

—Sí, una que hay en el barrio de Kosuge.

—¿Por qué? ¿Qué delito cometió?

—Desconozco los detalles, pero fue por algo relacionado con dinero, con evasión de impuestos, lavado de dinero, información privilegiada, o por todo ello a la vez. Le detuvieron hará unos seis o siete años. ¿Te ha dicho a qué se dedica?

—Sí, a algo relacionado con la información. Montó su propia empresa y al cabo de varios años la vendió por un buen precio. Me ha dicho que ahora vive del capital que ganó con la operación.

—Un trabajo relacionado con la información es una forma muy ambigua de hablar. Si lo piensas, en el mundo en que vivimos apenas hay trabajos que no estén relacionados con la información.

—¿Quién te lo ha contado?

—Una amiga cuyo marido trabaja en algo que tiene que ver con las finanzas, pero no sé hasta qué punto la información es fiable. Tal vez solo sea un rumor, algo que alguien le ha dicho a alguien y esa persona me lo ha contado a mí, pero, por el tipo de historia que es, no creo que haya salido de la nada.

—Si ha estado en la cárcel de Tokio, eso quiere decir que le detuvo la fiscalía de allí.

—Al final le declararon inocente, pero estuvo detenido durante mucho tiempo y le investigaron a fondo. Prorrogaron varias veces su encarcelamiento y no le concedieron la libertad bajo fianza.

—Pero ¿ganó el juicio?

—Sí, le acusaron, pero no lograron demostrar su culpabilidad. Mantuvo un silencio absoluto durante toda la investigación.

—Por lo que sé, la fiscalía de Tokio es un cuerpo brillante, y está muy orgullosa de su trabajo. Cuando apuntan a alguien, buscan las pruebas, lo detienen y lo acusan. El porcentaje de culpables una vez concluidos los procesos judiciales es muy alto. Los interrogatorios en la cárcel no son un trago fácil de pasar. La mayor parte de los acusados se desmoronan en algún momento y terminan por firmar la declaración que les ofrecen. Mantener un silencio absoluto y salir indemne de ese proceso es imposible para una persona normal.

—Pero él fue capaz de superarlo. Tiene una voluntad de hierro y es inteligente.

Sin duda, Menshiki no era una persona corriente. Tenía una voluntad de hierro y era inteligente.

—La historia no acaba de convencerme —dije—. Ya se trate de un delito de evasión de impuestos o de blanqueo de dinero, una vez que la fiscalía de Tokio detiene a alguien, los periódicos no tardan en hacerse eco y en publicar la noticia. Un apellido tan peculiar como el suyo no se me habría pasado por alto Hasta hace poco leía los periódicos a diario.

—No sé qué decirte. Y otra cosa más. Creo que ya te lo conté, pero compró esa mansión en la montaña hace tres años de una manera un tanto oscura, casi forzada. Los anteriores propietarios no tenían ninguna intención de venderla porque acababan de construirla. Sin embargo, él consiguió echarles de la casa a base de dinero o de otras artimañas, quién sabe, y se instaló en ella como un cangrejo ermitaño.

—Un cangrejo ermitaño no echa a nadie de su concha. Solo usa conchas ya vacías dejadas por otros cangrejos ya muertos.

—Pero no puedes asegurar que no exista algún tipo de cangrejo malo que sí vaya por ahí echando a sus congéneres de sus casas, ¿verdad?

—No te entiendo. —Quería evitar una posible discusión sobre cangrejos ermitaños—. En caso de ser así —continué—, ¿qué razón podía tener para empeñarse en *esa casa* en concreto, para obligar a sus propietarios a marcharse de allí? Hacer eso debió de costarle mucho dinero y esfuerzos. Desde mi punto de vista, es una casa demasiado lujosa y llamativa. Es cierto que resulta imponente, pero no me parece que a él le pegue.

—Y encima es demasiado grande. No tiene servicio, vive solo y apenas recibe visitas. ¿Para qué necesita un lugar tan grande? —Se bebió el agua que aún quedaba en el vaso y añadió—: Tal vez la eligió por una razón concreta, pero la desconozco.

—Sea como fuere, me ha invitado el martes. Cuando vaya, quizá sepa algo más.

—No te olvides de mirar en la habitación secreta, como la del castillo de Barbazul —dijo ella—. De todos modos, me alegro por ti.

—¿Te alegras de qué?

—Has acabado el retrato, le ha gustado y has ganado mucho dinero.

—Eso parece. Yo también me alegro y me siento aliviado.

—Enhorabuena, pintor.

No mentía al decir que me sentía aliviado. Había terminado el retrato, a Menshiki le había gustado y sentía que había hecho un buen trabajo. Como resultado de todo ello, ciertamente, había recibido mucho dinero. Sin embargo, no tenía muchas ganas de celebrarlo porque habían quedado demasiadas cosas sin resolver y sin respuesta. Cuanto más intentaba simplificar mi vida, más me parecía que perdía el hilo de las cosas.

En busca de respuesta, alargué los brazos casi inconscientemente y la abracé. Su cuerpo era suave, estaba caliente y mojado por el sudor.

«Sé perfectamente dónde estabas y lo que estabas haciendo», dijo el hombre del Subaru Forester blanco.

20
El momento en que lo que es real
y lo que no lo es se confunden

Al día siguiente, me desperté a las cinco de la mañana. Era domingo y aún no había amanecido. Después de tomar un desayuno sencillo en la cocina, me puse la ropa de trabajo y fui al estudio. Cuando el cielo empezó a clarear por el este, apagué la luz y abrí la ventana para ventilar la habitación con el aire fresco de la mañana. Saqué un lienzo nuevo y lo coloqué en el caballete. Fuera se oía el canto de los pájaros. No había dejado de llover en toda la noche y los árboles estaban empapados. Había escampado hacía solo un rato y las nubes se fragmentaban dejando entre sí huecos resplandecientes. Me senté en la banqueta y contemplé el lienzo en blanco mientras bebía un café solo bien caliente.

Siempre me había gustado contemplar, por la mañana temprano, un lienzo en blanco, donde aún no había nada pintado. A ese acto lo llamaba el momento *zen* del lienzo: no había nada, pero eso no quería decir que estuviera vacío. En la superficie completamente blanca se escondía algo por venir. Al aguzar la vista veía muchas posibilidades que en algún momento se concretarían en algo. Era un momento que siempre me había gustado: el momento en que lo que es real y lo que no lo es se confunden.

Aquel día, sin embargo, tenía claro desde el principio lo que iba a pintar: el retrato del hombre del Subaru Forester blanco. Aquel hombre de mediana edad había esperado paciente en mi interior a que yo le pintase. Así lo sentía al menos. Debía pintar el retrato por y para mí, para nadie más. No era un encargo, no era para ganarme la vida. Igual que con el retrato de Menshiki, debía empezar por pergeñar su figura a mi manera para aclarar así el sentido de su existencia o, al menos, el sentido que tenía para mí. No sabía por qué, pero era casi una necesidad.

Cerré los ojos. Imaginé la figura del hombre del Subaru Forester blanco. Me acordaba bien de él, de sus rasgos. Me miraba directamente a los ojos desde la mesa del restaurante donde desayunaba. Era la mañana siguiente a nuestro primer encuentro. Había un periódico doblado encima de la mesa y el café humeaba. Por el ventanal entraba una luz cegadora y se oía el entrechocar de la vajilla barata. Reconstruí mentalmente la escena en todos sus detalles y la cara del hombre adoptó una expresión determinada.

«Sé perfectamente dónde estabas y lo que estabas haciendo», me decían sus ojos.

Decidí empezar por un boceto. Me levanté, cogí el carboncillo y, con él en la mano, me puse frente al lienzo. Lo primero era crear un lugar para su cara sobre el espacio en blanco. Tracé una línea sin pensar en nada y sin tener ningún plan concreto. Era la línea central donde empezaría todo. Lo que iba a dibujar allí a partir de ese punto era la cara de un hombre moreno y delgado. Tenía en la frente unas arrugas profundas. Sus ojos eran pequeños y penetrantes. Eran unos ojos acostumbrados a otear el horizonte, en los que se mezclaban el color del cielo y del mar. Tenía el pelo corto, entrecano. Quizás era un hombre silencioso y paciente.

Añadí unas cuantas líneas alrededor de la línea central para poner de relieve el contorno de la cara. Di unos pasos atrás para ver el resultado y corregí aquí y allá. Lo más importante era creer en mí mismo, creer en el poder de las líneas y en el del espacio definido por ellas. En vez de hablar yo, debía dejar que las líneas y los espacios se comunicaran. Cuando esos dos elementos empezasen a hablar, los colores se añadirían enseguida a la conversación, y lo que era plano empezaría a transformarse en algo tridimensional. Mi función era ayudar y animar a todos esos elementos, pero, por encima de todo, no molestar, no interferir.

Estuve trabajando en ello hasta las diez y media. El sol alcanzó poco a poco su cénit, y las nubes grises se desgajaron en trozos pequeños que se dispersaban una tras otra al otro lado de la montaña. Las ramas de los árboles habían dejado de gotear. Me alejé del lienzo y observé el trabajo desde distintos ángulos. Allí estaba la cara del hombre según la había memorizado. Más bien, la estructura que debería contener la cara. Sin embargo, me pareció que sobraban algunas líneas. Debía eliminarlas, pero eso lo haría a la mañana siguiente. Por el momento era mejor dejarlo.

Dejé a un lado el carboncillo medio gastado y me lavé las ennegrecidas manos. Mientras me las secaba, me fijé en la antigua campanilla que estaba en la estantería delante de mí. La cogí. La agité para que sonase, y el sonido me resultó ligero, seco, viejo. No me parecía un instrumento misterioso usado en las prácticas budistas que hubiera estado enterrado durante muchísimos años. El tintineo sonaba muy distinto al que había oído en plena noche. Quizás en la oscuridad y en el profundo silencio tenía una resonancia distinta, más pesada, con más matices, llegaba más lejos.

Aún era un enigma quién la tocaba bajo tierra. Alguien debía de hacerlo todas las noches y, con toda seguridad, lo hacía para transmitir algún tipo de mensaje. Pero ese alguien había desaparecido. Cuando abrimos el agujero, lo único que encontramos dentro fue aquel instrumento y no entendimos muy bien la situación. Volví a dejarlo en su sitio.

Después de comer, salí a dar un paseo por el bosque detrás de la casa. Llevaba una gruesa cazadora gris y un pantalón de chándal que me ponía para trabajar y estaba manchado de pintura por todas partes. Caminé por el sendero mojado hasta el templete y fui a la parte de atrás. Encima de los gruesos tablones que cubrían el agujero se habían amontonado hojas de todas formas y colores completamente empapadas por la lluvia de la noche anterior. Dos días después de que hubiéramos estado allí Menshiki y yo, no parecía que nadie hubiera tocado nada. Había ido para comprobarlo. Me senté encima de una piedra mojada y contemplé el lugar mientras los pájaros trinaban por encima de mi cabeza.

En la quietud del bosque, me pareció oír hasta el sonido de cómo avanzaba el tiempo, del paso de la vida. Una persona se iba y llegaba otra, un sentimiento desaparecía para dar paso a otro, una forma se desvanecía para que apareciera una nueva. Incluso yo mismo

316

me deshacía para renacer día tras día. Nada permanecía siempre en el mismo lugar y el tiempo se perdía. El tiempo se desgranaba como la arena y desaparecía a mi espalda. Sentado en el borde del agujero aguzaba el oído para escuchar cómo moría el tiempo.

¿Cómo se sentiría uno estando solo en el fondo de ese agujero?, me pregunté de repente. ¿Cómo sería permanecer en un lugar completamente a oscuras y pequeño? Por si fuera poco, Menshiki había renunciado voluntariamente a quedarse allí con la escalera y con la linterna. Sin escalera, era imposible salir sin la ayuda de alguien, en concreto, *sin mi ayuda*. ¿Qué le llevó a meterse en semejante aprieto? ¿Quería evocar su experiencia en la cárcel? No había forma de saberlo. Menshiki vivía en su propio mundo, lo hacía a su manera.

Solo tenía una cosa clara al respecto. *Yo no podría haberlo hecho*. Los espacios angostos y oscuros me producían terror. Si me metiese en un lugar así, tal vez ni siquiera podría respirar a causa del miedo. Sin embargo, aquel agujero me atraía. De hecho, me atraía muchísimo. Sentía como si me convocase.

Estuve allí sentado cerca de media hora. Después me levanté y regresé caminando bajo los rayos del sol que se colaban entre las ramas de los árboles.

Pasadas las dos de la tarde me llamó Masahiko Amada. Me dijo que estaba cerca de Odawara por un asunto y me preguntó si podía venir a mi casa. Por supuesto, le dije. Hacía tiempo que no le veía. Apareció en su coche un poco antes de las tres de la tarde y se presentó con una botella de whisky puro de malta. Le di las gracias y la cogí. «Muy oportuno», pensé, porque el mío se estaba acabando. Como era habitual en él, tenía un aspecto refinado, llevaba el pelo bien cortado y las gafas de concha que ya conocía. Hacía tiempo que su aspecto no cambiaba. Tan solo la línea de nacimiento del pelo se retiraba hacia atrás poco a poco.

Nos sentamos en el salón y nos pusimos al día. Le conté que habían venido unos hombres con una excavadora para retirar el montón de piedras del bosque, le hablé del agujero de apenas dos metros de diámetro que había aparecido debajo de ellas, de que la profundidad era de dos metros ochenta, de las paredes recubiertas de piedra, de que lo habían cerrado con una especie de reja muy pesada, y que después de retirarla solo habíamos encontrado una especie de instrumento antiguo usado en los rituales budistas. Me escuchó con mucho interés, pero no dijo en ningún momento que quisiera ver el agujero ni la campanilla.

—¿No has vuelto a oír el tintineo desde entonces? —me preguntó.

Le conté que desde aquel día no había vuelto a oírlo.

—Me alegro mucho —dijo aliviado—. No me gustan nada las historias tenebrosas. Prefiero mantenerme alejado lo máximo posible de cualquier cosa extraña.

—Quien se arriesga puede que al final se arrepienta —dije yo.

—Eso es. De todos modos, haz lo que quieras con ese asunto.

Después le hablé de que por fin había recuperado las ganas de pintar. Que justo dos días antes, nada más terminar el retrato de Menshiki, había experimentado una especie de transformación. Al convertir el retrato en un motivo, tal vez estaba a punto de encontrar un estilo nuevo y original. Había empezado según los cánones clásicos del retrato, pero enseguida la pintura se había convertido en algo completamente distinto, y, *sin embargo,* en esencia seguía siendo eso: un retrato.

Masahiko quería ver el cuadro de Menshiki y se lamentó cuando le dije que ya se lo había llevado.

—Pero si la pintura aún no se habrá secado —comentó.

—Dijo que él se encargaría de ponerlo a secar. Parecía tener mucha prisa por llevárselo. A lo mejor temía que cambiase de opinión y le dijese que prefería quedármelo.

—Mmm... —murmuró extrañado—. ¿Y no tienes nada nuevo?

—Esta mañana he empezado otro, pero de momento no es más que un boceto a carboncillo. No se aprecia nada especial.

—Me da igual. Enséñamelo de todos modos.

Fuimos al estudio y le mostré el boceto de *El hombre del Subaru Forester blanco.* No era más que un tosco esquema construido a base de líneas negras trazadas a carboncillo. Masahiko se quedó de pie con los brazos cruzados frente al caballete y lo contempló durante un buen rato con gesto serio.

—Qué interesante —dijo entre dientes.

Yo no dije nada.

—No imagino la forma que tomará a partir de ahora, pero es cierto que parece el retrato de alguien. Más bien, parece la raíz de un retrato. Una raíz enterrada en las profundidades de la tierra. —Volvió a quedarse en silencio durante un rato—. Se diría que se encuentra en un lugar muy oscuro y profundo —continuó—. ¿Quién es este hombre? Porque es un hombre, ¿verdad? ¿Está enfadado por algo? Da la impresión de estar haciendo un reproche.

—Parece que sepas más que yo —admití.

—Tú no lo sabes —continuó él con un tono de voz monótono—, pero aquí se aprecian un fuerte enfado y una profunda tristeza que el personaje no puede sacar fuera de sí. La rabia le corre por dentro como un remolino.

En la universidad, Masahiko se especializó en pintura al óleo, aunque, honestamente, no destacaba de manera especial. Era hábil, pero sus cuadros carecían de profundidad y él mismo lo admitía. Sin embargo, tenía un gran talento para discernir de un simple vistazo lo bueno de lo malo en los cuadros de los demás. Por eso, cuando tenía dudas le pedía su opinión. Sus consejos siempre eran acertados e imparciales y, de hecho, me fueron muy útiles. Por fortuna, nunca mostró celos ni rivalidad. Formaba parte de su carácter y por eso siempre confié en él. Daba su opinión con franqueza, sin dobleces, de manera que, aunque sus críticas fueran severas, no me molestaban.

—Me gustaría volver a verlo antes de que te desprendas de él —me dijo sin levantar los ojos de la pintura.

—Ningún problema. No es un encargo. Lo pinto para mí, porque me apetece. No tengo previsto desprenderme de él.

—Así que has empezado a pintar *tus propios cuadros,* ¿no es eso?

—Sí, eso parece.

—Es curioso. Es un retrato y al mismo tiempo no lo es.

—Sí, es más o menos eso —asentí.

—Tal vez... No sé. Quizás estés a punto de encontrar un nuevo rumbo.

—Ojalá.

—Hace poco vi a Yuzu —me dijo antes de irse—. Nos encontramos por casualidad y hablamos un rato.

No sabía qué decir y me limité a asentir.

—Parecía estar bien. Apenas te mencionó. Era como si los dos hubiéramos evitado tocar el tema. Entiendes lo que te quiero decir, ¿verdad? Pero antes de despedirnos me preguntó por ti. Quería saber qué hacías y le conté que trabajabas en un cuadro sin entrar en más detalles. Solo le dije que vivías recluido en una casa en la montaña.

—Recluido, pero vivito y coleando —apunté.

Me dio la impresión de que quería contarme algo más, pero se lo pensó dos veces y guardó silencio. Yuzu siempre había congeniado con él. Le consultaba a menudo todo tipo de cosas, quizá también sobre mi relación con ella. Le pedía su opinión como hacía yo con los cuadros que pintaba. Masahiko nunca me contó nada. Era su forma de ser. Le confiaban muchas cosas, pero de él nunca salía nada, como el agua de lluvia que corre por los canalones y se acumula en un depósito. Era un agua que nunca iba a ninguna otra parte y tampoco llegaba a desbordarse, como si su nivel se ajustase en función de las necesidades.

No parecía que hablase con nadie de sus preocupaciones. Imagino que debía de pesarle el hecho de ser hijo de un famoso pintor de pintura tradicional japonesa, de haber estudiado Bellas Artes, y no tener talento. Seguro que había cosas de las que le hubiera gustado hablar, pero a lo largo de todos los años que hacía que nos conocíamos, jamás le había oído quejarse de algo. Él era así.

—Yuzu tenía un amante —me atreví a confesarle—. Al final de nuestro matrimonio, ya no teníamos relaciones sexuales. Debería haberme dado cuenta mucho antes.

Era la primera vez que le hablaba de eso a alguien. Lo tenía bien guardado dentro de mí.

—Entiendo —se limitó a decir.

—Imagino que algo sabrías, ¿no?

No contestó.

—¿Me equivoco? —insistí.

—Hay cosas que es mejor no saber. Es lo único que te puedo decir.

—Lo sepas o no, el resultado es el mismo. La diferencia radica en si te enteras enseguida o no, si aporrean a la puerta o llaman suavemente.

—Puede que tengas razón —suspiró Masahiko—. Lo supiera o no, el resultado final sería más o menos el mismo. De todos modos, hay cosas que no puedo contar.

Me quedé callado mientras él continuó hablando.

—Sea cual sea el resultado, las cosas siempre tienen un lado bueno y uno malo. Entiendo que separarte de ella fue una experiencia muy dura para ti y lo siento de veras, pero el resultado de eso es que al fin has empezado a pintar para ti, tus propios cuadros. Estás descubriendo un estilo propio. Esa es la parte positiva, ¿no crees?

Quizá tuviera razón, pensé. De no haberme separado de Yuzu, mejor dicho, si Yuzu no me hubiera dejado, imagino que aún seguiría pintando los mismos retratos convencionales de siempre, solo por ganarme la vida. En cualquier caso, no era *una opción que hubiera escogido yo,* y no podía olvidarme de eso.

—Intenta ver el lado positivo —me dijo Masahiko antes de marcharse—. Tal vez sea un consejo estúpido, pero ya que debes ir por este camino, es mejor hacerlo por el lado donde da el sol. ¿No te parece?

—Y en el vaso queda aún una decimosexta parte de agua.

—Me gusta tu sentido del humor —dijo tras soltar una carcajada. No lo había dicho como un comentario jocoso, pero preferí no dar más explicaciones. Masahiko guardó silencio antes de preguntar—: Aún la quieres, ¿verdad?

—Debería olvidarme de ella, pero mi corazón no hace caso.

—¿No te acuestas con otras mujeres?

—Aunque me acueste con otras mujeres, entre ellas y yo siempre está Yuzu.

—¡Pues menudo problema! —exclamó, y se frotó la frente con los dedos como si de verdad estuviera preocupado.

Entonces se subió al coche para volver a su casa.

—Gracias por el whisky —le dije.

Aún no habían dado las cinco, pero el cielo ya estaba muy oscuro. Era la estación en que las noches se alargaban todos los días un poco más.

—Me hubiera gustado beber contigo, pero debo conducir —dijo sentado al volante de su coche—. Nos vemos dentro de poco y bebemos con calma. Hace tiempo que no lo hacemos.

Acepté encantado la propuesta.

Había dicho que *ciertas cosas era mejor no saberlas,* y tal vez tenía razón. Quizás había cosas que era mejor no oírlas siquiera, pero era imposible no oírlas nunca. Cuando llegaba el momento, aunque uno se tapase los oídos con todas sus fuerzas, el sonido de la verdad vibraba en el aire y alcanzaba el corazón mismo de la gente. Nadie puede aislarse por completo, y a quien no le guste no tendrá más remedio que huir a un mundo vacío.

Me desperté a media noche. Encendí la luz a tientas y miré el reloj. La una y treinta y cinco de la madrugada. Oí la campanilla. No había duda. Me incorporé y agucé el oído hacia donde venía el sonido. Volvió a sonar. Alguien la tocaba en plena noche y el sonido era más claro y nítido que nunca.

21

Es pequeña, pero brota sangre cuando corta

Me incorporé en la cama y me concentré en oír el tintineo mientras contenía la respiración. ¿De dónde venía? Se oía más alto y más claro que nunca, no me cabía ninguna duda, y venía de un lugar diferente.

Sonaba dentro de la casa. No se me ocurría de dónde podía venir si no. En medio de la confusión a esas horas de la noche recordé que había dejado la campanilla en la estantería del estudio hacía unos días, después de sacarla del agujero del bosque.

El tintineo venía del estudio.

No había duda, pero ¿qué podía hacer?

No conseguía despejarme, ordenar mis pensamientos, y, obviamente, tenía miedo. Dentro de aquella casa, bajo el mismo techo que me cobijaba, ocurría algo incomprensible. Era media noche, estaba en una casa perdida en mitad de las montañas y, por si fuera poco, completamente solo. Era imposible no tener miedo. Poco después, sin embargo, me di cuenta de que la confusión superaba al miedo. Me parece que es así como funciona el cerebro. Para aliviar el miedo, para rebajar una fuerte presión, el cerebro moviliza todos los sentidos, todos sus recursos, como cuando en un incendio echamos mano de cualquier recipiente que sirva para coger agua.

En la medida de lo posible consideré, lo mejor que pude, las distintas opciones de lo que podía hacer en ese momento. Entre ellas estaba la opción de esconderme bajo el edredón e intentar dormir de nuevo. Según Masahiko Amada, lo mejor era mantener el mínimo contacto con lo desconocido. Apagar la corriente del pensamiento. Tratar de no ver ni escuchar. El problema, no obstante, era que *no habría podido conciliar el sueño*. Aunque metiese la cabeza debajo del edredón y me tapase las orejas, aunque desconectase la corriente del pensamiento, era imposible ignorar ese nítido tintineo. Al fin y al cabo, se oía en el interior de la casa.

Sonaba de forma intermitente, como de costumbre. Algo o alguien lo sacudía, dejaba pasar un intervalo de tiempo y volvía a sacudirlo. Los silencios no eran regulares. Unas veces eran cortos, otras largos. En esa discontinuidad se notaba algo extrañamente humano. La campanilla no sonaba por sí sola y tampoco lo hacía accionado por algún tipo de mecanismo. Alguien la hacía sonar, tal vez había un mensaje implícito.

Si no podía escapar, no me quedaba más remedio que enfrentarme a la realidad. Si el tintineo se repetía cada noche, el insomnio acabaría venciéndome y ni siquiera podría llevar una vida decente. No me quedaba más remedio, por tanto, que ir al estudio a ver qué ocurría. Esa inesperada obligación me daba rabia (¿por qué tenía que levantarme de la cama a esas horas?), aunque, al mismo tiempo, sentía curiosidad. Quería ver con mis propios ojos qué ocurría allí.

Me levanté y me puse un jersey encima del pijama. Con una linterna en la mano, fui a la entrada a por un bastón de roble de color oscuro que Tomohiko Amada tenía en el paragüero. Lo agarré con la mano derecha. Era pesado, robusto. No creía que fuera a utilizarlo, pero tenerlo en la mano me tranquilizaba. No tenía ni idea de qué podía ocurrir.

Estaba asustado, por supuesto. Caminaba descalzo y apenas sentía nada en la planta de los pies. Notaba el cuerpo rígido y, cada vez que lo movía, me parecía oír el crujido de todos mis huesos. Quizás había entrado alguien en la casa y tocaba la campanilla. Supuse que se trataba de la misma persona que la hacía sonar en el interior del agujero. No tenía ni idea de quién o de qué se trataba. ¿Una momia? Si entraba en el estudio y me encontraba con una momia o con un hombre enjuto con la piel seca adherida a los huesos y el instrumento en la mano, ¿qué podía hacer? ¿Debía golpearle con el bastón de Tomohiko Amada con todas mis fuerzas?

«Imposible», pensé. Me sentía incapaz de hacer algo así. Tal vez esa momia era un buda momificado, nada que ver con un zombi.

En ese caso, ¿cómo debía reaccionar? Seguía sumido en la confusión, o, mejor dicho, cada vez estaba más confuso. Si no era capaz de hacer algo, ¿significaba eso que debía vivir con una momia en casa? ¿Tendría que oír ese ruido todas las noches a la misma hora?

De pronto pensé en Menshiki. Aquella situación tan molesta era la consecuencia directa de haber hecho algo del todo innecesario. Había mandado una cuadrilla de trabajadores a que retirasen todas las piedras del túmulo con la ayuda de una excavadora; había descubierto un agujero oculto bajo una reja y, como resultado de aquello, algo sin identificar había entrado en la casa junto con la campanilla. Pensé en llamarle. A pesar de lo tarde que era, habría venido enseguida con su Jaguar. Al final descarté la idea. No podía esperarle. Era un asunto al que debía enfrentarme solo, algo enteramente *bajo mi responsabilidad*.

Entré en el salón y encendí la luz. La campanilla siguió sonando. Sin duda, el tintineo se oía desde el otro lado de la puerta del estudio. Agarré con fuerza el bastón con la mano derecha, crucé de puntillas el amplio salón y puse la mano izquierda en el pomo de la puerta del estudio. Respiré profundamente y abrí con decisión. Al mismo tiempo que empujaba la puerta, el tintineo cesó, como si hubiera estado esperando ese preciso momento. Se hizo un profundo silencio.

El estudio estaba completamente a oscuras. No se veía nada. Alargué la mano y le di al interruptor a tientas. La lámpara del techo se encendió e iluminó la habitación. Me quedé en el umbral de la puerta con las piernas abiertas, preparado para lo que pudiese ocurrir. Eché un vistazo rápido a toda la habitación sin soltar el bastón. Tenía la garganta seca de la tensión. Ni siquiera era capaz de tragar saliva.

Allí no había nadie. No había ninguna momia reseca haciendo sonar la campanilla. No había nada de nada. En el centro de la habitación se encontraba el caballete solitario y encima de él un lienzo. Delante, la vieja banqueta de madera de tres patas. No había rastro de nadie y tampoco se oía el canto de los insectos. No soplaba el viento, e incluso las cortinas blancas de la ventana parecían sumidas en un extraño silencio, todo estaba *en calma*. Mi mano derecha temblaba de agarrar tan fuerte el bastón y, a causa de ello, golpeaba ligeramente el suelo con la punta.

La campanilla no se había movido de su sitio en la estantería. Me acerqué para observarla en detalle. No la toqué, pero no se apreciaba nada extraño. Estaba en el mismo sitio que cuando la cogí por última vez.

Me senté en la banqueta y miré de nuevo a mi alrededor dando una vuelta de trescientos sesenta grados, repasé todos los rincones. Allí no había nadie. Era el mismo escenario de todos los días. El lienzo seguía a medio pintar con el boceto de *El hombre del Subaru Forester blanco.*

Miré el reloj en la estantería. Marcaba las dos en punto de la madrugada. La campanilla me había despertado a la una y treinta y cinco exactamente. Habían pasado veinticinco minutos, pero a mí me parecía que había pasado menos tiempo, cinco o seis minutos a lo sumo. Una de dos: o mi percepción del tiempo era errónea, o no transcurría como debía.

Me resigné. Me levanté de la banqueta, apagué la luz del estudio, salí de allí y cerré la puerta. Me quedé de pie al otro lado durante un rato aguzando el oído, pero no volví a oír nada. Tan solo oía el silencio, y decir eso no es un juego de palabras. En lo profundo de aquella montaña solitaria, incluso el silencio tenía su propio sonido. Presté atención un buen rato sin moverme de la puerta.

Fue entonces cuando me di cuenta de que había algo extraño en el sofá del salón. Tenía el tamaño aproximado de un cojín, de un muñeco, pero no recordaba haber dejado allí nada parecido. Agucé la vista y comprobé que no se trataba ni de una cosa ni de la otra.

Era una persona de tamaño reducido perfectamente viva. Su altura apenas superaba los sesenta centímetros. Vestía una ropa blanca muy extraña y se movía con incomodidad, como si no terminase de acostumbrarse a ella. Ya había visto esa ropa en otra ocasión. Era una prenda tradicional, propia de las clases altas en el Japón antiguo, pero había algo más. La cara de aquella persona también me sonaba.

«Es el comendador», pensé.

Un escalofrío me recorrió la columna vertebral como si un trozo de hielo del tamaño de un puño subiese poco a poco por mi espalda. El comendador del cuadro de Tomohiko Amada estaba sentado en el sofá del salón de mi casa (sería más correcto decir de la casa del señor Amada) y me miraba directamente a los ojos. Era un hombre de escasa estatura que vestía la misma ropa y lucía la misma expresión que en el cuadro, como si hubiera saltado directamente de allí.

¿Dónde estaba el cuadro? Me esforcé por recordar: en la habitación de invitados, claro. Si alguien lo hubiera encontrado, se habría producido una situación incómoda, de manera que lo había guardado allí envuelto en papel de embalar para que nadie lo viera. Pero si ese hombre había salido de allí, ¿qué había pasado con el cuadro?

¿Había desaparecido solo el comendador?

¿Era posible que el personaje de un cuadro cobrase vida y saltase a la realidad? Por supuesto que no. Era imposible. No había ninguna duda al respecto, ¿a quién se le podía ocurrir algo así?

Me quedé allí plantado sin poder moverme. Mientras observaba al comendador sentado en el sofá, se me pasaron por la cabeza un montón de cosas dispersas y sin lógica. Parecía como si el tiempo se hubiera detenido, como si se moviese adelante y atrás hasta que se me despejara la mente. Era incapaz de apartar la vista de aquel personaje que venía de otro mundo. Al menos eso era lo único que podía pensar. El comendador no apartaba la vista de mí. Estaba callado. No había pronunciado una sola palabra. Daba la impresión de estar tan sorprendido como yo. Aparte de mirarle fijamente y tratar de respirar calmado con la boca ligeramente abierta, no podía hacer nada más.

El comendador también me miraba sin pronunciar una sola palabra, con los labios cerrados. Tenía sus cortas piernas estiradas encima del sofá, la espalda apoyada en el respaldo. Ni siquiera llegaba con la cabeza a la parte inferior del reposacabezas. Calzaba unos zapatos extraños y diminutos. Parecían de cuero negro, con la punta doblada hacia arriba. Llevaba una espada larga a la cintura, con la empuñadura decorada. Aunque diga larga, en realidad era proporcional al tamaño de su cuerpo, de manera que era más bien una daga, aunque, sin duda, se trataba de un arma mortífera. Si es que era una espada de verdad.

—Por supuesto que es de verdad —dijo como si leyera mis pensamientos. Su voz sonaba muy fuerte para salir de un cuerpo tan pequeño—. Es pequeña, pero brota sangre cuando corta.

Guardé silencio. No me salían las palabras. Lo primero que me llamó la atención fue su extraño modo de hablar. Nadie normal, digamos, se expresaría así, pero claro, bien pensado, me di cuenta de que era un comendador que no levantaba más de sesenta centímetros del suelo y había salido de un cuadro. Obviamente, no podía ser una persona «normal». Por tanto, su manera de hablar no tenía por qué sorprenderme tanto.

—En el cuadro *La muerte del comendador*, de Tomohiko Amada —dijo—, a punto estuve de perecer horriblemente apuñalado en el pecho, como vos bien sabréis. Mas no hallaréis heridas en mí en este momento. ¿Lo veis? Molesto es caminar por ahí derramando sangre, y provocaros quebranto no quería. Un verdadero problema es manchar de sangre alfombras y mobiliario. ¿No os parece? Decidí suspender de momento tanto realismo y cerrar mi herida mortal. Pertenezco al cuadro, pero sin el acto de morir. Si necesitáis dirigiros a mí, podéis llamarme comendador.

Puede que hablase de un modo extraño, pero eso no parecía suponerle ningún problema. Más bien era locuaz. Yo, por mi parte, seguía sin pronunciar una sola palabra. Era incapaz de determinar qué era real y qué no lo era.

—¿Por qué no dejáis ya el bastón? —inquirió—. No vamos a batirnos en duelo.

Miré mi mano derecha. Aún sostenía firmemente el bastón de Tomohiko Amada en ella. Lo solté. El bastón de roble cayó sobre la alfombra con un ruido sordo.

—No vengo del cuadro. —El comendador parecía capaz de leer mis pensamientos—. Un cuadro interesante —continuó—. Pero no os preocupéis, no se ha producido ningún cambio. El comendador sigue a punto de morir asesinado y de su corazón brota sangre a borbotones. Solo he pedido prestada su forma para presentarme ante vos, por pura conveniencia. No os importa, ¿verdad?

Continué callado.

—Dudo que tenga importancia, el señor Amada ya habita un mundo nebuloso y lleno de paz, y el comendador es una marca registrada. De haber adoptado la forma de Mickey Mouse o de la princesa Pocahontas, Walt Disney me habría llevado ante un tribunal. Pero solo soy un pobre comendador y tal cosa no sucederá. —Se rio divertido y sus hombros se agitaron arriba y abajo—. A mí me habría dado igual tomar la forma de una momia, pero para vos habría sido una experiencia horrible toparos en medio de la noche con un ser así. Una masa de carne seca sacudiendo un cascabel en la oscuridad. A cualquiera le habría dado un ataque al corazón, ¿no os parece?

Asentí casi de manera refleja. Sin duda, un comendador resultaba mucho más apropiado que una momia. Si me hubiera encontrado con una momia, seguro que se me habría parado el corazón. Por otro lado, toparme en mitad de la noche con Mickey Mouse o Pocahontas con la campanilla en la mano también habría sido horrible. Quizás un comendador vestido con ropa del periodo Asuka era la elección más correcta.

—¿Es usted algo parecido a un espíritu? —me atreví a preguntarle.

Mi voz sonó dura, ronca, como la de una persona convaleciente de una enfermedad.

—Buena pregunta —dijo el comendador. Levantó su pequeño dedo índice—. Es una buena pregunta la que me planteáis. ¿Qué soy yo? De momento, el comendador. Nada más, si bien mi apariencia es provisional. Desconozco en qué me convertiré después. Pero ¿quién sois vos? Os presentáis bajo esa apariencia que tenéis ahora, pero ¿quién sois realmente? Si alguien os plantease esta pregunta a bocajarro, a buen seguro os desconcertaría mucho. A mí me sucede lo mismo.

—En ese caso, ¿puede adoptar la forma que desee? —insistí.

—No es tan sencillo. De hecho, puedo adoptar formas limitadas, no la que me venga en gana. Dicho de otro modo, diré que *mi vestuario es limitado*. No puedo adoptar según qué figura si no es necesario, y en esta ocasión solo tenía la opción de tomar prestada la de este pequeño comendador. Por culpa del tamaño del cuadro no soy más alto y, encima, estos ropajes me resultan muy incómodos —dijo y se agitó bajo su ropa blanca—. Pero retomemos vuestra pregunta. ¿Soy un espíritu? No, os equivocáis. Un espíritu no soy, sino una simple idea. Un espíritu, en esencia, es una presencia sobrenatural, pero no es mi caso. Yo existo con muchas limitaciones.

Quería preguntarle muchas cosas, o, más bien, quizá *debería haber tenido preparadas muchas preguntas*, pero por alguna razón no se me ocurría ninguna. Yo no era más que un tipo corriente. ¿Por qué me trataba entonces con tanta pompa y se dirigía a mí en un lenguaje tan anticuado? Aunque, en realidad, esa pregunta era del todo innecesaria. No hacía falta. Tal vez en el mundo de las ideas solo existía esa segunda persona del singular.

—Hay muchas limitaciones —se explicó el comendador—. Por ejemplo, solo puedo adoptar una forma física un número determinado de horas al día. Yo prefiero la medianoche, así que me transformo desde la una de la madrugada hasta las dos y media más o menos.

Durante el día me canso mucho. El resto del tiempo vago por ahí como una idea sin definir, como le ocurre al búho del desván. Tampoco puedo ir a lugares donde no he sido invitado. Si he podido entrar en esta casa, es porque vos abristeis el agujero y trajisteis aquí la campanilla.

—¿Era usted, entonces, quien estaba encerrado en ese agujero?

—No lo sé. No tengo memoria propiamente dicha, pero sí, es cierto que estaba allí encerrado. Por alguna razón no podía salir, aunque no por ello estaba especialmente incómodo. No me incomoda ni me voy a quejar por tener que pasar cien mil años encerrado en un agujero. De todos modos, le agradezco que me haya sacado de allí. Sin duda, es mucho más interesante estar libre que encerrado. También se lo agradezco al señor Menshiki. De no ser por él, el agujero seguiría cerrado.

Asentí.

—Tiene toda la razón.

—Supongo que me llegó alguna señal, intuí que abrirían el agujero. Me parecía que era el momento oportuno.

—¿Por eso hacía sonar la campanilla a medianoche?

—En efecto. Gracias a eso el agujero se abrió. Además, el señor Menshiki ha tenido la amabilidad de invitarme a cenar.

Asentí de nuevo. Era cierto. Menshiki le había invitado a él también a la cena del martes en su casa, aunque para referirse al comendador en realidad había empleado la palabra momia. Era lo mismo que cuando don Giovanni invitaba a cenar a la estatua del comendador. Quizá lo dijo en broma, pero la broma se había acabado.

—No como —aclaró el comendador—. No necesito comer nada y tampoco bebo alcohol, pues no tengo intestinos. Una lástima. Sobre todo cuando te invitan a una cena estupenda, pero aceptaré con mucho gusto. No hay tantas oportunidades de que inviten a cenar a una idea.

Esas fueron las últimas palabras que pronunció esa noche. De pronto, se quedó callado, cerró los ojos despacio, como si empezase a meditar, y el gesto de su cara se volvió introspectivo. Se quedó inmóvil y empezó a desvanecerse hasta que sus contornos fueron difíciles de apreciar. Unos segundos más tarde desapareció por completo. Miré el reloj casi en un acto reflejo. Eran las dos y cuarto de la madrugada. Tal vez su límite para mantener una apariencia física.

Me acerqué al sofá y toqué el lugar donde había estado sentado. No noté nada. No estaba caliente y tampoco ligeramente hundido. No había una sola señal de que alguien hubiera estado allí sentado. Tal vez las ideas no tenían temperatura y tampoco pesaban. Tal vez sus formas solo eran transitorias. Me senté en el sofá e inspiré profundamente. Después me froté la cara con las dos manos.

Todo aquello parecía suceder dentro de un sueño. Había tenido un sueño largo y vívido. O, mejor dicho, estaba en la continuación de un sueño, encerrado en él. Al menos, así era como me sentía. Por otro lado, sabía perfectamente que no se trataba de un sueño. Puede que no fuera la estricta realidad, pero tampoco era un sueño. Con la ayuda de Menshiki había liberado al comendador de su encierro. Como mínimo habíamos liberado una idea con forma de comendador, y ahora vivía dentro de la casa, como el búho en el desván. No sabía qué significaba todo aquello, y desconocía las consecuencias que podría tener para mí.

Me levanté, recogí el bastón de Tomohiko Amada del suelo, apagué la luz del salón y volví al dormitorio. A mi alrededor todo estaba en silencio. No se oía un solo ruido. Me quité el jersey, me metí en la cama y me puse a pensar qué debía hacer a partir de ese momento. El comendador iría a casa de Menshiki atendiendo su invitación. ¿Qué sucedería durante la cena? Cuantas más vueltas le daba, más intranquilo me sentía. Notaba la cabeza como una de esas mesas cojas que no hay manera de estabilizar.

Sin embargo, poco tiempo después me venció el sueño. Mi cabeza movilizó todas sus funciones para que me durmiera, para alejarme así de aquella realidad tan confusa, sin lógica alguna. No me pude resistir. No tardé en quedarme dormido y, justo antes de hacerlo, pensé en el búho. ¿Qué tal estaría?

«*Dormíos*», parecía susurrarme el comendador. Pero la voz que oía debía de ser parte del sueño.

22
La invitación aún sigue en pie

El día siguiente era lunes. Cuando me desperté, el reloj digital junto a la cama marcaba las seis y treinta y cinco de la mañana. Me incorporé y reconstruí mentalmente lo que había sucedido unas horas antes: el tintineo de la campanilla, la aparición del comendador en miniatura y la extraña conversación que habíamos mantenido. Quería pensar que solo había sido un sueño larguísimo y muy real. Nada más. Con la claridad de la mañana, me parecía que lo había soñado. Recordaba todo con mucha nitidez, pero cuanto más pensaba en los detalles, más lejos de la realidad me parecía, a años luz de distancia.

Pero por mucho que tratase de convencerme, sabía que no era así. *Tal vez no había sido estrictamente la realidad, pero tampoco había sido un sueño.* Se trataba de algo distinto.

Me levanté. Fui a buscar el cuadro de Tomohiko Amada para llevarlo al estudio. Lo desembalé, lo colgué en la pared, me senté en la banqueta y lo observé durante mucho tiempo. Como había dicho el comendador la noche anterior, no se había producido ningún cambio en él. El comendador no se había escapado de allí para aparecer en este mundo. En la pintura seguía estando al borde de la muerte, la sangre brotaba de su corazón después de que le hubieran asestado con una espada en el pecho. Miraba al vacío, tenía la boca abierta, torcida. Tal vez gemía de dolor. Su peinado, la ropa que llevaba puesta, la espada que sujetaba con la mano y esos extraños zapatos negros eran iguales a los del comendador que se había presentado ante mí. O mejor dicho, siguiendo el orden de la historia, o sea, el *orden cronológico*, el comendador de la noche anterior había copiado con todo detalle al del cuadro.

Era increíble que un personaje imaginario nacido del pincel de Tomohiko Amada se hiciera real (o lo que fuera), adoptase la misma forma y se moviese de manera tridimensional a voluntad. Sin embargo, al observar detenidamente el cuadro, empecé a pensar que nada era imposible. Tal vez porque los trazos de Tomohiko Amada resultaban muy vivos. Los estudiaba y los límites entre realidad y ficción se desdibujaban, entraban en el territorio de la ambigüedad, se volvían planos y al mismo tiempo tridimensionales, sustanciales y de igual modo simbólicos. Era como el cartero de Van Gogh, que, a pesar de no estar pintado en un estilo realista, parecía vivo, que fuera a respirar; como los cuervos que dibujaba en pleno vuelo a pesar de no ser más que bruscas líneas negras. Mientras contemplaba el cuadro, mi admiración por el talento pictórico de Tomohiko Amada crecía minuto a minuto. Tal vez el comendador, mejor dicho, la idea en forma de comendador, había tomado prestada la figura del cuadro al reconocer su fuerza, su excepcionalidad, como un cangrejo ermitaño cuando elige la concha más llamativa y resistente como vivienda.

Después de permanecer diez minutos observando el cuadro de Tomohiko Amada fui a la cocina a prepararme un café. Desayuné algo sencillo mientras escuchaba el boletín informativo en la radio. No había una sola noticia que tuviera sentido. O quizás en ese momento toda la actualidad había dejado de tener sentido para mí. En cualquier caso, el boletín de las siete de la mañana formaba parte de mi rutina diaria. Hubiera sido un verdadero problema, por ejemplo, no estar al tanto de que en ese mismo instante el mundo se encontraba al borde del colapso. Terminé de desayunar y, tras corroborar que el mundo giraba como siempre a pesar de todas las dificultades a las que se enfrentaba, volví al estudio con la taza de café en la mano. Descorrí las cortinas y abrí las ventanas de par en par para que entrara aire fresco. Me senté frente al lienzo con la intención de continuar aquel cuadro que pintaba para mí. Ya fuera real o no la aparición del comendador, o que viniese o no a la cena organizada por Menshiki, no me quedaba más remedio que avanzar con el cuadro. Me concentré para rememorar la imagen del hombre del Subaru Forester blanco. Sobre la mesa del restaurante a la que estaba sentado tenía la llave del coche, y en el plato había una tostada, huevos revueltos y salchichas. Justo al lado, un bote de kétchup (rojo) y otro de mostaza (amarillo). El cuchillo y el tenedor estaban colocados junto al plato. Aún no había tocado la comida y la escena estaba bañada por la luz de la mañana. Recordaba que, al pasar por su lado, levantó su cara morena y se fijó en mí.

«Sé perfectamente dónde estabas y lo que estabas haciendo», me pareció que decía. Me fijé en la luz fría y pesada que despedían sus ojos. Ya la había visto antes en algún otro lugar, pero no sabía dónde ni cuándo.

Intenté reproducir su figura en el lienzo, lo que expresaba con su silencio. Usé un trozo de pan para borrar una a una las líneas sobrantes del esbozo que había dibujado a carboncillo el día antes. Una vez borradas, añadí otras nuevas que me parecían necesarias. El proceso entero me llevó una hora y media, y como resultado apareció, digamos, la figura momificada de aquel hombre de mediana edad del Subaru Forester blanco. Le había descarnado, había resecado su piel y encogido su tamaño, y todo ello tan solo mediante las líneas bruscas del carboncillo. Aún no era más que un boceto, obviamente, pero en mi cabeza empezaba a formarse la imagen del cuadro una vez terminado.

—Es magnífico —dijo el comendador.

Me di la vuelta y allí estaba él, sentado en la estantería junto a la ventana, mirándome. La luz de la mañana entraba a raudales por la ventana, definía el contorno de su cuerpo. Llevaba la misma ropa de la noche anterior, la misma espada proporcionada a su tamaño sujeta en la cintura. «No, no es un sueño», pensé.

—No soy un sueño, por supuesto que no —dijo como si me leyese el pensamiento—. Más bien diría que soy una existencia cercana a la vigilia.

Me quedé callado. Me limité a observar el contorno de su cuerpo sin moverme de la banqueta.

—Como ya os dije, adoptar una forma concreta a estas horas tan luminosas me resulta muy cansado, pero quería veros pintar. Os vengo observando desde hace tiempo sin pedir permiso. No os importa, ¿verdad?

Tampoco tenía una respuesta para esa pregunta. ¿Cómo podía explicar una persona de carne y hueso como yo a una idea qué cosas le molestaban y qué cosas no?

El comendador volvió a hablar sin esperar mi respuesta, quizás interpretó el pensamiento que se me había pasado por la cabeza como una respuesta.

—Es un buen trabajo. Parece que la esencia de ese hombre esté brotando poco a poco.

—¿Sabe usted algo de él? —le pregunté sorprendido por su comentario.

—Por supuesto —dijo—. Por supuesto. Le conozco.

—Entonces me puede decir algo sobre él. Quién es, a qué se dedica, qué hace en este momento...

—Bueno... —El comendador torció la cabeza y adoptó un gesto serio. Al hacerlo, me pareció un diablillo, me recordó al actor Edward G. Robinson, que aparecía siempre en las películas antiguas de gánsteres. Tal vez lo había tomado prestado precisamente de él. Después de todo, no era algo imposible—. Hay cosas que es mejor no saber —dijo sin cambiar de gesto.

Eran las mismas palabras que había pronunciado Masahiko Amada hacía poco. «Hay cosas que es mejor no saber», me repetí a mí mismo.

—No me lo va a decir porque considera que para mí es mejor no saberlo, ¿verdad?

—En realidad, no os lo digo porque vos ya lo sabéis sin necesidad de que os lo repita.

Me quedé callado.

—Con ese cuadro quizá tratáis de dar forma a algo que ya sabéis. Fijaos en el ejemplo de Thelonious Monk. No inventó ese extraño acorde propio de su música desde la razón o desde la lógica. Tan solo mantenía los ojos bien abiertos, y lo sacó con la ayuda de sus dos manos desde las profundidades de su conciencia. Lo importante no es crear algo desde la nada, sino, más bien, encontrar algo distinto entre lo que ya existe.

¿Conocía a Thelonious Monk?

—Por cierto, también conozco a ese Edward no sé qué —dijo leyéndome una vez más el pensamiento—. Está bien. Por cierto, la cortesía me obliga a deciros una cosa de vuestra atractiva novia, vuestra amante o como prefiráis llamarla. Me refiero a esa mujer casada que viene aquí en un Mini rojo. Lo siento, pero veo todo cuanto ocurre aquí, sin excepción. Me refiero a lo que sucede en la cama, a todo ese movimiento sin ropa.

Le observé en completo silencio. Lo que sucedía en la cama, todo ese movimiento sin ropa... Si hablase con las palabras de ella, diría que son «cosas que a una mujer le da reparo decir en voz alta».

—Pero no os preocupéis, os lo ruego. Lo lamento, pero las ideas lo vemos todo sin importar de qué se trate. No puedo elegir entre lo que veo y lo que no veo, pero, en serio, no hay de qué preocuparse. A mí todo me resulta lo mismo, ya sea sexo, gimnasia por la mañana o la limpieza de una chimenea. No tengo especial interés en verlo. Tan solo miro, nada más.

—Entonces, en el mundo de las ideas no existe el concepto de intimidad, ¿me equivoco?

—Por supuesto que no —dijo con cierto orgullo—. En absoluto. Pero si a vos no os importa, la cosa termina ahí. No os importa, ¿verdad?

De nuevo moví ligeramente la cabeza a uno y otro lado. Me preguntaba si sería capaz. ¿Podría concentrarme de nuevo en el sexo a sabiendas de que alguien me observaba desde alguna parte? ¿Podía despertarse así un apetito sexual saludable?

—Me gustaría hacerle una pregunta —dije.

—Si puedo responderos, encantado.

—Mañana martes me ha invitado el señor Menshiki a cenar. También usted está invitado. Menshiki habló de invitar a la momia, pero se refería a usted, que hasta entonces no se había manifestado bajo la forma de comendador.

—Eso no me importa. Si tengo que convertirme en momia, puedo hacerlo en este mismo instante.

—¡No, no, quédese como está! —dije aturdido—. Le agradecería mucho que se quedase así.

—Iré a casa de Menshiki. Vos podréis verme, pero él no, así que da igual cómo me presente. Sí hay una cosa, no obstante, que me gustaría que hicierais.

—¿De qué se trata?

—Llamarle para confirmar si la invitación aún sigue en pie. Debéis advertirle que no os acompañará la momia sino el comendador, si tal cosa no es un inconveniente. Como ya os he explicado con anterioridad, no puedo entrar en ningún lugar sin una invitación previa. Debo ser invitado de algún modo y, a partir de ahí, puedo entrar en ese lugar siempre que quiera. En esta casa, la campanilla ha sido mi tarjeta de invitación.

—Entendido —me apresuré a decir para no tener que verlo convertido en una momia, que sería peor—. Llamaré a Menshiki, confirmaré la invitación y le diré que acudirá el comendador.

—Os quedaré muy agradecido. Nunca imaginé que alguien me invitaría a una cena.

—Tengo otra pregunta —dije—. Originalmente,

¿no era usted un monje momificado? Quiero decir, ¿no era un monje que se enterró en vida por voluntad propia y en ayuno, tocando la campanilla hasta llegar a la iluminación? ¿No murió usted dentro de ese agujero y siguió tocando la campanilla mientras se convertía en una momia?

—Mmm... —murmuró con una ligera inclinación de la cabeza—. Tampoco sabría qué deciros. En un momento dado me transformé en una pura idea, pero no recuerdo nada de mí antes de eso, qué hacía o dónde estaba. —El comendador se quedó un rato en silencio mirando al vacío—. De todos modos, ha llegado el momento de marcharme —dijo al fin con una voz tranquila y algo ronca—. Se acaba mi tiempo. Para mí la mañana no es un buen momento. La oscuridad es mi amiga y el vacío es mi aliento. Disculpadme, os lo ruego. Confío en que llamaréis a Menshiki.

Enseguida cerró los ojos como si entrase en trance, selló sus labios en una línea recta, entrelazó las manos y se desvaneció lentamente como había hecho la noche anterior. Su cuerpo desapareció en silencio, como el humo en el vacío, y, de pronto, volví a estar solo frente al lienzo bajo la luz de la mañana. El esbozo del hombre del Subaru Forester blanco me miraba fijamente desde el interior del lienzo, como si no dejara de repetir: «Sé perfectamente dónde estabas y lo que estabas haciendo».

Llamé a Menshiki pasado el mediodía. Era la primera vez que le llamaba yo a él. El teléfono sonó seis veces y entonces lo descolgó.

—¡Qué oportuno! —exclamó—. Me disponía a llamarle en este momento, pero esperaba a que fuera un

345

poco más tarde para no interrumpir su trabajo. Recuerdo que me dijo que suele trabajar por la mañana.

Le dije que acababa de terminar.

—¿Avanza bien? —me preguntó.

—Sí, estoy con un cuadro nuevo. Acabo de empezar.

—Eso es estupendo. Por cierto, he colgado el retrato en la pared del estudio y aún no lo he enmarcado. Me parece un buen sitio para que acabe de secarse, e incluso así, sin marco, no está nada mal.

—Le llamaba por lo de mañana —le dije.

—Mañana a las seis de la tarde mandaré un coche a buscarle —dijo—. También le llevará de vuelta. Estaremos solos usted y yo, así que no se preocupe por la ropa o por traer algún regalo de cortesía. Venga como se sienta más cómodo y no se moleste en traer nada.

—Quisiera comentarle algo.

—¿De qué se trata?

—El otro día dijo que por usted también podía venir a cenar la momia, ¿verdad?

—Sí, lo dije. Lo recuerdo.

—¿La invitación sigue en pie?

Después de tomarse algo de tiempo para pensar, se rio divertido.

—Por supuesto. No he cambiado de opinión. La invitación sigue en pie.

—Por alguna razón, parece que la momia no puede acudir, pero en su lugar puede ir el comendador. ¿Le importa?

—En absoluto —dijo sin vacilar—. Igual que don Giovanni invitó a cenar a la estatua del comendador, yo invitaré a cenar a mi casa al comendador, y lo haré con mucho gusto. Pero a diferencia de don Giovanni, yo no he hecho nada que me haga merecedor de ir al infierno. Nunca he hecho nada malo. ¿No pretenderá arrastrarme al infierno después de la cena?

—No creo —contesté, aunque no estaba muy seguro, y no tenía ni idea de qué ocurriría después.

—En ese caso, de acuerdo. Aún no estoy listo para ir al infierno —dijo tomándoselo a broma—. Por cierto, yo también quiero preguntarle algo. El comendador de don Giovanni no podía comer nada porque ya no pertenecía a este mundo. ¿Qué pasa con el suyo? ¿Le preparo algo de cena o tampoco va a comer?

—No hace falta prepararle nada. No come ni bebe. Basta con disponer una silla para él.

—De manera que se trata de una existencia espiritual.

—Creo que sí.

En mi opinión, había una considerable diferencia entre una idea y un espíritu, pero no dije nada porque no quería extenderme más.

—De acuerdo —dijo Menshiki—. Le prepararé una silla. Para mí, invitar a mi casa a un comendador supone una agradable sorpresa. Es una lástima que no coma ni beba. Tengo un vino excelente.

Se lo agradecí, y después de confirmar la hora de nuestra cita al día siguiente colgamos el teléfono.

Por la noche no sonó la campanilla. Tal vez por haberse transformado a plena luz del día (también por contestar a más de dos preguntas), el comendador estaba agotado. Quizá no tenía la necesidad de llamarme para que fuera al estudio. Gracias a eso, dormí profundamente toda la noche y no soñé con nada. A la mañana siguiente, el comendador tampoco se presentó. Me concentré en el lienzo sin distraerme durante casi dos horas. Primero borré los trazos del boceto sin prestar atención, como si untara mantequilla en una tostada.

Usé un rojo intenso, un verde con matices muy vivos y un negro plomizo. Eran los colores que pedía aquel hombre, pero tardé mucho en dar con el tono adecuado. Mientras completaba esa parte del trabajo puse el *Don Giovanni* de Mozart, y todo el rato tuve la impresión de que el comendador iba a aparecer de un momento a otro a mi espalda. Sin embargo, no lo hizo. Desde la mañana de aquel día (martes), el comendador guardaba un silencio sepulcral, igual que el búho en el desván, aunque eso no me preocupaba especialmente. No tenía mucho sentido que una persona normal y corriente tuviera que preocuparse por una idea. Las ideas, al fin y al cabo, tenían su peculiar forma de hacer las cosas, y yo tenía mi propia vida. En lugar de eso seguí concentrado en el retrato de *El hombre del Subaru Forester blanco,* y la imagen que iba creando no se apartó de mí un solo momento.

Según la previsión meteorológica de la radio, iba a llover mucho de madrugada en las regiones de Kanto y Tokai. El tiempo empezó a empeorar lentamente por el oeste. Al sur de la isla de Kyushu se habían desbordado los ríos a causa de las lluvias torrenciales, y quienes vivían en terrenos bajos tuvieron que ser evacuados a lugares más seguros. Había alerta por posibles corrimientos de tierra en zonas montañosas.

«Una cena en una noche de lluvia torrencial», pensé.

Me acordé del agujero en el bosque, de la extraña cámara de piedra que habíamos descubierto después de retirar un montón de piedras pesadas. Me imaginé a mí mismo sentado en el fondo de aquel oscuro agujero, escuchando el repiqueteo de las gotas de lluvia sobre los tablones de madera. En mi imaginación estaba allí encerrado y no podía salir. Se habían llevado la escalera y los pesados tablones estaban completamente sellados sobre mi cabeza. Parecía que el mundo entero se hubiera olvidado de mí. Tal vez, la gente pensaba que llevaba muerto mucho tiempo, pero seguía vivito y coleando. Estaba solo, pero aún respiraba. Oía la lluvia. No veía luz por ninguna parte. Hasta allí dentro no se colaba ni un solo rayo de luz. La pared de piedra donde tenía apoyada la espalda estaba húmeda, fría. Era medianoche. Quizá no tardarían en aparecer todo tipo de bichos.

Solo imaginarme esa escena empezó a costarme respirar. Salí a la terraza y me apoyé en la barandilla. Inspiré por la nariz el aire fresco y lo expulsé poco a poco por la boca. Lo repetí varias veces mientras iba contando. Gracias a eso recuperé el ritmo normal de la respiración. El cielo del atardecer estaba cubierto de nubes plomizas. La lluvia se acercaba.

Al otro lado del valle se intuía vagamente la casa blanca de Menshiki. Por la noche iríamos a cenar y nos sentaríamos a la mesa el comendador y yo.

—*Es sangre de verdad* —me susurró el comendador al oído.

23
Todos ellos existen de verdad en este mundo

Cuando yo tenía trece años y mi hermana diez, fuimos solos de viaje a Yamanashi durante las vacaciones de verano. Nuestro tío materno trabajaba en un instituto de investigación de la ciudad y fuimos a pasar unos días con él. Era nuestro primer viaje solos. En aquel momento, mi hermana se encontraba bien de salud y a nuestros padres no les pareció mal que nos fuésemos.

Nuestro tío era joven y estaba soltero (aún lo está). Creo recordar que acababa de cumplir treinta años. Estaba especializado en investigación genética (hoy sigue trabajando en ello), no hablaba mucho y siempre parecía un poco ausente, aunque era de carácter franco y sin dobleces. Era un lector entusiasta y sabía muchas cosas en todos los ámbitos. Por encima de todo le gustaba caminar por la montaña, y esa fue la razón de que se buscara un trabajo en la Universidad de Yamanashi. A mi hermana y a mí nos encantaba nuestro tío.

Cargados con nuestras mochilas a la espalda, mi hermana y yo tomamos un tren rápido en la estación de Shinjuku con destino a Matsumoto y nos apeamos en Kofu. Nuestro tío nos esperaba allí. Era muy alto, de manera que no resultó difícil dar con él a pesar de lo llena de gente que estaba la estación. Compartía con un amigo una pequeña casa de alquiler en el centro de la ciudad, pero su amigo estaba en ese momento de viaje en el extranjero y nos dejó su habitación. Pasamos una semana con él. Salíamos a pasear los tres juntos casi a diario por las montañas de los alrededores. Nos enseñó el nombre de innumerables flores y de todo tipo de insectos, y sus enseñanzas se quedaron grabadas en nuestra memoria como recuerdo de un verano maravilloso.

Un día nos alejamos más de lo habitual para visitar una de las muchas cuevas de aire que había en el monte Fuji. Había muchas y eran notablemente grandes. Nuestro tío nos explicó cómo se habían formado. Eran de roca basáltica y por eso apenas se producía eco en su interior. La temperatura no subía ni siquiera en pleno verano y antiguamente la gente las usaba como neveros. En función de su tamaño se las denominaba de un modo u otro, si se podía entrar en ellas eran *fuketsu*, en caso contrario, se trataba de *kazaana*. Nuestro tío parecía saber muchas cosas sobre ellas.

Para entrar había que pagar. Nuestro tío se quedó fuera. Había ido varias veces y, como era tan alto, los techos resultaban demasiado bajos para él y tenía que caminar encorvado, por lo que acababa con dolor de riñones. No era peligroso y nos animó a entrar nosotros dos solos. Él se quedó en la entrada leyendo un libro. El guarda de la cueva nos dio a cada uno una linterna y un casco amarillo de seguridad. En el interior había una luz mortecina, y cuanto más nos adentrábamos, más bajo era el techo. Entonces comprendimos por qué nuestro tío había preferido quedarse fuera. Avanzamos hacia el fondo iluminando el suelo con las linternas. Era pleno verano, pero dentro hacía mucho frío. Fuera, la temperatura rondaría los treinta y dos grados centígrados, pero dentro apenas llegaba a diez. Llevábamos puestos unos cortavientos por consejo de nuestro tío. Mi hermana me agarraba fuerte de la mano. No sabía si quería que la protegiese yo a ella o era ella quien me protegía a mí (quizá solo quería que no nos separásemos), pero durante el tiempo que estuvimos dentro de la cueva, su pequeña y cálida mano estuvo entrelazada con la mía. Aparte de nosotros, allí solo había una pareja de mediana edad, que se marchó enseguida.

Mi hermana se llamaba Komichi, pero para todos los de la familia era Komi. Sus amigos la llamaban Michi o Michan. Que yo sepa, nadie usaba su nombre verdadero. Era una niña menuda y delgada. Tenía el pelo negro muy liso, siempre lo llevaba justo por debajo de la nuca. Sus ojos eran grandes en proporción al tamaño de la cara (en especial sus pupilas), y eso le daba un aire de pequeña hada. Aquel día llevaba una camiseta blanca y unos vaqueros azul claro.

Después de adentrarnos un poco en la cueva, mi hermana encontró una pequeña abertura lateral algo apartada de la ruta principal. Parecía la boca de un túnel y estaba oculta tras una roca. Por alguna razón, aquel lugar pareció interesarle mucho.

—¿No te parece el agujero de Alicia? —me preguntó.

Era una entusiasta de *Alicia en el País de las Maravillas*. No sé cuántas veces tuve que leérselo. Al menos cien. Había aprendido a leer desde muy pequeña, pero le gustaba que yo le leyese en voz alta. Se sabía toda la trama de memoria, sin embargo, siempre era como la primera vez. Su parte preferida era la del baile de las langostas, aún hoy podría recitarla de memoria.

—Parece que no hay conejos —dije.

—Voy a echar un vistazo —se aventuró ella.

—Ten cuidado.

Era un agujero realmente angosto (en palabras de mi tío, un *kazaana),* pero como era pequeña se deslizó adentro sin ninguna dificultad. Primero introdujo la cabeza y el tronco, y yo solo alcanzaba a ver sus pantorrillas. Exploró el interior con la linterna y al poco tiempo retrocedió y salió.

—Es muy profundo —me informó—. Al fondo del todo empieza a descender, como el agujero de Alicia. Me gustaría ver qué hay allí abajo.

—No, no. Es demasiado peligroso —dije yo cauteloso.

—No te preocupes, soy pequeña y me puedo mover sin dificultad.

Nada más decirlo se quitó el cortavientos y se quedó solo con la camiseta blanca. Me lo dio con el casco y, antes de que pudiera protestar, se coló ágilmente adentro con la linterna en la mano. En un abrir y cerrar de ojos había desaparecido de mi vista.

Pasó mucho tiempo y ella seguía sin salir. No oía ningún ruido.

—¡Komi! —grité—. ¡Komi! ¿Estás bien?

Mi voz ni siquiera producía eco. La oscuridad se la tragaba sin más. Empecé a inquietarme. Quizá se había quedado atrapada en algún recoveco y no podía avanzar ni retroceder. Quizá le había pasado algo a su corazón y había perdido la conciencia. En cualquier caso, yo no podía entrar a rescatarla, y me asaltaron infinidad de temores pensando en las cosas horribles que podían pasarle. Noté cómo la oscuridad a mi alrededor empezaba a oprimirme.

Si mi hermana desaparecía con esa facilidad en el fondo de un agujero y no regresaba nunca más, ¿qué les diría a mis padres? ¿Cómo justificaría lo ocurrido? ¿Debía salir corriendo y avisar a mi tío, que nos esperaba en la entrada? ¿O era mejor esperar allí quieto hasta que saliera? Me agaché para mirar adentro. La luz de la linterna no llegaba a iluminar hasta el fondo. Era un agujero muy pequeño y la oscuridad resultaba abrumadora.

—¡Komi! —grité de nuevo.

No hubo respuesta.

—¡Komi! —grité aún más fuerte.

Un escalofrío me recorrió la columna vertebral. Tal vez la había perdido para siempre, pensé. Tal vez se la había tragado la madriguera de conejo de Alicia y había desaparecido sin más en el mundo de la falsa tortuga marina, del gato de Cheshire o de la Reina de Corazones, en un mundo donde no se podía aplicar la lógica que conocíamos. No sabía qué ocurriría, pero en ese momento pensé que no tendríamos que haber entrado allí.

Sin embargo, por fin regresó. No lo hizo reculando, sino que primero asomó la cabeza, su pelo negro, después los brazos, los hombros, las caderas y, por último, las zapatillas de color rosa. Se puso de pie sin decir nada, se estiró y, después de inspirar y espirar despacio varias veces, se sacudió la tierra de los vaqueros.

Mi corazón aún latía desbocado. Alargué la mano para arreglarle el pelo. Bajo la luz mortecina que iluminaba la cueva no veía bien, pero parecía que también se había manchado la camiseta. Le eché el cortavientos por los hombros y le devolví el casco.

—Pensaba que no volverías —le dije mientras le frotaba el cuerpo para darle calor.

—¿Estabas preocupado?

—Mucho.

Me agarró la mano con fuerza y me dijo en un tono de voz muy excitado:

—He ido arrastrándome por un túnel muy estrecho y con el techo cada vez más bajo hasta que he llegado a una especie de sala pequeña donde todo era redondo: el techo, las paredes, el suelo... Era un lugar muy silencioso y a lo mejor no existe otro igual. Sentía como si estuviera en el fondo del mar o incluso en un lugar mucho más profundo aún. He apagado la linterna y estaba completamente a oscuras, pero no he tenido miedo ni me he sentido triste. Es un lugar especial y solo yo puedo entrar ahí. Es *para mí sola,* para nadie más. Ni siquiera para ti.

—Yo soy demasiado grande.

Ella asintió con la cabeza.

—Sí, eres demasiado grande para ese agujero, pero lo mejor de todo es que está tan oscuro que no puede estar más oscuro. Si apagas la luz, es como si la oscuridad se pudiese agarrar con la mano. Tenía la sensación de estar deshaciéndome poco a poco, hasta desaparecer por completo. Pero la oscuridad era tal que no podía ver ni eso. Ni siquiera sabía si mi cuerpo seguía existiendo o no. De todos modos, yo seguía allí dentro. Era como el gato de Cheshire; estaba su sonrisa, pero él no. ¿No te parece raro? Sin embargo, ahí dentro nada es raro. Me hubiera gustado quedarme allí para siempre. He vuelto porque suponía que estabas preocupado.

—Vámonos —dije.

Estaba muy excitada y parecía que no fuera a parar nunca de hablar. Tenía que frenarla de algún modo.

—No puedo respirar bien aquí dentro.

—¿Te encuentras bien? —preguntó ella, preocupada.

—Estoy bien. Solo quiero salir de aquí.

Nos dirigimos hacia la salida agarrados de la mano.

—¿Sabes una cosa? —dijo en voz baja para que no la oyera nadie (en realidad no había nadie que pudiera oírla)—. Alicia existió de verdad. No es un personaje de ficción. Es real. El conejo blanco, la morsa, el gato de Cheshire y los Soldados Naipe. Todos ellos existen de verdad en este mundo.

—Tal vez —me limité a decir.

Salimos de la cueva y regresamos al luminoso mundo real. El sol estaba oculto tras una fina capa de nubes y, no obstante, la luz era cegadora. El canto de las cigarras lo inundaba todo, como si fuera un intenso aguacero. Nuestro tío estaba sentado en un banco junto a la entrada, concentrado en su libro. Nada más vernos, sonrió y se levantó.

Mi hermana murió dos años después. La metieron en un pequeño ataúd y luego lo quemaron. Yo tenía quince años. Ella doce. Me senté solo en un banco del patio del crematorio lejos de los demás y me acordé de la cueva, de lo lento que transcurrió el tiempo mientras esperaba a que saliera de aquel pequeño agujero, de la oscuridad tan densa, de los escalofríos que me recorrían la médula espinal. También me acordé de cómo apareció su cabello negro por el agujero, sus brazos, sus hombros. Me vino a la cabeza la imagen de las manchas de tierra en su camiseta blanca.

Antes de que el médico certificase oficialmente su muerte, es posible que ya hubiera perdido la vida en el interior de aquel agujero. Eso pensaba. Más bien estaba convencido de ello. Habíamos subido al tren sin soltarnos de la mano para volver a Tokio, y yo asumía que seguía viva, pero, en realidad, se había perdido en el fondo del agujero, se había alejado del mundo. Después de aquel día transcurrieron dos años en los que volvimos a ser el hermano mayor y la hermana pequeña de siempre, pero ese tiempo solo fue un breve aplazamiento. A lo mejor, transcurridos los dos años, la muerte salió a rastras de aquel lugar para reclamar su espíritu, como haría alguien para reclamar algo que ha prestado, una vez vencido el plazo de devolución. No sé qué sucedió en realidad, pero, ahora, a mis treinta y seis años, pienso que lo que me dijo mi hermana en voz baja en el interior de la cueva como si fuera una confidencia era la pura verdad. Alicia existía en realidad. También el conejo blanco, la morsa y el gato de Cheshire. El comendador también, por supuesto.

La previsión del tiempo falló y al final no llovió mucho. A partir de las cinco de la tarde empezó a caer una lluvia tan fina que apenas se veía, y así continuaría hasta la mañana siguiente. A las seis en punto, un sedán grande de color negro subió la cuesta en silencio. Me recordó un coche fúnebre, aunque, obviamente, no lo era. Era la limusina enviada por Menshiki. Un Nissan Infinity. Un chófer vestido de uniforme negro con gorra de plato se bajó del coche con un paraguas en la mano, se acercó hasta la entrada de la casa y pulsó el timbre. Cuando abrí, se quitó la gorra y pronunció mi nombre. Salí de casa y caminé hasta el coche. Rechacé el paraguas porque no llovía tanto. El chófer me abrió la puerta trasera y la cerró despacio, con un ruido sordo (era una resonancia distinta a la del Jaguar de Menshiki). Me había puesto un jersey fino de cuello redondo de color negro, una chaqueta de espiga, un pantalón de franela gris oscuro y unos zapatos de ante también negros. Era la ropa más formal de todo mi armario. Como mínimo, no estaba manchada de pintura.

El comendador no hizo acto de presencia y tampoco oí su voz. Me hubiera gustado confirmar que no había olvidado la invitación, pero estaba segurísimo de que no hacía falta. Cómo iba a olvidarlo después del interés que había mostrado.

No tenía por qué preocuparme. Nada más ponerse el coche en marcha me di cuenta de que estaba sentado a mi lado con aspecto impasible. Vestía con la ropa blanca de siempre (inmaculada, como si acabase de recogerla de la tintorería), con su espada de empuñadura engastada con piedras preciosas. Su estatura tampoco había variado. Sentado allí, en un asiento de cuero negro, la pureza y blancura de su ropa destacaban aún más. Tenía los brazos cruzados y miraba fijamente hacia delante.

—Ni se os ocurra hablarme —dijo en tono de advertencia—. Vos podéis verme, pero los demás no. Podéis oírme, pero nadie más puede hacerlo. Si habláis con algo invisible, os tomarán por loco. ¿Entendido? En caso afirmativo, asentid ligeramente con la cabeza y hacedlo una sola vez.

Casi había oscurecido del todo. Los cuervos habían regresado a sus nidos en la montaña. El coche bajó la cuesta despacio, avanzó por la carretera del valle y, al cabo de un rato, subió una pendiente. No era una gran distancia (tan solo había que cruzar al otro lado del valle), pero la carretera era estrecha y serpenteante, y seguramente al conductor de un sedán tan grande, aquello no le hacía ninguna gracia. Parecía más bien el camino de un todoterreno. Sin embargo, el chófer iba conduciendo sin que le cambiase la expresión de la cara, hasta que por fin llegamos a casa de Menshiki.

La casa estaba rodeada de un alto muro pintado de blanco y se accedía a ella por una puerta de aspecto recio. Era una puerta de madera de dos hojas, barnizada de color marrón oscuro. Parecía la puerta de un castillo medieval, como las que aparecían en las películas de Akira Kurosawa. Unas cuantas flechas clavadas le hubieran dado el toque final. Desde fuera no se veía nada del interior. A un lado de la puerta había una placa con el número de la calle, pero no se veía por ninguna parte el nombre del propietario. No debía necesitar ponerla, pensé. Cualquiera que se tomase la molestia de subir hasta allí debía de saber desde el principio que se trataba de la casa de Menshiki. El acceso estaba bien iluminado. El chófer se bajó del coche, pulsó un timbre y habló brevemente con alguien por el interfono. Enseguida volvió a sentarse al volante y esperó a que la puerta se abriese. A ambos lados de la puerta había cámaras de vigilancia.

Cuando las puertas se abrieron despacio hacia dentro, el chófer arrancó y condujo un rato por un camino serpenteante. El camino descendía ligeramente. A mi espalda oí cómo se cerraba la puerta con un ruido pesado, como una advertencia de que a partir de ahí ya no podría volver al mundo de antes. El camino estaba flanqueado por sendas hileras de pinos bien cuidados. Habían podado las ramas como si fueran bonsáis y se veía que las habían tratado para evitar plagas. También había macizos de azaleas bien cuidados y algunas rosas amarillas. Un poco más adelante había unos cuantos macizos de camelias. La casa parecía nueva, pero los árboles y los setos tenían aspecto de llevar allí mucho tiempo. El jardín estaba bien iluminado.

El camino terminaba bajo un porche donde describía un círculo. El chófer detuvo el coche y bajó deprisa para abrirme la puerta. Miré a mi lado, pero el comendador había desaparecido. No me sorprendió, y tampoco me preocupó especialmente. Al fin y al cabo, tenía su propia forma de actuar.

Los pilotos traseros del Infinity se desvanecieron lentamente en la oscuridad y me quedé solo. La casa que tenía delante me pareció mucho más pequeña y discreta de lo que había imaginado. La impresión que producía desde el otro lado del valle era más imponente y pomposa. Tal vez se reducía todo a una cuestión de perspectiva. La puerta de acceso a la propiedad estaba en un lugar alto y la casa se había construido en una zona más baja. A ambos lados de la entrada había dos esculturas de piedra antiguas que representaban a esos perros león que protegen los templos de los malos espíritus. Estaban colocadas sobre un pedestal y era muy probable que las hubieran llevado allí desde algún templo antiguo. Cerca había un seto de azaleas que en el mes de mayo debía de llenarse por completo de flores de vivos colores.

Me acerqué despacio a la entrada y la puerta se abrió desde el interior. Menshiki apareció tras ella. Llevaba una camisa blanca abotonada hasta el cuello, un jersey verde oscuro y unos pantalones chinos de color crema. Su abundante pelo canoso lo llevaba peinado con naturalidad, como tenía por costumbre. Me sentí extraño al ser él y no yo quien recibía en su casa. Después de todo, siempre nos habíamos visto en la mía y siempre había aparecido tras apagarse el rugido del motor de su Jaguar.

Me invitó a pasar y cerró la puerta. El recibidor era amplio, casi cuadrado, con el techo muy alto. Casi se podría haber construido allí una pista de squash. Las luces indirectas de la pared iluminaban tenuemente la sala y, sobre una gran mesa octogonal de marquetería colocada en el centro, había un enorme jarrón chino con un arreglo floral hecho con grandes flores de tres colores (mis conocimientos sobre flores son escasos, por lo que no sabría decir sus nombres). Quizá se había tomado la molestia de prepararlas para la ocasión. Solo con el dinero que le había costado, pensé, un modesto universitario podría comer durante un mes entero. Al menos a mí me habría bastado para arreglármelas en mi época de estudiante. No había ventanas, tan solo un tragaluz en el techo. El suelo era de mármol pulido. Tres amplios escalones daban acceso al salón, donde quizá no cupiera un campo de fútbol, pero sí una pista de tenis. En el lado orientado al este había un ventanal tintado y fuera se veía una amplia terraza. Al ser de noche, no alcanzaba a ver el mar, pero supuse que se veía sin problemas. En el lado opuesto del salón había una chimenea abierta. Como no hacía frío, no estaba encendida, pero la leña ya estaba lista y bien colocada en la leñera. No sabía quién la había colocado, pero estaba tan bien ordenada y con tanta elegancia que casi podía considerarse una obra de arte. Una repisa remataba la chimenea y sobre ella había unas cuantas porcelanas antiguas de Meissen. El suelo del salón también era de mármol, pero estaba cubierto de alfombras. Parecían persas, y por sus colores y minuciosos diseños no eran alfombras corrientes, sino, más bien, piezas de colección. Me daba reparo pisarlas. Había mesas bajas y jarrones por todas partes, todos ellos con sus correspondientes arreglos de flores frescas y todos con aspecto de ser valiosas antigüedades. Menshiki tenía buen gusto, no cabía duda, y se había gastado mucho dinero. Ojalá no se produjera jamás un terremoto que echara a perder todo aquello, pensé. El techo del salón también era alto y estaba tenuemente iluminado. Había algunas luces indirectas en las paredes, unas cuantas lámparas y algunas luces de lectura sobre las mesas. Nada más. Al fondo de la habitación había un piano de cola negro. Era la primera vez en mi vida que veía un piano de cola Steinway en un salón y no me parecía enorme. Sobre el piano había unas cuantas partituras y un metrónomo. Menshiki debía de tocar, y a lo mejor invitaba de vez en cuando a cenar a Maurizio Pollini.

A pesar de todo, la decoración, en conjunto, resultaba discreta, lo cual me tranquilizó. No sobraba nada, pero tampoco había espacios vacíos. A pesar de las grandes dimensiones, la casa era acogedora. Podría decirse incluso que había cierta calidez. Colgados de las paredes había al menos media docena de cuadros. Demostraban buen gusto, y uno de ellos me pareció un Léger auténtico, aunque podía estar equivocado.

Menshiki me indicó un sofá grande de cuero marrón para que me sentara. Él lo hizo justo enfrente, en un sillón también tapizado en cuero. Era un sofá muy cómodo, ni demasiado duro ni demasiado blando. Se adaptaba con naturalidad al cuerpo de quien se sentaba en él. Pensándolo bien (era más bien evidente), a Menshiki nunca se le habría ocurrido tener un sofá incómodo en su casa.

Nada más sentarnos se presentó un hombre como si hubiera estado esperando el momento oportuno de aparecer. Era sorprendentemente guapo. No muy alto, pero esbelto, con una forma elegante de caminar, moreno y con el pelo recogido en una coleta. Me lo imaginaba perfectamente con un pantalón corto y una tabla de surf bajo el brazo. Ese día, por el contrario, vestía una impoluta camisa blanca, una pajarita negra y mostraba una sonrisa agradable.

—¿Le gustaría tomar un cóctel? —me preguntó.

—Pida lo que le apetezca —me animó Menshiki.

—Un balalaika, por favor —dije después de pensármelo unos segundos.

No me apetecía especialmente, pero quería comprobar si de verdad podía preparar cualquier tipo de cóctel.

—Lo mismo para mí —dijo Menshiki.

El hombre joven se retiró en silencio sin perder la sonrisa.

Eché un vistazo al otro extremo del sofá. El comendador no estaba allí, pero no debía de andar muy lejos, pues había venido en el coche conmigo hasta la puerta misma de la casa.

—¿Ocurre algo? —me preguntó Menshiki. Estaba muy atento al movimiento de mis ojos.

—No, nada —dije—. Es una casa magnífica. Estoy sorprendido.

—¿No resulta demasiado pretenciosa? —insistió él con una sonrisa.

—No. Es más discreta de lo que imaginaba —admití con toda honestidad—. Desde lejos parece muy lujosa, como un crucero flotando en medio del mar, pero, curiosamente, al entrar es más discreta. La impresión cambia por completo.

—Me alegra oír eso —dijo Menshiki tras asentir con la cabeza—. Me ha costado mucho. Por una serie de circunstancias compré la casa ya construida, y era muy ostentosa, casi estridente. El anterior dueño tenía un hipermercado y le había dado ese aire de nuevo rico que no coincide en absoluto con mi gusto. Después de comprarla tuve que hacer una reforma considerable, y no me quedó más remedio que invertir mucho dinero, tiempo y esfuerzo.

Bajó la mirada y suspiró profundamente como si recordase aquel tiempo. En efecto, no debía de tener nada que ver con él cuando la compró.

—¿Y no le hubiera resultado mucho más barato construir su propia casa a su gusto desde el principio? —le pregunté.

Menshiki se rio. Entre sus labios asomaron sus dientes blancos.

—Tiene razón. Habría resultado mucho más sensato, pero tenía mis motivos. Debía ser esta casa y no otra.

Esperé una explicación que no se produjo.

—¿No ha venido el comendador con usted?

—Vendrá un poco más tarde. Estaba en el coche,

pero ha desaparecido de repente. Estará curioseando por ahí, supongo. Espero que no le importe.

Menshiki hizo un gesto con las manos como queriendo decir que le daba igual, o que no podía hacer nada por impedirlo.

—Por supuesto que no —dijo—. No me importa en absoluto. Que curiosee todo lo que quiera.

Un poco más tarde volvió a aparecer el camarero con los dos cócteles en una bandeja plateada. Los vasos eran de un cristal tallado con minuciosidad. De Baccarat, supuse. Destellaban bajo la luz, y en un plato antiguo de cerámica de Imari traía como aperitivo unos quesos variados acompañados de anacardos. También había cubiertos y servilletas de lino con unas iniciales bordadas. Sin duda, se había esmerado mucho en la presentación.

Brindamos. Menshiki celebró que el retrato ya estuviera terminado y yo se lo agradecí. Me acerqué el vaso a los labios. El balalaika consistía en un tercio de vodka, un tercio de Cointreau y otro tercio de zumo de limón. Una composición simple, pero imposible si no se sirve fría como si acabara de llegar del Polo Norte. En las manos de alguien no experto, el resultado suele ser aguado, flojo, pero aquel balalaika era sorprendente, las proporciones estaban tan equilibradas que casi rozaba la perfección.

—¡Qué bueno está! —exclamé admirado.

—Tiene muy buena mano —repuso Menshiki, parco en halagos.

«Desde luego», pensé para mis adentros. En realidad, no hacía falta darle muchas vueltas al asunto. Menshiki no iba a contratar a un barman que no estuviera a la altura. ¿Cómo no iba a tener Cointreau en casa, vasos de cóctel de cristal de Baccarat, platos de cerámica de Imari?

Mientras nos tomábamos el cóctel y los frutos secos hablamos de muchas cosas, pero fundamentalmente del retrato. Me preguntó qué tenía entre manos en ese momento, y le expliqué que se trataba del retrato de un hombre con el que me había cruzado hacía tiempo en una ciudad lejana. Alguien de quien ni siquiera conocía el nombre.

—¿Un retrato? —preguntó sorprendido.

—No un retrato al uso. Más bien, se trata de algo abstracto donde doy rienda suelta a mi imaginación. De todos modos, el motivo es un retrato o, mejor dicho, la base.

—¿Como el mío?

—Eso es. La diferencia es que no lo pinto por encargo, sino porque me apetece.

Menshiki se quedó pensativo.

—¿Quiere decir que pintar mi retrato le ha inspirado de algún modo?

—Puede ser, aunque de momento solo es un chispazo. Digámoslo así.

Menshiki bebió en silencio. En el fondo de sus ojos, noté cierto brillo de satisfacción.

—Me alegra mucho oír eso. Haberle sido útil de algún modo me llena de orgullo. ¿Podría enseñármelo cuando esté terminado? Si no le importa, claro.

—Lo haré con mucho gusto si logro llevarlo a buen término.

Miré hacia el rincón del salón donde estaba el piano de cola.

—¿Toca usted el piano? Es un instrumento magnífico.

Menshiki asintió ligeramente.

—No se me da muy bien, pero sí, toco un poco.
Aprendí de niño con una profesora particular durante
cinco o seis años mientras estaba en la escuela primaria.
Después, los estudios empezaron a ocuparme demasiado tiempo y tuve que dejarlo. Ahora me arrepiento,
pero lo cierto es que entonces tener que practicar por
obligación todos los días me cansaba un poco. No puedo mover los dedos como yo quisiera, pero aún leo las
partituras sin dificultad. Suelo tocar piezas sencillas por
pura distracción, no para los demás. De hecho, cuando
viene gente a casa ni me acerco al piano.

Aproveché para plantearle una duda que me inquietaba desde hacía tiempo.

—¿Vive usted solo en esta casa tan grande? ¿No le
sobra espacio?

—No —contestó sin titubear—. En absoluto. Me
gusta estar solo. Es mi carácter. Piense, por ejemplo, en
el córtex cerebral. Los seres humanos tenemos uno con
unas capacidades enormes. Sin embargo, la parte que
usamos habitualmente apenas llega al diez por ciento
del total. Nacemos con un órgano maravilloso con unas
capacidades enormes, pero, por desgracia, aún no hemos logrado explotarlo en su totalidad. Es como si una
familia de cuatro miembros usara solo una habitación
de cuatro tatamis y medio a pesar de tener una mansión lujosa, amplia y cómoda. Todas las habitaciones
menos una estarían en desuso, vacías. Si lo piensa, entenderá por qué vivo aquí solo sin problemas. No es
algo tan extraño.

—Visto así, quizá tenga razón.

El símil me pareció acertado. Durante un rato, Menshiki se dedicó a juguetear con un anacardo en la mano, y al final dijo:

—No obstante, si no tuviéramos un cerebro tan perfecto, a pesar de su aparente inutilidad, no seríamos capaces de pensar en abstracto y tampoco se nos ocurriría adentrarnos en el terreno de la metafísica. Puede que solo usemos una pequeña parte, pero el córtex cerebral es capaz de muchas cosas. No puedo evitar preguntarme de qué seríamos capaces si lo utilizásemos en su totalidad. ¿No le parece un tema apasionante?

—Pero en lugar de aspirar a un córtex cerebral magnífico, es decir, a esa mansión lujosa de habitaciones vacías, los seres humanos podríamos renunciar a algunas capacidades que no usamos. ¿No le parece?

—Aunque no fuésemos capaces de un pensamiento abstracto o de entrar en el terreno de la metafísica, solo por el hecho de estar erguidos sobre nuestras dos piernas y usar bien un garrote, ya nos habría bastado para ganar en la dura lucha por sobrevivir en la Tierra. Sin embargo, disponer de esa enorme capacidad, por muy infrautilizada que esté, no entra en conflicto con la vida cotidiana, a pesar de obligarnos a renunciar a algunas de nuestras capacidades físicas. Piense en los perros, por ejemplo. Tienen un olfato mil veces más agudo que el de cualquier persona y un oído diez veces superior. Sin embargo, nosotros somos capaces de plantear complicadas hipótesis y ellos no. Somos capaces de comparar el cosmos y el microcosmos y apreciamos el arte de Van Gogh o el de Mozart. Leemos a Proust (si así lo deseamos) y coleccionamos piezas antiguas de cerámica de

Imari o alfombras persas. Un perro no puede hacer nada de eso.

—Marcel Proust escribió una extensísima novela sirviéndose de una manera muy eficaz de un olfato muy inferior al de un perro.

Menshiki se rio.

—Tiene razón, pero yo me refiero a cosas generales.

—¿Quiere decir, entonces, que las ideas se pueden considerar algo así como entes autónomos?

—Eso es.

«Eso es», me susurró al oído el comendador. Me cuidé de seguir su advertencia y no miré a mi alrededor para ver dónde estaba.

Al cabo de un rato, Menshiki me llevó a su despacho. Nada más salir del salón había una amplia escalera por donde bajamos hasta la planta baja. Al parecer, allí se encontraba la sala de estar. Había un pasillo y, a ambos lados, varios dormitorios (no tuve tiempo de contar cuántos, y tal vez uno de ellos era la habitación secreta de Barbazul, cerrada con llave, de la que me había hablado mi amante). Al fondo estaba su despacho. No era especialmente grande, pero tampoco pequeño. Tenía unas dimensiones, digamos, moderadas. No había ventanas. En una de las paredes, cerca del techo, se abrían dos pequeños tragaluces. Lo único que se veía por allí eran las ramas de los pinos, y detrás de ellas, el cielo. Aquella habitación no hacía falta que tuviera especialmente vistas o luz. A cambio, las paredes eran amplias y en una de ellas había una gran librería hecha a medida del suelo hasta el techo, con una parte específica para colocar cedés. Había libros de todos los tamaños, no quedaba ni un solo hueco libre. Para alcanzar los más altos, tenía una banqueta de madera y se notaba que todos ellos habían pasado realmente por las manos de alguien. Era evidente que se trataba de la biblioteca de un lector entusiasta. No estaba pensada en absoluto con fines decorativos.

De espaldas a otra de las paredes había una mesa y, sobre ella, dos ordenadores, uno de ellos portátil. También había unos cuantos botes llenos de bolígrafos y lápices, además de papeles bien colocados. En otra de las paredes vi un equipo de música de diseño con aspecto de ser muy caro, y en la pared de enfrente, dos altavoces altos y estrechos, casi tan altos como yo (ciento setenta y tres centímetros), con una elegante caja de caoba. En el centro de la habitación había un sillón de lectura también de diseño, donde debía de sentarse a leer o a escuchar música. Justo al lado tenía una lámpara de lectura de acero inoxidable. Daba la impresión de que se pasaba allí la mayor parte del tiempo.

El retrato estaba colgado entre los dos altavoces, justo a la altura de los ojos. Aún no estaba enmarcado, pero el lienzo desnudo encajaba con naturalidad, como si llevase allí mucho tiempo. Estaba pintado con mucha fuerza, casi de un tirón, aunque me daba la impresión de que, en aquel despacho, aquella impulsividad quedaba curiosamente controlada. El ambiente de ese lugar aplacaba de algún modo el ímpetu del retrato, en el que se escondía, sin lugar a dudas, la cara de Menshiki. Al verlo en ese momento me pareció que Menshiki en persona estaba encerrado allí dentro.

Lo había pintado yo, pero al cobrar vida propia una vez separado de mí y convertido en la propiedad de otra persona, se había transformado en algo ajeno, en algo distante. Era *el cuadro de Menshiki.* Ya no era mío. Aunque quisiera comprobar algún detalle, notaba cómo se me escurría entre las manos como un pez, igual que una antigua novia que ahora estuviera con otro hombre...

—¿Qué le parece? —me preguntó—. ¿No cree que esta habitación le sienta bien?

Asentí en silencio.

—He probado en distintos sitios de la casa y al final me he dado cuenta de que este es el más apropiado. El espacio, la forma en la que recibe la luz, la armonía del conjunto..., todo está en equilibrio, y lo mejor es contemplarlo sentado en el sillón.

—¿Puedo probar? —le pregunté.

—Por supuesto. Póngase cómodo.

Me senté en el sillón de cuero, apoyé la espalda en el respaldo, que describía una suave curva, extendí las piernas sobre la otomana y entrecrucé mis manos sobre el pecho. Volví a mirar el cuadro. Sin duda, el sitio era ideal. Desde ese sillón (un sillón muy confortable), el cuadro colgado justo enfrente tenía un poder de persuasión tranquilo y sereno, que incluso a mí me sorprendía. Parecía una obra completamente distinta a la que había pintado en mi estudio. No sabría explicarlo, pero daba la impresión de tener una vida nueva, una vida propia en ese lugar, y, de algún modo, era como si repudiara a su autor.

Menshiki encendió el aparato de música con el mando a distancia y bajó el volumen. Era un cuarteto para cuerda de Schubert que conocía bien, el cuarteto D804.

El sonido que emergía de los altavoces era limpio, elegante. Comparado con el sonido simple y sin adornos de los altavoces de Tomohiko Amada parecía otra música. Cuando quise darme cuenta, vi al comendador dentro de la habitación. Se había sentado en la banqueta de la librería y observaba el cuadro con los brazos cruzados. Movió la cabeza de un lado al otro para advertirme de que no le mirase y volví a dirigir la mirada al cuadro.

—Se lo agradezco —le dije a Menshiki mientras me levantaba—. No tengo nada que objetar.

Menshiki sonrió.

—No, el que está agradecido soy yo. Después de encontrarle un sitio, me gusta aún más. Cuando lo miro, no sabría cómo explicarlo, pero me siento como si me hallara frente a un espejo muy especial. Ahí dentro estoy yo, aunque no soy exactamente yo. Es alguien un poco distinto a mí. Si lo miro fijamente, poco a poco empiezo a sentirme extraño.

Menshiki volvió a mirar el cuadro en silencio con la música de Schubert de fondo. El comendador hizo lo mismo con los ojos entornados y sin moverse de la banqueta. Parecía imitar a Menshiki, como si se burlase de él (aunque no creo que fuera su propósito).

—Vayamos al comedor —dijo Menshiki después de mirar la hora—. La cena debe de estar lista. Espero que el comendador ya esté por aquí.

Miré hacia la librería. El comendador había desaparecido.

—Sí, imagino que ya habrá venido —dije.

—Me alegra oírlo —comentó él aparentemente más tranquilo mientras apagaba la música con el mando—.

También he preparado una silla para él, aunque lamento que no pueda cenar con nosotros.

En la planta de abajo (la segunda contando desde la entrada), Menshiki me dijo que tenía un almacén, una lavadora, una secadora y un gimnasio con varias máquinas donde también podía escuchar música mientras hacía ejercicio. Una vez a la semana iba un entrenador personal para supervisar su entrenamiento. Por último, había una habitación para el servicio equipada con una sencilla cocina independiente y un baño. Nadie la usaba en ese momento. En el jardín había una piscina. No era demasiado grande y tampoco muy práctica, porque, según me dijo, el mantenimiento le resultaba muy caro y molesto. Al final, había acabado convirtiéndola en un invernadero. En el futuro tenía intención de construir una piscina cubierta de veinticinco metros con solo dos calles. Me invitó a nadar con él cuando estuviera lista y se lo agradecí mucho.

Entramos en el comedor.

24
Simplemente se dedicaba a recopilar información

El comedor estaba en la misma planta que el estudio. La cocina se hallaba más al fondo y tenía forma alargada. En el centro del comedor había una gran mesa rectangular de roble macizo de no menos de diez centímetros de grosor. Allí podían cenar cómodamente como mínimo diez personas. Era una mesa robusta, muy apropiada para los acólitos de Robin Hood. Esa noche, sin embargo, no se congregaban allí alegres forajidos, sino tan solo Menshiki y yo. También había un cubierto para el comendador, pero de momento no le veía. Le habían preparado un mantel, servicio de plata y un vaso. Todo pura cortesía, una formalidad para mostrar que ese sitio era para él.

Igual que en el salón del piso de arriba, una de las paredes era un ventanal desde donde se veían las montañas en toda su extensión al otro lado del valle. Y así como yo veía la casa de Menshiki desde la mía, él, por pura lógica, debía de ver también la mía. No era tan espléndida, sin duda, y estaba construida con una madera poco llamativa. En la oscuridad de la noche no era capaz de localizarla. No había muchas casas por allí, pero las pocas que había, esparcidas aquí y allá, estaban bien iluminadas. Era la hora de cenar. Tal vez sus moradores se habían reunido en torno a la mesa para comer algo caliente. Sentí la calidez de ese modesto acto gracias a las luces.

A este lado del valle, Menshiki, el comendador y yo íbamos a sentarnos a una mesa grande. Nos disponíamos a dar comienzo a una extraña cena de la que no se podía decir precisamente que fuera familiar. Fuera aún caía una lluvia fina. El viento estaba en calma. Era una noche silenciosa de otoño. Miré al otro lado de la ventana y pensé de nuevo en el agujero del bosque, en la solitaria cámara de piedra detrás del templete sintoísta. En ese preciso instante estaría fría, oscura. La imagen me provocó una extraña gelidez en el pecho.

—Encontré esta mesa durante un viaje por Italia y la compré —me explicó Menshiki.

Le había hecho un comentario sobre lo bonita que era. En sus palabras, sin embargo, no había orgullo, tan solo información.

—La compré en una tienda de muebles de una ciudad llamada Luca —continuó— y la envié por barco. Pesa tanto que costó mucho trabajo traerla hasta aquí.

—¿Viaja a menudo al extranjero?

Antes de contestar torció ligeramente la boca para recuperar enseguida su gesto normal.

—Antes solía viajar a menudo, mitad por trabajo, mitad por placer, pero últimamente el trabajo ha cambiado y no tengo demasiadas oportunidades. Además, ya no me gusta tanto salir. Casi siempre estoy aquí.

Para aclarar a qué se refería con ese «aquí», señaló la casa con la mano. Pensé que iba a decirme algo más sobre en qué consistía ese cambio de trabajo, pero la conversación terminó en ese punto. No parecía interesado en hablar del asunto y yo no insistí.

—Me gustaría empezar con un champán bien frío. ¿Le parece bien?

Era una idea excelente. Lo dejé todo en sus manos.

Hizo un pequeño gesto con la mano y el chico de la coleta se acercó para servirnos un champán helado en unas finísimas copas alargadas. El champán empezó a burbujear. Brindamos y Menshiki levantó su copa en dirección a la silla vacía del comendador.

—Gracias por venir, comendador —dijo.

No hubo respuesta.

Menshiki me habló de ópera mientras tomábamos el champán. Cuando viajó por Sicilia, estuvo en el teatro de Catania y asistió a una representación de *Ernani* que, según él, fue maravillosa. Uno de los espectadores sentado a su lado vio la ópera sin dejar de comer mandarinas y cantando con los cantantes. Allí también había bebido un champán excelente.

El comendador se presentó poco después. No se sentó en la silla que habían dispuesto para él porque, de hacerlo, seguramente su nariz apenas habría alcanzado el borde de la mesa. Prefirió hacerlo en una estantería situada a espaldas de Menshiki, más o menos a un metro y medio de altura del suelo. Balanceaba ligeramente las piernas con sus extraños zapatos negros. Levanté el vaso discretamente cuando Menshiki no miraba, pero él me ignoró.

Poco después sirvieron la cena. Entre la cocina y el comedor había una ventana por donde sacar la comida. El encargado de servirnos fue el mismo joven de antes. Empezamos con unos entremeses a base de *isaki* con verduras orgánicas, acompañados de un vino blanco. El joven descorchó la botella con sumo cuidado, como si fuera un zapador desactivando una mina. No explicó nada sobre el vino. No dijo su procedencia ni sus características, pero, sin duda, era el adecuado. Tenía un *bouquet* perfecto. No hacía falta añadir nada. Menshiki no iba a escoger un vino que no fuera el adecuado. A continuación nos sirvió una ensalada de raíz de flor de loto, calamar y judías blancas, seguida de una sopa de tortuga marina y rape.

—Aún no es la temporada —dijo Menshiki—, pero un pescador se lo ha ofrecido hoy al cocinero.

Era un rape muy fresco y tenía un aspecto delicioso, una textura firme y un regusto dulzón, elegante, sutil. Estaba ligeramente cocinado al vapor y servido con una salsa de estragón (creo que era estragón). El segundo plato consistía en un filete de carne de ciervo. Explicó algo sobre la salsa que había preparado especialmente, pero no entendí gran cosa porque usaba demasiados términos técnicos. De todos modos, era una salsa deliciosa con un aroma exquisito.

Acto seguido, el joven de la coleta nos sirvió vino tinto. Menshiki me explicó que había abierto la botella una hora antes y lo había dejado reposar en un decantador.

—Debía oxigenarse y ahora está en su punto para servirlo.

No entendía de oxigenación del vino, pero sí era capaz de apreciar su profundo sabor. En la boca y al beberlo mostraba matices distintos, como una mujer misteriosa con distintas apariencias en función del ángulo en que la luz incidiera sobre ella. El regusto era magnífico.

—Es un burdeos —aclaró Menshiki—. Omito sus virtudes. Dejémoslo en que se trata de un burdeos.

—Si enumera sus virtudes, la lista será interminable.

Menshiki sonrió. Junto a la comisura de sus ojos se formaron unas agradables arrugas.

—Tiene razón. No acabaríamos nunca. De todos modos, no soy muy partidario de enumerar las cualidades de un vino. No me gustan las listas, se trate de lo que se trate. Prefiero quedarme con que es un buen vino. ¿O acaso no basta con eso?

No tenía nada que objetar.

El comendador nos observaba desde la estantería mientras comíamos y bebíamos. No se perdió un solo detalle de principio a fin, pero lo que veía no parecía impresionarle especialmente. Como él mismo había dicho, se limitaba a observar. No juzgaba, no tenía sentimientos buenos o malos. Simplemente se dedicaba a recopilar información.

Quizá nos observaba como hacía cuando mi amante y yo nos metíamos en la cama por las tardes. Pensar en eso me puso nervioso. Para él no había diferencia entre ver a alguien haciendo el amor, haciendo gimnasia o limpiando una chimenea. Quizá fuera cierto, pero también era comprensible que quien fuera objeto de su observación no se sintiera tranquilo.

Una hora y media después llegaron el postre (un *soufflé*) y el café (un expreso). Un camino largo, pero sumamente enriquecedor. El cocinero vino a saludarnos. Era un hombre alto vestido todo de blanco. Debía de rondar la treintena y lucía una ligera barba desde las mejillas hasta el mentón. Me saludó cortésmente.

—Ha sido una cena espléndida —dije—. De hecho, creo que es la primera vez en mi vida que he cenado así de bien.

Lo dije con el corazón en la mano. No podía creer que un cocinero capaz de semejante sofisticación regentase un pequeño restaurante francés apenas conocido cerca del puerto de Odawara.

—Muchas gracias —dijo con una sonrisa—. El señor Menshiki siempre me dispensa muchas atenciones.

Después volvió a la cocina.

—Y el comendador —dijo Menshiki—, ¿estará también satisfecho?

Lo preguntó con un gesto de preocupación en cuanto estuvimos solos. No fingía. Realmente parecía preocupado por ello.

—Seguro que sí —le dije con el mismo gesto serio—, aunque lamentará no haber podido probar una cena tan maravillosa. De todos modos, seguro que ha disfrutado del ambiente.

—Eso espero.

«Estoy muy contento, claro que sí», me susurró el comendador al oído.

Menshiki me ofreció un licor, pero lo rechacé. Había alcanzado mi límite. Él se sirvió un coñac.

—Hay algo que me gustaría preguntarle —dijo mientras agitaba lentamente el licor en la copa—. Es una cuestión un tanto extraña y puede que le siente mal.

—Puede preguntar lo que quiera, no se preocupe.

Dio un sorbo al coñac y se tomó un tiempo para saborearlo. Después dejó el vaso en la mesa sin hacer ruido.

—Es sobre el agujero en el bosque. Hace unos días estuve allí encerrado durante una hora, sentado, yo solo, en el fondo de esa extraña cámara de piedra sin una linterna siquiera. Por si fuera poco, estaba tapada con unos tablones que, además, había cubierto con unas piedras. Le pedí que volviese al cabo de una hora para sacarme de allí, ¿lo recuerda?

—Por supuesto.

—¿Por qué cree que hice algo así?

Le dije honestamente que no lo sabía.

—Necesitaba hacerlo —contestó Menshiki—. No sé cómo explicarlo, pero de vez en cuando necesito hacer cosas de ese tipo. O sea, quedarme encerrado en un lugar oscuro y estrecho, sumergirme en un perfecto silencio.

Me quedé callado, atento a lo que fuera a decir después.

—Ahora voy a plantearle la pregunta que quería hacerle. Durante esa hora que estuve encerrado, ¿en ningún momento pensó o tuvo la tentación de abandonarme allí? ¿No le tentó la idea de dejarme encerrado para siempre en la oscuridad?

No entendía a qué se refería.

—¿Abandonarle?

Menshiki se frotó ligeramente la sien derecha, como si se palpara una herida.

—Se trata de lo siguiente —continuó—, yo estaba en el fondo de un agujero de casi tres metros de profundidad y dos de diámetro, no tenía escalera y las paredes están tan bien rematadas que resulta imposible trepar por ellas. Por si fuera poco, estaba cerrado a cal y canto, y en un lugar apartado como ese en plena montaña, por mucho que gritase o me pusiese a sacudir la campanilla, nadie podría oírme al margen, quizá, de usted. Es decir, que me resultaba imposible salir de allí por mis propios medios. De no haber vuelto usted me habría quedado allí para siempre. ¿No cree?

—Puede ser —dije yo.

Aún tenía apoyado en la sien uno de los dedos de su mano derecha, pero ya había dejado de moverlo.

—Lo que quisiera saber es si durante esa hora, aunque solo fuera por un instante, no se le cruzó por la cabeza: «Sé que tengo que sacar a ese hombre del agujero, pero le dejaré ahí para siempre». Me gustaría que me contestara con toda honestidad. Sea cual sea su respuesta, no me la tomaré a mal.

Retiró la mano de la sien y alcanzó la copa de coñac, la agitó de nuevo pero no bebió. Tan solo la olió con los ojos entornados y volvió a dejarla sobre la mesa.

—*En ningún momento* se me ocurrió pensar algo así —dije con toda sinceridad—. Ni se me pasó por la cabeza. De hecho, durante todo ese tiempo no dejé de contar los minutos para sacarle de allí.

—¿De verdad?

—Absolutamente.

—De haber estado yo en su lugar... —dijo Menshiki en un tono de voz tan bajo que casi parecía una confesión—, a mí sí se me habría pasado por la cabeza. Seguro. Me habría tentado la idea de dejarle allí encerrado para siempre. Me hubiera parecido una oportunidad única de hacerlo.

No supe qué decir y preferí guardar silencio.

—El rato que permanecí allí dentro no dejé de pensar en ello. De estar en su lugar, habría tenido la tentación. Extraño, ¿no le parece? En realidad, usted estaba fuera y yo dentro, pero era yo quien imaginaba la situación justo al contrario.

»Pero en el caso de que lo hubiera hecho, podría haber muerto de hambre. Quizá me habría convertido en una momia sacudiendo un cascabel. ¿No le habría importado?

»No son más que suposiciones. Mejor dicho, solo es un delirio. Jamás se me ocurriría hacer algo así, por supuesto. Solo imagino cosas. Dentro de mi cabeza, la muerte solo es una hipótesis más. Quédese tranquilo. Solo me extrañaba que no hubiera tenido la tentación.

—Y con semejantes pensamientos, ¿no tuvo usted miedo allí dentro?

—No. —Negó Menshiki con la cabeza—. No tuve miedo. Puede incluso que en el fondo de mi corazón desease que me dejara allí.

—¿Usted esperaba eso? —repetí sorprendido—. ¿Me está diciendo que esperaba que yo le dejase a usted allí encerrado?

—Exactamente.

—¿Significa eso que no le habría importado morir allí?

—No, nunca he llegado al extremo de que no me importe la muerte. Aún conservo apego por la vida. Además, morir de hambre y de sed no es, precisamente, mi ideal. Lo único que quería era estar un poco más cerca de la muerte, aunque soy consciente de lo sutil de ese límite.

Me quedé pensativo. No llegaba a entender qué quería decirme. Miré abiertamente hacia donde estaba el comendador. Seguía sentado en la estantería. En su cara no había ninguna expresión especial.

—Lo que más miedo da de estar encerrado en un lugar oscuro y estrecho —continuó Menshiki— no es el hecho en sí de morir, sino de verse obligado a vivir en aquel lugar para siempre. Si uno da rienda suelta a esos pensamientos, el miedo acaba por ahogarle. Empiezas a pensar que las paredes se estrechan, que van a terminar por aplastarte. Para sobrevivir en un lugar así hay que vencer el miedo, vencerse a sí mismo, y para lograrlo es imprescindible acercarse a la muerte lo máximo posible.

—Pero eso implica un peligro enorme.

—Igual que Ícaro al acercarse al sol. No resulta fácil discernir dónde está la línea que marca el límite. Es un empeño peligroso en el que uno se juega la vida.

—Y si uno evita lo peor, no logrará vencer el miedo ni aprenderá a controlarse.

—Eso es. Y si no aprende, no será capaz de subir un peldaño más.

Menshiki se sumió en sus pensamientos. Al cabo de un rato, súbitamente (al menos a mí me pareció que lo hizo de repente) se levantó de la silla y se acercó a la ventana para mirar afuera.

—Llueve un poco, pero no gran cosa. ¿Por qué no salimos a la terraza? Me gustaría enseñarle algo.

Del comedor nos dirigimos al salón en la planta de arriba, y salimos a la terraza. Era amplia y tenía el suelo de baldosas como en el sur de Europa. Contemplamos el valle apoyados en la barandilla de madera. Parecía un paisaje visto desde un mirador turístico. Aún caía una lluvia fina, pero parecía haberse transformado ya en una niebla húmeda. Las luces de las casas al otro lado del valle seguían encendidas. La impresión que producía aquella vista desde allí era muy distinta a la del otro lado, pese a que se trataba del mismo valle.

Una parte de la terraza estaba cubierta por un tejado, debajo del cual había una tumbona para tomar el sol o para leer. Al lado había una mesa baja de servicio, una planta grande en una maceta, con las hojas de color verde intenso, y un objeto alto tapado con una funda de plástico. En la pared había un punto de luz, pero no estaba encendido. La luz del salón llegaba tenuemente hasta allí.

—¿Por dónde cae mi casa? —le pregunté.

Menshiki señaló hacia la derecha.

—Por allí.

Agucé la vista hacia donde señalaba, pero, con todas las luces apagadas, no pude distinguirla entre la niebla.

—Espere un momento —dijo él al comprobar que no la veía.

Se acercó al rincón donde estaba la tumbona, quitó la funda de plástico que cubría el objeto alto y volvió con él. Eran unos prismáticos montados en un trípode. No eran muy grandes, pero tenían una forma extraña. Eran de color verde oliva mate y, por la tosquedad de su diseño, no parecían en absoluto un aparato óptico. Colocó el trípode delante de la barandilla, dirigió los prismáticos hacia la casa y enfocó las lentes.

—Mire, por favor —me dijo—. Ahí es donde vive usted.

Me acerqué. Eran unos prismáticos de muchos aumentos con una definición estupenda. No eran en absoluto como los que suelen vender en las tiendas. A través del ligero velo de llovizna veía a lo lejos con toda claridad. Era la casa donde vivía, sin duda. Se veía la terraza, la tumbona donde solía sentarme, el salón detrás, e incluso el estudio donde trabajaba. Con las luces apagadas no se distinguía bien el interior de la casa, pero con la luz del día seguramente sí. Ver mi casa (más bien atisbarla) con ese aparato me provocó un sentimiento extraño.

—No se preocupe —dijo Menshiki detrás de mí como si me leyera los pensamientos—. Nunca he invadido su intimidad. De hecho, casi nunca miro en esa dirección. Créame, lo que me interesa es otra cosa.

—¿Otra cosa? —pregunté extrañado.

Aparté los ojos de los prismáticos y me volví hacia él. Su semblante mantenía la misma frescura inexpresiva de siempre, pero su pelo, por el contrario, parecía mucho más blanco en la penumbra de la terraza.

—Se lo mostraré. Permítame. —Giró ligeramente los prismáticos hacia el norte y volvió a enfocar. Después dio un paso atrás—. Mire ahora.

Una elegante casa de madera situada en medio de la ladera de la montaña apareció ante mis ojos. Tenía dos plantas y también habían aprovechado la pendiente para construirla. La terraza estaba orientada hacia la de Menshiki. Sobre el mapa, debía de ser vecina a la mía, pero por la disposición del terreno estaban incomunicadas, de manera que no quedaba más remedio que dar un largo rodeo para llegar hasta ella. En una de las ventanas había luz, pero las cortinas estaban echadas y no se veía el interior. De no ser por eso, se hubiera podido ver sin problemas a quien estuviera dentro, sobre todo con unos prismáticos tan potentes como aquellos.

—Son como los que usan en la OTAN —dijo Menshiki—. No se venden al público y me costó mucho conseguirlos. Aunque esté oscuro se distinguen las cosas perfectamente.

Dejé de mirar por ellos y volví la cabeza hacia él.

—¿Y qué le interesa tanto en esa casa? —le pregunté.

—No quiero que me malinterprete. No soy un *voyeur*. —Menshiki miró una vez más y enseguida cubrió los prismáticos con la funda—. Entremos —dijo—. No quiero que coja frío.

Volví a sentarme en el sofá y él en el sillón. El joven de la coleta se acercó para preguntar si queríamos beber algo. No queríamos nada. Menshiki se lo agradeció y le dijo que podía marcharse. El joven se inclinó ligeramente antes de retirarse.

El comendador estaba sentado encima del piano de cola Steinway negro como el azabache. Ese lugar parecía gustarle más que el de antes. Las piedras preciosas en la empuñadura de su espada resplandecían magníficas bajo la luz.

—En esa casa... —retomó Menshiki la conversación donde la habíamos interrumpido— vive la niña de la que le hablé. Esa que podría ser mi hija. Solo quiero verla de vez en cuando, aunque no sea más que un pequeño punto en la distancia.

Me quedé sin saber qué decir durante un buen rato.

—¿Lo recuerda? —continuó—. Se lo conté hace poco. Es la hija de mi exnovia, la que nació poco después de casarse con otro hombre. La que siempre he pensado que es mi hija biológica.

—Me acuerdo, claro que sí. Es la mujer que murió a causa de la picadura de una avispa gigante cuando su hija tenía seis años. ¿Me equivoco?

Menshiki asintió con un gesto seco.

—Vive ahí con su padre.

Necesité un tiempo para ordenar todas las dudas que se me planteaban, y, mientras tanto, Menshiki estuvo en silencio a la espera de que dijese algo.

—Si lo he entendido bien, ha comprado usted precisamente esta casa para tener la oportunidad de ver, con esos potentes prismáticos, a la niña que quizá sea su hija. ¿Me equivoco? *Solo por eso* se ha gastado usted una enorme cantidad de dinero para comprarla y reformarla, ¿verdad?

—Eso es. —Asintió—. Es el lugar perfecto desde donde mirar. Tenía que conseguirla como fuera, porque cerca de aquí no había ningún terreno disponible sobre el que construir. Desde que la compré, prácticamente todos los días la busco con los prismáticos, aunque son más los días que no la veo que los que tengo la oportunidad de observarla.

—Y para que nadie le moleste, vive usted aquí solo y evita el contacto con la gente lo máximo posible.

Asintió de nuevo.

—Exacto. No quiero que nadie me moleste. No quiero desorden. Solo pido eso. Necesito soledad, y, si le digo la verdad, usted es la única persona en el mundo que conoce mi secreto. No es algo que pueda confiarle a cualquiera de buenas a primeras. Sería una imprudencia.

Tenía razón, pero no pude evitar preguntarme de inmediato por qué me lo decía a mí.

—Entonces, ¿por qué me lo cuenta a mí? —me atreví a preguntarle—. ¿Hay alguna razón?

Menshiki cruzó las piernas y me miró directamente a los ojos.

—Sí, por supuesto que hay una razón. Quisiera pedirle un favor muy especial —contestó en un tono de voz muy tranquilo.

25
La verdad, a veces, solo aporta
una profunda soledad

—Quisiera pedirle un favor muy especial —repitió.

Por su forma de hablar, entendí que esperaba el momento oportuno para abordar el asunto desde hacía tiempo. Quizá me había invitado a cenar solo por eso (tal vez por eso mismo había invitado también al comendador). Primero revelaba un secreto íntimo y después abordaba el asunto de ese favor que quería pedirme. Me miró a los ojos durante un rato y al final dijo:

—No se trata de algo que se pueda hacer, dicho así, en general. Se trata de algo que solo usted puede hacer.

No sé por qué, pero de pronto me dieron ganas de fumar. Había dejado el tabaco después de casarme y desde entonces, durante casi siete años, no había vuelto a encender un cigarrillo. Ni uno solo. Había sido un fumador empedernido y dejarlo supuso una dura penitencia. Sin embargo, había llegado a un punto en el que ya ni siquiera me acordaba. Y, a pesar de todo, en ese instante pensé en lo maravilloso que sería prender el extremo de un cigarrillo sujeto entre mis labios, algo que no me ocurría desde hacía mucho tiempo. De hecho, me pareció oír el chasquido de una cerilla al prenderse.

—¿De qué se trata? —le pregunté al fin.

No tenía especial interés en saberlo y, a ser posible, hubiera preferido marcharme de allí ignorándolo, pero las cosas se habían desarrollado de tal modo que no tenía escapatoria.

—Se lo diré de la manera más simple posible. Me gustaría que le hiciera un retrato.

Aunque el orden de las palabras era claro, se desmoronó y tuve que recomponerlo, y eso a pesar de que no entrañaba ninguna dificultad.

—Es decir, quiere que pinte el retrato de esa niña que tal vez sea su hija. ¿Es eso?

Menshiki asintió.

—Exactamente. Es el favor que quería pedirle. Pero no me gustaría que lo hiciese a partir de una foto, sino que la utilice a ella de modelo, como ha hecho conmigo. Me gustaría que ella fuese a su estudio. Es mi única condición. Todo lo relacionado con el retrato lo dejo en sus manos. Puede hacerlo como usted quiera. Es lo único que le pido.

Durante un buen rato no supe qué decir, hasta que finalmente expuse la primera duda que se me pasó por la cabeza.

—¿Y cómo voy a convencerla de que haga algo así? No puedo acercarme a una desconocida y pedirle que pose para mí sin más.

—No, por supuesto que no. En ese caso, tan solo despertaría sospechas y la pondría sobre aviso.

—¿Tiene alguna idea mejor?

Menshiki me miró un rato sin decir nada. Finalmente, abrió la boca despacio, como si abriese una puerta en silencio para entrar en una habitación pequeña al fondo de un pasillo.

—A decir verdad, usted ya la conoce y ella también lo conoce a usted.

—¿La conozco?

—Sí. Se llama Marie Akikawa. Akikawa significa «río de otoño», y su nombre de pila no se escribe en ideogramas porque es de origen francés. Sabe quién es, ¿no?

Marie Akikawa. El nombre me sonaba, pero por alguna razón no le ponía cara. Poco después me acordé.

—Marie Akikawa es una de mis alumnas de la clase pintura, ¿verdad?

Menshiki asintió.

—Eso es. Usted es su profesor de pintura.

Marie Akikawa era una niña de unos trece años pequeña y callada. Asistía a mi clase de pintura para niños. En un principio, se trataba de una clase para chicos y chicas de primaria, y ella, que ya estaba en secundaria, era la mayor de todos, pero como tenía un carácter tranquilo no llamaba la atención ni destacaba. De hecho, siempre se ponía en un rincón, como si quisiera pasar inadvertida. Sabía bien quién era. Algo en ella me recordaba a mi hermana fallecida, y su edad casi coincidía con la que tenía mi hermana cuando murió.

Marie Akikawa apenas hablaba en clase, y si yo le decía algo, se limitaba a asentir. Solo cuando no le quedaba más remedio, hablaba en un tono de voz tan bajo que a menudo me veía obligado a pedirle que repitiera lo que había dicho porque no la había oído. Parecía insegura y quizá por eso le costaba mirarme de frente. Sin embargo, parecía gustarle la pintura. Se ponía delante del lienzo con sus pinceles y la expresión de sus ojos cambiaba. Se concentraba bien y en ellos aparecía un brillo intenso. Pintaba cosas muy interesantes. No es que tuviera una gran técnica ni una habilidad especial, pero llamaba la atención lo que hacía, especialmente su uso del color, muy distinto al habitual. Era una niña con un aire misterioso.

Su pelo negro, liso y brillante, parecía una corriente de agua. Los ojos y la nariz transmitían nobleza y tenían las proporciones de una muñeca. El conjunto de su cara era tan armónico que, al observarla, a veces me parecía irreal. Desde un punto de vista estrictamente objetivo era una niña guapa, pero algo en su apariencia turbaba a la gente, impedía admitir esa evidencia abiertamente. Algo, esa especie de dureza y hostilidad que transmiten las niñas en determinado momento de su desarrollo, impedía que su belleza fluyese con naturalidad, pero cuando esa barrera desapareciera, se convertiría en una chica muy bella. Sin embargo, aquello le iba a llevar tiempo. En los rasgos de mi hermana fallecida también se apreciaba esa misma cualidad. Muchas veces pensaba de ella que podía ser mucho más guapa.

—Marie Akikawa, que vive en esa casa al otro lado del valle, puede que sea su hija biológica —traté de resumir—. Usted quiere que ella pose como modelo para mí y que yo la retrate. ¿Es eso?

—Exacto, pero no es un encargo. Se lo estoy pidiendo. Hacerlo de esta manera implica para mí un sentimiento muy distinto. Una vez que haya terminado el retrato, siempre que a usted le parezca bien, se lo compraré y lo colgaré en alguna de las paredes de esta casa para poder contemplarlo siempre que quiera. Eso es lo que deseo. Mejor dicho, es lo que le pido a usted.

A pesar de sus explicaciones, me costaba aceptar sin más todo aquello. Me preocupaba que el asunto no terminase ahí.

—¿No quiere nada más?

Menshiki inspiró profundamente y soltó el aire poco a poco.

—A decir verdad, hay otra cosa que me gustaría pedirle.

—¿De qué se trata?

—No es algo importante —dijo en un tono de voz suave y al tiempo firme—. Cuando esté pintando su retrato, me gustaría ir a su casa, como si fuera un amigo que va a verle por casualidad. Me basta con una sola vez, durante unos breves instantes. Me gustaría estar con ella en la misma habitación, respirar el mismo aire. No deseo nada más y nunca haré nada que a usted pueda importunarle.

Me quedé pensando, y cuantas más vueltas le daba a aquello, más incómodo me sentía. Nunca se me había dado bien mediar en nada. Era una cuestión de carácter. No me gustaba implicarme en los líos sentimentales de otras personas, se tratara de lo que se tratase. No me correspondía hacerlo, pero tampoco podía obviar que quería hacer algo por él. Debía ser prudente en mi respuesta.

—Lo pensaré —le dije—. Me parece que la principal dificultad será conseguir que Marie acceda a que le pinte un retrato. Habrá que resolver eso en primer lugar. Es una niña tímida que evita a los extraños como un gato. Quizá no quiera posar o quizá sea su padre quien se niegue a ello. Al fin y al cabo, no me conocen. Es lógico que tomen sus precauciones.

—Conozco personalmente al señor Matsushima, el director de la academia —intervino Menshiki con voz neutra—. Además, da la casualidad de que soy uno de los patrocinadores del centro. Si el señor Matsushima hace de mediador en este asunto, ¿no cree que la cosa resultaría de lo más natural? Si es él quien habla en su nombre, eso garantiza que es usted una persona de confianza, un pintor reputado y, probablemente, eso tranquilice al padre de la chica.

«Este hombre lleva a cabo sus planes después de haberlo calculado todo», pensé. Había pensado en todas las alternativas y había adoptado medidas, una a una, como si jugara al go. Nada sucedía *por casualidad*.

—Quien se ocupa realmente de Marie —continuó Menshiki— es una tía suya soltera, la hermana pequeña de su padre. Creo que ya se lo he dicho, pero tras la muerte de su madre se fue a vivir con ellos para ayudar. Su padre está muy ocupado con el trabajo y no tiene demasiado tiempo para hacerse cargo de ella. Si convencemos a su tía, la cosa irá bien. Si da su consentimiento, quizá vaya ella también a su casa para asegurarse de que todo marcha bien. No creo que deje ir sola a una niña a la casa de un hombre que vive solo.

—¿Y cree que Marie aceptará así sin más?

—Eso déjelo en mis manos. Si usted acepta, yo me encargo de solucionar las cuestiones prácticas que vayan surgiendo.

De nuevo me quedé pensativo. Seguro que era capaz de mover los hilos para solucionar los problemas de orden práctico que pudieran surgir. No cabía duda de que se le daban bien ese tipo de cosas, pero no podía dejar de preguntarme si debía inmiscuirme hasta tal extremo en todo ese asunto, enredarme en relaciones personales terriblemente complicadas. ¿No había un propósito oculto en todo aquello?

—¿Puedo darle mi honesta opinión sobre todo esto? —le pregunté—. Tal vez sea del todo innecesaria, pero me gustaría que la escuchara como si fuera una observación de puro y simple sentido común.

—Por supuesto. Adelante.

—Antes de llevar a cabo este plan, ¿no le parece que debería confirmar que Marie es realmente su hija biológica? Si no lo es, no necesitaría tomarse tantas molestias. Entiendo que no es fácil, pero habrá algún modo de hacerlo. Estoy convencido de que usted es perfectamente capaz de lograrlo. Aunque yo pinte su retrato y usted lo cuelgue al lado del suyo, eso no significa nada, no soluciona el problema de fondo.

Menshiki se tomó un tiempo para reflexionar.

—Usted me considera capaz de descubrir con todas las garantías si Marie Akikawa es mi hija de verdad o no. Sería complicado, en efecto, pero no imposible. Lo que sucede es que no quiero hacerlo.

—¿Y eso por qué?

—Si es mi hija biológica o no, en realidad no es determinante.

Le observé sin abrir la boca. Cada vez que movía la cabeza, su abundante pelo blanco parecía mecido por el viento. Con una voz apacible, como si enseñase la conjugación de un verbo sencillo a un perro grande e inteligente, dijo:

—En realidad, no me da igual, pero no me atrevo a dar el paso de descubrir la verdad. Tal vez Marie sea mi hija biológica y tal vez no, pero si demuestro que lo es, ¿qué puedo hacer yo? ¿Debería presentarme ante ella diciendo que soy su verdadero padre? ¿Reclamar su custodia? No. Eso es algo de todo punto imposible.

—Volvió a sacudir la cabeza y se frotó las manos sobre el regazo, como si se calentase frente a la chimenea en una noche gélida—. De momento —continuó—, Marie vive en paz en esa casa con su padre y con su tía. Su madre murió, pero la familia funciona relativamente bien a pesar de que su padre tiene algunos problemas. Como mínimo, ella está a gusto con su tía, se han adaptado bien, y si yo me presento de repente con una prueba científica y digo que soy su verdadero padre, ¿lo aceptaría sin más? Yo creo que en este caso la verdad solo serviría para aportar confusión y desorden, y dudo que nadie pueda ser feliz en esa situación, incluido yo, por supuesto.

—¿Quiere decir que prefiere mantener las cosas como hasta ahora?

Menshiki separó las manos y las puso sobre sus rodillas.

—Para simplificar, le diré que sí. He tardado mucho tiempo en llegar a esta conclusión, pero ahora mis sentimientos son claros y firmes. A partir de ahora tengo intención de vivir abrigando la esperanza de que, a lo mejor, Marie Akikawa es mi hija biológica, y de que la veré crecer desde una distancia prudencial. Eso me basta. Si tuviera la certeza de que es mi hija, no creo que eso me hiciera más feliz. De hecho, creo que el sentimiento de pérdida sería aún más profundo. Por otro lado, si descubriera que no es hija mía, la desilusión sería tremenda y quizá perdiera incluso las ganas de vivir. En fin, sea como fuere, no hay ninguna perspectiva de que la verdad aporte nada favorable en este caso. ¿Entiende lo que quiero decir?

—Lo entiendo desde un punto de vista teórico,

pero si yo estuviera en su lugar, seguro que preferiría la verdad. Conocer la verdad es un sentimiento muy humano.

Menshiki se rio.

—Dice eso porque usted aún es joven. Seguro que cuando tenga mi edad entenderá mis sentimientos. La verdad, a veces, solo aporta una profunda soledad.

—Entonces, no quiere saber la verdad, sino contemplar su retrato a diario y pensar en una posibilidad. ¿Se trata solo de eso?

—Exacto —asintió Menshiki—. En lugar de una verdad inamovible elijo una posibilidad con margen de variación. Elijo encomendarme a esa variación. ¿Le extraña?

Sí, en efecto. Me extrañaba. Como mínimo, no me parecía natural pese a que tampoco llegase al extremo de parecerme insano. Al fin y al cabo, era su problema, no el mío.

Miré al comendador sentado sobre el piano Steinway. Nuestros ojos se encontraron. Levantó ambos índices y los movió de un lado a otro, como si con ese gesto me indicase que pospusiera mi respuesta. Después, con el índice de la mano derecha señaló el reloj en la izquierda. Obviamente, no tenía reloj, tan solo indicaba el lugar donde podría haber estado. Había llegado el momento de retirarme. Era un consejo y a la vez una advertencia. Decidí hacerle caso.

—¿Podría tomarme un tiempo antes de darle una respuesta definitiva? Es un asunto complicado y me gustaría pensarlo con calma.

Menshiki levantó las manos de las rodillas y las extendió.

—Por supuesto. Tómese el tiempo que quiera. No tengo ninguna prisa. Quizá le estoy pidiendo demasiado.

Me levanté y le di las gracias por la magnífica cena.

—Por cierto, se me había olvidado una cosa de la que quería hablarle —dijo Menshiki—. Es sobre Tomohiko Amada. Hace tiempo hablamos de su época de estudiante en Austria. ¿Lo recuerda? Justo antes de estallar la segunda guerra mundial, cuando se marchó de Viena y regresó a Japón.

—Sí, me acuerdo.

—He investigado un poco porque también a mí me picó la curiosidad. Ha pasado mucho tiempo y lo ocurrido acabó diluyéndose. De todos modos, parece que por entonces hubo rumores, estalló una especie de escándalo.

—¿Un escándalo?

—Sí. Por lo visto, se vio envuelto en un complot para asesinar a alguien en Viena y el asunto estuvo a punto de derivar en un conflicto diplomático. Por eso la embajada japonesa en Berlín tomó la decisión de enviarle de vuelta a casa en secreto. Al menos ese fue el rumor que circuló durante un tiempo. Sucedió justo después del *Anschluss*. Sabe lo que fue el *Anschluss*, ¿verdad?

—La anexión de Austria como parte de Alemania en 1938, si no me equivoco.

—Eso es. Austria fue incorporada a Alemania por voluntad de Hitler. Tras el revuelo político que levantó aquello, los nazis aprovecharon para hacerse con el control de la práctica totalidad del país a la fuerza y, como resultado, la nación austriaca desapareció. Sucedió en el mes de marzo de 1938. A partir de entonces hubo una gran confusión y, en ese caldo de cultivo, los disturbios se sucedieron y murió una gran cantidad de gente. Se hicieron pasar por suicidios lo que fueron burdos asesinatos y también mandaron a mucha gente a los campos de concentración. Tomohiko Amada estaba en Viena por aquel entonces. Se decía que tenía una novia austriaca y, al parecer, se vio implicado en el complot por ella. Formaba parte de una organización clandestina de estudiantes universitarios que se oponía a los nazis, y fueron ellos quienes planearon el asesinato de un alto mando. Era un asunto que no beneficiaba en absoluto ni al Gobierno alemán ni al japonés. Un año y medio antes, los dos países habían firmado un acuerdo de protección mutua y colaboración, y las relaciones entre el Japón imperial y la Alemania nazi se habían fortalecido mucho. Los dos países tenían mucho interés en evitar por todos los medios que el complot se llevara a buen término. En ese caso, habría supuesto una auténtica traba en las relaciones bilaterales. Por si fuera poco, Tomohiko Amada ya disfrutaba, a pesar de su juventud, de cierta reputación en Japón y su padre era, además, un influyente terrateniente de provincias con derecho a pronunciarse políticamente. No podían liquidar a alguien así sin más.

—¿Y por eso le mandaron de vuelta a Japón?

—Sí, más que enviarle de vuelta se puede decir que le rescataron de las garras de la muerte. Escapó de milagro gracias a «la acción diplomática». Si la Gestapo lo hubiera considerado sospechoso, si lo hubieran detenido, no habría salido con vida pese a no tener pruebas contra él.

—No participó entonces en ningún asesinato.

—No. Todo se quedó en el intento. En la organización había un infiltrado y todo llegaba a oídos de la Gestapo. Todos sus miembros fueron detenidos en una redada.

—Entonces la cosa iba en serio.

—Por extraño que parezca, la historia no llegó a conocerse. Se hablaba a media voz de que se había producido un escándalo, pero nunca llegó a publicarse nada oficial. El incidente se gestó en la oscuridad, y en la oscuridad murió.

En ese caso, deduje, el comendador del cuadro de Tomohiko Amada quizá representaba a aquel alto mando nazi. Tal vez había querido reflejar de manera simbólica el intento de asesinato en la Viena de 1938 que nunca llegó a consumarse. En el incidente debieron de estar implicados el propio Tomohiko Amada y su novia, y, al ser descubiertos, debieron de separarlos y tal vez a ella la ejecutaron. Fue a su regreso a Japón cuando plasmó aquella dolorosa experiencia en un cuadro pintado al estilo tradicional japonés. De algún modo, es como si hubiera querido traducir lo ocurrido a la realidad del periodo Asuka, más de mil años atrás, y es muy probable que pintase ese cuadro solo para él. Quizá sintió la obligación de hacerlo para recordar aquel episodio violento y sangriento que marcó su juventud. Quizá por eso nunca lo mostró en público y prefirió envolverlo en una tela y ocultarlo a los ojos de la gente en el desván de su casa.

Siguiendo con ese razonamiento, era posible que el incidente de Viena fuera una de las principales razones por las que Tomohiko Amada, a su regresó a Japón, abandonara el estilo de pintura occidental para dedicarse por completo a la pintura tradicional japonesa. ¿No fue una forma de despedirse del pasado?

—¿Cómo ha logrado enterarse de todo esto? —le pregunté a Menshiki.

—No lo he hecho yo solo, desde luego. He pedido ayuda a una organización que se dedica a documentar esa clase de sucesos del pasado, pero es una historia que pasó hace mucho tiempo y nadie pone la mano en el fuego y asegura que es verdad. No obstante, se han contrastado distintas fuentes y creo que podemos considerar que la información es fidedigna.

—Tomohiko Amada tuvo una novia austriaca que formaba parte de una organización clandestina que luchaba contra los nazis y eso le llevó a él también a verse implicado en un intento de homicidio.

Menshiki inclinó un poco la cabeza.

—Es una historia terrible y todos sus protagonistas están muertos. Ya no hay forma de descubrir lo que ocurrió de verdad. Además, aunque sean reales, este tipo de historias se prestan a todo tipo de exageraciones. Sin embargo, parece el guion de un auténtico melodrama.

—O sea, que no se sabe hasta qué punto se involucró.

—No. No se sabe. Por mi parte, solo soy capaz de imaginar el guion del melodrama. Pero, al parecer, a Tomohiko lo obligaron a abandonar Viena, lo separaron de su novia, de la que tal vez ni siquiera pudo despedirse, y lo obligaron a embarcar en un buque en el puerto de Bremen con destino a Japón. Durante la guerra se refugió en el campo, en la región de Aso, y allí se encerró en el mutismo. Acabada la guerra, reapareció en la escena pública convertido ya en un pintor de estilo tradicional japonés, para gran sorpresa de todos. También ese fue un hecho dramático.

La historia de Tomohiko Amada concluía en ese punto.

El Infinity negro que había ido a buscarme a casa esperaba silencioso delante de la puerta. Caía una llovizna persistente, el aire era húmedo, frío. Se acercaba el momento de sacar del armario un buen abrigo.

—Muchas gracias por haber venido —dijo Menshiki—. Y también le doy las gracias al comendador.

«Gracias a usted», dijo el comendador como si me susurrase al oído. También yo le agradecí de nuevo la magnífica cena. Insistí en lo mucho que había disfrutado y le transmití las palabras del comendador.

—Espero no habérsela estropeado con la historia que le he contado durante la sobremesa —dijo.

—No, en absoluto. Tan solo permítame pensar un poco más en ello.

—Por supuesto.

—Necesito tiempo para decidir ese tipo de cosas.

—Yo también necesito tiempo, no se crea. Una de mis máximas es: mejor pensarlo tres veces que dos, y si el tiempo lo permite, incluso cuatro. Tómese el tiempo que quiera.

El conductor esperaba con la puerta trasera abierta. Subí al coche. El comendador debió de subir también, pero no llegué a verlo. El coche arrancó, enfiló la cuesta, salió por la puerta del jardín y bajó despacio por la carretera de montaña. Cuando la casa desapareció de mi vista, tuve la impresión de que todo había sido un sueño. Era incapaz de distinguir lo normal de lo anormal, lo real de lo irreal.

«Lo que ven vuestros ojos es la realidad», me susurró el comendador al oído. «Solo se trata de tenerlos bien abiertos. Juzgar es algo que debe hacerse más tarde.»

A pesar de tener los ojos muy abiertos, me pareció que había muchas cosas que se me pasaban por alto. Quizá lo dije en voz baja sin darme cuenta, porque el conductor me miró de reojo por el espejo retrovisor. Cerré los ojos y me recosté en el asiento. «Qué maravilloso sería poder posponer eternamente algunas decisiones», pensé.

Llegué a casa poco antes de las diez. Me cepillé los dientes, me puse el pijama y me metí en la cama. Como era de esperar, tuve muchos sueños, todos ellos extraños, incómodos. Miles de cruces gamadas ondeaban en el cielo de Viena, un gran barco partía del puerto de Bremen mientras una banda de música tocaba en el muelle. Soñé con la habitación cerrada de Barbazul, con Menshiki tocando su piano Steinway.

26
No podía haber una composición
mejor que esa

Dos días después de la cena en casa de Menshiki me llamó mi agente en Tokio para anunciarme que se había recibido la transferencia por el retrato y que me había enviado el dinero tras descontar su comisión. Me sorprendí mucho cuando me dijo la cantidad. Era muy superior a la que me había dicho en un principio.

—El señor Menshiki —me explicó— nos ha enviado una nota para explicar que el retrato ha superado sus expectativas, por lo que ha decidido añadir una bonificación. En la nota le pide a usted que lo acepte como sincero agradecimiento por su parte.

Murmuré algo sin llegar a decir nada concreto.

—No he tenido la oportunidad de ver el retrato en persona —dijo mi agente—, pero el señor Menshiki ha enviado una foto por correo electrónico. También a mí me ha parecido una obra magnífica. En mi opinión, supera los límites del retrato tradicional sin llegar a perder su esencia.

Le agradecí la llamada y sus palabras, y colgué el teléfono.

Un poco más tarde me llamó mi amante para preguntarme si podía venir al día siguiente antes del mediodía. Por mi parte no había problema. Tenía clase de pintura por la tarde, pero disponía de margen suficiente.

—¿Fuiste al final a cenar a casa de Menshiki? —me preguntó.

—Sí. Fue una cena espléndida.

—¿De verdad?

—Excelente. El vino era extraordinario y a la comida no se le puede poner una sola pega.

—¿Y la casa?

—Sorprendente. Solo describirla podría llevarme medio día.

—¿Me contarás los detalles cuando nos veamos?

—¿Antes o después...?

—Prefiero después —dijo sin titubear.

Nada más colgar fui al estudio. Quería contemplar el cuadro de Tomohiko Amada, que había colgado en la pared. Lo había visto muchas veces, pero al contemplarlo de nuevo, después de escuchar la historia de Menshiki, aprecié en él algo extraño, un crudo realismo. No era un simple cuadro histórico al uso que reconstruyera un incidente del pasado con cierto aire nostálgico. Los movimientos y los gestos de los cuatro personajes que aparecían en él (al margen de «cara larga») evidenciaban sus sentimientos ante un hecho dramático como aquel. El joven que hunde la espada en el pecho del comendador mantenía un rostro totalmente inexpresivo. Había cerrado su corazón para impedir que brotaran de él sus sentimientos. En la cara del comendador, que tenía la espada clavada en el pecho, se podía leer, junto al dolor, la sorpresa de no haber imaginado jamás que tal cosa pudiera ocurrir. La joven que observaba la escena desde un lado (la doña

Anna de la ópera de Mozart) parecía debatirse entre dos emociones violentas. Sus rasgos nobles y proporcionados se habían deformado a causa de la angustia. Con su hermosa mano blanca se tapaba la boca. El hombre rechoncho con aspecto de sirviente (Leporello) contenía la respiración ante el inesperado desarrollo de los acontecimientos y levantaba la vista al cielo. Su mano derecha se extendía al vacío como si quisiera agarrar algo.

Era perfecta. No podía haber una composición mejor que esa. Los personajes estaban admirablemente colocados. Se notaba una profunda reflexión. Estaban como congelados en la conmoción de un instante, pero no por ello habían perdido viveza, dinamismo. Traté de trasladar la circunstancia del cuadro a la Viena de 1938. El comendador no vestiría en ese caso ropas antiguas del periodo Asuka, sino un uniforme nazi o tal vez el uniforme negro de las SS. En su pecho se hundiría una daga o un sable. Quizá le apuñalaría Tomohiko Amada. ¿Quién era entonces la mujer? ¿Su novia austriaca? ¿Por qué parecía tener el corazón partido en dos?

Me senté en la banqueta para contemplar el cuadro más tranquilo. Sentía como si dejando correr la imaginación pudiese leer mensajes ocultos, insinuaciones, pero, al final, todas aquellas teorías no dejaban de ser suposiciones. Todo lo que me había contado Menshiki no eran datos históricos documentados, tan solo eran rumores de una historia que terminó en un drama y que empezaba y acababa con un «tal vez».

«Ojalá mi hermana estuviera conmigo», pensé de repente. Le habría contado todo lo ocurrido hasta ese momento y ella me habría escuchado tranquilamente, interrumpiéndome solo de vez en cuando con preguntas concisas. Aunque se tratase de una historia complicada y difícil de entender, no habría fruncido el ceño extrañada ni habría mostrado sorpresa. Su gesto tranquilo y reflexivo no se habría alterado, y después de escucharme me habría ofrecido algunos consejos útiles. Desde muy pequeños, nuestra relación se había desarrollado en esos términos, pero, tras pensarlo bien, un buen día me di cuenta de que ella nunca me había consultado nada. Ni una sola vez, por lo que yo recordaba. ¿Por qué? ¿Porque nunca se enfrentó a un escollo? ¿Porque no sintió la necesidad de hacerlo? ¿Tal vez porque pensaba que consultarme no serviría de gran cosa? Suponía que en la respuesta debía de haber un poco de todo.

Sin embargo, aun en el caso de haberse recuperado de su enfermedad y no haber muerto a los doce años, una relación de tanta intimidad entre hermano y hermana como la nuestra no habría durado eternamente. Tal vez se habría casado con un hombre anodino, se habría ido a vivir a una ciudad lejana, puede que hubiera perdido la templanza en los asuntos del día a día, agotada por la crianza de los hijos. El brillo de su infancia se habría apagado y es muy posible que ya no le quedara margen para atenderme cuando le consultara algún asunto. De todos modos, todo eso solo eran hipótesis. Nadie podría saber nunca cómo habrían evolucionado nuestras vidas.

Tal vez uno de los principales problemas que lastraba la relación con mi mujer era que, de un modo inconsciente, yo le pedía que reemplazase a mi hermana muerta. Visto desde ese ángulo, me parecía que tenía cierta lógica. No era algo consciente, pero desde su desaparición nunca dejé de buscar a alguien en quien apoyarme cuando debía enfrentarme a alguna dificultad. Sin embargo, mi mujer y mi hermana eran personas completamente distintas. No hace falta decirlo. Yuzu no era Komi. Ni su posición ni su papel eran los mismos, y, por encima de todo, habíamos creado juntos una historia completamente distinta.

Al pensar en todo eso, me acordé de repente de cuando fuimos a visitar a sus padres a su casa en el distrito de Setagaya antes de nuestra boda.

El padre de Yuzu era subdirector de una sucursal de un importante banco. Su hijo (el hermano mayor de Yuzu) trabajaba en el mismo banco. Padre e hijo se habían graduado en la Facultad de Económicas de la Universidad de Tokio. Al parecer, venía de una familia de banqueros. Yo quería casarme con Yuzu (y ella conmigo, por supuesto), y fuimos a comunicar la noticia a sus padres. El encuentro, sin embargo, no duró más de media hora y, lo mirara como lo mirase, no fue precisamente amistoso. Yo no era más que un pintor sin nombre que no vendía un solo cuadro y que se dedicaba al retrato por pura supervivencia. Ni siquiera contaba con unos ingresos fijos. No tenía al alcance algo que pudiera considerar un futuro, un porvenir. Daba igual lo que dijera o hiciera, mi posición no era para que un padre tan elitista como aquel sintiese alguna simpatía hacia mí. Ya antes de ir me imaginé la situación, así que había decidido no perder la calma pasara lo que pasase, aunque llegara a insultarme. Uno de los rasgos de mi carácter es, sin duda, la paciencia.

No obstante, mientras escuchaba el interminable y aburrido sermón de aquel hombre, la creciente aversión psicológica que me hacía sentir provocó que perdiera el control de mí mismo. Empecé a sentirme mal, tuve náuseas. Me levanté a mitad de la charla y me excusé para ir al baño. Me puse de rodillas frente a la taza del váter e intenté vomitar, pero no pude. Apenas tenía nada en el estómago, y ni siquiera salieron los jugos gástricos. Me puse a respirar profundamente para tratar de calmarme. Mi boca desprendía un olor desagradable y me la enjuagué con agua. Me limpié el sudor de la cara con un pañuelo y regresé al salón.

—¿Te encuentras bien? —me preguntó Yuzu, preocupada nada más verme.

Debía de tener un aspecto horrible.

—Casaros o no es decisión vuestra, pero si lo hacéis, no os doy más de cuatro años —dijo el padre.

Fueron sus últimas palabras antes de marcharnos de allí. No protesté ni le dije nada, pero su comentario resonó a partir de entonces en mis oídos como un eco desagradable, como una especie de maldición.

Los padres de Yuzu nunca nos dieron su bendición, pero, a pesar de todo, nos inscribimos en el registro familiar y, de ese modo, formalizamos nuestro matrimonio. Respecto a mis padres, casi había perdido el contacto con ellos y tampoco vinieron a la boda. Nuestros amigos alquilaron un local donde nos organizaron una fiesta sencilla. De hecho, fue Masahiko Amada quien se hizo cargo prácticamente de todo. Siempre había sido una persona amable y servicial.

Nos casamos y, a pesar de tenerlo todo en contra, éramos felices. Como mínimo al principio, o eso creo. Durante cuatro o cinco años no surgió entre nosotros nada que pudiésemos considerar un problema. Sin embargo, en algún momento se produjo un viraje, como si un crucero cambiase de rumbo de repente en mitad del océano. Aún no entendía bien la razón de ese cambio ni el momento preciso en que se produjo. Quizás había profundas diferencias entre lo que buscaba y esperaba ella de la vida matrimonial y lo que buscaba y esperaba yo. Puede que esas diferencias se fueran agrandando con el paso del tiempo y, para cuando quisimos darnos cuenta, ella ya se veía a escondidas con otro hombre. En resumen, un matrimonio que apenas duró seis años.

Probablemente, en cuanto se enteró de que nuestro matrimonio se había roto, su padre seguro que se rio a carcajadas al ver confirmados sus oscuros augurios (a pesar de haber durado uno o dos años más de lo que había vaticinado). Nuestra separación le habría alegrado mucho. Estaba seguro. ¿Habría restablecido Yuzu la relación con ellos después de nuestra ruptura? No tenía forma de saberlo, pero tampoco me interesaba. Era asunto suyo, no mío. Y, a pesar de todo, no conseguía quitarme de la cabeza la maldición de su padre, todavía notaba su peso sobre mi cabeza. No quería reconocerlo, pero la herida en mi corazón era mucho más profunda de lo que había imaginado, y aún seguía abierta, como el corazón del comendador en el cuadro de Tomohiko Amada.

No tardó en producirse uno de esos atardeceres tempranos del otoño. El cielo se oscureció en un instante y los cuervos, negros y brillantes como el azabache, regresaron a sus nidos sin dejar de alborotar y romper el silencio del valle. Salí a la terraza, me apoyé en la barandilla y contemplé la casa de Menshiki. En el jardín había algunas luces encendidas que realzaban aún más el blanco de la vivienda en la oscuridad de la tarde. Me imaginé a Menshiki buscando todas las tardes con sus prismáticos la figura de Marie Akikawa desde la terraza. Había comprado la casa solo para tenerla cerca, para poder verla. Le había costado una fortuna y le había supuesto muchas molestias. Era demasiado grande y, por si fuera poco, no coincidía con su gusto.

Por extraño que pudiera parecer (a mí me lo parecía, al menos), cuando quise darme cuenta, disfrutaba de una intimidad con Menshiki como pocas veces había tenido con otras personas. No diría que se trataba de simpatía, sino más bien de una especie de solidaridad. En cierto sentido, puede que no fuéramos tan distintos. Avanzábamos en la vida no solo con lo que teníamos entre las manos o lo que pudiéramos obtener del futuro. También avanzábamos con lo que ya habíamos perdido. No estaba de acuerdo con lo que hacía. Sin duda superaba mi entendimiento, pero como mínimo entendía sus motivos. Fui a la cocina, me preparé un whisky con hielo (de la botella que me había regalado Masahiko), me senté en el sofá del salón, elegí un cuarteto de Schubert de la colección de su padre y puse el disco en el plato. Era *Rosamunde,* el mismo que había escuchado en el estudio de la casa de Menshiki. Mientras sonaba, agitaba los cubitos de hielo de vez en cuando.

Ese día el comendador no se presentó ni una sola vez. Tal vez descansaba en el desván con el búho. Las ideas también necesitaban tomarse un día de descanso de vez en cuando. Tampoco yo había cogido los pinceles. Era mi día de descanso.

Levanté el vaso y brindé por él.

27
A pesar de que te acuerdas con tanto detalle de su aspecto

Cuando mi amante vino a casa, le hablé un poco de la cena en casa de Menshiki. No le dije nada sobre Marie Akikawa, claro está, ni sobre los prismáticos de alta precisión montados en el trípode en la terraza, y tampoco sobre el comendador. Le hablé de cosas que no pudieran causar perjuicio alguno: del menú de la cena, de la distribución de la casa, del tipo de muebles que tenía en cada una de las habitaciones. Estábamos en la cama completamente desnudos. Primero hicimos el amor y después se lo conté todo. Al principio estaba intranquilo. Pensaba que el comendador rondaría por allí, pero a partir de cierto momento me olvidé de él por completo. Si quería mirar, por mí podía mirar cuanto quisiera.

Ella se interesó por los detalles de la cena como un entusiasta del deporte se interesaría por el último partido de su equipo. Me esforcé por describirle con precisión todo cuanto recordaba, del aperitivo al postre, incluida la vajilla. Tengo buena memoria visual y, se trate de lo que se trate, desde el momento en que entra algo en mi campo de visión, recuerdo todos sus detalles aunque haya pasado mucho tiempo. Gracias a eso, no tuve mayor problema en reconstruir mentalmente cada uno de los platos como si hiciera bosquejos a vuela pluma mientras ella me escuchaba con ojos embelesados. De vez en cuando, incluso tragaba saliva.

—¡Qué maravilla! —exclamó como si estuviera soñando—. A mí también me gustaría que me invitasen a una cena así, aunque solo fuera una vez en mi vida.

—Sin embargo, casi no recuerdo el sabor de la comida.

—¿Cómo? Por lo que dices debía de estar riquísima.

—Sí, sí. Me acuerdo de que estaba muy rica, pero no del sabor en concreto. Además, no encuentro las palabras para describirlo.

—¿A pesar de que te acuerdas con tanto detalle de su aspecto?

—Eso es. Como soy pintor, las formas no me plantean ninguna dificultad. Es mi trabajo después de todo. El contenido sí se me puede escapar. Si fuera escritor, sucedería justo lo contrario.

—¡Qué raro! Entonces, serías capaz de dibujar hasta el mínimo detalle de lo que haces conmigo, pero no de reconstruir con palabras tus sensaciones.

Traté de poner en orden en mi cabeza lo que realmente me decía.

—¿Te refieres al placer sexual?

—Sí.

—Creo que sí. En cualquier caso, me resulta más difícil describir el sabor de la comida que el placer sexual, si se trata de comparar comida con sexo.

—O sea, que los platos que te ofreció Menshiki tienen un gusto más sutil y más profundo que el placer sexual que te ofrezco yo —dijo con una voz en la que se notaba el frío vespertino de principios de invierno.

—No, en absoluto —traté de explicarme un tanto

aturdido—. No me refiero a la calidad del contenido, sino a la dificultad que me plantea explicarlo. Nada más. Es una cuestión puramente técnica, diría yo.

—De acuerdo. En ese caso, lo que yo te ofrezco no está mal en sentido técnico. ¿No es así?

—Por supuesto —balbucí—. Es maravilloso en un sentido técnico o en cualquier otro sentido. Tanto, de hecho, que no se puede dibujar.

No tenía una sola objeción al placer físico que me ofrecía. Hasta entonces había tenido relaciones sexuales con varias mujeres, no tantas como para vanagloriarme, pero en sus órganos encontraba mucha más riqueza, variedad y delicadeza que en los de cualquier otra mujer que hubiera conocido hasta entonces. Era una lástima que alguien pudiera olvidarse de ellos y abandonarlos durante años. Se lo dije y puso cara de contenta.

—¿No me mientes?

—No te miento.

Me observó durante un rato como si sospechara, y al final pareció convencerse.

—¿Te enseñó el garaje?

—¿El garaje?

—Su legendario garaje donde al parecer guarda cuatro coches ingleses.

—No, no me lo enseñó. Es una casa grande y no me dio tiempo a tanto.

—¡Hmmm! —murmuró—. ¿Tampoco le preguntaste entonces si de verdad tiene un Jaguar clase E?

—No, no se lo pregunté. No se me ocurrió, la verdad. Mi interés por los coches no llega a tanto.

—Por eso no te quejas de tu viejo Toyota, ¿verdad?

—Eso es. No me quejo para nada.

—Si me hubiera invitado a mí, le habría pedido que me dejase subir al clase E. Es un coche realmente bonito. De niña vi una película de Audrey Hepburn y Peter O'Toole en la que salía ese coche, y desde entonces me gusta. Peter O'Toole conducía un Jaguar clase E resplandeciente, pero no recuerdo el color. Creo que era amarillo.

Mientras ella pensaba en aquel deportivo de ensueño de su niñez, me vino a la mente la imagen del Subaru Forester blanco estacionado en el aparcamiento de un restaurante a las afueras de una pequeña ciudad en la costa de la prefectura de Miyagi. No me parecía un coche especialmente bonito, tan solo un todoterreno de lo más normal, una máquina casi rechoncha pensada para un uso práctico. Poca gente sentiría el deseo de tocar o de subirse a un coche así. En ese sentido, era muy distinto a un Jaguar clase E.

—Entonces, ¿tampoco le pediste que te enseñase el gimnasio y el invernadero? —insistió.

—No. No vi el invernadero, ni el gimnasio, ni el cuarto de la lavadora, ni el del servicio, ni la cocina, ni el vestidor de seis tatamis, ni la sala de billar. No me los enseñó. Había un asunto importante del que quería hablarme y tal vez no tenía ganas de enseñarme toda la casa en detalle.

—¿De verdad tiene un vestidor de seis tatamis y una sala de billar?

—No lo sé. Lo he dicho por decir, pero no me extrañaría.

—¿Solo viste el estudio?

—El interiorismo no me interesa especialmente. Vi la entrada, el salón, el estudio y el comedor.

—Entonces, ¿tampoco te enseñó la habitación cerrada de Barbazul?

—No tuve oportunidad y tampoco me pareció adecuado decirle: «Por cierto, señor Menshiki, ¿dónde está la famosa habitación cerrada de Barbazul?».

Ella chasqueó la lengua como si estuviera decepcionada y sacudió varias veces la cabeza.

—Los hombres no servís para nada. ¿Es que no sientes curiosidad? De haber sido yo, le habría pedido que me enseñase hasta el cuarto del gato.

—Seguramente el ámbito de la curiosidad es distinto entre un hombre y una mujer.

—Eso parece —dijo ella resignada—. De todos modos, ya me va bien. El hecho de tener un poco más de información ya me alegra.

Empezaba a preocuparme poco a poco.

—Está bien —le dije—, pero espero que esa información no llegue a otras personas. Me refiero a los rumores de la selva, ya sabes...

—No te preocupes por esas cosas —repuso ella animada.

Me agarró la mano suavemente y se la llevó hasta el clítoris. Al hacerlo, el ámbito de nuestra curiosidad volvió a coincidir. Aún tenía tiempo para llegar puntualmente a mi clase, y, en ese instante, me pareció oír la campanilla a lo lejos, pero debió de ser una ilusión auditiva.

Se marchó al volante de su Mini rojo antes de las tres. Fui al estudio para comprobar si la campanilla seguía en la estantería. No había nada raro. Seguía en el mismo sitio y no se veía al comendador por allí.

Me senté en la banqueta frente al lienzo para contemplar el retrato a medio terminar del hombre del Subaru Forester blanco. Quería determinar la dirección que debía seguir, pero descubrí algo inesperado. El cuadro ya estaba terminado.

El retrato aún estaba a medias, ni que decir tiene. Algunas ideas sugeridas en él aún debían tomar una forma concreta. Lo que había dibujado solo era un esbozo aproximado de la cara de un hombre hecho con los tres colores que yo había creado. Por encima del bosquejo a carboncillo, los colores estaban trazados con violencia y mis ojos intuían claramente la forma que aún debía tomar el hombre. Su cara estaba allí latente, como si fuera un trampantojo, pero a ojos de otra persona aún resultaba invisible. El retrato aún no era más que una base, la insinuación de algo por venir, y, sin embargo, aquel hombre (la persona que yo intentaba pintar basándome en mis recuerdos) ya parecía satisfecho con su aspecto y parecía suplicarme que no le desvelara.

«No toques nada», me daba la sensación de que susurraba desde las profundidades del lienzo. A veces creía oír que me ordenaba: «No añadas nada».

El cuadro estaba acabado de una forma inacabada. El hombre existía perfectamente con su figura imperfecta. Puede resultar contradictorio, pero no encuentro otra forma de explicarlo. Su figura escondida en el lienzo intentaba transmitirme algo, que comprendiese algo, pero no llegaba a entender de qué se trataba. Sentía como si tuviera vida propia, como si estuviera vivo y se moviera.

Lo bajé del caballete. Aún debía secarse y lo apoyé contra la pared para que no se manchase. No podía mirarlo por más tiempo. Había algo siniestro en él que tal vez no debía saber. El cuadro exhalaba algo de la atmósfera de aquella ciudad portuaria, el olor del mar mezclado con el del pescado y el de los motores diésel de los barcos. Oía el graznido de las gaviotas mientras las veía arremolinarse transportadas por los fuertes vientos. Vi la gorra negra de golf en la cabeza de un hombre de mediana edad que tal vez jamás había jugado al golf, su cara morena, la yugular en tensión, su pelo corto entrecano, una chaqueta de cuero muy gastada; oí el ruido de los cubiertos al entrechocar en el restaurante, ese rumor impersonal que es el mismo en cualquier lugar del mundo; y, de nuevo, vi el Subaru Forester blanco estacionado totalmente solo en el aparcamiento, con la pegatina de un pez espada en el parachoques trasero.

—¡Pégame! —me dijo la chica mientras hacíamos el amor.

Tenía las uñas clavadas en mi espalda y desprendía un fuerte olor a sudor. Le di un golpe con la palma de la mano como me pedía.

—No, así no —dijo sacudiendo la cabeza violentamente—. ¡Más fuerte! Tómatelo en serio. Dame más fuerte, con todas tus fuerzas. No me importa si me dejas marca. Pégame aunque me hagas sangrar por la nariz.

No quería pegarle. Nunca he tenido esas tendencias violentas, pero ella insistía sin parar. Quería sentir dolor verdadero, no le valían sucedáneos. No me quedó más remedio que pegarle hasta dejarle una marca roja. Cuanto más fuerte le daba, más apretaba ella mi pene en el interior de su vagina, como si fuera un predador hambriento dispuesto a no dejar escapar su presa.

—¿Por qué no me ahogas un poco? —me susurró un poco después al oído—. Usa esto.

Su voz parecía llegar desde otra dimensión. Sacó un cinturón blanco de albornoz de debajo de la almohada. Debía de haberlo preparado de antemano.

Me negué. Era demasiado para mí. Suponía un peligro que no estaba dispuesto a correr. El más mínimo descuido y la cosa acabaría en tragedia.

—Solo quiero que finjas, nada más —me suplicó entre jadeos—. No hace falta que aprietes de verdad. Solo finge. Enróllalo alrededor de mi cuello y aprieta un poco. Con eso basta.

No pude negarme.

El impersonal ruido de cubiertos en un restaurante abierto las veinticuatro horas.

Sacudí la cabeza para tratar de borrar el recuerdo de mi memoria. No quería acordarme más de aquello. A ser posible, me hubiera gustado borrarlo para siempre, pero aún notaba el tacto del cinturón en mis dedos y también el de su cuello. Era imposible olvidarlo.

Y aquel hombre lo sabía. Sabía qué había hecho la noche anterior y dónde había estado. Podía leer mis pensamientos.

Me preguntaba qué debía hacer con ese cuadro. ¿Abandonarlo en un rincón del estudio de cara a la pared? Aun así, su sola presencia haría que me sintiera intranquilo. Si tenía que buscar otro lugar donde guardarlo, solo se me ocurría la posibilidad del desván, el mismo sitio que había elegido Tomohiko Amada para esconder *La muerte del comendador*. Tal vez los desvanes existían para que la gente pudiera esconder allí los secretos de sus corazones.

Me repetía a mí mismo una frase que acababa de pronunciar: «Como soy pintor, las formas no me plantean ninguna dificultad. Al fin y al cabo, es mi trabajo. El contenido, sin embargo, se me puede escapar».

Algo inexplicable me atrapaba lentamente en el interior de aquella casa: el cuadro de Tomohiko Amada que había encontrado en el desván, la campanilla abandonada en un agujero del bosque, la idea personificada en la figura del comendador, el hombre de mediana edad con el Subaru Forester blanco, también ese personaje inquietante de pelo blanco que vivía al otro lado del valle. Menshiki quería involucrarme en un plan que tenía perfectamente diseñado en su cabeza.

La corriente del remolino en el que estaba inmerso empezaba a cobrar ímpetu. Ya no podía dar marcha atrás. Era demasiado tarde. Estaba atrapado. El remolino era muy potente y silencioso a la vez, y eso me asustaba.

28
Franz Kafka amaba las cuestas

Por la tarde fui a dar mi clase de pintura para niños en la academia cerca de la estación de Odawara. El tema del día era dibujar el boceto de una persona. Los puse por parejas y cada cual debía elegir el material que quisiera entre los que yo había puesto junto a la pared (carboncillo o lápices de mina blanda). La tarea consistía en dibujarse uno a otro alternativamente. Les di quince minutos para cada boceto y cronometré el tiempo. También les recomendé no usar demasiado la goma y pintar en una sola hoja a ser posible.

Al acabar, debían enseñar su trabajo al resto de la clase y los demás podrían opinar libremente. Como eran pocos, en la clase había un ambiente agradable. Cuando vimos todos los bocetos, les enseñé algunos trucos sencillos. Les expliqué a grandes rasgos las principales diferencias entre un croquis y un boceto. El boceto era más bien un plano general del cuadro y exigía cierta exactitud, mientras que el croquis podía ser una primera impresión mucho más libre. Debían formarse una primera impresión mental y plasmarla antes de que desapareciera. En el croquis, eran más importantes la rapidez y el equilibrio que la precisión. A mucha gente no se le da bien. Incluso a pintores de renombre. En mi caso, les confesé, siempre me había gustado. Elegí a uno de los niños como modelo y bosquejé su cara en la pizarra con una tiza blanca.

—¡Oh! —exclamaron sorprendidos.

—¡Qué rápido! —dijo uno.

—¡Es igual! —dijo otro.

Parecían impresionados de verdad. Ese era, precisamente, uno de mis objetivos, impresionarles.

Les hice cambiar de pareja para repetir el ejercicio, y el resultado fue mucho mejor. Su capacidad para absorber conocimientos no dejaba de sorprenderme, de impresionarme. Como es lógico, a unos se les daba bien y a otros no tanto, pero eso no era lo importante. Lo que yo pretendía enseñarles era una forma de mirar, no tanto una forma de pintar.

Elegí a Marie Akikawa como modelo para mí (con toda la intención, por supuesto). Hice un sencillo retrato de su busto en la pizarra. No era exactamente un croquis, pero sí algo parecido. No tardé más de tres minutos en terminarlo. Aproveché la ocasión para probar cómo podría retratarla de verdad y descubrí en ella grandes posibilidades, casi únicas.

Hasta ese día no me había fijado especialmente en ella, pero al observarla con atención descubrí aspectos interesantes que antes apenas había intuido. No solo tenía unos rasgos proporcionados y nobles, no solo era guapa, sino que tenía una mirada profunda que revelaba cierto desequilibrio. Tras su gesto inseguro había cierto ímpetu, como el de un animal escondido tras la maleza.

Me hubiera gustado dar una forma concreta a esa impresión, pero resultaba difícil en apenas tres minutos y con una simple tiza. Más bien imposible. Para lograrlo, necesitaba observarla con más atención, con tiempo, despiezar poco a poco muchos elementos. Debía conocerla mejor.

No borré su retrato de la pizarra. Cuando se marcharon los alumnos, me quedé solo durante un buen rato en la clase para contemplarlo. Traté de descubrir algo en ella de Menshiki, pero no fui capaz. Podía obligarme a encontrar algún parecido, pero tan pronto como lo hacía me parecía que no tenían nada que ver. Quizá los ojos eran el único punto lejanamente en común, algo en su expresión, un destello fugaz.

Si uno mira atentamente el cauce de un arroyo transparente, a veces descubre en el fondo algo luminoso, radiante, invisible a simple vista y difícil de determinar por culpa de la corriente. Miramos y nos preguntamos si ha sido una ilusión óptica, pero no cabe duda de que algo brilla allí abajo. Cuando te dedicas a retratar a mucha gente, a veces encuentras alguna con ese resplandor. No sucedía con frecuencia, pero esa chica (y también Menshiki) era una de esas personas.

Una mujer de mediana edad que trabajaba en la recepción de la escuela entró para recoger, se puso a mi lado y contempló el dibujo admirada.

—Es Marie Akikawa, ¿verdad? —me preguntó nada más verlo—. Es un retrato muy bueno. Parece como si fuera a moverse en cualquier momento. Sería una pena borrarlo.

—Muchas gracias —le dije.

Me levanté y lo borré yo mismo.

El comendador se presentó de nuevo al día siguiente. Era sábado y su primera aparición desde la cena en casa de Menshiki la noche del martes. (Según sus propias palabras, más que de una aparición se trataría de que «se había encarnado».) Yo había vuelto de la compra hacía poco y estaba leyendo un libro en el sofá del salón. Oí la campanilla en el estudio. Fui hasta allí y le encontré en la estantería con la campanilla cerca de la oreja, como si comprobase su sutil resonancia. Nada más verme la dejó.

—¡Cuánto tiempo! —le dije.

—¿Cómo que cuánto tiempo? —respondió en un tono seco—. Las ideas nos movemos de acá para allá en un lapso continuo de entre cien y mil años. Uno o dos días no entran en nuestra escala de tiempo.

—¿Qué le pareció la cena en casa de Menshiki?

—Ah, sí, sí. Fue una velada interesante. No pude comer nada, pero supuso un regalo para mis ojos. Menshiki es un personaje muy interesante. Es un hombre que siempre piensa mucho más allá. También se guarda cosas para sí.

—Me pidió un favor.

—Ciertamente —dijo sin mostrar demasiado interés y sin dejar de juguetear con la campanilla—. Estaba a su lado y lo oí. De todos modos, ese asunto poco tiene que ver conmigo. Digamos que es un tema entre los dos. Algo muy terrenal.

—¿Puedo preguntarle algo?

El comendador se acarició el mentón.

—Sí, aunque desconozco si podré contestarle.

—Me gustaría preguntarle algo sobre el cuadro de Tomohiko Amada. Sabe de qué le hablo, ¿verdad? Al fin y al cabo, usted se ha encarnado en uno de sus personajes. Parece que tiene su origen en algo que ocurrió en Viena en 1938 y en lo que se vio implicado el propio Tomohiko Amada. ¿Sabe algo al respecto?

El comendador se quedó un rato pensativo con los brazos cruzados. Finalmente entornó los ojos y abrió la boca.

—Hay cosas que es mejor dejar como están, entre las sombras. El conocimiento no siempre enriquece y la objetividad no siempre es mejor que la subjetividad. De igual modo, la realidad no siempre apaga la ilusión.

—Como opinión general, puedo estar de acuerdo con usted, pero en el cuadro hay algo que parece querer transmitir un mensaje a quien lo contempla. Tengo la impresión de que Tomohiko Amada lo pintó para cifrar algo muy importante y personal que solo él sabía y que no podía dar a conocer abiertamente. Parece como si se hubiera confesado de forma metafórica, reemplazando personajes y trasladando el escenario a otra época valiéndose de su oficio como pintor. Incluso tengo la impresión de que abandonó la pintura occidental solo por eso.

—Dejad que sea el cuadro el que os lo cuente —dijo el comendador con voz serena—. Si quiere contaros algo, así lo hará. No os preocupéis. Está bien que una metáfora sea una metáfora, una clave una clave y un escurridor un escurridor. ¿Qué tiene eso de malo?

No entendía bien por qué sacaba de pronto a colación un escurridor, pero no le dije nada.

—No tiene nada de malo. Solo que me gustaría conocer el trasfondo que le llevó a pintar el cuadro, porque me da la impresión de que nos quiere decir algo. Creo que lo pintó con un objetivo concreto.

El comendador se mesó la barba un rato como si se acordase de algo.

—Franz Kafka amaba las cuestas —dijo al fin—. Le gustaba cualquier tipo de cuesta. Le encantaba contemplar las casas construidas en una pendiente. Se sentaba en plena calle y las miraba embelesado durante horas. No se aburría. Levantaba la cabeza y la bajaba, miraba a derecha y a izquierda. Era un tipo extraño. ¿Lo sabía?

¿Franz Kafka y las cuestas?

—No, no lo sabía. No lo he oído jamás.

—Y por el hecho de saberlo, ¿mejora acaso vuestro conocimiento respecto a las obras que nos dejó?

No contesté a su pregunta.

—¿Le conoció usted en persona?

—Por supuesto que él no me conocía a mí personalmente —dijo el comendador con una risa sofocada como si se hubiera acordado de algo. Era la primera vez que le veía reír abiertamente. ¿Había algo en Franz Kafka que le provocaba esa risa? Entonces recuperó su gesto de siempre—. El mundo es representación. La realidad es representación y la representación es la realidad. Lo mejor es aceptar la representación tal como es. La lógica y la realidad no existen, del mismo modo que no existen el ombligo de un cerdo o los cojones de las hormigas. Pretender seguir el camino del entendimiento por medios heterodoxos es como pretender que un escurridor flote en el agua. Os lo advierto, es mejor que no lo hagáis. Eso es, precisamente, lo que hace Menshiki. Siento decirlo, pero es así.

—¿Quiere decir que haga lo que haga será en vano?

—Nadie es capaz de lograr que flote un objeto lleno de agujeros.

—¿Y qué es exactamente lo que quiere hacer Menshiki?

El comendador se encogió de hombros y frunció el ceño con una arruga que me recordaba a Marlon Brando de joven. No creía que hubiera visto *La ley del silencio* de Elia Kazan, pero fruncía el ceño igual que Marlon Brando en la película. No sabía hasta qué punto podía adoptar el aspecto o los gestos de otra persona.

—Lo que os puedo decir sobre el cuadro de Tomohiko Amada es muy poco. La esencia del cuadro es la insinuación y la metáfora. Son dos elementos que no pueden ni deben ser explicados con palabras. Es algo que uno debe comprender por sí mismo. —El comendador se rascó detrás de la oreja, como hacen los gatos cuando va a llover, como suele decirse—. Os mostraré una sola cosa, pero se trata de algo insignificante. Mañana por la noche os llamará Menshiki, aunque antes de darle una respuesta a lo que os pida, es mejor que *lo penséis bien*. Por mucho que penséis, la respuesta será la misma, pero de todos modos, es mejor que *lo penséis bien*.

—Quiere decir que debo darle a entender que lo estoy pensando muy en serio, ¿verdad? Al menos aparentarlo.

—Eso es. La regla básica de los negocios es rechazar la primera oferta. No os va a hacer ningún mal aprenderlo. —El comendador volvió a soltar una risilla sofocada. Estaba visiblemente de buen humor aquel día—. Por cierto —continuó, cambiando completamente de tema—. ¿Es divertido tocar un clítoris?

—No creo que se toquen los clítoris porque sea divertido —le dije honestamente.

—Como espectador no llego a entenderlo.

—Yo tampoco —confesé.

Era una idea, pero estaba claro que no lo entendía todo.

—De todos modos —dijo—, es hora de desaparecer. Debo ir a cierto sitio y no dispongo de mucho tiempo.

Empezó a desvanecerse poco a poco, como si fuera el gato de Cheshire.

Fui a la cocina para prepararme algo sencillo para cenar y me lo comí yo solo. Me preguntaba adónde tendría que ir una idea, pero por supuesto no lo sabía.

Como había anunciado el comendador, pasadas las ocho de la tarde del día siguiente llamó Menshiki.

Volví a agradecerle la cena del otro día e insistí en lo mucho que me había gustado. Menshiki le restó importancia. También él lo había pasado muy bien, me aseguró. Le agradecí, además, que me hubiera pagado mucho más de lo inicialmente acordado por el retrato. A él le parecía lógico. Después de todo, dijo, había pintado un cuadro admirable. Tras las cortesías de rigor, se produjo un silencio.

—Por cierto, quería hablarle de Marie Akikawa... —Menshiki lo mencionó como de pasada, como si hablase del tiempo—. Recuerda que el otro día le pedí que pintase un retrato suyo, ¿verdad?

—Me acuerdo, por supuesto.

—Ayer se lo propuse. Mejor dicho, se lo propuso Matsushima, el director de la academia, a la tía de Marie y por lo visto la niña está de acuerdo.

—Entiendo —dije.

—Si a usted le parece bien, está todo listo.

—¿El señor Matsushima no sospecha que usted está detrás de todo esto?

—Sé moverme con cautela en estos asuntos, no se preocupe. El señor Matsushima me cree una especie de mecenas. Espero que no se lo tome a mal...

—No, no me molesta, pero me sorprende que Marie haya dado su consentimiento. Siempre me ha parecido muy tímida.

—A decir verdad, la tía se resistió al principio. Pensaba que posar como modelo para un pintor no le iba a traer nada bueno a su sobrina. Lo siento, no quiero ser descortés con usted.

—Es un pensamiento muy habitual entre la gente.

—Pero parece que a Marie le entusiasmó la idea. Está encantada con que sea usted quien le vaya a pintar un retrato. Fue ella, de hecho, quien convenció a su tía.

Me preguntaba por qué tanto entusiasmo. Tal vez tenía relación con el retrato que le había hecho en la pizarra, pero evité contárselo a Menshiki.

—¿No le parece que todo este asunto ha salido bien? —me preguntó.

Pensé en ello. En realidad, dudaba que eso fuera cierto. Menshiki parecía esperar una respuesta por mi parte.

—¿Podría explicarme un poco más? —dije al fin.

—En realidad es muy simple. Usted buscaba una modelo para un retrato. Marie Akikawa, a la que conocía por la clase de pintura, encajaba bien con la idea que tenía y por eso quiso que el director de la escuela hablase con la tía de la niña. Nada más. El señor

Matsushima garantizó personalmente que es usted una persona digna de toda confianza, un pintor de talento y un profesor entregado a sus alumnos. En todo este asunto, yo no aparezco por ninguna parte. Le pedí al director que no me mencionase. Obviamente, posará vestida, estará siempre acompañada de su tía y terminará antes del mediodía. Esas son las únicas condiciones que han puesto. ¿Qué le parece?

Decidí frenar un poco el desarrollo de todo aquello, tal como me había recomendado el comendador (rechazar la primera oferta).

—No tengo problema con las condiciones, pero ¿podría darme un poco de margen para decidirme?

—Por supuesto.

La voz de Menshiki al otro lado del teléfono sonaba tranquila.

—Tómese el tiempo que necesite. No quiero presionarle. Es usted quien tiene que pintar el retrato, y si no está dispuesto a hacerlo, todo esto no va a ninguna parte. Tan solo quería avisarle de que ya lo he dispuesto todo. Y una cosa más, no hace falta decirlo, pero le recompensaré por ello.

Los acontecimientos se sucedían a tal velocidad y con tal naturalidad que no podía por menos de impresionarme. Era como una pelota rodando cuesta abajo... Imaginé a Franz Kafka mirando la pelota sentado en mitad de la cuesta. Debía ser cauto.

—¿Puede concederme dos días de margen? —le pregunté—. Creo que en ese tiempo podré darle una respuesta.

—De acuerdo. Le llamaré en dos días.

Entonces colgamos.

A decir verdad, no necesitaba pensar en nada porque ya lo tenía todo decidido. Me apetecía mucho pintar el retrato de Marie Akikawa, y aunque alguien hubiera tratado de impedirlo, creo que lo habría pintado igualmente. Si dejaba pasar dos días, era para que no me atrapase del todo el ritmo de Menshiki. Mi instinto y el consejo del comendador me decían que era mejor tomarme un tiempo, respirar con calma.

«Es como pretender que un escurridor flote en el agua», había dicho el comendador. «Nadie es capaz de lograr que flote un objeto que está lleno de agujeros.»

El comendador me había insinuado algo que aún estaba por venir.

29
¿Quiere decir que encargarle el retrato de Marie le parece antinatural?

Me pasé dos días contemplando alternativamente los dos cuadros que tenía en el estudio: *La muerte del comendador* y el retrato del hombre del Subaru Forester blanco. Había colgado el de Tomohiko Amada en la pared. El retrato lo tenía en un rincón del estudio de cara a la pared (lo colocaba en el caballete solo cuando quería mirarlo). Aparte de eso, leía, escuchaba música, cocinaba, limpiaba, quitaba las malas hierbas del jardín y paseaba por los alrededores de la casa. Todo con el único fin de matar el tiempo. No tenía ningunas ganas de coger los pinceles. El comendador, por su parte, no se presentó. Guardaba silencio.

Mientras paseaba por un sendero en la montaña, busqué un lugar desde donde alcanzara a ver la casa de Marie Akikawa, pero no lo encontré. Desde la casa de Menshiki parecía hallarse muy cerca, casi en línea recta, pero quizás era una impresión equivocada a causa de la disposición del terreno. Mientras paseaba por el bosque, no podía evitarlo, me preocupaba topar con avispas gigantes.

Al observar detenidamente los cuadros a lo largo de esos dos días, comprendí que no me equivocaba respecto a la sensación que me provocaban. *La muerte del comendador* parecía exigirme el esfuerzo de descifrar una clave escondida en alguna parte; y el retrato del hombre del Subaru Forester blanco parecía pedir que no le añadiese nada más. Ambas exigencias me resultaban muy evidentes (al menos eso me parecía) y no me quedaba más remedio que satisfacerlas. El retrato del hombre del Subaru Forester blanco se quedó como estaba, pero no dejé de darle vueltas a por qué debía dejarlo así; y en cuanto al otro, me esforcé por leer en alguna parte su verdadero propósito. Ambos cuadros estaban rodeados de un enigma casi impenetrable, como una cáscara de nuez imposible de abrir con las manos.

Si no tuviera el encargo del retrato de Marie Akikawa, tal vez me habría pasado todo el tiempo mirando los cuadros sin saber cuándo parar. Fue tras la llamada de Menshiki cuando el hechizo se rompió de una vez por todas.

—Y bien —me preguntó después de los saludos de rigor—, ¿ha tomado ya alguna decisión?

Se refería al retrato de Marie, por supuesto.

—En principio estoy dispuesto a aceptar el encargo, pero tengo una condición.

—¿De qué se trata?

—Aún no sé qué clase de retrato voy a pintar. Cuando tenga a Marie delante de mí con los pinceles en la mano, podré determinar el estilo, pero si a pesar de todo no acaba de funcionar, cabe la posibilidad de que no lo termine. También podría suceder que una vez terminado no le guste a usted o no me guste a mí. Por eso quiero que entienda que no lo acepto como un encargo, sino que lo hago por voluntad propia.

Tras un silencio, Menshiki me preguntó como si tratase de sondearme:

—¿Quiere decir que, si no le convence el resultado, el retrato, pase lo que pase, no será mío?

—Tal vez. De todos modos, quiero que el destino final del retrato esté en mis manos. Es mi única condición.

Menshiki se quedó pensando durante un buen rato.

—Supongo que no tengo más alternativa que aceptar —dijo al fin—. ¿Me equivoco? Si no acepto, ni siquiera empezará con el retrato.

—Lo siento.

—Entiendo que si me quito de en medio en todo este asunto, usted se sentirá más libre como artista. ¿No es así? ¿O acaso verse implicado en un asunto de dinero le pesa demasiado?

—Ambas cosas, quizás. Pero en este momento lo más importante para mí es que mis sentimientos fluyan con la mayor naturalidad posible.

—¿Naturalidad?

—O sea, me gustaría borrar todo rastro de lo que tiene de forzado este asunto.

—Eso quiere decir que... —Me dio la impresión de que su tono de voz se endurecía ligeramente—. ¿Quiere decir que encargarle el retrato de Marie le parece antinatural?

«Es como pretender que flote un escurridor en el agua», dijo el comendador. «Nadie es capaz de lograr que flote un objeto que está lleno de agujeros.»

—Lo que intento decir es que en este asunto me gustaría que usted y yo estableciésemos una relación sin intereses de por medio, una relación de igual a igual, aunque no me gustaría que lo interpretase como una descortesía.

—No es descortesía. Es lógico que dos personas mantengan una relación de igualdad. Puede decirme libremente todo lo que piensa.

—Entonces le digo que me gustaría hacer el retrato de Marie de la manera más espontánea posible, sin que tenga nada que ver con su propuesta original. De no ser así, puede que no se me ocurran las ideas correctas y, en ese caso, puede que el proceso se convierta en una especie de manillas tanto físicas como espirituales.

Menshiki volvió a tomarse un tiempo antes de contestar.

—De acuerdo. Entiendo lo que me quiere decir. Olvidémonos, pues, del encargo y también del asunto del dinero. Hablar tan precipitadamente de dinero ha sido un error por mi parte. Ya discutiremos sobre el destino del retrato cuando lo haya terminado, y sea cual sea su decisión, yo la respetaré. Al fin y al cabo, usted es el autor de la obra. Ahora bien, ¿qué me dice de la otra cosa que le pedí? ¿Se acuerda?

—¿Venir aquí mientras Marie posa en el estudio?

—Eso es.

En esta ocasión fui yo el que se tomó un tiempo antes de responder.

—No veo problema en eso. Usted es amigo mío y vive cerca de aquí. Es perfectamente normal que se presente sin previo aviso mientras da un paseo el domingo por la mañana. En ese momento podremos tener una charla intrascendente. No me parece que haya nada forzado en ello.

Menshiki pareció aliviado.

—Le quedaría muy agradecido si me permitiera hacerlo, no le causaría ninguna molestia. En ese caso,

¿puedo concertar ya la cita para que Marie vaya a su casa el próximo domingo? El señor Matsushima se encargará de arreglarlo todo entre usted y la familia Akikawa.

—Me parece bien. Por mi parte no hay problema. Puede venir el domingo a las diez de la mañana. A las doce habré terminado y acabar el retrato nos llevará a lo sumo cinco o seis semanas.

—Le avisaré en cuanto esté todo arreglado.

Con eso dimos por finalizado el asunto, pero Menshiki pareció acordarse de algo más en el último momento.

—Por cierto, me he enterado de un par de cosas sobre la estancia en Viena de Tomohiko Amada. Ya le conté que se vio implicado en el intento de asesinato de un oficial nazi que tuvo lugar justo después del *Anschluss*. La fecha exacta fue a principios de otoño de 1938. Es decir, seis meses después de la anexión. ¿Conoce más o menos cómo se desarrollaron los acontecimientos?

—No en detalle.

—El doce de marzo de 1938, el ejército alemán traspasó las fronteras austriacas y violó la soberanía del país. En apenas un suspiro tomó Viena. Coaccionó al presidente Miklas para que nombrase primer ministro al filonazi Seyss-Inquart y Hitler entró triunfal en la capital dos días más tarde. El diez de abril se celebró un referéndum sobre la unificación con Alemania. En principio era una votación libre, pero se produjeron todo tipo de maniobras y presiones que hicieron imposible votar no. En el escrutinio, el noventa y nueve coma setenta y cinco por ciento de los votos resultaron afirmativos. Austria desapareció como nación y, a partir de ese momento, se convirtió en una provincia de Alemania. ¿Ha estado usted en Viena alguna vez? Yo nunca había ido a Viena. En realidad, nunca había salido de Japón. De hecho, ni siquiera tenía pasaporte.

—No hay otra ciudad como Viena. Solo hace falta pasar allí un breve periodo de tiempo y uno se da cuenta al instante. No tiene nada que ver con Alemania. El ambiente es completamente distinto. Se nota en la gente, en la comida, en la música. Digamos que es un lugar muy especial donde se puede disfrutar de la vida, sentir amor por cualquier manifestación artística. Pero en la época de Tomohiko Amada, Viena estaba sumida en la confusión. Soplaban vientos tormentosos y violentos. Esa fue la ciudad que conoció Amada. Hasta la celebración del referéndum, los nazis se habían comportado más o menos, pero tras conocer el resultado se les cayó la máscara. Lo primero que hizo Hitler después de la anexión fue inaugurar el campo de Mauthausen. Estuvo listo en unas pocas semanas, pues era una de las prioridades del Gobierno nazi. En un periodo muy breve de tiempo detuvieron a unas diez mil personas y las internaron allí. A quienes enviaban al campo se les consideraba elementos antisociales, para los que no había expectativas de reinserción. Se los trató con suma crueldad. La mayoría fueron ejecutados o murieron por agotamiento en las canteras. Una vez encerrados allí, ya no había perspectivas de salir con vida. Muchos de ellos sufrieron un calvario de torturas durante los interrogatorios y murieron sin llegar siquiera al campo de concentración propiamente dicho, luego se les enterraba en la oscuridad. El intento de asesinato en el que se vio implicado Tomohiko Amada ocurrió justo después de los desórdenes que sucedieron al *Anschluss.*

Escuchaba a Menshiki sin decir nada.

—Pero como ya le dije el otro día, no hay un solo documento que acredite la existencia de un intento de asesinato de un oficial nazi en Viena durante el verano o el otoño de 1938. Es muy extraño. De haber existido realmente, Hitler y Goebbels lo habrían usado como propaganda política, como ocurrió con la *Kristallnacht,* la Noche de los Cristales Rotos. Ha oído hablar de la *Kristallnacht,* ¿verdad?

—Sí, claro —dije recordando una película que había visto hacía mucho tiempo—. Un diplomático alemán murió en París asesinado por un judío. Los nazis utilizaron el incidente para espolear una revuelta contra los judíos en toda Alemania. Asaltaron sus comercios y negocios y mataron a mucha gente. A ese suceso lo llamaron así por la infinidad de cristales rotos de los escaparates esparcidos por las calles.

—Eso es. Ocurrió en noviembre de 1938. El Gobierno alemán aseguró que había sido una revuelta espontánea, pero, en realidad, se trató de un acto de barbarie perfectamente planeado y ejecutado por el Gobierno, y estuvo a cargo del mismísimo Goebbels. Herschel Grynszpan, el homicida, cometió el crimen para denunciar el cruel trato que recibía su familia en Alemania. Su intención original era matar al embajador, pero le resultó imposible, por lo que acabó disparando a un diplomático que pasaba por allí. Ironías del destino, el diplomático al que mató era Ernst vom Rath, que estaba bajo vigilancia de las autoridades de su país por su postura antinazi. De haber habido en ese momento en Viena un complot para asesinar a un oficial nazi, sin duda habrían aprovechado para montar una campaña de propaganda parecida, y con ese pretexto habrían desatado una verdadera campaña contra los círculos opuestos a los nazis. No creo que un incidente así se hubiera querido ocultar.

—¿Quiere decir que hubo alguna razón para ocultarlo?

—El incidente existió, eso es seguro, pero las personas implicadas, estudiantes universitarios en su mayor parte, fueron detenidas y ejecutadas para imponer, supongo, el silencio. Ciertas teorías aseguran que entre los estudiantes se encontraba la hija de un destacado nazi y que por eso se tomó la decisión de tapar el asunto, pero no se sabe a ciencia cierta si es verdad o no. Tras la guerra se obtuvieron algunos testimonios, pero nunca se han podido comprobar. Por cierto, el nombre de ese grupo clandestino era Candela, un nombre latino que hacía referencia a la luz que ilumina la oscuridad. La palabra japonesa *kantera* deriva de ahí y se puede traducir como linterna, luz.

—Si murieron todos los implicados en el incidente, ¿quiere eso decir que el único superviviente fue Tomohiko Amada?

—Eso parece. Justo antes de terminar la guerra, los nazis quemaron todos los documentos secretos sobre ese incidente y otros más por orden directa de las SS. Aquello quedó sepultado en la bruma de la historia. Sería interesante conocer de primera mano el testimonio de Tomohiko Amada, pero me imagino que ya no es posible.

En efecto. Tomohiko Amada nunca había querido contar nada al respecto, y, por si fuera poco, su memoria se había hundido en el lodo del olvido.

Le di las gracias a Menshiki y colgué el teléfono.

Mientras aún conservaba la memoria, Tomohiko Amada mantuvo la boca cerrada sobre aquellos hechos. Tal vez tuviera alguna poderosa razón para actuar así, puede que cuando le deportaron de la Austria anexionada, las autoridades le advirtieran de que guardase silencio el resto de su vida. Sin embargo, en vez de eso pintó un cuadro que tituló *La muerte del comendador*, en el que cifró una verdad censurada en palabras, y dio rienda suelta a sentimientos reprimidos.

Al día siguiente, Menshiki volvió a llamar por la noche para decirme que Marie Akikawa acudiría a mi casa el próximo domingo a las diez de la mañana. También me dijo, que, según lo acordado, iría acompañada de su tía y que él no aparecería ese primer día.

—Iré más adelante, cuando ella se haya acostumbrado a la situación, cuando esté más relajada. Supongo que los primeros días estará tensa y es mejor que no moleste.

La voz de Menshiki sonaba extrañamente nerviosa y eso me hizo sentir intranquilo a mí también.

—Sí, tal vez sea lo mejor —le dije.

—En realidad —continuó como si me revelase un secreto después de dudar si decírmelo o no—, solo de pensarlo me doy cuenta de que aquí el más nervioso soy yo. Ya se lo he dicho, creo, pero nunca me he acercado a ella. Solo la he visto de lejos.

—Pero podría haberse inventado una excusa, buscado una ocasión para hacerlo.

—Por supuesto. De haber querido, sí.

—Y no lo ha hecho. ¿Por qué?

Cosa poco frecuente en él, se tomó un tiempo para buscar las palabras exactas.

—Porque no podía prever cómo iba a comportarme o qué podía haberle dicho al tenerla delante. Por eso lo he evitado hasta ahora. Mirarla de lejos con unos potentes prismáticos y con todo un valle de por medio me ha servido hasta ahora. ¿Le parece retorcido?

—No especialmente. Extraño, quizá. Pero en esta ocasión ha decidido verla en persona en mi casa. ¿Por qué?

De nuevo, silencio.

—Porque ha aparecido usted entre nosotros —respondió al fin—, como si fuera un mediador.

—¿Yo? —dije sorprendido—. ¿Por qué yo? No quiero ser grosero, pero apenas sabe nada de mí y yo tampoco de usted. Nos conocemos hace un mes y solo tenemos en común que vivimos cerca. Nuestras vidas y nuestra forma de vivir no se parecen en nada. Y, a pesar de todo, confía usted en mí y me revela secretos íntimos. ¿Por qué? No me parece usted una persona que revele fácilmente sus intimidades.

—Es verdad. Si tengo un secreto, lo guardo en una caja fuerte, cierro la caja con llave y después me la trago. Nunca consulto nada a nadie, jamás me confieso.

—Entonces, ¿por qué conmigo...? No sé cómo decirlo, pero... ¿por qué es capaz de abrir su corazón conmigo?

Menshiki guardó silencio.

—No sabría explicárselo, pero desde nuestro primer

encuentro me sentí un poco indefenso ante usted. Era casi una intuición. Más tarde, cuando me mostró mi retrato, la intuición se confirmó. Usted me parece digno de confianza, alguien capaz de aceptar con naturalidad mis puntos de vista, mi forma de pensar, por muy extraños o retorcidos que resulten.

«Sus puntos de vista o su extraña y retorcida forma de pensar», repetí para mis adentros.

—Me alegra oírlo, pero no sé si le entiendo. Es como si estuviera usted más allá del límite de mi entendimiento. Si le soy sincero, me sorprende. Se lo digo honestamente. A veces siento, incluso, que no sé qué decir.

—Sin embargo, no me juzga. ¿Me equivoco?

Era cierto. Jamás había juzgado sus palabras ni su modo de vivir según las normas establecidas. No le alababa ni tampoco le criticaba. Simplemente no sabía qué decir.

—Tal vez tenga razón —admití.

—¿Recuerda cuando bajé al fondo de ese agujero y me quedé allí encerrado?

—Por supuesto. Lo recuerdo perfectamente.

—En ningún momento se le pasó por la cabeza abandonarme. Podría haberlo hecho, pero ni siquiera se le ocurrió. ¿No es así?

—Sí, pero no creo que a nadie en su sano juicio se le hubiera ocurrido semejante cosa.

—¿Está usted realmente seguro de eso?

No podía dar una respuesta contundente a esa pregunta, pues no tenía ni idea de lo que albergaban los demás en el fondo de sus corazones.

—Me gustaría pedirle otro favor —dijo Menshiki.

—¿De qué se trata?

—El próximo domingo, cuando Marie y su tía vayan a su casa, me gustaría mirar desde mi terraza con los prismáticos. ¿Le importa?

No me importaba. Al fin y al cabo, el comendador también me observaba cuando me acostaba con mi amante. ¿Qué inconveniente podía haber en el hecho de mirar con unos prismáticos desde su casa al otro lado del valle?

—Me parece oportuno pedirle permiso —dijo a modo de disculpa.

Había una extraña honestidad en él que no dejaba de sorprenderme. Nuestra conversación terminó y colgué el teléfono. Me dolía la oreja de tenerla tanto tiempo pegada al auricular.

Al día siguiente, justo antes del mediodía, llegó una carta certificada. Firmé el recibo y el cartero me entregó un sobre grande. Por alguna razón, no me sentía especialmente contento de tenerlo entre mis manos. La experiencia me decía que un correo certificado casi nunca anuncia algo bueno.

Como había imaginado, lo remitía un despacho de abogados de Tokio y contenía los papeles del divorcio. Incluía un sobre franqueado para enviarlos de vuelta una vez firmados. Junto a los papeles había una carta con algunas indicaciones escritas por un abogado. Lo que debía hacer, según decía, era comprobar lo que se declaraba en los papeles y, en caso de no tener ninguna objeción, firmarlos y enviar una copia de vuelta. En caso de duda, estaba a mi disposición cuando quisiera.

Los leí por encima, puse la fecha y los firmé. No estaba en desacuerdo con nada y tampoco tenía dudas. No me generaban ninguna obligación pecuniaria, no había bienes a dividir, ni hijos por cuya custodia pelearnos. Era un divorcio simple y fácil. Casi podría decirse que era un divorcio para principiantes. Habíamos compartido nuestras vidas durante seis años y luego cada uno había seguido por su lado de nuevo. Nada más. Metí los papeles en el sobre y lo dejé sobre la mesa. Lo echaría en el buzón que había frente a la estación al día siguiente antes de mi clase.

Por la tarde observé el sobre distraídamente y, al hacerlo, me dio por pensar que ahí dentro estaban encerrados nuestros seis años de matrimonio. Ese periodo de tiempo (lleno de recuerdos y de sentimientos) parecía asfixiarse dentro de un sobre de lo más corriente, morir lentamente. Era una visión que me oprimía el pecho y me impedía respirar con normalidad. Lo llevé al estudio y lo dejé en la estantería junto a la vieja campanilla. Cerré la puerta, volví a la cocina y me serví un whisky de la botella que me había regalado Masahiko. Había decidido no beber durante el día, pero pensé que no pasaba nada por hacerlo de vez en cuando. En la cocina reinaba el silencio. No soplaba el viento y no se oía ningún coche. Tampoco cantaban los pájaros.

El hecho en sí del divorcio no me planteaba especial problema. En realidad, era como si ya estuviéramos divorciados. Emocionalmente tampoco significaba nada sellar y firmar un documento oficial. Si eso era lo que ella quería, por mi parte no pondría ninguna objeción. Solo se trataba de un trámite legal.

Sin embargo, no entendía las circunstancias que me habían llevado a esa situación. Entendía que los corazones de las personas se unen y se separan en el transcurso del tiempo por diversas circunstancias, eso sí. El corazón no se regula por la costumbre, por el sentido común o por la ley. Es un órgano que fluctúa, aletea y vuela libre, como las aves migratorias que no saben nada de fronteras.

De todos modos, todo eso no eran más que opiniones generales. El detalle concreto de mi caso, el hecho de que Yuzu decidiera dejar de acostarse conmigo para hacerlo con otra persona me resultaba incomprensible. Su actitud me resultaba irracional, dolorosa. No puede decirse que estuviera enfadado. Eso creo, al menos. Si fuera así, ¿con qué o con quién debía enfadarme? Me sentía paralizado, y el corazón, al latir automáticamente, al menos suavizaba un poco el intenso dolor que me provocaba el rechazo de la persona a la que amaba. En cierto sentido, actuaba como una especie de morfina para los sentimientos.

Era incapaz de olvidar a Yuzu. Aún la quería. Pero, en el caso de que viviera al otro lado del valle y de tener unos potentes prismáticos, ¿me dedicaría a espiarla? No. Seguro que no. Simplemente, nunca habría vivido en un lugar así. Hacerlo habría sido lo mismo que fabricar mi propio potro de tortura.

Me acosté antes de las ocho, un poco aturdido a causa del whisky. A la una y media de la madrugada me desvelé. Las horas hasta el amanecer se me hicieron largas y solitarias, pero no estaba en condiciones de leer, no tenía ganas de escuchar música. Me limitaba a observar la oscuridad sentado en el sofá del salón. Pensé en muchas cosas, la mayor parte de ellas, cosas que no me incumbían en absoluto.

Me hubiera gustado disfrutar de la compañía del comendador para al menos hablar de algo. Me daba igual el tema de conversación. Solo quería oír su voz. Pero no apareció por ninguna parte y yo no disponía de ningún recurso para llamarle.

30
Pero tal vez depende de cada caso

Al día siguiente por la tarde eché al buzón el sobre con los papeles del divorcio firmados. No escribí ninguna carta. Me limité a meter los documentos en el sobre franqueado, y solo por el hecho de desaparecer de mi vista sentí un enorme alivio en el corazón. No tenía ni idea de los cauces legales por los que iban a pasar a partir de ese momento, pero me daba exactamente igual. Que pasasen por donde tuvieran que pasar.

El domingo por la mañana, poco antes de las diez, vino Marie Akikawa. Un Toyota Prius de color azul claro subió la cuesta casi en silencio y se detuvo sin hacer ruido frente a la entrada de la casa. El coche resplandecía bajo los rayos del sol. Parecía nuevo, como recién sacado de su envoltorio. Últimamente veía muchos coches distintos frente a la puerta de la casa: el Jaguar plateado de Menshiki, el Mini rojo de mi amante, el Infinity negro con chófer, el viejo Volvo de Masahiko Amada, y ahora ese Toyota Prius azul que conducía la tía de Marie Akikawa. También estaba mi Toyota Corolla Wagon (casi no recordaba el color por todo el polvo acumulado encima). Puede que la gente se deje llevar por distintas razones, criterios prácticos o principios a la hora de elegir determinado coche, pero no tenía modo de saber por qué la tía de Marie había elegido ese en concreto. Más que un coche, a mí me parecía un aspirador gigante.

El motor hacía tan poco ruido que, cuando se paró, el silencio se hizo aún más profundo a su alrededor. Las puertas se abrieron. Bajaron Marie Akikawa y una mujer que debía de ser su tía. Parecía joven, aunque debía de rondar los cuarenta años. Llevaba unas gafas de sol, un sencillo vestido azul claro y un jersey gris, que complementaba con un bolso negro brillante y unos zapatos de tacón bajo de color gris oscuro, muy apropiados para conducir. Nada más cerrar la puerta del coche se quitó las gafas y las guardó en el bolso. Llevaba el pelo hasta los hombros con un peinado que le sentaba bien (aunque no tan perfecto como si acabase de salir de la peluquería). Aparte de un broche en el cuello del vestido, no llevaba ningún otro accesorio.

Marie Akikawa llevaba un jersey negro de algodón y una falda de lana marrón por encima de las rodillas. Hasta ese día solo la había visto con el uniforme del colegio y me pareció una niña muy distinta. Juntas parecían la madre y la hija de una buena familia, pero yo conocía su historia por boca de Menshiki.

Las observé desde detrás de las cortinas. Se estaba convirtiendo en una costumbre eso de observar a la gente desde detrás de las cortinas. Enseguida sonó el timbre y fui a abrir la puerta.

La tía de Marie era una mujer bien parecida y hablaba con un tono de voz tranquilo. No era de una belleza que llamase la atención nada más verla, pero tenía una cara agradable y elegante. En sus labios se dibujaba una sonrisa natural, modesta, como la luna blanca antes del amanecer. Traía una caja de dulces de regalo. Era yo quien le había pedido a su sobrina hacer de modelo para mí, de manera que no estaba obligada a ninguna cortesía, pero imaginé que se habían educado en la costumbre de que cuando se visita por primera vez a alguien hay que llevar siempre un pequeño detalle. Lo acepté y se lo agradecí de todo corazón. Las conduje al salón.

—Vivimos muy cerca —dijo ella (se llamaba Shoko, Shoko Akikawa)—, pero con el coche hay que dar muchas vueltas. Sabíamos que era la casa de Tomohiko Amada, pero nunca habíamos venido.

—Por circunstancias de la vida —me expliqué—, vivo aquí desde la primavera pasada y cuido de la casa.

—Sí, lo había oído. Si vivimos tan cerca, no será por simple casualidad. Espero que tengamos una buena relación a partir de ahora, y si podemos hacer algo por usted, no tiene más que decírnoslo.

La mujer me dio las gracias por las clases de pintura, y me dijo que su sobrina estaba entusiasmada.

—No sé si les enseño algo útil, en realidad. Al menos pintamos juntos y disfrutamos mucho.

—Mucha gente dice que es usted muy buen profesor.

Nunca había oído que nadie me alabase como profesor de pintura, pero no dije nada. Se veía que era una mujer bien educada y que daba mucha importancia a las formas.

Al verlas allí sentadas, cualquiera se habría dado cuenta de que Marie y Shoko Akikawa no se parecían en nada. No había rasgos comunes en sus rostros. A cierta distancia podrían tener un aire de madre e hija, pero de cerca sus fisonomías eran muy distintas. Marie tenía unos rasgos proporcionados y, al igual que su tía, era guapa, pero la impresión que producían ambas caras era casi opuesta. Mientras los rasgos de Shoko parecían esforzarse por mantener el equilibrio, los de Marie parecían querer romperlo, salirse de un marco determinado. Shoko aspiraba a la estabilidad, a la armonía del conjunto, mientras que Marie parecía buscar una oposición simétrica. A pesar de todo, la atmósfera que desprendían era la de una relación familiar cómoda, sana. No eran madre e hija, pero su relación parecía relajada, fluida, algo no muy frecuente entre madres e hijas. Esa fue al menos la primera impresión que tuve al verlas juntas.

Era imposible saber por qué una mujer guapa, refinada y elegante como Shoko seguía soltera y vivía con su hermano en un lugar solitario y apartado en las montañas. Tal vez había tenido un novio montañero que falleció al desafiar una de las vías de ascenso más difíciles del Everest, y quizá por eso había decidido seguir soltera el resto de su vida, guardarle fidelidad eterna en lo más profundo de su corazón. O tal vez había tenido una relación adúltera durante mucho tiempo. Fuera lo que fuese, no era asunto mío.

Shoko se acercó a una de las ventanas orientada al oeste y contempló el valle desde allí.

—A pesar de vivir en el mismo valle —dijo sorprendida—, solo por cambiar la perspectiva, el paisaje es distinto por completo.

Desde la ventana se veía la casa de Menshiki, grande, blanca y resplandeciente (probablemente nos estaba mirando con sus prismáticos). ¿Cómo se veía la casa blanca de Menshiki desde la de Shoko? Me hubiera gustado preguntárselo, pero me pareció arriesgado abordar ese tema desde el principio. En realidad, ya no sabía de qué hablar.

Para evitar una situación incómoda, las llevé al estudio.

—Aquí es donde trabajaremos —anuncié.

—Imagino que era el estudio del señor Amada —dijo Shoko con evidente interés.

—Sí.

—Tengo la sensación de que este lugar es único, como si hubiera una atmósfera distinta al resto de la casa. ¿No le parece?

—No sé qué decir, la verdad. Como vivo aquí no tengo esa sensación.

—Y a ti, Marie, ¿qué te parece? —le preguntó a su sobrina—. ¿No te resulta un lugar extraño?

Marie no contestó. Parecía ocupada en curiosear por aquí y por allá. A lo mejor ni siquiera había oído la pregunta de su tía. También a mí me hubiera gustado saber su opinión.

—Mientras trabajan —dijo Shoko—, quizá debería esperar en el salón.

—Eso depende de Marie —dije yo—. Lo más importante es crear un ambiente donde se sienta relajada. A mí no me importa si se queda usted.

—Prefiero estar sola —dijo Marie.

Era la primera vez que hablaba y, a pesar del tono sereno de su voz, el mensaje no hacía ninguna concesión.

—De acuerdo, como quieras. Ya me lo imaginaba, así que me he traído un libro.

Shoko no pareció en absoluto molesta por la contundencia de su sobrina y se limitó a responderle con calma. Supuse que estaba acostumbrada a ese tipo de comentarios.

Marie ignoró por completo a su tía y observó fijamente el cuadro de Tomohiko Amada colgado en la pared. Sus ojos tenían una expresión muy seria, como si lo memorizasen, como si estudiasen cada uno de sus detalles. Caí en la cuenta de que quizás era la primera vez que alguien veía ese cuadro aparte de mí. Se me había olvidado por completo guardarlo donde nadie pudiera verlo, pero ya era demasiado tarde.

—¿Te gusta? —le pregunté.

No contestó a mi pregunta. Estaba tan concentrada que parecía no oír mi voz. O quizá me ignoraba a propósito.

—Lo siento —intercedió Shoko—, es una niña un poco rara. Cuando le gusta algo, se concentra y es como si no le entrase nada más en la cabeza. Siempre ha sido así, desde muy pequeña. Da igual que se trate de un libro, de un cuadro, de música o de una película.

Por alguna razón, ninguna de las dos me preguntó si el cuadro era de Tomohiko Amada, y yo no di ninguna explicación. Tampoco les dije el título. Lo habían visto, pero no me parecía que eso representara un problema en particular. Tal vez nunca llegarían a enterarse de que era una obra muy especial que no estaba incluida en ninguno de los catálogos sobre Tomohiko Amada. Habría sido muy distinto si lo hubieran visto Menshiki o Masahiko.

Dejé que mirase el cuadro todo el tiempo que quisiera. Fui a la cocina y calenté agua para preparar un té. Llevé al salón la tetera y unas tazas en una bandeja.

Les ofrecí las galletas que había traído Shoko. Shoko y yo nos sentamos en el salón y tomamos el té mientras charlábamos (sobre la vida en la montaña, sobre el clima de aquel lugar). Hacía falta un poco de conversación relajada antes de empezar de verdad con el trabajo.

Marie siguió observando el cuadro durante un buen rato, pero luego la oí curiosear por el estudio como si fuera un gato. Empezó a tocar todos los objetos con que se iba encontrando: los pinceles, las pinturas, los lienzos y la antigua campanilla que habíamos sacado de las profundidades de la tierra. Cogió la campanilla y la sacudió unas cuantas veces. Oí su familiar tintineo.

—¿Por qué tienes esto aquí? —me preguntó Marie sin mirarme a los ojos.

—Lo encontré bajo tierra, no muy lejos de aquí. Una casualidad. Es un objeto relacionado con la práctica budista, como los que hacen sonar los monjes mientras leen sutras.

Lo sacudió de nuevo cerca de su oído.

—Tiene un sonido extraño —dijo.

Me sorprendió de nuevo oírlo en el interior de la casa y no desde las profundidades de la tierra.

—No toques sin permiso las cosas de otra persona —le reprendió Shoko.

—No importa. No es nada del otro mundo.

Marie perdió pronto el interés por la campanilla. La dejó en su sitio y se sentó en la banqueta en el centro del estudio para mirar desde allí el paisaje al otro lado de la ventana.

—Si no le importa —le dije a Shoko—, creo que ha llegado el momento de empezar.

—Me quedaré aquí leyendo el libro —repuso ella con su elegante sonrisa en los labios.

Sacó de su bolso un grueso volumen de una edición de bolsillo forrada con el papel de la librería donde lo había comprado. La dejé allí. Me dirigí al estudio y cerré la puerta. Así fue como Marie y yo nos quedamos solos por primera vez en el estudio.

Le pedí que se sentara en una de las sillas del comedor que le había preparado. Yo lo hice en la banqueta de siempre. Entre nosotros habría una distancia de unos dos metros.

—¿Puedes estarte ahí quieta durante un rato? —le pregunté—. Ponte como quieras y, si no cambias demasiado de postura, puedes moverte un poco. No tienes por qué permanecer inmóvil.

—¿Puedo hablar mientras pintas?

—Por supuesto que sí. Hablemos.

—Me gustó mucho el retrato que me hiciste el otro día.

—¿El de la pizarra?

—Me dio mucha pena que lo borrases.

Me reí.

—No podía dejarlo allí para siempre. Si tanto te gustó, te haré todos los que quieras. Es muy sencillo.

No dijo nada.

Alcancé un lápiz gordo y lo usé como regla para medir cada uno de los elementos que componían su cara. Para hacer el boceto de un retrato, resulta imprescindible conocer con exactitud la fisonomía del modelo, dedicarle todo el tiempo que haga falta. En ese aspecto, es una aproximación muy distinta a la de un simple croquis.

—Profesor, creo que tienes mucho talento para la pintura —dijo Marie como si se acordase de hablar de repente tras un intervalo de silencio.

—Gracias. Esos comentarios me animan mucho.

—¿Necesitas ánimos?

—Por supuesto que sí. Todo el mundo los necesita.

Cogí un cuaderno de dibujo grande y lo abrí.

—Hoy voy a hacer un boceto. En condiciones normales, me gusta pintar directamente en el lienzo, pero en esta ocasión prefiero hacer bocetos. Me gustaría entender tu personalidad poco a poco a través de ellos.

—¿Entenderme?

—Retratar a alguien significa interpretarle, entenderle. Sin utilizar palabras, solo con líneas, formas y colores.

—A mí también me gustaría entenderme a mí misma —dijo Marie.

—Y a mí también, pero no es fácil. Por eso pinto.

Hice un rápido boceto de su busto. Me pareció que lo más importante era trasladar a una superficie plana la profundidad que brotaba de ella. También el movimiento sutil y delicado que existía bajo su aparente inmovilidad. Un buen boceto resumía de algún modo ese tipo de detalles.

—Tengo el pecho muy pequeño, ¿no te parece? —me preguntó.

—¿Tú crees?

—Tan pequeño que parece un pan mal hecho que no ha llegado a subir.

Me reí.

—Acabas de empezar la secundaria, si no me equivoco. No te preocupes, a partir de ahora crecerá.

—Ni siquiera me hace falta sujetador. Todas las chicas de mi clase llevan sujetador.

Ciertamente, debajo del jersey no se apreciaba la redondez de su pecho.

—Si tanto te preocupa, ¿por qué no usas algún tipo de relleno? —le dije.

—¿Quieres que haga eso?

—A mí me da igual. No tengo ninguna intención de pintar la redondez de tu pecho. Haz lo que quieras.

—Pero a los hombres les gustan las mujeres con el pecho grande, ¿no?

—No siempre. Cuando mi hermana tenía tu edad, también tenía el pecho muy pequeño, pero no le preocupaba en absoluto.

—A lo mejor le preocupaba y no te decía nada.

—Puede ser. En cualquier caso, creo que a Komi no le preocupaba eso. Tenía cosas más importantes en las que pensar.

—¿Y después le creció el pecho?

Me concentré en la mano con la que sujetaba el lápiz. No contesté a su pregunta y, durante un rato, Marie observó fijamente el movimiento de mi mano.

—¿Le creció el pecho? —volvió a preguntar.

—No. No le creció —dije de mala gana—. Murió el año en que empezó la secundaria. Tenía doce años.

Se quedó callada un rato.

—¿No te parece que mi tía es bastante guapa?

Desde luego, tenía una facilidad asombrosa para cambiar de tema.

—Sí, es muy guapa.

—Estás soltero, ¿verdad?

—Casi.

En cuanto llegase el sobre que acababa de enviar a la oficina de abogados, tal vez lo estaría del todo.

—¿Quieres salir con ella?

—Sí, sería divertido.

—Tiene el pecho grande.

—Pues no me he dado cuenta.

—Además lo tiene muy bonito. Lo sé porque de vez en cuando nos bañamos juntas.

—Te llevas bien con ella, ¿verdad?

—Sí, aunque discutimos de vez en cuando.

—¿Y eso por qué?

—Por muchas cosas. A veces nuestras opiniones no coinciden o simplemente me enfado.

—Eres una niña extraña —le dije—. Ahora mismo me pareces muy distinta a cuando estás en clase de pintura. Tenía la impresión de que eras muy callada.

—Si no quiero hablar, no hablo —se limitó a decir a modo de explicación—. ¿Estoy hablando demasiado? ¿Quieres que me calle, que me esté quieta?

—No, no. Está bien. A mí también me gusta hablar. Puedes decir lo que quieras.

Por supuesto que era bienvenida una conversación espontánea y animada. No me apetecía dedicarme a dibujar sin decir nada durante casi dos horas.

—Me preocupa mi pecho —dijo al cabo de un rato—. Todos los días pienso en ello. De hecho, no paro de pensar en ello. ¿Te parece raro?

—No especialmente. Es normal a tu edad. Creo que a tu edad no pensaba en nada más aparte de mi pito. Me preguntaba si tendría una forma rara, si era demasiado pequeño o si se movía de forma extraña.

—¿Y ahora?

—¿Quieres decir qué pienso ahora de mi pito?

—Sí.

Reflexioné un poco sobre ello antes de dar una respuesta.

—Pues, la verdad es que no me dedico demasiado a pensar en ello. Me parece que es una cosa normal y corriente y no me hace sentir especialmente incómodo.

—¿Y las mujeres qué piensan? ¿Lo alaban?

—A veces, pero puede que solo sea un cumplido, como cuando alaban alguno de mis cuadros.

Marie se quedó pensativa un rato y al final dijo:

—Tal vez tú también eres un poco raro, profesor.

—¿Tú crees?

—Un hombre normal no habla así de sí mismo. Mi padre, por ejemplo, no dice nada de eso.

—No creo que un padre normal se dedique a hablar de su pito con su hija —dije sin levantar la mano del boceto.

—¿Cuándo empiezan a crecer los pezones?

—Pues no tengo ni idea. Soy un hombre, pero tal vez depende de cada caso.

—¿De pequeño tenías novia?

—Tuve mi primera novia a los diecisiete años. Ella estaba en mi clase del instituto.

—¿Qué instituto?

Le dije el nombre de un instituto público del distrito de Toyoshima, en Tokio. No creo que nadie supiera de su existencia excepto la gente del barrio.

—¿Era divertido tener novia?

Sacudí la cabeza.

—No especialmente.

—¿Y? ¿Le viste los pezones a tu novia?

—Sí, me los enseñó.

—¿Qué tamaño tenían?

Me esforcé por recordarlos.

—Ni muy pequeños ni muy grandes. Creo recordar que tenían un tamaño normal.

—¿Se ponía relleno en el sujetador?

De nuevo, me esforcé en recordar alguno de los sujetadores de mi exnovia. Solo conservaba una imagen imprecisa, pero sí recordaba lo mucho que me costó quitárselo.

—No, creo que no se ponía relleno.

—¿Y a qué se dedica ahora?

¿Qué estaría haciendo en ese preciso momento?

—No tengo ni idea. Nos perdimos la pista hace mucho tiempo. Imagino que se casó y tendrá hijos.

—¿Por qué habéis perdido el contacto?

—Porque la última vez me dijo que no quería volver a verme en su vida.

Marie frunció el ceño.

—¿Es porque tenías algún problema?

—Creo que sí.

Por supuesto que tenía problemas. Sin ninguna duda.

No hacía mucho había soñado con ella en dos ocasiones. En uno de los sueños paseábamos cerca de un gran río una tarde de verano y yo intentaba besarla. Sin embargo, ella tenía el pelo en la cara como una cortina y yo no alcanzaba a tocar sus labios con los míos. En ese sueño, ella tenía aún diecisiete años y yo treinta y seis. Me desperté. Fue un sueño muy vívido. Conservaba el tacto de su pelo en los labios.

—¿Cuántos años le llevabas a tu hermana?

Una vez más, volvió a cambiar de tema de repente.

—Tres.

—Murió con doce, ¿verdad?

—Sí.

—Entonces, tú tenías quince.

—Sí. Quince años. Acababa de entrar en el instituto y ella en secundaria, como tú ahora.

Me di cuenta de que Komi tenía en ese momento veinticuatro años menos que yo. Nuestra diferencia de edad iba a ser cada vez mayor.

—Cuando murió mi madre, yo tenía seis años —dijo Marie—. Murió por la picadura de varias avispas mientras paseaba sola cerca de aquí.

—Lo siento —dije.

—Era alérgica al veneno de las avispas. La llevaron al hospital en ambulancia, pero cuando llegó se le había parado el corazón.

—¿Fue entonces cuando tu tía se mudó a vivir con vosotros?

—Sí. Es la hermana pequeña de mi padre. A mí también me habría gustado tener un hermano tres años mayor.

Acabé el primer boceto y empecé el segundo. Quería dibujarla desde distintos ángulos. Para ese primer día, solo había previsto hacer bocetos.

—¿Te peleabas mucho con tu hermana?

—No, no recuerdo haberme peleado nunca.

—Entonces, ¿os llevabais bien?

—Sí, eso creo. Pero, en esa época, no era consciente de si nos llevábamos bien o mal.

—¿Qué quiere decir que estás casi soltero?

Un nuevo cambio de tema.

—Dentro de poco me voy a divorciar oficialmente

—le expliqué—. En estos momentos estamos con los trámites. Por eso digo casi.

Marie entornó los ojos.

—No entiendo bien eso del divorcio. No conozco a nadie que lo haya hecho.

—Yo tampoco lo entiendo. Es la primera vez que me divorcio.

—¿Cómo te sientes?

—Pues... Es una sensación extraña. Es como si hasta ahora hubiese caminado con normalidad por mi camino y, de repente, este desapareciera bajo mis pies. Ahora me siento como si anduviera en el vacío, sin saber qué dirección tomar ni qué hacer.

—¿Cuánto tiempo has estado casado?

—Casi seis años.

—¿Cuántos años tiene tu mujer?

—Tres menos que yo.

Una casualidad, por supuesto, pero al fin y al cabo la misma diferencia de edad que mi hermana pequeña.

—¿Tienes la sensación de haber malgastado esos seis años?

Pensé en lo que me preguntaba.

—No, no creo. No los he malgastado porque también han pasado muchas cosas divertidas.

—¿Y tu mujer piensa lo mismo?

Sacudí la cabeza.

—No sé qué decirte. Ojalá.

—¿No se lo has preguntado?

—No. Cuando tenga la oportunidad, lo haré.

Nos quedamos en silencio un buen rato. Estaba concentrado en el segundo boceto y ella parecía pensar seriamente en asuntos como el tamaño de los pezones, el divorcio, las avispas o cualquiera otra cosa. Estaba metida en sus pensamientos con los ojos entornados, los labios apretados y las manos apoyadas en las rodillas. Parecía haberse quedado absorta y yo aproveché para plasmar su gesto serio en el papel.

Todos los días, a media mañana, se oía una melodía que llegaba desde la parte baja de la montaña anunciando que eran las doce. Debía de llegar desde la megafonía del ayuntamiento o de alguna escuela. Miré el reloj y di por terminado el trabajo. Había dibujado tres bocetos y el resultado era interesante. Cada uno de ellos parecía apuntar a algo por venir. Como trabajo del primer día no estaba nada mal.

En total, Marie había posado para mí más de hora y media. Era un tiempo razonable. Posar no es fácil para una persona que no está acostumbrada. Sobre todo para los niños en pleno crecimiento.

Shoko llevaba unas gafas de pasta negras y parecía entusiasmada con la lectura de su libro. Cuando entré en el salón, se quitó las gafas, cerró el libro y las guardó en el bolso. Con las gafas parecía una mujer muy inteligente.

—Hemos terminado por hoy —le anuncié—. Ha ido todo muy bien. Si no hay ningún problema, ¿podrían venir la próxima semana a la misma hora?

—Por supuesto —dijo ella—. Estoy muy a gusto aquí y disfruto mucho de la lectura. Será porque este sofá es muy cómodo.

—¿Te parece bien a ti? —le pregunté a Marie.

Asintió con un gesto de la cabeza sin decir nada.

Delante de su tía se quedó callada con una actitud completamente distinta a la que había tenido tan solo un rato antes. Quizá no le gustaba que estuviéramos los tres juntos.

Se marcharon en su Toyota Prius azul y me despedí de ellas desde la puerta de la casa. Shoko Akikawa, con sus gafas de sol puestas, sacó la mano por la ventanilla y la agitó unas cuantas veces. Era una mano pequeña, blanca. Le devolví el saludo. Marie se limitaba a mirar hacia delante con el mentón ligeramente inclinado hacia abajo. Cuando el coche bajó la cuesta y desapareció de mi vista, entré en la casa. Sin ellas dos, de pronto me parecía que estaba muy vacía, como si algo que debería encontrarse allí hubiera desaparecido de repente.

«Dos mujeres peculiares», pensé mientras observaba la taza de té encima de la mesa. Había algo anormal en ellas, pero ¿qué exactamente?

Me acordé de Menshiki. Tal vez debería haberle dicho a Marie que saliese un momento a la terraza para que él pudiera verla bien con sus prismáticos, pero no sabía por qué debía tomarme tantas molestias. Tampoco él me lo había pedido.

De todos modos, ya habría más oportunidades. No tenía por qué darme prisa.

31
O tal vez demasiado perfecto

Menshiki me llamó por la noche. El reloj marcaba las nueve pasadas y se disculpó por la hora. Me contó que un asunto insignificante lo había mantenido ocupado hasta ese momento. Le dije que no se preocupara. No tenía intención de acostarme todavía.

—¿Qué tal? —me preguntó—. ¿Ha ido bien el trabajo esta mañana?

—Creo que sí. Bastante bien. He dibujado unos bocetos de Marie. Volverán el próximo domingo a la misma hora.

—Me alegro —dijo él—. Por cierto, ¿ha sido afable con usted su tía?

¿Afable? Era una palabra con una extraña resonancia.

—Sí. Parece una mujer muy simpática. No sé si la palabra afable es la adecuada, pero tampoco me ha parecido especialmente reservada.

Entonces le resumí lo que había sucedido aquella mañana. Menshiki escuchaba como si aguantase la respiración, como si quisiera absorber toda la información. Apenas abrió la boca excepto para preguntar algo de vez en cuando. Permaneció atento mientras le daba detalles sobre la ropa que llevaban, cómo habían venido, su aspecto físico, de qué habíamos hablado y cómo eran los bocetos de Marie. Sin embargo, no le mencioné que se preocupaba por su pecho pequeño. Eso era algo que debía quedar entre ella y yo.

—Imagino que presentarme la próxima semana es demasiado precipitado, ¿verdad? —me preguntó.

—Es decisión suya. Yo no sabría decirle. Por mi parte, no hay problema.

Menshiki se quedó en silencio un rato al otro lado del teléfono.

—Debo pensarlo bien. Es un asunto delicado.

—Tómese todo el tiempo que necesite. Terminar el retrato me va a llevar tiempo y oportunidades no le van a faltar. A mí no me importa si viene la próxima semana o dentro de dos.

Era la primera vez que oía a Menshiki vacilar. Hasta ese instante había tenido la impresión de que uno de sus rasgos característicos era la capacidad de decidir sin dudar, fuera cual fuese el asunto.

Quise preguntarle si había estado mirando con sus prismáticos, si había llegado a ver a Marie y a su tía, pero me lo pensé dos veces y al final preferí no hacerlo. Si él no mencionaba nada, no me parecía razonable hacerlo yo.

Me dio las gracias de nuevo.

—Lamento mucho pedirle tanto y encima cosas tan raras.

—No se preocupe. No tengo la sensación de hacerlo todo por usted. Estoy preparando el retrato de Marie, y si lo hago, es porque quiero. Es así tanto por lo que parece como por lo que es en realidad. No hay nada que disculpar.

—No obstante, se lo agradezco de veras —volvió a insistir en un tono de voz tranquilo—. *En muchos sentidos.*

No entendía bien a qué se refería con ese «en muchos sentidos», pero no se lo pregunté. Ya era tarde. Colgamos el teléfono después de intercambiar un sencillo «buenas noches». Por alguna razón pensé que a Menshiki le quedaba una larga noche de insomnio. En su voz se apreciaban ecos de tensión. Tal vez debía pensar en muchas cosas.

Aquella semana no ocurrió nada especial. El comendador no apareció y tampoco me llamó mi amante. Fue una semana tranquila. Tan solo noté que el otoño se hacía cada vez más evidente a mi alrededor. El cielo estaba claro, el aire estaba siempre cristalino y las nubes dibujaban hermosas líneas blancas como si estuvieran trazadas a pincel.

Estudié los bocetos de Marie. Cada uno de ellos reflejaba una postura determinada, un ángulo concreto. Eran interesantes y estaban cargados de sugerencias, pero no tenía preferencia por ninguno en concreto. Como ya le había explicado a Marie, mi objetivo era comprenderla en su conjunto, como persona. Interiorizar quién era.

Estudié los bocetos una y otra vez. Me concentré para tratar de reproducir mentalmente su figura y, al hacerlo, tuve la impresión de que en mi interior se mezclaban las figuras de Marie y de Komi, mi hermana pequeña. No sabía si estaba bien o no, pero era como si las almas de esas dos niñas hubieran llegado a conectar en un sitio muy profundo, adonde ni siquiera yo era capaz de llegar, y donde ya no podía separarlas.

El jueves recibí una carta de mi mujer. Era el primer contacto que tenía con ella desde que me fui de casa en el mes de marzo. En el sobre estaba escrito el nombre del remitente y del destinatario con una letra bonita, honesta, que conocía bien. Aún conservaba mi apellido. Tal vez era lo más conveniente hasta terminar con todos los trámites del divorcio.

Abrí el sobre con unas tijeras. Dentro había una postal con la imagen de un oso polar subido a un iceberg. Me daba las gracias por haber firmado los papeles y habérselos devuelto tan rápido.

¿Qué tal estás? Mis días se suceden sin grandes acontecimientos. Aún vivo en el mismo apartamento. Gracias por enviarme los papeles tan rápido. Te lo agradezco de veras. Cuando avancen los trámites, volveré a avisarte.

Si necesitas algo de lo que has dejado en casa, no dudes en decírmelo. Te lo mandaré por correo. En todo caso, deseo que nos vaya todo bien a los dos en nuestras nuevas vidas.

Yuzu

Leí la carta varias veces. Intentaba entrever los sentimientos que se ocultaban tras las frases, pero no descubría nada más allá de las simples palabras, como si se hubiera esforzado por transmitir sencillamente lo que había escrito, sin intenciones ocultas ni nada por el estilo.

Otra cosa que no entendía bien era por qué había tardado tanto en enviarme los papeles del divorcio. No creo que fuese tan complicado, y a buen seguro que ella prefería poner fin a nuestra relación lo antes posible. Ya habían pasado seis meses desde que me marché de casa. ¿Qué había hecho en todo ese tiempo? ¿En qué había estado pensando?

Miré detenidamente la imagen del oso polar. Tampoco en ella leí intención alguna. ¿Por qué un oso polar? Supuse que la había elegido por casualidad, simplemente porque la tenía a mano. Un oso polar subido a un pequeño iceberg. ¿Acaso sugería mi propia situación, una existencia sin destino arrastrada por la corriente? No. Suponer tanto era pasarme de perspicaz.

Metí la postal en el sobre y lo guardé en uno de los cajones de la mesa. Nada más cerrarlo, tuve la ligera impresión de que las cosas habían avanzado un grado hacia delante. Sentía como si hubiese avanzado ese grado en la escala después de escuchar un crac, pero no era yo quien avanzaba. Alguien o algo lo hacía por mí y yo solo me dejaba llevar.

Me acordé de lo que le había dicho a Marie sobre la vida después del divorcio, como si me hubiera quedado sin suelo bajo los pies y tuviera la sensación de caminar en el vacío sin rumbo, sin saber qué hacer.

Daba igual de lo que se tratase, ya fuera una corriente marina sin rumbo, o un camino que no llevaba a ninguna parte. Todo era lo mismo, nada más que metáforas, pero fuera lo que fuese, yo tenía algo tangible entre las manos, y esa cosa tangible se hallaba inmersa en la realidad. ¿Para qué necesitaba las metáforas?

Me hubiera gustado escribirle una carta, explicarle la situación en la que me encontraba en ese momento, aunque no podía escribirle cosas tan vagas como: «mis días se suceden sin grandes acontecimientos». Pues, por el contrario, me habían ocurrido demasiadas cosas que no podía resumir en una carta. Además, yo mismo era incapaz de explicarme lo que me ocurría, al menos no podía hacerlo con frases coherentes, lógicas.

Por eso decidí no escribirle. Solo tenía dos opciones: guardar silencio o escribir obviando toda preocupación por la coherencia y por la lógica. Al final me decidí por no escribir nada. En cierto sentido ella tenía razón. Era un oso solitario abandonado en lo alto de un iceberg a la deriva. No alcanzaba a ver ningún buzón a mi alrededor y un oso polar es incapaz de escribir una carta.

Me acordaba bien de cuando conocí a Yuzu y empezamos a salir.

En nuestra primera cita quedamos para comer y hablamos de muchas cosas. Ella pareció sentir simpatía hacia mí y me dijo que le gustaría verme otro día. Desde el principio, y sin ninguna razón aparente, nuestros corazones conectaron. Dicho de otra forma, congeniamos a la perfección.

Sin embargo, tardamos un tiempo en ser pareja, porque ella tenía un novio con el que salía desde hacía dos años, aunque no parecía estar enamorada de él. De hecho, ni siquiera estaba segura de quererle.

«Es muy guapo», me confesó en una ocasión, «pero un poco aburrido.»

Un hombre guapo, pero aburrido... No conocía a nadie que encajara con esa definición, por eso no podía imaginármelo. Como mucho, me imaginaba una comida con buena pinta, pero sosa, y me preguntaba si eso podía contentar a alguien. También me confesó que siempre había sido muy débil con los guapos. Según ella, cuando estaba delante de un hombre apuesto, no era capaz de pensar razonablemente. No podía resistirse por muy consciente que fuera de que había algún problema. Era, quizá, su mayor punto débil.

A mí me pareció que quizá sería más acertado considerarlo una especie de enfermedad crónica y así se lo dije. Estuvo de acuerdo. Quizá se trataba de eso, de una enfermedad crónica sin un tratamiento específico. También le dije que era una información que no iba precisamente en mi favor. Por desgracia para mí, la belleza no estaba entre mis mejores argumentos.

Ella no lo negó. Tan solo se rio, divertida. Al menos, mientras estaba conmigo no parecía aburrirse. Nuestras conversaciones resultaban muy animadas y ella se reía mucho.

Esperé pacientemente a que su relación con el guapo se deteriorase del todo. (No solo era guapo, también se había graduado en una universidad de élite, trabajaba en una empresa muy conocida y ganaba un sueldazo. Seguro que se llevaba a las mil maravillas con el padre de Yuzu.) Mientras tanto, seguíamos hablando de muchas cosas cuando nos veíamos e íbamos juntos a muchos sitios. Poco a poco empezamos a entendernos de verdad. Nos besábamos, nos abrazábamos, pero no hacíamos el amor porque ella no quería tener relaciones sexuales con dos hombres al mismo tiempo. En ese aspecto, decía, era un poco anticuada, y a mí no me quedaba más remedio que esperar.

Esa etapa de nuestra relación debió de durar alrededor de seis meses, que se me hicieron muy largos. A veces me daban ganas de renunciar a todo, pero aguanté. Estaba firmemente convencido de que ella terminaría por elegirme a mí.

Y así sucedió. Al fin rompió con el guapo (o eso creo), pero no me dio detalles, de manera que no me quedó más remedio que hacer todo tipo de suposiciones. Me había elegido a mí a pesar de que yo no era guapo y, encima, mis medios para ganarme la vida eran más bien escasos. Al cabo de cierto tiempo decidimos casarnos.

Me acordaba bien de la primera vez que hicimos el amor. Fuimos a un pequeño balneario a las afueras de Tokio y pasamos allí nuestra primera noche juntos. Todo iba como la seda. Casi podría decir que fue perfecto. O tal vez demasiado perfecto. Tenía la piel suave, blanca, lisa. Puede que las aguas termales ligeramente sulfatadas y la blancura inmaculada de la luna de principios de otoño contribuyesen a acrecentar esa belleza y suavidad. Abrazaba su cuerpo desnudo, y cuando entré por primera vez en ella, me susurró al oído y apretó un poco mi espalda con la punta de sus delicados dedos. Todo eso estuvo acompañado por el otoñal canto de los insectos y el rumor fresco de un río cercano, y pensé que nunca dejaría a esa mujer. Fue una decisión en firme tomada en lo más profundo de mi corazón, y puede que también fuera ese uno de los mejores y más resplandecientes momentos de mi vida hasta entonces. Al fin la tenía entre mis brazos.

Después de recibir su breve carta pensé mucho en ella, en cómo nos conocimos, en aquella noche de otoño en que hicimos el amor por primera vez... Comprendí que mis sentimientos hacia ella no habían cambiado prácticamente nada, y seguía sin querer desprenderme de ella. Lo tenía claro. El hecho de haber firmado los papeles del divorcio no influía en absoluto. En cualquier caso, ella se había alejado de mí en algún momento, se había marchado lejos, muy muy lejos, tan lejos que ni siquiera alcanzaría a verla aunque tuviese unos prismáticos de alta gama.

Antes de que pudiera darme cuenta había encontrado en alguna parte un nuevo novio bien guapo y, como ella misma reconocía, se le había nublado el entendimiento. Tenía que haberlo comprendido en cuanto dejó de acostarse conmigo. Sabía que no mantenía relaciones sexuales con dos hombres a la vez, y, si me hubiera parado a pensar un poco, atar cabos no hubiera sido tan complicado.

Una enfermedad crónica, pensé. Una enfermedad inútil y sin perspectiva de curación. Una afección para la que no valían las razones.

Aquella noche (una noche lluviosa de jueves) tuve un sueño largo y oscuro. Iba al volante de un Subaru Forester blanco por la carretera de la costa de la prefectura de Miyagi (era mi coche). Llevaba una vieja chaqueta de cuero negro y una gorra de golf también negra de la marca Yonex. Era alto, moreno, con mi entrecano y tosco pelo corto. Yo mismo era el hombre del Subaru. Seguía a hurtadillas a un Peugeot 205 rojo en el que iban mi mujer y su amante. Vi cómo entraban en un hotel de citas a las afueras de la ciudad. Al día siguiente asedié a mi mujer hasta que acabé por asfixiarla con el cinturón blanco de un albornoz. Yo era un hombre fuerte acostumbrado al trabajo físico. Mientras la estrangulaba con todas mis fuerzas, gritaba a pleno pulmón, pero ni siquiera yo entendía lo que decía. Era un grito de puro enfado, sin ningún sentido. Nunca había estado tan enfadado y ese sentimiento dominaba por completo mi corazón y mi cuerpo. Gritaba y escupía saliva blanca al vacío.

En el sueño, empecé a notar convulsiones en las sienes de mi mujer cuando intentaba, tan denodada como estérilmente, llenar de aire sus pulmones. Su lengua rosácea empezó a retorcérsele en la boca. En su piel empezaron a marcarse venas azuladas como si fuera un mapa dibujado con tinta invisible. Olí mi propio sudor. Mi cuerpo desprendía un olor desagradable que nunca había notado, como si fueran vapores de aguas termales. El olor me traía a la mente la imagen de una bestia peluda y maloliente.

«No me pintes», me ordenaba a mí mismo señalándome en el espejo de la pared con un gesto violento con el dedo índice. «¡No me pintes más!»

En ese preciso momento me desperté. Comprendí entonces qué era lo que me había atemorizado tanto en la cama de aquel hotel de citas en una ciudad costera. En el fondo de mi corazón, temía llegar a ahorcar a aquella chica (a esa mujer de la que ni siquiera sabía su nombre). «Solo quiero que finjas», me había dicho ella. Pero tal vez la cosa no se hubiera quedado ahí. Esa terrible posibilidad habitaba en mi interior.

«A mí también me gustaría entenderme, pero no es fácil», le había dicho a Marie Akikawa. Me acordé de ello mientras me limpiaba el sudor del cuerpo con una toalla.

El viernes por la mañana había dejado de llover y el cielo estaba completamente despejado. Para calmar la excitación de la noche anterior, antes del mediodía salí a dar un paseo de una hora por los alrededores. Me adentré en el bosque y me acerqué al templete para comprobar el estado del agujero, que hacía tiempo que no veía. El viento de noviembre era mucho más frío, no cabía duda. El suelo estaba tapizado de hojas mojadas y el agujero seguía bien cerrado con los tablones. Encima se acumulaban hojas caídas de muchos colores, pero me dio la impresión de que las piedras que había encima estaban colocadas de un modo ligeramente distinto respecto a la última vez. Solo era un matiz, nada más.

No le di mayor importancia. Aparte de Menshiki o yo mismo, nadie se tomaría la molestia de subir hasta allí. Retiré uno de los tablones para echar un vistazo al interior. Allí dentro no había nadie. La escalera seguía apoyada contra la pared. Aquella oscura cámara de piedra seguía tal cual bajo mis pies, sumida en un completo silencio. Volví a colocar el tablón donde estaba e hice lo mismo con las piedras.

No me preocupaba especialmente el hecho de que desde hacía ya casi dos semanas el comendador no se presentaba. Como él mismo me había dicho, las ideas debían ocuparse de muchos asuntos, asuntos que superaban los límites del tiempo y del espacio.

Pronto llegó el domingo y ese día ocurrieron muchas cosas. Fue un domingo de lo más agitado.

32

Su profesión fue siempre muy apreciada

Mientras hablábamos se acercó otro hombre. Era un pintor nativo de Varsovia. Un hombre de mediana estatura, con nariz aguileña y una perilla completamente negra sobre su piel blanca azulada [...]. Ese aspecto tan peculiar llamaba la atención ya a lo lejos y evidenciaba una posición social elevada (en el campo de concentración su profesión fue siempre muy apreciada). Todo el mundo le mostraba respeto y en alguna ocasión me habló largo y tendido de su trabajo.

—Pinto para los soldados alemanes. Hago retratos. Me traen fotos de sus familiares, de sus mujeres, madres e hijos. Todos quieren un retrato de alguno de sus seres queridos. Los miembros de las SS me hablan de ellos con cariño, con mucho sentimiento. Me dan detalles como, por ejemplo, el color de sus ojos, de su cabello. Yo pinto sus retratos a partir de una foto en blanco y negro tomada por un amateur y a menudo desenfocada. Sin embargo, y a pesar de todo lo que se dice por ahí, me gustaría no pintar más a los familiares de los soldados alemanes. Me gustaría pintar un cuadro en blanco y negro de los niños amontonados en el pabellón de aislamiento.* Me gustaría pintar el retrato de toda esa gente asesinada por los alemanes y regalarles los cuadros para

---

* El «pabellón de aislamiento» era el eufemismo con que se conocía en Treblinka la cámara de ejecución. *(N. del A.)*

que se los lleven a sus casas y decoren con ellos sus paredes.
¡Maldita sea!
El hombre perdió los nervios en ese momento.

Samuel Willenberg, *La rebelión de Treblinka*

FIN DE LA PRIMERA PARTE